D0720885

LES BRUMES DU PASSÉ

LEONARDO PADURA

LES BRUMES DU PASSÉ

Traduit de l'espagnol (Cuba)
par Elena Zayas

Éditions Métailié
5, rue de Savoie, 75006 Paris
www.editions-metailie.com
2006

Titre original : *La neblina del ayer*
1re publication : Tusquets Editores, Barcelone, 2005
© Leonardo Padura, 2005
Traduction française © Éditions Métailié, Paris, 2006
ISBN 10 : 2-86424-586-8
ISBN 13 : 978-2-86424-586-5
ISSN : 0291-0154

Une fois de plus et comme il se doit :
pour toi, Lucía, avec amour et…

*"Il n'y a qu'un temps essentiel pour
s'éveiller ; et ce temps, c'est maintenant."*

Bouddha

*"L'avenir est à Dieu, mais le passé
appartient à l'histoire. Dieu ne peut
plus changer l'histoire, en revanche
l'homme peut encore l'écrire et la transfigurer."*

Juste Dion

l'acidité fétide et vulgaire de quelques billets salvateurs. Des bibliothèques inestimables sédimentées par plusieurs générations et des bibliothèques constituées à la hâte par toutes sortes de parvenus ; des bibliothèques spécialisées dans les thèmes les plus profonds ou les plus insolites et des bibliothèques faites de cadeaux d'anniversaire ou de mariage furent vouées par leurs propriétaires au plus cruel des sacrifices, sur l'autel païen du croissant besoin d'argent devant lequel s'étaient soudain prosternés presque tous les habitants d'un pays trop souvent menacé de mort par inanition.

Cet acte désespéré – proposer quelques livres particuliers, prétendument ou réellement précieux, ou mettre en vente des caisses, des mètres, des étagères entières et même la totalité des volumes amassés au long d'une ou de plusieurs vies – n'allait pas sans faire naître un sentiment bicéphale dans les rêves des vendeurs ou des acheteurs : si les premiers affirmaient toujours offrir des joyaux bibliographiques et désiraient ardemment entendre des chiffres rédempteurs, capables même de les guérir du complexe de culpabilité que représentait, pour la plupart, l'abandon de leurs aimables compagnons de route, les seconds, ressuscitant un esprit mercantile que l'on croyait banni de l'île, tentaient une acquisition susceptible de devenir une bonne affaire, en recourant à un subterfuge quelconque pour rabaisser la valeur ou les potentialités commerciales du produit en vente.

Lors de ses débuts dans la profession, Mario Conde s'arrangeait pour ne pas écouter l'histoire des bibliothèques qui tombaient entre ses mains. Ses années d'inspecteur, l'obligeant à vivre tous les jours parmi des affaires sordides, n'avaient pas réussi à l'immuniser contre les chagrins de l'âme et quand, de son plein gré, il avait cessé d'être policier, il avait découvert, douloureusement, que la noirceur de la vie s'obstinait à le poursuivre, car chaque bibliothèque en vente était toujours un roman d'amour qui finissait mal et dont le dramatisme ne dépendait pas de la quantité ou de la qualité des livres sacrifiés, mais des chemins que ces objets avaient suivis pour arriver dans une maison déterminée et des terribles raisons qui les faisaient partir vers l'abattoir du marché. Cependant, le Conde allait vite apprendre qu'écouter était un élément essentiel de son négoce, car la plupart des propriétaires éprouvaient le besoin expiatoire de commenter les raisons de leur décision, parfois en l'embellissant ou en la mettant à nu sans pitié, comme si de cet acte de confession dépendait rien moins que le salut de leur dignité famélique.

Puis, une fois ses blessures cicatrisées, le Conde parvint à voir le côté romantique de sa condition d'écouteur – nom qu'il aimait s'attribuer – et il commença à évaluer les possibilités littéraires de ces récits, les prenant souvent comme matériau pour ses exercices esthétiques toujours remis à plus tard, tout en aiguisant sa sagacité jusqu'au raffinement qui lui permettait de se sentir capable de deviner si le narrateur était sincère ou n'était qu'un piètre menteur, obligé d'inventer une supercherie pour être en accord avec lui-même ou seulement pour tenter de rendre sa marchandise plus attractive.

A mesure qu'il s'enfonçait dans les mystères du métier, Mario Conde découvrit qu'il préférait l'exercice de l'achat à celui de la revente. Vendre des livres sous un porche, sur le banc d'un parc, à un coin de rue prometteur, rongeait les restes de son orgueil dévasté et lui causait surtout l'insatisfaction d'avoir à se défaire d'un livre qu'il aurait souvent préféré garder. C'est pourquoi, même si ses revenus en souffraient, il avait adopté une stratégie qui faisait de lui un simple pisteur, chargé d'alimenter les stocks des autres bouquinistes. Dès lors, au cours des prospections destinées à découvrir des mines de livres, le Conde, comme tous ses collègues de la ville, avait adopté trois techniques complémentaires et d'une certaine façon antagoniques : la plus traditionnelle, rendre visite à quelqu'un ayant sollicité sa présence, connaissant sa réputation bien assise d'acheteur honnête ; la plus humiliante et presque médiévale, arpenter les rues en annonçant à tue-tête "J'achète les vieux livres", "Qui a des vieux livres ? Allez, n'hésitez pas..." ; ou la plus agressive, frapper aux portes avec un air complaisant et demander à la personne qui ouvrait si cela l'intéressait de

Face A:
Quitte-moi

*"... Je serai dans ta vie le meilleur
des brumes du passé quand tu
m'auras oubliée, comme le plus
beau vers est celui dont on ne peut
se souvenir."*

Virgilio y Homero Expósito, *Quitte-moi*

Les symptômes arrivèrent soudain comme la vague vorace qui happe un enfant sur une plage paisible et l'entraîne vers les profondeurs de la mer : le double saut périlleux au creux de l'estomac, l'engourdissement capable de lui couper les jambes, la moiteur froide sur la paume de ses mains et surtout la douleur chaude, sous le sein gauche, qui accompagnait l'arrivée de chacune de ses prémonitions.

Les portes de la bibliothèque à peine ouvertes, il avait été frappé par l'odeur de vieux papier et de lieu sacré qui flottait dans cette pièce hallucinante, et Mario Conde, qui au long de ses lointaines années d'inspecteur de police avait appris à reconnaître les effets physiques de ses prémonitions salvatrices, dut se demander si, par le passé, il avait déjà été envahi par une foule de sensations aussi foudroyantes.

Au début, disposé à se battre avec les armes de la logique, il tenta de se persuader qu'il avait atterri dans cette demeure décadente du Vedado par le plus pur et le plus vulgaire des hasards, et même grâce à une insolite pichenette de la chance qui, pour une fois, avait daigné loucher dans sa direction. Mais quelques jours plus tard, quand anciens et nouveaux morts se retournaient dans leurs tombes, le Conde commença à penser, au point de s'en convaincre, que le hasard n'avait joué aucun rôle, que tout avait été dramatiquement disposé par son destin, comme un théâtre prêt pour une représentation qui ne commencerait qu'avec son irruption déstabilisatrice sur la scène.

Depuis qu'il avait quitté son travail d'inspecteur à la Criminelle, plus de treize ans auparavant, pour se consacrer corps et âme – dans la mesure où le lui permettait son corps toujours mortifié et son âme toujours plus ramollie – au hasardeux négoce de l'achat et de la vente de vieux livres, le

Conde était parvenu à développer des aptitudes presque canines pour flairer des proies capables d'assurer, parfois avec une surprenante générosité, sa subsistance alimentaire et alcoolique. Pour sa bonne ou mauvaise fortune – lui-même n'aurait su le préciser – son départ de la police et son entrée forcée dans le monde du commerce avaient coïncidé avec l'annonce officielle de l'arrivée de la Crise dans l'île, cette Crise galopante qui allait bientôt faire pâlir toutes les précédentes, toujours les mêmes, les éternelles, parmi lesquelles le Conde et ses compatriotes s'étaient promenés pendant des dizaines d'années, périodes récurrentes de pénuries qui commençaient maintenant à ressembler, à cause de la comparaison inévitable et de la mauvaise mémoire, à des temps paradisiaques ou à de simples crises sans nom n'ayant pas droit, de ce fait, à la terrible personnification d'une majuscule.

Comme sous l'effet d'un sort maléfique et avec une rapidité effrayante, la pénurie de toute chose imaginable était devenue un état permanent capable de s'attaquer aux nécessités humaines les plus diverses. Sous les effets de la précarité, la valeur de chaque objet ou service fut redéfinie et se transforma en une chose différente de ce qu'elle était auparavant : cela allait d'une allumette à une aspirine, d'une paire de chaussures à un avocat, du sexe aux rêves et aux espoirs, tandis que les confessionnaux des églises et les salles d'attente des *santeros*, spiritistes, cartomanciens, voyants et *babalaos* se peuplaient de nombreux nouveaux adeptes, avides d'une bouffée de consolation spirituelle.

La pénurie fut si brutale que même le vénérable monde des livres en fut affecté. En un an, les publications s'effondrèrent en chute libre, et les toiles d'araignée couvrirent les étagères des librairies désormais lugubres où les employés avaient eux-mêmes volé les dernières ampoules survivantes, pratiquement inutiles en ces jours d'interminables coupures de courant. C'est alors que des centaines de bibliothèques privées cessèrent d'être une source de culture, d'orgueil bibliophile et d'accumulation de souvenirs d'un temps sans doute heureux et troquèrent leur odeur de savoir pour vendre quelques livres usagés. La deuxième de ces techniques commerciales se révélait la plus efficace dans les quartiers de la périphérie, éternellement appauvris, en général peu fertiles pour son négoce – mais non exempts de surprises –, où l'art de l'achat et de la vente de toutes les choses possibles et même impossibles était, depuis des années, pour des centaines de milliers de personnes, le moyen d'assurer leur survie. En revanche, la sélection des maisons "au flair" s'imposait dans les quartiers aristocratiques du Vedado, de Miramar et Kohly, et dans quelques secteurs de Santos Suárez, du Casino Deportivo et du Cerro, où les gens, malgré l'envahissante misère nationale, avaient tenté de préserver certaines bonnes manières de plus en plus obsolètes.

Le plus extraordinaire fut que cette bâtisse du Vedado orientée au nord, aux prétentions néoclassiques et à la charpente définitivement fatiguée, n'avait pas été choisie grâce à la technique olfactive et encore moins en réponse à ses annonces criées dans les rues. Mario Conde, alors victime d'une période de poisse pure et dure – comme celle de Santiago, le pêcheur d'un certain livre en d'autres temps si admiré –, était presque convaincu de souffrir d'une atrophie progressive de son flair car il avait déjà perdu trois heures de cet après-midi torride du mois de septembre cubain à frapper aux portes et à recevoir des réponses négatives, souvent dues au passage préalable d'un collègue plus chanceux. En sueur, déçu, craignant l'orage imminent annoncé par l'accumulation accélérée de nuages noirs sur la côte proche, le Conde se disposait à terminer sa journée en comptabilisant ses pertes dans la rubrique irrécupérable du temps quand, sans aucune raison, il décida de se diriger vers une rue parallèle à l'avenue où il espérait attraper un taxi collectif... Le trottoir planté d'arbres lui avait-il plu? Avait-il pensé que le chemin serait plus court? Ou répondait-il simplement, sans le savoir encore, à un appel de son destin? En tournant juste au coin de la rue, il vit la demeure vétuste, plongée dans une épaisse atmosphère d'abandon. Dans un premier temps, il eut la certitude, vu son apparence, qu'une maison de ce type devait déjà avoir été prospectée par d'autres collègues, car les édifices de ce style étaient généralement productifs : grandeur passée impliquait bibliothèque avec des tomes reliés cuir ; pénurie présente impliquait faim et désespoir, et la formule fonctionnait plutôt bien pour l'acheteur de livres. Aussi, malgré la malchance des dernières semaines et la forte probabilité que ses concurrents soient déjà passés par là, le Conde obéit à l'impulsion quasi irrationnelle qui lui enjoignait d'ouvrir la grille, de traverser le jardin transformé par nécessité en potager planté de bananiers, de touffes de maïs rachitiques et de plants voraces de patates douces, de monter les cinq marches qui menaient à la fraîcheur du porche et, presque sans y penser, de soulever le heurtoir en bronze verdi de l'invincible porte en acajou noir, sans doute vernie pour la dernière fois avant la découverte de la pénicilline.

— Bonjour, dit-il quand la porte s'ouvrit et il sourit courtoisement comme l'indiquait le manuel.

La femme, que Mario Conde tenta de situer sur la pente descendante entre les soixante et les soixante-dix ans, ne daigna pas répondre à son salut et l'observa avec une dureté critique supposant, à n'en pas douter, que le visiteur était juste le contraire : un vendeur. Vêtue d'un grand peignoir gris, survivant d'une pluie préhistorique de grosses gouttes de graisse, elle avait les cheveux décolorés, parsemés de pellicules, la peau transparente sillonnée de veines pâles et des yeux épouvantablement tristes.

— Excusez-moi de vous déranger… j'achète et je vends des livres d'occasion, continua-t-il en évitant de prononcer le mot "vieux", et je me renseigne… vous connaissez peut-être quelqu'un qui…

C'était la règle d'or : ne jamais être celui qui est tellement dans la mouise qu'il est contraint de vendre sa bibliothèque ou celle de son père, autrefois médecin avec un cabinet célèbre et une chaire universitaire, ou celle du grand-père, peut-être sénateur de la République ou encore vétéran des guerres d'indépendance. Mais vous connaissez peut-être quelqu'un qui… n'est ce pas ?

La femme, comme insensible à toute émotion, ne manifesta aucun signe de surprise quant à la mission de son interlocuteur. Impassible, elle le regarda durant quelques secondes nonchalantes et perplexes, et Mario Conde se sentit sur le fil du rasoir, car son expérience l'avertit qu'une terrible décision semblait prendre forme dans le cerveau oxydé par le manque de graisse et de protéines de la femme transparente.

– Eh bien, commença-t-elle, en réalité non, ou plutôt... je ne sais pas si finalement... mon frère et moi, nous avions pensé... c'est Dionisio qui vous a dit de venir?

Conde vit pointer une lueur d'espoir et il tenta de se situer par rapport à la question, mais il lui sembla qu'il restait en suspens dans le vide. Est-ce que par hasard il aurait tapé dans le mille?

– Non, non... Dionisio?

– Mon frère, précisa la vieille femme usée. C'est que nous avons une bibliothèque, ici. De très grande valeur, vous savez? Bon, eh bien, entrez... asseyez-vous. Un instant...

Et le Conde crut remarquer dans sa voix une détermination capable de s'imposer aux calamités les plus implacables de la vie.

La femme aux yeux mélancoliques se perdit à l'intérieur de la grande maison, derrière une sorte de portique soutenu par deux colonnes toscanes de marbre brillant, noir veiné de vert, et le Conde déplora son manque de connaissance de l'aristocratie créole désormais dispersée, ignorance qui l'empêchait de savoir, ou même de supposer, qui étaient à l'origine les propriétaires de cet édifice marmoréen, et si les occupants actuels étaient leurs descendants ou seulement les bénéficiaires de leur éventuelle fuite post-révolutionnaire. Cette salle, avec des taches d'humidité sur les murs, un crépi écaillé et même quelques fissures, n'avait pas un meilleur aspect que l'extérieur de la maison, mais elle parvenait à conserver un air d'élégance solennelle et la vigoureuse capacité de rappeler toute la richesse qui un jour avait dormi entre ces murs désormais nus. Les hauts plafonds, couronnés de corniches dangereusement boursouflées et de liserés aux couleurs passées, devaient être l'œuvre de maîtres du métier, comme les deux grandes fenêtres qui avaient conservé, incroyablement intacts, les vitraux romantiques aux scènes chevaleresques, sans doute dessinés en Europe bien que destinés à atténuer et à colorer la lumière crue de l'été tropical. Les meubles, plus éclectiques que de styles connus, plus usés que vaincus, encore solides, laissaient suinter leur décrépitude jusque dans leur odeur, même si le sol, aux dalles de marbre noir et blanc disposées comme un immense échiquier, brillait de joie après le récent nettoyage. D'un côté du salon, deux très hautes portes couvertes de miroirs biseautés rectangulaires, encastrés dans une marqueterie de bois sombre, reflétaient entre les rosaces de tain disparu l'inquiétante désolation de l'endroit. A cet instant, le Conde comprit l'impression d'étrangeté qu'il avait éprouvée en entrant dans le salon : les murs, les tables, les consoles, les plafonds n'offraient pas le moindre ornement, aucun tableau ni même un motif visuel capable de rompre ce vide effrayant. Il supposa que les nobles porcelaines, les objets en argent repoussé, les lustres à pende-loques, les cristaux taillés et peut-être les tableaux sombres, les natures mortes surchargées qui autrefois avaient dû créer une atmosphère harmonieuse, avaient sans aucun doute été exilés avant les livres, subvenant à ces mêmes besoins alimentaires que devait maintenant satisfaire la bibliothèque dont on lui avait annoncé la grande valeur, si la chance était avec lui.

L'instant annoncé par la femme se transforma en une attente de plusieurs minutes ; le Conde en profita pour fumer une cigarette dont il lançait la cendre par une fenêtre en regardant tomber les premières gouttes de l'averse du soir. Son hôtesse revint, suivie d'un homme plus âgé de quelques années, définitivement au seuil de la vieillesse, tout aussi maigre, qui avait grand besoin d'un rasage et surtout, comme sa sœur présumée, de trois repas par jour avec un potentiel calorique suffisant.

— Mon frère, annonça-t-elle.

— Dionisio Ferrero, dit l'homme, d'une voix plus jeune que son physique, et il tendit une main aux ongles sales et à la peau calleuse.

— Mario Conde. Je…

— Ma sœur m'a déjà expliqué, dit l'homme sur un ton tranchant, comme habitué à la raideur du commandement, ce qu'il confirma en ordonnant plus qu'il ne demanda : suivez-moi.

Dionisio Ferrero se dirigea vers les portes aux miroirs biseautés et, entre les taches obscures, le Conde remarqua que sa propre allure, quadrillée dans le reflet, ne détonnait pas tellement, encadrée par les images squelettiques du frère et de la sœur Ferrero. Son expression d'épuisement reflétait le manque de sommeil de toutes ces nuits bien arrosées de rhum et sa maigreur, fragile et émouvante, donnait l'impression que ses vêtements s'étaient agrandis sur son corps. Avec une vigueur inattendue, Dionisio poussa les portes et le Conde perdit de vue son image et ses réflexions physiologiques tandis qu'il éprouvait une violente sensation de brûlure à la poitrine, car devant ses yeux se dressaient de magnifiques bibliothèques en bois, protégées par des portes vitrées, où reposaient, grimpant le long des murs jusqu'au très haut plafond, des centaines, des milliers de livres aux dos sombres où les lettres dorées de leur identité parvenaient encore à briller, triomphant de la sournoise humidité de l'île et de l'épreuve du temps.

Paralysé devant ce prodige, conscient du rythme saccadé de sa respiration, le Conde se demanda si ses forces n'allaient pas lui manquer, avant d'oser faire trois pas prudents. Quand il franchit le seuil, il découvrit avec stupeur l'accumulation des étagères débordantes de livres qui s'étendaient sur les côtés de la pièce, couvrant tout son périmètre d'environ cinq mètres sur sept. Et alors, à cet instant précis, tandis qu'il était déjà affaibli par l'émotion et l'émerveillement plus que justifiés, l'arrivée tumultueuse des symptômes du pressentiment l'avait surpris, une sensation différente de la stupeur livresque et mercantile ressentie jusqu'alors, mais capable de l'effrayer avec la certitude que quelque chose d'extraordinaire se cachait là, réclamant sa présence.

— Qu'en pensez-vous ?

Tétanisé par les effets physiques de la prémonition, Conde n'entendit pas la question de Dionisio.

– Alors, qu'est-ce que vous en pensez ? insista l'homme, en pénétrant dans le champ visuel du Conde.

– Fabuleux, réussit-il à dire finalement, car la commotion lui permettait à peine de se faire à l'idée qu'il se trouvait, sans aucun doute, en présence d'un filon extraordinaire, de ceux qu'on cherche toujours et qu'on ne trouve qu'une seule fois dans sa vie. Ou jamais. Son expérience lui criait que des surprises inimaginables l'attendaient sûrement là, car si seulement cinq pour cent de ces volumes pouvaient avoir une valeur spéciale, il se trouvait devant vingt, trente possibles trésors bibliographiques, capables à eux seuls de calmer – ou du moins de tromper pour un bon bout de temps – la faim des Ferrero et la sienne.

Quand il fut convaincu qu'il était capable de bouger à nouveau, le Conde s'approcha des bibliothèques qui le défiaient, juste devant lui, et, sans demander la permission, il ouvrit les portes vitrées. Il regarda quelques dos au hasard, cherchant parmi les livres à la hauteur de ses yeux où il découvrit la couverture en cuir rouge des *Chroniques de la guerre de Cuba** de Miró Argenter dans l'édition princeps de 1911 et, après avoir séché la sueur de ses mains, il sortit le volume pour découvrir la dédicace et la signature de l'écrivain-guerrier : "A mon ami affectionné, mon cher général Serafín Montes de Oca." Près des *Chroniques* de Miró reposaient les deux tomes définitifs de l'introuvable *Index alphabétique des noms et des décès de l'armée de libération de Cuba*, du major général Carlos Roloff, dans sa très rare et solitaire édition havanaise de 1901 et, avec un tremblement croissant de ses mains, Conde osa extraire de l'espace contigu les tomes des *Notes pour l'histoire des lettres et de l'instruction publique de l'île de Cuba*, le classique d'Antonio Bachiller y Morales, publié à La Havane entre 1859 et 1861. D'un mouvement de plus en

---

* Les titres en espagnol des livres cités sont regroupés à la fin du roman. *(Toutes les notes sont de la traductrice.)*

plus lent de son doigt, le Conde caressait le dos délicat du roman *La Caféière,* de Domingo Malpica de la Barca, édité par l'imprimerie havanaise Les Enfants Orphelins en 1890, et les dos musclés à la peau aimable des cinq volumes de l'*Histoire de l'esclavage* de José Antonio Saco dans l'édition de l'imprimerie Alfa de 1936, jusqu'au moment où, tel un possédé, il attrapa le livre suivant, dont le dos était gravé des initiales, C.V. ; en l'ouvrant, il sentit ses jambes flageoler car il s'agissait bien de la première édition de *La Jeune Fille à la flèche d'or,* le roman de Cirilo Villaverde, dans cette première édition mythique faite à La Havane par la fameuse typographie de Oliva, en 1842…

Conde eut la nette sensation que cet endroit était comme un sanctuaire perdu dans le temps et, pour la première fois, il se demanda s'il n'était pas en train de commettre un acte de profanation. Avec délicatesse, il remit chaque livre à sa place et respira le cher parfum qui s'échappait de la bibliothèque ouverte. Il inspira plusieurs fois jusqu'à emplir ses poumons et ne referma la porte que lorsqu'il se sentit grisé. Essayant de dissimuler son trouble, il se retourna vers les Ferrero et il remarqua sur leurs visages une flamme d'espérance, obstinée à s'imposer aux désastres les plus visibles de la vie.

– Pourquoi voulez-vous vendre ces livres ? demanda-t-il enfin, allant à l'encontre de ses principes et cherchant déjà une piste qui le conduirait à l'histoire de cette bibliothèque trop singulière : personne ne se défaisait ainsi, de façon soudaine et consciente, d'un trésor comme celui-ci (dont il avait à peine entrevu quelques joyaux prometteurs) à moins qu'il n'y ait, en plus de la faim, une autre raison et le Conde sentit qu'il mourrait d'envie de la connaître.

– C'est une longue histoire et… Dionisio Ferrero hésita pour la première fois depuis qu'il était en présence du Conde, mais il récupéra immédiatement son aplomb presque martial. Nous ne savons pas encore si nous voulons vendre. Cela dépendra de ce que vous allez nous proposer. Dans le commerce des antiquités il y a beaucoup d'arnaqueurs, vous savez… L'autre jour deux types sont passés. Ils voulaient nous acheter les fenêtres avec les vitraux et ces salopards nous offraient trois cents dollars pour chacune... Ils nous prennent pour des morts de faim ou pour des idiots...

— Oui c'est vrai, ce ne sont pas les opportunistes qui manquent! Mais ce que j'aimerais savoir, c'est pourquoi vous vous décidez à vendre les livres *maintenant*...

Dionisio regarda sa sœur comme s'il ne comprenait pas: ce type était assez stupide pour poser une telle question? Le Conde comprit tout de suite et il sourit, essayant de trouver une troisième voie pour satisfaire sa curiosité.

— Pourquoi vous décidez-vous à les vendre *seulement maintenant*?

La femme transparente, peut-être poussée par les exigences de son estomac, s'empressa de répondre.

— A cause de maman. Notre mère, expliqua-t-elle. Il y a des années, elle a promis de veiller sur ces livres...

Le Conde sentit qu'il s'aventurait sur le terrain marécageux classique, mais il n'avait plus d'autre issue que de continuer.

— Et votre mère...?

— Non, non, elle n'est pas morte. Elle est très âgée. Elle aura quatre-vingt-onze ans cette année. Et la pauvre, elle est...

Conde n'osa pas insister: la première partie de la confession était en cours et il attendit en silence. Le reste allait suivre tout naturellement.

— Elle n'a plus sa tête... Bref, elle a les nerfs malades depuis longtemps. Et c'est vrai qu'on a besoin d'un peu d'argent, lâcha Dionisio et il tendit la main vers les livres. Vous savez comment sont les choses, la retraite ne permet même pas de...

Conde acquiesça d'un signe de tête. Oui, il le savait, et suivant le geste de l'homme, il tourna son regard vers les bibliothèques bourrées de livres et constata que le pressentiment de se trouver au bord de quelque chose de définitivement extraordinaire ne l'abandonnait pas, il était toujours là, imperturbable, avec la sensation lancinante sous le sein et la sueur sur ses mains et le Conde se demanda la raison d'une telle véhémence. Puisqu'il se savait déjà entouré de livres précieux, qu'est-ce qui pouvait bien le troubler avec une telle intensité ? La présence éventuelle d'un livre *trop* inattendu ? Le livre impossible, oublié et heureux que n'importe quel bibliophile rêve de découvrir un jour ? C'était sans doute ça, il fallait que ce soit ça, se dit-il, et si c'était la raison, il n'aurait de répit que lorsqu'il aurait fouillé toutes les étagères de fond en comble.

– Excusez ma curiosité, mais c'est que... depuis quand personne ne touche à cette bibliothèque ? demanda-t-il alors.

– Ça fait quarante, quarante-trois ans, précisa la femme et le Conde hocha la tête, en proie à l'incrédulité.

– Pendant tout ce temps, aucun livre n'est entré ou sorti d'ici ?

– Pas un seul, intervint Dionisio, certain que son affirmation valorisait le contenu de la bibliothèque. Maman nous avait demandé de l'aérer une fois par mois et de l'épousseter seulement avec un plumeau, comme ça, par en haut...

– Écoutez, je vais être franc avec vous, préféra prévenir Mario Conde, conscient du fait qu'il allait trahir les règles les plus sacrées de la profession : j'ai le pressentiment – c'est une façon de parler –, je suis sûr qu'il peut y avoir ici des livres qui valent beaucoup d'argent et d'autres peut-être si précieux qu'ils ne peuvent pas ou ne doivent pas être vendus... Je vous explique : il pourrait y avoir des livres, surtout des livres cubains, qui ne devraient pas sortir de Cuba et pratiquement personne ici ne peut les payer à leur juste valeur. Et encore moins la Bibliothèque nationale. Et ce que je vais vous dire va à l'encontre de mes intérêts, mais je pense que ce serait un crime de les vendre à un étranger qui les sortirait ensuite du pays... Et je dis un crime parce que, en plus d'être impardonnable, ce serait un délit, même si maintenant tout le monde s'en fiche. Si nous nous mettons d'accord, nous pouvons faire des affaires avec les livres vendables, et si par la suite vous voulez vendre les autres, les plus précieux, je me retire de l'affaire, un point c'est tout...

Dionisio regarda le Conde avec une intensité inattendue.

– Votre nom déjà… c'est… ?

– Mario Conde.

– Mario Conde. (Il rumina lentement le nom, comme s'il mastiquait ces lettres pour en extraire la dose de dignité que son sang exigeait de lui en cet instant.) Tels que vous nous voyez ma sœur et moi, on s'est beaucoup crevés pour ce pays, beaucoup. J'ai même risqué ma vie, ici comme en Afrique. Et même si j'étais en train de mourir de faim, je ne ferais pas une chose pareille… ni pour mille ni pour dix mille pesos (et il se tourna vers sa sœur comme s'il cherchait un ultime refuge pour son orgueil.) Pas vrai, Amalia ?

– Bien sûr, Dionisio, assura-t-elle.

– Je vois que nous nous comprenons, admit le Conde, ému par la naïveté de l'épique Dionisio qui pensait en pesos alors que lui, il calculait des chiffres similaires, mais en dollars. Voilà ce qu'on va faire : je vais choisir, comme ça en gros, vingt ou trente livres qui peuvent bien se vendre, même s'ils n'ont pas vraiment une grande valeur. Je vais les mettre à part et demain je reviens avec l'argent pour les prendre. Après, je voudrais inventorier toute la bibliothèque pour vous indiquer quels livres je pourrais prendre, ceux qui n'intéressent aucun acheteur et ceux qu'on ne peut pas vendre, ou plutôt, qu'on ne devrait pas vendre, d'accord ? Mais avant j'aimerais écouter toute l'histoire, enfin si cela ne vous dérange pas… Excusez-moi d'insister, mais une bibliothèque, avec des livres comme ceux que je viens de regarder, qui dort depuis quarante-trois ans sans que personne n'y touche…

Dionisio regarda sa sœur et la femme incolore soutint son regard, sans cesser de mordiller la peau de ses doigts. Puis elle tourna la tête vers le Conde :

– Quelle histoire ? Celle de la bibliothèque ou pourquoi nous allons la vendre seulement maintenant ?

– Ce n'est pas la même histoire, avec un début et une fin ?

Quand les Montes de Oca ont quitté Cuba, maman et moi, on est restées dans cette maison, qui était une des plus élégantes du Vedado... comme cela se voit encore, malgré le temps. M. Alcides Montes de Oca, qui au début a même sympathisé avec la révolution, a compris que les choses allaient changer plus qu'il ne l'avait escompté et en septembre 1960, quand la nationalisation des compagnies américaines a commencé, il est parti pour le nord avec ses deux enfants – sa femme était morte quatre-cinq ans avant, en 1956, et il ne s'était pas remarié. Bien que les affaires n'aient pas été bonnes pour lui sous Batista, M. Alcides avait encore beaucoup, beaucoup d'argent, le sien et celui de l'héritage de sa défunte épouse, Alba Margarita, qui était de la famille des Méndez Figueredo, propriétaire de deux plantations avec leurs raffineries de sucre à Las Villas et de je ne sais pas combien d'autres choses encore... Et c'est alors qu'il nous a proposé, à maman et à moi, de partir avec lui si nous le voulions. Rendez-vous compte, maman était son bras droit pour toutes ses affaires et en plus c'était comme sa sœur, elle était même née dans cette maison, je veux dire, dans la maison que les Montes de Oca avaient dans le quartier El Cerro avant de faire construire celle-ci, parce que maman est née en 1912 et cette maison a été terminée en 1922, après la guerre, au moment où les Montes de Oca avaient le plus d'argent. C'est pour ça qu'ils ont pu faire venir les marbres d'Italie et de Belgique, les azulejos de Coimbra, le bois du Honduras, l'acier de Chicago, les rideaux d'Angleterre, les verreries de Venise et des décorateurs de Paris... A cette époque, mes grands-parents étaient le jardinier et la blanchisseuse des Montes de Oca, et comme maman était née dans la maison, elle a été élevée pratiquement comme quelqu'un de la famille, vous voyez, comme une sœur de M. Alcides, et alors elle a pu faire des études et devenir bachelière. Mais alors qu'elle était sur le point d'entrer à l'École normale d'instituteurs, elle a décidé, toute seule, de ne pas continuer ses études et elle a demandé à Mme Ana, l'épouse de don Tomás – qui étaient les parents de M. Alcides –, de la laisser travailler à la maison comme gouvernante ou administratrice, parce qu'elle aimait vivre ici, au milieu de jolies choses, propres et chères, plutôt que dans une école publique comme institutrice, à batailler avec des petits morveux pour cent pesos par mois. A cette époque, elle avait dix-neuf, vingt ans et les Montes de Oca n'avaient déjà plus autant d'argent, parce qu'en 1929 ils avaient perdu beaucoup à cause de la crise et parce que don Serafín, qui s'était battu pendant la guerre d'Indépendance, et son fils, don Tomás, un avocat très connu, n'avaient pas voulu faire le jeu de Machado qui était devenu un dictateur et un assassin, alors Machado et ses acolytes leur ont rendu la vie impossible, ils ont coulé beaucoup de leurs affaires, tout comme c'est arrivé plus tard à M. Alcides avec Batista, même si avant le coup d'État de Batista, M. Alcides avait gagné une fortune en faisant des affaires pendant l'autre guerre, alors ça lui était presque égal d'être écarté quand ce dégénéré distribuait les parts du gâteau... Aïe! Je perds toujours le fil... Bon, enfin, ce qui est sûr c'est que maman a beaucoup aidé M. Alcides, elle s'occupait de tous ses papiers, des comptes, des déclarations d'impôts, elle était sa secrétaire, elle avait toute sa confiance et quand sa femme, Mme Alba Margarita, est morte, maman a aussi pris en charge les enfants. Pour toutes ces raisons, quand M. Alcides a décidé de quitter le pays, il a proposé à maman de partir avec lui, mais elle lui a demandé un temps de réflexion. A ce moment-là, elle n'était pas sûre qu'il fallait partir s'installer là-bas, parce que Dionisio, qui était entré tout jeune dans la clandestinité pour renverser Batista, s'était jeté la tête la première dans la révolution, il était parti alphabétiser au fin fond de l'Oriente[*] et maman ne voulait pas le laisser seul. Tu avais quel âge, Dionisio? Vingt-quatre ans? Mais en même temps, maman ne voulait pas se séparer de Jorgito et Anita, les enfants de M. Alcides, elle les avait pratiquement élevés et elle savait qu'elle allait beaucoup manquer à M. Alcides quand il monterait d'autres affaires là-bas dans le Nord. Maman se trouvait dans un terrible dilemme. M. Alcides lui a dit de réfléchir tranquillement et quand elle se déciderait, sa maison, celle qu'il aurait, où qu'elle soit, nous serait toujours ouverte et

---

[*] Province orientale de Cuba (capitale : Santiago de Cuba).

on pourrait le rejoindre quand on voudrait. Mais si nous restions un certain temps à Cuba, nous pouvions vivre ici et il nous demandait seulement un service : de nous occuper de la maison, mais surtout de la bibliothèque et des deux vases en porcelaine de Sèvres que sa grand-mère, doña Marina Azcárate, avait achetés à Paris, car il ne pouvait pas les emporter, mais il était de ceux qui pensaient que la révolution n'allait pas faire long feu et alors il comptait revenir ici chez lui et monter de nouveau des affaires. Si la révolution continuait et si nous ne partions pas le rejoindre, il nous demandait d'agir de même, jusqu'au jour où il pourrait, ou bien ses enfants Jorgito et Anita, venir chercher les livres et les vases pour qu'ils reviennent dans la famille, où qu'elle se trouve. Bien sûr, maman a promis que si elle restait à Cuba, M. Alcides pouvait être certain qu'à son retour tout serait à sa place, elle le lui jurait et pour elle, ce serment était sacré...

Moi, je ne suis jamais arrivée à savoir quelle idée elle avait vraiment en tête, si elle avait déjà décidé de rester ou si elle laissait simplement passer le temps pour voir ce qu'allait faire Dionisio ici et M. Alcides là-bas quand il serait installé. Je le lui ai demandé deux ou trois fois et elle m'a toujours répondu la même chose : elle se sentait perdue, elle voulait se donner du temps, c'était une grande décision... Pourtant une femme comme elle devait savoir, c'est sûr, même si elle ne savait plus trop où elle en était. Mais tout s'est définitivement compliqué, sept mois plus tard, en mars 1961, quand M. Alcides, complètement soûl, s'est tué dans un accident de voiture. On a appris la nouvelle une semaine plus tard. Quand elle a raccroché le téléphone, maman, qui était déjà plutôt déprimée, s'est enfermée dans sa chambre, elle est restée une semaine sans sortir ni laisser entrer personne et quand enfin elle m'a ouvert la porte, je me suis retrouvée devant une autre femme : ce n'était plus la mère que j'avais connue, et nous avons tout de suite compris que la douleur et le sentiment de culpabilité, parce qu'elle n'était pas partie avec M. Alcides, avaient affecté sa raison.

Je crois que c'est à ce moment-là que je me suis fait une idée exacte de ce que signifiait pour elle la famille Montes de

Oca, le fait d'avoir travaillé avec don Alcides, de s'être sentie si importante pour cet homme puissant qui n'existait plus. Après tant d'années, elle ne pouvait pas imaginer que don Alcides ne soit plus là pour lui donner des ordres ou lui demander conseil... Pauvre maman, elle avait organisé sa vie en fonction de cet homme et sans lui elle avait perdu le nord. Le fait est qu'elle a commencé à vivre recluse dans sa chambre, comme pétrifiée, car si elle avait jamais pensé partir avec M. Alcides, l'aider pour élever ses enfants ou mener ses affaires, tout cela n'avait plus aucun sens, parce que Jorgito et Anita vivaient avec leur tante Eva qui avait également quitté Cuba ; la promesse de M. Alcides de nous recevoir chez lui l'avait suivi dans la tombe... Alors qu'elle passait ses journées enfermée, à ressasser sa douleur et son égarement, Dionisio et moi avons essayé de mener notre vie, rendez-vous compte ; moi, j'avais vingt et un ans et j'avais commencé à travailler dans une banque, je suis d'abord devenue membre de la Fédération des femmes cubaines et ensuite milicienne, Dionisio est entré dans l'armée quand il est revenu de la campagne d'alphabétisation et il a tout de suite été nommé sergent, alors on a commencé à vivre tous les deux, je ne sais comment dire, d'une autre façon, par nous-mêmes, pour notre propre compte, sans penser aux Montes de Oca et sans dépendre d'eux, à l'inverse de ce qui s'était passé pendant presque un siècle pour ma famille et pour maman dès qu'elle avait atteint l'âge de raison... Dionisio a beau dire le contraire, en réalité cela n'a été qu'une illusion, parce que le fantôme des Montes de Oca était resté dans la maison : l'enfermement maladif de maman qui a fini par se transformer en folie, la vaisselle, la bibliothèque, les porcelaines de Sèvres, les meubles, de nombreux bibelots et deux ou trois peintures que M. Alcides n'avait pas voulu emporter étaient restés à leur place, ici, comme un souvenir inévitable, en attendant M. Alcides qui ne reviendrait jamais et ensuite ses enfants, qui ne sont jamais venus et ne se sont jamais intéressés à ce qui était resté ici. Pendant plusieurs années j'ai correspondu avec Mlle Eva, elle était allée vivre dans le

New Jersey, je m'en souviens, dans un village ou une ville qui s'appelle Rutherford, et nous sommes restées en contact, même si nous ne nous écrivions qu'une ou deux lettres par an. Mais vers 1968 Mlle Eva a déménagé, mes deux lettres sont revenues avec la mention "inconnue à cette adresse", et nous sommes restés des années sans nouvelles. J'ai même pensé au pire, j'ai écrit à d'autres personnes qui vivaient là-bas, au cas où ils sauraient où habitaient les Montes de Oca, mais dix ans ont passé sans nouvelles d'eux jusqu'au jour où une dame, une amie de la famille, est venue à Cuba et nous avons enfin appris qu'ils étaient partis vivre à San Francisco et que Mlle Eva était morte d'un cancer trois ou quatre ans plus tôt. Mais il restait les enfants et, par respect pour la promesse de maman, j'ai continué à attendre, au cas où un jour ils s'intéresseraient aux porcelaines et aux livres que j'ai décidé de garder, comme toujours. Les livres les plus anciens avaient presque tous appartenu à don Serafín, le père de don Tomás, qui lui aussi en avait beaucoup acheté car c'était un homme très cultivé, avocat et professeur de droit à l'université et, comme son père, il avait l'habitude d'acheter tous les livres qui l'intéressaient, quel que soit leur prix, et pour les anniversaires de ses petits-enfants ou de ses amis, il n'offrait que des livres. Les deux vases de Sèvres étaient dans la famille depuis le XIXe siècle, quand les Azcárate et les vieux Montes de Oca s'étaient exilés en France, dans l'attente d'une nouvelle guerre contre l'Espagne. Ces livres et les porcelaines, tout comme cette maison, c'était l'histoire même de la famille, et comme maman s'était pratiquement sentie une Montes de Oca, parce qu'ils l'avaient toujours traitée comme telle, tout cela a toujours eu pour elle une valeur sentimentale et nous devions respecter sa promesse... même si, en vérité, il ne restait plus rien des Montes de Oca, personne ne se souvenait d'eux, et cette bibliothèque et ces porcelaines étaient leur seul lien avec le passé et avec ce pays... Mais les années ont passé et les livres et les porcelaines sont toujours restés ici. Comme je gagnais bien ma vie et que Dionisio me donnait toujours de l'argent pour maman, on se débrouillait toutes les deux et je n'ai jamais pensé vendre quoi que ce soit parce que nous avions assez pour vivre. Cependant, les choses ont commencé à aller vraiment mal en 1990-1991. Pour comble de malheur, Dionisio a eu un infarctus, il a été démobilisé et après il s'est séparé de sa femme. L'année où Dionisio a dû quitter l'armée, il a d'abord été employé dans une compagnie* qui travaillait pour l'armée, avec le même salaire, mais alors vraiment ce qu'on gagnait à nous deux n'a plus suffi du tout, parce qu'il n'y avait pas de nourriture et les produits qui arrivaient, croyez-moi, il fallait être aussi riche que les Montes de Oca pour les acheter. Pour aggraver encore les choses, Dionisio a quitté la compagnie, ce qui a fait une bouche de plus à nourrir... Non, je n'ai pas honte de le dire, parce que vous avez sûrement enduré les mêmes choses: la situation est devenue si terrible que bien des soirs, mon frère et moi nous nous sommes couchés avec une carafe d'eau sucrée dans l'estomac, avec une décoction de feuilles d'oranger ou de menthe, parce que le peu de nourriture que nous avions, nous le donnions à maman, et parfois, même pour elle il n'y avait pas ce qu'il fallait... C'est alors que j'ai pensé faire quelque chose des bibelots, des tableaux, des porcelaines et des livres, les seules choses de valeur que nous avions. C'était une question de vie ou de mort, je vous le jure. Malgré tout, pendant des mois on a encore hésité jusqu'au moment où j'ai été convaincue que si on continuait comme ça, on allait mourir de faim, oui, de faim à force de ne pas manger, il fallait voir à quel point Dionisio était maigre, il avait pourtant été major, il avait commandé des hommes pendant la guerre d'Angola, il a dû commencer à planter des bananes et des yuccas dans le jardin et obtenir un travail de veilleur de nuit pour gagner quelques pesos de plus... Un jour, on s'est décidé une fois pour toutes et on a commencé à vendre la vaisselle qui restait, ensuite les bibelots et les cadres qui n'avaient rien de particulier, même si on n'en a tiré qu'une misère car on ne trouvait personne qui puisse payer ce que

---

* A Cuba, entreprise à capitaux mixtes.

c'était supposé valoir. Après, on a vendu quelques meubles, des lampes dont on a tiré un bon prix, croyez-moi, mais l'argent nous filait entre les doigts comme de l'eau, et finalement, il y a quatre ans, on a décidé de vendre les vases de Sèvres à un Français qui vit ici à Cuba et fait des affaires avec le gouvernement, un homme sérieux, je vous assure. Pour les vases, vous vous rendez compte, ils étaient grands comme ça, peints à la main, on nous a donné une belle somme et avec ça on s'en est sortis jusqu'à maintenant. Il faut reconnaître que ces vases nous ont sauvé la vie… Mais au bout de tant d'années, au prix où sont les choses… Ça fait un moment que Dionisio et moi, nous avons commencé à penser que le moment était venu de vendre les livres. Enfin, Dionisio a commencé à y penser, parce que moi, il y avait longtemps que je voulais le faire. Chaque fois que j'entrais dans la bibliothèque pour faire le ménage, je me disais la même chose: finalement, si personne ne les lisait plus ces livres et si personne ne les réclamait… pas vrai? En plus, ces livres, je ne sais pas pourquoi, mais je leur en ai toujours voulu, pas aux livres eux-mêmes, mais à cause de ce qu'ils représentent, de ce qu'ils ont représenté: ils sont l'âme vivante des Montes de Oca, le souvenir de ce qu'ils ont été, et d'autres comme eux, qui se prenaient pour les maîtres du pays. Le simple fait de rentrer dans cette bibliothèque m'est pénible, c'est un lieu qui me rejette et que je rejette… Et voilà, c'est toute l'histoire. Je sais que maintenant il y a des gens qui n'ont plus à endurer autant d'épreuves qu'il y a cinq ou dix ans, il y en a même qui vivent très bien, mais nous, faites le compte, avec deux retraites de misère et personne pour nous envoyer des dollars, eh bien, je ne sais pas mais je crois que ça va de mal en pis. En fin de compte c'est la vie même qui s'est chargée de nous faciliter les choses: nous n'avons plus le choix et mon frère le sait… Ou nous vendons les livres, ou nous mourrons de faim à petit feu, tous, même la pauvre maman, qui par chance a perdu tout contact avec la réalité, parce que si ça se trouve, elle pourrait bien nous pardonner d'avoir vendu le reste, même les vases, mais si elle apprenait ce que nous pensons faire de la bibliothèque des Montes de Oca, je crois qu'elle serait capable de nous tuer tous les deux et de se laisser mourir de faim…

Assis sur le bord d'un canapé élimé, Conde avait bu les paroles d'Amalia en fumant et en se servant de sa main comme cendrier, jusqu'au moment où Dionisio était sorti puis revenu avec une assiette à dessert ébréchée avec un filet d'or et l'avait tendue au fumeur avec un geste d'excuse. Mais le Conde n'avait pas remarqué le mouvement de Dionisio tant il était touché par cette chronique d'une fidélité presque irrationnelle. Le choc n'avait pourtant pas réussi à entamer ses facultés critiques : l'alarme automatique entraînée par son passé de policier lui indiqua qu'il s'agissait seulement d'une partie de l'histoire, peut-être la plus plaisante ou la plus dramatique, même si pour le moment il devait se contenter de ce qu'il venait d'entendre.

— Eh bien, si vous êtes décidés… je reviens demain…

— Et aujourd'hui, vous n'emportez aucun livre ? l'interrompit Amalia, d'une voix où perçait presque l'écho d'une prière.

— C'est qu'en réalité, je n'ai pas assez d'argent sur moi…

Amalia jeta un regard à son frère et se décida :

— Écoutez, on voit bien que vous êtes un honnête homme…

— Ça fait des années que je n'avais pas entendu ça, l'interrompit le Conde. Un honnête homme…

— Mais si, ça se voit, assura la femme translucide. Vous imaginez le nombre de vauriens auxquels nous avons eu à faire pour vendre les porcelaines et les autres objets ? Le nombre de fois où ils ont voulu nous donner une misère pour des choses qui avaient de la valeur ? Écoutez, faites-nous une offre et emportez quelques livres et… vous nous payez ceux que vous pouvez. Qu'est-ce que vous en dites ? Après, vous revenez, vous faites l'inventaire que vous voulez et vous emportez ceux que vous déciderez d'acheter…

Pendant qu'Amalia parlait, Conde avait remarqué que Dionisio faisait un geste presque défensif, comme s'il voulait se protéger des paroles qu'il écoutait. Il avait discrètement tourné son regard vers la bibliothèque dont les portes-miroirs étaient restées ouvertes, comme une invitation à les franchir et à venir se servir au banquet royal dressé dans la pièce.

– J'ai cinq cents pesos sur moi... quatre cent quatre-vingt-dix. Si j'emporte des livres, il me faut dix pesos pour le taxi collectif.

– Oui, ça va, d'accord... dit-elle, sans pouvoir surmonter son avidité.

Conde préféra se diriger vers la bibliothèque plutôt que de croiser à nouveau le regard d'Amalia et surtout celui de Dionisio. Leur impatience, capable de broyer les restes d'une promesse ancienne et toute trace d'orgueil, devait être le dernier stade d'une dignité mortifiée par les calamités de leur vie désastreuse. Il déplora, une fois de plus, le côté sordide de son métier, mais la recherche de livres faciles à vendre sur le marché soulagea ses remords. Deux volumes de recensements de population, antérieurs à 1940, que cherchait un Italien, client de son associé Yoyi el Palomo, furent les premiers mis de côté; puis il choisit trois premières éditions des œuvres de Fernando Ortiz toujours faciles à écouler parmi les amateurs des mystères de la culture noire cubaine; une première édition du roman *Le Négrier*, de Lino Novás Calvo; et, après avoir choisi quelques livres imprimés au XIXe siècle dont il devait vérifier la valeur, il mit dans son sac plusieurs monographies historiques publiées à La Havane, Madrid et Barcelone dans les années 20 et 30, sans grande valeur bibliographique, mais convoitées par les acheteurs non cubains qui furetaient parmi les étalages de vieux livres. Alors qu'il était en train de fermer son sac, prêt à faire les comptes, il découvrit sous ses yeux, au milieu de l'étagère, un livre qui lui adressa presque un cri: c'était un exemplaire intact, solide, pimpant, bien nourri, de *Servez-vous*, sous-titré *Manuel culinaire et... nécessaire*, imprimé par Ucar et García en 1956, illustré par le grand caricaturiste Conrado Massaguer. Depuis ce lointain après-midi où pour la première fois Conde avait vu ce livre entre les mains d'un nouveau riche, propriétaire d'un de ces restaurants privés nés dans les jours de plus grande pénurie, acheteur compulsif de littérature gastronomique, il avait suivi la piste de ce livre, ébloui par ses merveilleuses recettes de plats créoles et internationaux, réunies pour satisfaire les cuisines les plus aristocratiques d'une époque où il restait encore des cuisines aristocratiques à Cuba. Cependant, cette avide poursuite de Conde n'avait aucun but bibliophile et encore moins mercantile car elle répondait au dessein le plus grandiose et le plus intéressé, offrir cette merveille à la vieille Josefina, la seule personne qu'il connaissait douée de la capacité magique de faire des miracles – même en temps de Crise – et de transformer certains de ces plats de rêve en une réalité digestible.

Son sac de livres sur le dos et son estomac vide faisant des bonds de joie anticipée, Mario Conde revint au salon où l'attendaient les Ferrero, sérieux et anxieux. Alors seulement il remarqua un détail : les doigts d'Amalia, qui à cet instant essuyait la sueur de ses mains, avaient les cuticules atrophiées et rougies sur les bords comme des doigts de grenouille, sans doute à cause du besoin compulsif de se ronger les ongles et la peau qui les entourait.

– Bon, j'emporte seize livres. Il n'y en a qu'un d'exceptionnel, celui de cuisine cubaine, même s'il n'a pas une valeur particulière sur le marché… Mais celui-là, je veux le garder pour moi. Cinq cents pesos pour ce lot de livres, ça vous va ?

Les yeux de Dionisio cherchèrent ceux de sa sœur et ils soutinrent mutuellement leurs regards. Puis tous deux tournèrent lentement les yeux vers le Conde déconcerté qui devança un éventuel reproche.

– Cela vous paraît peu ?

– Non, réagit immédiatement Dionisio. Non, vraiment. Je veux dire, ça va comme ça.

Conde sourit avec soulagement.

– Ce n'est pas beaucoup, mais c'est juste. Ce prix, je dois le calculer avec un bénéfice pour moi et un autre pour le vendeur de livres, qui doit aussi payer l'emplacement et les impôts… Il vous revient plus ou moins trente pour cent du prix final probable. Pour les livres faciles à vendre, on calcule toujours un gain de trois pour un.

– Si peu que ça!

Cette fois, ce fut Amalia qui ne put retenir son exclamation.

– Ce n'est pas si peu si vous êtes convaincus que je ne vais pas vous arnaquer. Je suis un honnête homme et, si on continue à s'entendre, je vais vous acheter beaucoup de livres à un bon prix.

Il sourit, considérant que le différend était tranché et, avant que le frère et la sœur ne fassent d'autres calculs, il leur remit la somme convenue.

Quand il sortit dans la rue, il fut accueilli par la vapeur humide du soir, à nouveau écrasé de soleil après l'orage attendu qui s'était transformé en une averse éphémère et avait tout juste servi à renforcer l'humidité ambiante. Le Conde remarqua tout de suite le contraste thermique : la maison des Ferrero, jadis des richissimes Montes de Oca, avait la capacité de vaincre l'été havanais et, un instant, il éprouva la tentation de se retourner et d'observer de nouveau la fraîche demeure, mais un éclair de lucidité l'avertit de ne pas regarder en arrière, car s'il le faisait, il serait pétrifié à coup sûr en voyant un des Ferrero sortir en courant de la maison vers le marché le plus proche pour essayer d'arriver avant cinq heures, avant la fermeture des étals avec les viandes, les crudités et les légumes destinés à leur éviter, le soir même, le régime inéluctable de riz et de haricots qu'ils partageaient avec des millions de compatriotes. Mais, pendant qu'il s'éloignait en cherchant les rues où il était possible d'attraper un taxi collectif, Mario Conde remarqua que si quelques symptômes s'étaient atténués, sa prémonition continuait à frétiller, accrochée à la peau de son sein gauche comme une sangsue vorace.

Yoyi el Palomo*, qui avait été inscrit à l'état civil et baptisé catholiquement sous le nom sonore de Jorge Reutilio

---

* *El Palomo* : le Pigeon.

Casamayor Riquelmes, avait vingt-huit ans, une poitrine légèrement bombée à laquelle il devait son surnom colombophile et une tendance irrésistible aux tics verbaux. C'était, de plus, un homme doué d'une grande rapidité de pensée, efficace pour les calculs les plus embrouillés, comme en témoignait académiquement son diplôme d'ingénieur civil, sous verre, dans un cadre sobre et élégant de bronze sculpté, accroché dans le salon de sa maison de Víbora Park, attendant patiemment, selon l'ingénieur diplômé, que le papier hygiénique se fasse encore plus rare pour se décider à utiliser à ces fins le bruissant parchemin universitaire qui ne lui avait guère apporté de satisfactions sociales et aucun avantage économique. Bien que Yoyi ait vingt ans de moins, Conde lui reconnaissait, non sans une pointe de jalousie, un cynisme essentiel et une connaissance pragmatique de la vie qu'il n'avait jamais réussi à avoir et qu'apparemment il ne posséderait jamais, même si ces qualités lui semblaient de plus en plus nécessaires pour subsister dans la jungle de la vie créole du troisième millénaire.

Depuis que, trois-quatre ans auparavant, le Conde était devenu un des fournisseurs du Palomo, les gains de son labeur, achat et vente de livres d'occasion, s'étaient accrus de façon satisfaisante. Entre autres activités commerciales – achat de bijoux et d'antiquités, d'œuvres d'art, de deux voitures main-tenant utilisées pour la location, et la possession de vingt-cinq pour cent des actions d'une petite entreprise de construction totalement clandestine –, Yoyi avait, pour tout lien officiel avec les autorités, un permis d'installer un présentoir de bouquiniste sur la plaza de Armas, tenu, en réalité, par un oncle maternel auquel il rendait visite deux fois par semaine pour l'approvisionner en nouveautés et contrôler la santé mercantile du négoce qui lui servait de façade. Le Conde en était venu à penser que ce don inné du jeune homme pour le commerce, savoir vendre, convaincre les clients potentiels – qu'il fallait toujours essayer de baiser, répétait-il comme un tic de plus –, était sans doute le résultat de l'héritage génétique venu du grand-père, un épicier espagnol, auquel il devait aussi le nom de Reutilio, car le garçon avait grandi dans un pays où, depuis plusieurs décades, la gêne et la pénurie avaient proscrit le grand art de la vente. Les gens vendaient par nécessité et achetaient pour la même raison ; les uns vendaient ce qu'ils pouvaient et les autres achetaient ce que leur permettaient leurs poches trouées, sans plus de complication boursière et, surtout, sans l'angoisse qu'entraîne le choix : à prendre ou à laisser, c'est ça ou rien, vite ou y en aura plus, achète ce qui se présente même si pour l'instant tu n'en as pas besoin... Mais pas Yoyi el Palomo. Lui, c'était un artiste consommé, capable de vendre des objets somptueux à des prix pas possibles, et le Conde pariait que lorsqu'il réaliserait son rêve et abandonnerait l'île – pour aller n'importe où, même à Madagascar –, il réussirait dans le commerce.

Quand ils avaient fait connaissance, Conde avait éprouvé un rejet primaire pour l'apparence du jeune homme, adorateur invétéré de son corps et amoureux des bijoux qu'il arborait à ses mains et à son cou. Cependant, la relation entre ces deux hommes, née de rapports purement commerciaux, avait réussi à franchir la barrière implacable des préjugés du Conde et avait commencé à se transformer en amitié, peut-être à cause de leurs manques, chacun d'eux trouvant un complément dans le caractère et les qualités de l'autre. L'impitoyable vision mercantile du jeune homme et le romantisme désuet du Conde, la dangereuse célérité de l'un, la parcimonie et les scrupules de l'autre, la véhémence parfois irréfléchie du Palomo et la rouerie que ses années d'expérience dans la police avaient apportée au Conde, créaient entre eux un équilibre particulier.

La relation d'amitié avait été définitivement scellée trois ans auparavant, le soir où le Conde était passé chez son associé sous prétexte de lui annoncer que le lendemain il lui apporterait quelques livres, alors que la véritable raison était l'excellent café que faisait toujours la mère du garçon. Mais ce soir-là, par sa présence, Conde l'avait au moins sauvé d'une arnaque qui échappait aux yeux de faucon du Palomo.

Conde était arrivé à la maison à l'instant précis où Yoyi, ébloui par un lot de bijoux offert à un prix trop raisonnable par deux personnages arrivés jusqu'à lui en se recommandant d'un bijoutier, était sur le point d'aller chercher dans sa chambre les deux mille deux cents dollars convenus pour l'ensemble. En arrivant, Conde avait salué Yoyi et les vendeurs de bijoux et, discrètement, il était sorti jusqu'au portail de la maison, avec le pressentiment que quelque chose ne collait pas. En triturant sa mémoire, il avait réussi à se souvenir du visage de l'un des deux présumés vendeurs, impliqué, bien des années auparavant, dans une affaire de vol avec violence. Il eut immédiatement la certitude que c'était une escroquerie : ou bien les bijoux étaient le produit d'un vol sur le point d'être découvert ou, plus dangereux encore, ils servaient simplement d'appât pour dépouiller Yoyi de la somme convenue. Faute de temps pour intervenir et faire avorter l'opération, Conde était entré par le couloir latéral de la maison pour accéder au patio où il s'était armé d'un morceau de tuyau en fer qui pouvait être brandi comme une batte de base-ball. Il était revenu sur ses pas et en arrivant dans le salon, la scène était à son paroxysme : un des deux vendeurs menaçait déjà Yoyi avec un énorme couteau, exigeant l'argent, pendant que l'autre reprenait les bijoux. Presque sans y penser, Conde avait envoyé le tube dans les côtes de l'homme armé qui avait lâché le couteau en tombant à genoux devant le Palomo qui l'avait envoyé sur le dos d'un coup de pied dans la mâchoire. L'autre vendeur, en voyant la scène, avait attrapé les bijoux n'importe comment, s'était faufilé entre Yoyi et Conde pour atteindre la rue avant que l'ex-policier puisse de nouveau brandir son arme. Sentant que la violence de l'acte qu'il venait de commettre le faisait trembler, Conde avait passé le tube en fer à Yoyi et, après avoir éloigné le couteau d'un coup de pied, il s'était laissé tomber sur un canapé, en exigeant du jeune homme :

— Pas la peine de lui en coller un autre. Laisse-le partir. Te complique pas la vie !

Mais ce soir-là, comme chaque fois que la chance se manifestait, Yoyi sourit, tout heureux de voir arriver son associé avec un sac bourré de livres. Après avoir réclamé à sa mère l'indispensable café, Yoyi suivit le Conde vers la terrasse où des pots de fougères et d'arums se disputaient l'espace, profitant de l'ombre protectrice des arbres fruitiers qui poussaient dans le patio voisin. Le Conde vida son sac sur la table et raconta au Palomo que ce petit lot n'était qu'un maigre avant-goût du festin de livres qu'il venait de découvrir. Le jeune homme l'écouta plein d'impatience, puis il caressa son sternum saillant comme un bréchet.

— Mon pote, je te jure, il faut vraiment que tu sois le roi des cons, dit-il enfin. Comment t'as pu dire à ces crève-la-faim qu'il y a des livres qu'on doit pas vendre? Mais enfin comment tu peux avoir des idées pareilles, Conde?

— J'ai eu pitié d'eux. Ils sont en train de mourir de faim... Et parce que tu sais bien que je ne marche pas là-dedans...

— Ouais, y a qu'à te regarder... Vise-moi cette chemise, *man*, elle va partir en lambeaux. Tu as l'occasion de te remplir les poches et tu trouves rien de mieux que cette connerie, qu'il y a des livres qu'on doit pas vendre...

— Ça, c'est mon problème, dit le Conde, essayant de trancher la question.

— D'accord, c'est bon, accepta le Palomo, et il secoua sa main gauche où les deux bracelets en or s'emmêlaient constamment. Et qu'est-ce que tu vas faire?

— On s'est mis d'accord pour que je passe chez eux avec davantage d'argent pour faire l'inventaire de ce qu'ils ont et emporter un autre paquet de livres. Alors, paie-moi ceux-là et avance-moi un peu d'argent pour en acheter d'autres.

Sans poser de questions, avec une confiance mercantile uniquement réservée au Conde, le jeune homme mit la main dans sa poche et en sortit une liasse de billets qui fit pâlir l'autre. Avec une dextérité impressionnante, il commença à compter, en faisant glisser les billets à une vitesse qui dépassait la capacité de Mario Conde de faire une addition.

— Tiens, voilà mille, c'est pour toi, et trois mille pour démarrer l'affaire. Ça te va, *man*?

— Si je sors ce paquet de thune, comme ça d'un seul coup, ils sont capables de me faire un infarctus. (Il se souvint des yeux avides de Dionisio Ferrero et des doigts tout abîmés de sa sœur transparente, agrippant l'argent qu'il leur avait remis.) Mais n'oublie pas que ces deux recensements ont une valeur spéciale.

— Quand je les aurai vendus à Giovanni, je te donne ce qui te revient. Vu l'obsession de ce con d'Italien pour les recensements, je peux lui faire cracher vingt-cinq dollars pour chacun… En plus, ils sont comme neufs. Tu vois comment ça se passe ? Cette affaire avec les recensements rapporte à elle seule mille trois cents pesos parce que j'ai juste le client qu'il faut. Écoute-moi bien ! Si vraiment tu m'apportes de bons livres, je vais faire de toi un homme riche, *man*…

Le Palomo sourit au Conde, exprimant d'un geste sa satisfaction. Il alla à la cuisine et revint avec un plateau où fumaient deux tasses de café et où se dressait une bouteille de rhum vieux, escortée par deux verres en cristal taillé et un papier abrasif au grain très fin glissé entre eux.

— Commence à nettoyer les livres, demanda-t-il au Conde en lui tendant la toile émeri.

Alors qu'il dégustait son café tout en observant avec avidité le Palomo qui se servait un rhum, Conde coupa la toile en deux pour se faciliter la tâche et il attira à lui la pile de livres.

— Et celui-là ? demanda le Palomo, en indiquant avec son verre de rhum le volume à moitié caché sous le sac.

— C'est un cadeau pour la mère du Flaco. Un livre de cuisine, ça fait un bail que je le cherchais.

Le jeune homme but une gorgée et sourit à nouveau.

— Un livre de cuisine ? Pour cuisiner quoi ? Écoute, *man*, toi et tes potes vous êtes pas croyables : le Flaco, le Conejo, le mulâtre Candito* avec son truc dingue de Jéhova et toute cette connerie… Putain, vous êtes vraiment des Martiens, je te jure. Quand je vous vois, je me demande quelle merde on vous a foutue dans la tête pour que vous soyez comme ça…

---

* *El Flaco*: le Maigre. *Le Conejo*: le Lapin. Candito, dit aussi *El Rojo*: le Rouge.

Conde but une gorgée et alluma une cigarette. Il prit un des livres et se mit à frotter délicatement la tranche pour effacer les éventuelles traces d'humidité et éliminer tout reste de poussière.

— On nous a fait croire que nous étions tous égaux et que le monde allait être meilleur. Qu'il était, déjà, meilleur…

— Là, on vous a bien roulés, je te jure. Partout, il y a des gens qui sont moins égaux que les autres et le monde va de mal en pis. Regarde, ici, celui qui n'a pas de billets verts, il est hors jeu, et il y a des gens en ce moment qui s'enrichissent par n'importe quel moyen…

Le Conde acquiesça, le regard perdu parmi les arbres du patio.

— Mais c'était beau tant que cela a duré!

— C'est pour ça que maintenant vous êtes tellement paumés: trop de temps à rêver. Et finalement, pour quoi?

Conde sourit, il écarta le livre nettoyé et en prit un autre. Il se souvint que Yoyi était un fanatique des pages sportives des journaux, où il était toujours question de vainqueurs et de perdants, selon lui la seule classification valable des habitants de ce monde.

— Alors tu penses que nous avons perdu notre temps et qu'il n'y a aucune solution?

— Vous avez perdu votre temps et la moitié de votre vie, mais il y a une solution, Conde: celle que tu cherches pour toi, pour les tiens, ta famille et tes amis. Et ce n'est pas de l'égoïsme… Regarde, aujourd'hui par exemple: avec cette affaire, sans bouger de chez moi, en dormant en plein midi avec la clim et sans voler personne, je gagne davantage d'argent que si je travaillais tout un mois comme ingénieur, à me lever à six heures du matin pour me farcir le bus (si un putain de bus veut bien passer), à manger la saloperie qu'on sert dans les cantines et à supporter un chef décidé à s'en sortir en piétinant les autres dans l'espoir d'obtenir un poste pour pouvoir voyager à l'étranger… et qui, pour marquer des points, s'applique à faire chier les autres avec la rengaine de l'émulation, du travail volontaire et des plans de production. Y a pas photo, *man*!

– Tu as peut-être raison, admit le Conde, qui connaissait parfaitement la réalité dépeinte par le Palomo, et il souffla sur la tranche supérieure du livre pour finir de le nettoyer.

– Toi, ton problème, c'est que, comme tu as été flic, tu as cru que la justice, c'était la vérité. Mais si les gens font pas de bizness et s'ils mettent pas la main dans le sac, ils vivent comment ? C'est pour ça qu'ici, même Dieu le père est un voleur... Et il y en a d'autres, tu le sais bien, qui volent à leur aise.

– Yoyi, ça fait plus de dix ans que je ne suis plus flic, mais aujourd'hui comme avant, j'ai toujours su comment vivent les gens... Peut-être bien que ce qui m'arrive c'est que je me ramollis trop parce que je me fais vieux.

Conde prit l'édition originale du livre *Le Négrier* et la mit de côté, car il fallait qu'il vérifie la couture du dos. Il attrapa le suivant, un des registres, et commença à le polir comme s'il le caressait.

– Ouais, bien sûr, ça joue aussi... t'es déjà mûr, reconnut le Palomo, en souriant. Et les années ramollissent les gens. Bon, je vais prendre mon bain, ce soir je vais dans une discothèque avec une vraie déesse. Dis-moi, tu veux que j'aille avec toi demain pour jeter un coup d'œil à cette maison ?

Conde reposa le livre sur la table et termina son verre. Il réfléchit avant de répondre.

– Ça marche. Il y a beaucoup de livres et à nous deux on va débroussailler tout ça plus vite... Mais laisse-moi te dire une bonne chose : cette bibliothèque, c'est moi qui l'ai trouvée, et si tu viens, c'est moi qui commande, ok ? Je ne veux pas d'entourloupes avec ces pauvres gens...

– Elle est bien bonne celle-là, des pauvres gens, hein... (Le Palomo enleva son tee-shirt et le Conde vit la chaîne aux gros maillons dorés avec une énorme médaille de sainte Barbara qui pendait sur l'os saillant de la poitrine du jeune homme.) L'homme, c'était une huile dans l'armée et après il a travaillé dans une compagnie, non ? Ils t'ont pas dit pourquoi on l'avait viré comme une merde ? Et toi, tu crois que ce sont des pauvres gens ? Allez va, c'est d'accord, c'est toi qui commandes. Je te jure, *man* !

– Je t'appelle demain avant de sortir.

Conde se leva, une nouvelle cigarette aux lèvres.

– Dis-moi, Conde, qu'est-ce que tu vas faire avec l'argent que tu as gagné aujourd'hui ? lui demanda le Palomo, en souriant de son air le plus malicieux.

– Debout là-dedans ! Fini le carnet de ravitaillement ! Préparez-vous à bouffer comme il se doit… cria-t-il en franchissant le seuil, et il frappa de la paume de sa main sur le poids compact des huit cents pages de ce précis de la bonne chère dont la simple table des matières avait altéré tous ses organes, glandes et conduits en rapport avec la faim. Comme toujours, la maison du Flaco Carlos était grand ouverte et, comme toujours, après s'être annoncé par un premier cri, le Conde avança vers le fond de la maison, sans plus de protocole.

– Entre, viens par ici !

Il entendit la voix de son ami alors qu'il traversait la salle à manger pour arriver dans le patio, ombragé par les manguiers et les avocatiers avec leurs troncs couverts d'orchidées comblées, radieuses après la pluie récente. Carlos et sa mère étaient là, silencieux, agrippés au dernier reflet du soir moribond, comme des naufragés d'une vie qui s'épuisait aussi, sans qu'apparaisse à l'horizon un îlot salvateur.

Conde s'approcha de la vieille femme et l'embrassa sur le front pour obtenir une récompense identique.

– Comment va, José ?

– Chaque jour un peu plus vieille, mon petit Conde.

Puis il s'approcha du fauteuil roulant du Flaco Carlos, qui n'était plus maigre depuis vingt ans et dont la corpulence maladive débordait de ce fauteuil de malheur et, de son bras libre, il attira contre sa poitrine la tête humide de sueur de son ami.

– Raconte-moi, sauvage.

– Ici, rien de neuf sous le soleil, mon vieux, dit Carlos, et il administra deux tapes affectueuses sur l'estomac vide de Conde qui résonna comme un tambour mal tendu.

Conde prit un des fauteuils en fonte et soupira de soulagement en s'asseyant. Il regarda Josefina et Carlos et perçut dans la paix du soir les effluves intenses de l'amour que lui inspiraient ces deux êtres irremplaçables avec lesquels il avait partagé presque toute sa vie et la plus grande partie de ses rêves et de ses frustrations, depuis le jour, toujours plus lointain mais jamais oublié où, en classe pré-universitaire au lycée de La Víbora, il avait demandé au Flaco une lame de rasoir pour tailler la mine de son crayon et, sans plus d'efforts, ils avaient découvert qu'ils pouvaient être amis et avaient commencé à l'être. Puis, la fatalité ou le destin avait scellé cette relation d'un verrou invincible, quand Carlos était revenu de sa brève participation à la guerre d'Angola la moelle épinière détruite par un coup de fusil parti d'un endroit et d'une haine qu'il n'avait jamais pu préciser. L'invalidité irréversible de son ami, soumis à plusieurs interventions chirurgicales inutiles, était devenue une charge spirituelle assumée par le Conde avec un douloureux complexe de culpabilité. Pourquoi Carlos ? Pourquoi lui ? s'était-il demandé pendant toutes ces années. Depuis lors, être pour son ami une compagnie et un soutien matériel était devenu une des missions sacrées de son existence et c'est pourquoi, durant les années les plus pénibles de la Crise, au début des années 90, quand les coupures de courant et les privations avaient envahi leurs vies, Conde avait employé chaque centime gagné dans sa nouvelle profession de libraire à la recherche de satisfactions qui rendent possible et plus supportable le quotidien atrophié du Flaco. Mais au cours des trois-quatre dernières années, quand à l'évidence, l'immobilité, l'obésité et les orgies malsaines de nourriture et d'alcool commencèrent à mettre en danger la vie de Carlos – ses reins le lâchaient, son foie se durcissait, son cœur battait à des rythmes divers –, Conde se trouva placé devant un terrible dilemme : refuser de partager ces agressions ou, en toute connaissance des causes et des conséquences, aider par son soutien moral et sa contribution matérielle au dénouement que son vieil ami semblait rechercher de toutes ses forces – une façon digne d'en finir avec une vie de merde, brisée pour toujours à vingt-huit ans. Mario Conde, conscient du terrible poids qu'il assumait par sa décision, avait opté pour la solidarité militante, se disant que dans la vie comme dans la mort, son devoir était d'aider son ami, d'être à ses côtés, et il avait continué à lui fournir les moyens et les motivations pour accélérer, de la façon la plus joyeuse possible, l'arrivée d'une libération désirée, par le processus lent mais sûr qui empoisonnait son sang et bouchait ses artères avec la graisse, la nicotine et l'alcool que Carlos absorbait en quantités libératrices.

– Qu'est-ce que tu criais en arrivant, Conde ? lui demanda le Flaco.

– Ha ! Vous ne m'avez pas entendu ? Bien sûr, c'est pour ça que je vous trouvais si candides et si distants… Eh bien, je vous criais de préparer vos canines, nous sortons dîner. J'ai réservé une table dans la *paladar** de Contreras.

– Mais t'es devenu dingue ?

Carlos le regarda avec un sourire timide comme s'il ne comprenait pas ce qui devait être une mauvaise plaisanterie de son ami.

– Aujourd'hui, j'ai gagné cinq cents pesos d'un seul coup. Et demain, je vais gagner le double, le triple, le quadruple, et après-demain, encore plus… Regardez-moi bien, je suis en train de devenir un homme riche. Je vais être un magnat, comme dirait Yoyi.

– Tu ne serais pas plutôt devenu un menteur ? nuança Josefina. Dans quelle affaire louche tu t'es fourré ? Comme si les vieux livres valaient tant d'argent !

– José, fais-toi belle, une voiture va venir nous chercher dans un instant… Merde, c'est du sérieux ! Je suis plein aux as… insista Conde en tapotant sa jambe à hauteur de sa poche.

– Vieja, les fous, faut pas les contrarier. Allez, enfile une belle robe et apporte-moi une chemise, lui demanda Carlos.

---

* Restaurant, en théorie limité à douze couverts, géré par des particuliers avec un permis officiel à partir de la fin des années 90.

J'ai une faim à bouffer des cailloux. Finalement, qui ne risque rien n'a rien!

– Là, je suis d'accord, vaut mieux prendre des risques, non? confirma le Conde et il se leva pour aider Josefina à se mettre debout. Tout en murmurant, elle rentra dans la maison.

– Flaco, elle a quel âge déjà, ta mère?

– Je ne sais même plus… plus de soixante-dix, moins de quatre-vingts.

– Elle se fait vieille pour de bon, déplora le Conde et il revint s'asseoir.

– Change de sujet, exigea Carlos. Fais voir, c'est quoi? demanda-t-il en indiquant le paquet que le Conde avait encore à la main.

– Ah, c'est un cadeau pour ta mère. Un livre de cuisine. On dit que c'est le meilleur jamais publié à Cuba. Mais pour l'ouvrir, la première condition, c'est d'être devant une table bien garnie, parce que sinon, il y a de quoi tomber d'inanition dès la première recette… C'est pour ça qu'on va à la *paladar* de Contreras.

– Contreras? (Carlos resta pensif.) Le gros qui était dans la police?

– En personne… Il a écopé de six ans de taule, il en a fait deux et quand il est sorti, il s'est mis à son compte. Avec sa connaissance du milieu, ce gros plein de soupe doit être riche pour de bon maintenant.

– Tu as remarqué, Conde, le nombre d'anciens flics et de militaires qui vivent maintenant de combines de ce genre?

– Un tas. C'est la vie, et ils se sont presque tous débrouillés pour s'en sortir… Mais aujourd'hui, j'en ai rencontré un qui a été major dans l'armée et il est vraiment sur le point de mourir de faim… Enfin, c'est celui qui m'a vendu les livres, et il ajouta avec enthousiasme: Flaco, tu ne peux pas imaginer, j'ai vraiment découvert une mine d'or. Ils ont des livres, je ne sais même pas combien ils peuvent valoir… Regarde celui-ci: c'est une merveille, avec des illustrations de Massaguer et tout et tout. Bon, comme on ne va pas tarder à manger, écoute-moi ça.

Conde se risqua à ouvrir le livre à la première page et, en essayant de trouver l'angle le plus approprié pour recevoir la lumière de la lanterne du patio et la meilleure distance pour sa presbytie galopante, il lut :

– Servez-vous, Manuel culinaire et... nécessaire. Recommandé par les marraines des salles Costales et San Martín de l'hôpital universitaire General Calixto García... Qu'est-ce que tu dis de ça ? C'est un livre de cuisine raffiné, écrit avec la mauvaise conscience de la bourgeoisie cubaine... Ce livre est plein de recettes impossibles.

– Dis-moi, c'est un livre subversif, conclut Carlos.

– Presque terroriste.

Le Conde commença distraitement à feuilleter le volume tout en citant à son ami, sans s'arrêter aux détails gastriquement inquiétants, les noms de quelques recettes et en lui montrant les illustrations de Conrado Massaguer lorsqu'il trouva, entre les pages 561 et 562, une feuille de papier journal pliée en deux. Alors, avec la délicatesse que lui avaient inculquée ses métiers de policier et de libraire, il dégagea la feuille et l'observa.

– C'est quoi ça, dis-moi ? voulut savoir Carlos.

Restée à l'abri de l'air et de la lumière, la feuille de la revue, de quelque quinze pouces sur dix, avait conservé presque intacte sa couleur d'origine, légèrement verdâtre. L'inscription de bas de page permit au Conde d'identifier l'imprimé : Vanidades, mai 1960. Le côté visible de la feuille montrait une publicité pour de nouvelles machines à laver automatiques de la General Electric en vente chez Sears, El Encanto et Flogar. Convaincu que le papier renfermait un autre message plus substantiel, Conde déplia la feuille et pour la première fois son regard croisa les yeux sombres de Violeta del Río.

– C'est quoi ? insista le Flaco Carlos, en approchant son fauteuil roulant.

– Je ne sais pas... "Les adieux de Violeta del Río..." Merde, Flaco, regarde-moi ça... Quelle femme !

Sur toute la page s'étalait une photo à la bordure crénelée de Violeta del Río moulée dans une robe de lamé – pensa le

Conde, bien qu'il n'ait jamais touché de sa vie une robe de lamé – ajustée à ses formes féminines comme une peau de serpent. Le tissu, doué de la capacité d'insinuer la véhémence des seins dressés, laissait voir des jambes vigoureuses qui faisaient ressortir la présence des hanches opulentes, épanouies sous une taille étroite et tentatrice. Les cheveux noirs, légèrement ondulés, dans le plus pur style des années 50, lui arrivaient aux épaules, encadrant un visage à la peau lisse où se détachaient la bouche, charnue, provocatrice, et ces yeux qui, même sur le vieux papier, exerçaient un puissant magnétisme.

– Merde alors, quelle femelle, reconnut le Flaco. Et c'est qui?

– Laisse-moi regarder... Et il lut, en sautant les lignes: Violeta del Río... l'excitante chanteuse de boléros, la Dame de la Nuit... a annoncé à la fin d'une prestation mémorable que c'était sa dernière apparition... Reine et vedette du second show du cabaret Le Parisién... Au sommet de sa carrière... Elle a récemment enregistré le *single* promotionnel *Quitte-moi*, pour annoncer son *long play, Havana Fever...* Tu as déjà entendu parler d'elle?

– Non, reconnut le Flaco. Mais tu sais comment elles étaient, ces revues. Si ça se trouve, on ne la remarquait même pas chez elle à l'heure du bain et on disait que c'était la Reine de Saba, non?

– Oui, oui, possible. Mais je ne sais pas d'où ça vient, ce nom me dit quelque chose, commenta Conde, sans se rendre compte que son regard était resté rivé sur les yeux noirs de cette femme de papier, rayonnante et provocatrice, de vingt à vingt-cinq ans qui malgré son image figée était capable, à travers le temps, de lui transmettre une vive chaleur.

Josefina revint, parée de la robe semée de fleurs minuscules qu'elle arborait pour ses sorties les plus importantes: ses visites périodiques chez le médecin. La vieille dame avait relevé ses cheveux et une couleur légère mais brillante dessinait ses lèvres où flottait un timide sourire.

– Oh là là! dit Conde, tout heureux, en l'observant: la Dame des nuits chaudes de la Víbora!

– Tu es vraiment incroyable, Vieja, fut le compliment de Carlos et tout de suite il lui demanda : viens voir, tu as déjà entendu parler de Violeta del Río, une chanteuse de boléros des années 50 ?

Josefina effleura sa lèvre supérieure avec le petit mouchoir qu'elle avait à la main.

– Non, je ne m'en souviens pas...

– Qu'est-ce que je te disais, Conde ? Personne ne la connaissait...

– Oui, peut-être... Mais je me demande d'où ça me vient... Et il ajouta : bon, allons attendre à la porte, la voiture de Tinguaro doit être sur le point d'arriver.

– Tinguaro ? demanda Carlos.

– Oui, celui qui était flic. Maintenant il est chauffeur de taxi à son compte, il vend des cigares Montecristo, Cohiba et Rey del Mundo, identiques et même meilleurs que ceux de la fabrique et il a aussi une brigade de peintres qui te font des merveilles avec une maison, un immeuble ou un mausolée. Et Tinguaro, il en trouve de la peinture, lui !

2 octobre

Mon chéri,

Que ne donnerais-je pas pour qu'en recevant cette lettre tu ailles bien, là-bas si loin et à la fois si proche, si loin de mes mains et si proche de mon cœur, de mes mains qui ne peuvent t'atteindre alors que mon cœur sent ta présence à chaque battement, comme si tu étais ici, contre ma poitrine, d'où tu n'aurais jamais dû t'éloigner.

Tu n'imagines pas ce qu'ont été pour moi ces jours sans te voir, assombris par l'incertitude de ne même pas pouvoir calculer combien de temps durera cette séparation. Chaque heure, chaque minute, j'ai eu une pensée pour toi, car ici tout parle de toi, tout existe parce que tu as existé et insufflé la vie à chaque chose, à chaque personne, mais surtout à moi.

En ces jours encore chauds, le soir, quand je sors dans le patio pour chercher la fraîcheur de la brise et que je vois le feuillage des arbres que tu as plantés au fil des ans, je sens que cet air, filtré par la rumeur âpre des feuilles du mamey, le chuchotement des feuilles du corossolier et le tintement ténu des feuilles du vieux flamboyant (ton flamboyant, te souviens-tu avec quelle allégresse tu saluais chaque été l'éclosion de ses premières fleurs?), c'est une part de toi qui me parvient de si loin, et je rêve que peut-être une particule de cet air t'a habité un instant, puis, attirée par ma solitude, elle a survolé la mer pour venir me consoler, me nourrir et me maintenir en vie pour toi.

Et toi, mon amour, comment vas-tu? Comment te sens-tu? Qu'as-tu fait durant ces premiers jours? As-tu déjà rencontré tes amis et tes associés? Je sais que tu n'as jamais beaucoup apprécié cet endroit, tu préférais vivre ici, mais si tu parviens à voir en cette absence une simple parenthèse dans ta vie, l'éloignement sera sûrement plus supportable et ainsi tu renoueras mieux avec moi (car je veux croire que ce temps n'est rien de plus que ce que je vis en ce moment: une parenthèse dans une passion, douloureusement interrompue, mais seulement pour la renforcer et la prolonger jusqu'à son plus beau dénouement). Ne crois-tu pas?

D'ici, il y a peu de choses à dire. Moi, je me sens comme paralysée, je crois être devenue une ennemie d'un temps qui se refuse à passer, qui prolonge chaque heure et m'oblige à regarder l'almanach plusieurs fois par jour, comme si ses nombres froids détenaient les réponses dont j'ai besoin. Cette sensation d'immobilité est d'autant plus évidente que, depuis ton départ, je ne sors pas de la maison. C'est ici que se trouve ce dont j'ai besoin pour me souvenir de toi et te sentir proche, pendant que dans la rue règnent le chaos, l'oubli, la hâte, la guerre contre le passé, et puis il y a surtout ces gens enthousiasmés par le changement, débordants de joie, je dirais même, très contents de ce qu'ils pensent recevoir en retour de leur crédulité fervente, sans imaginer que bientôt viendront les terribles exigences de la foi sans discussion qu'ils professent maintenant. Mon espoir c'est que, comme disait ton père, dans ce pays rien ne dure jamais bien longtemps, nous sommes définitivement inconstants et ce qui semble être aujourd'hui un tremblement de terre dévastateur, s'achèvera demain comme un pittoresque défilé de carnaval.

Le pire, cependant, c'est de sentir le vide qui flotte désormais entre les murs de cette maison où règne le silence depuis que l'on n'entend plus les cris des enfants et où il manque ta présence, toi dont l'esprit imprégnait cet espace qui est maintenant devenu immense et où je me sens perdue à cause de toutes ces absences.

Dernièrement, je suis presque sans nouvelles de ton fils. Je sais qu'il se trouve dans un coin perdu de l'île où il vit dans toute sa plénitude son aventure révolutionnaire. Je l'imagine maigre et heureux, car il mène sa vie selon sa volonté, avec ce caractère d'acier qu'il a hérité de ton sang. Ta fille, en revanche, semble renfermée, comme triste, et ce ne sont pas les raisons qui lui manquent, elle s'est toujours sentie plus proche de la famille, malgré le respect que lui inspirait ta position, et ton départ lui a arraché l'espoir de jouir de ce qu'elle aurait toujours dû avoir, de par le droit naturel (pardonne-moi, mais je ne peux m'empêcher de te le dire). Par chance, elle consacre la plus grande partie de ses journées à son travail et j'ai l'impression qu'elle essaie ainsi de s'éloigner de la maison, de s'étourdir à la tâche, comme si elle voulait échapper à quelque chose qui la poursuit, en s'engageant (elle aussi !) dans la nouvelle vie d'un pays où tout semble acharné à changer, à commencer par les personnes.

Et puis, quand m'appelleras-tu ? Je sais bien que depuis la nationalisation de la compagnie des téléphones, les communications fonctionnent de mal en pis, mais tu devrais faire un effort, tu n'es pas comme ton grand-père, je me rappelle toujours, ce vieil homme, le pauvre, parler dans un écouteur avec une personne éloignée lui semblait si irréel qu'il avait interdit à ses amis de l'appeler et qu'il a refusé jusqu'à sa mort de se servir du téléphone. De toute façon, je ne crois pas que cela soit un si grand effort pour toi. Le plus important, c'est que tu en aies envie. Moi, comme tu le sais, je me trouve dans l'impossibilité de le faire, car je ne sais même pas à quel numéro je peux te joindre. Et j'aimerais tellement entendre ta voix !

Voilà, c'est tout pour cette fois. Je voulais seulement te parler de moi et de mes sentiments… Embrasse les enfants de ma part et rappelle-leur toujours combien je les aime. Salue également ta sœur et ton beau-frère et dis-leur de ne pas être négligents et de

m'écrire un de ces jours. Et toi, s'il te plaît, ne m'oublie pas:
écris-moi, appelle-moi, ou au moins souviens-toi de moi, ne
serait-ce qu'un peu... Parce que je t'aime, toujours et à jamais...

Ta petite

L'estomac déshabitué de Mario Conde fut mis à rude épreuve et réalisa un effort particulier pour héberger d'abord et digérer ensuite l'accablant défi alimentaire que lui avait imposé son maître irrespectueux. Tandis que Josefina se contentait d'un filet de poisson grillé, d'une joyeuse salade de légumes et d'une coupe de glace aux amandes pour le dessert, Conde et le Flaco se lancèrent à l'assaut de leurs faims physiques et intellectuelles, historiques et contemporaines, avec des cocktails d'huîtres et de crevettes, pour mettre leurs palais en émoi avec des saveurs marines perdues dans leurs mémoires et se préparer, le premier, à s'égarer sur le chemin juteux d'une viande avec des pommes de terre dans le plus pur style cubain, et le second, à se lancer dans le puits oléagineux du jambon aux pois chiches destiné à le faire transpirer par chacun de ses innombrables pores. Alors, le corps bien échauffé, tels des coureurs de fond qui ont trouvé leur meilleure allure, ils rivalisèrent pour voir qui allait manger le plus de riz au poulet, servi dans des proportions exagérées – de riz et de poulet, aimable attention de la maison –, pour finir en partageant une pizza au jambon que le Flaco avait réclamée avec insistance pour remplir un petit creux subsistant qui criait son *horror vacui*. En guise d'épilogue, tous deux choisirent des tranches de pain perdu, bien imbibées de sirop parfumé à l'anis et à l'écorce de citron vert, et ils ne refusèrent pas, aimables comme ils savaient l'être en de semblables circonstances, de goûter le riz au lait saupoudré de cannelle que le gros Contreras préparait lui-même – d'après une recette de son arrière-grand-mère, une putain andalouse adepte de la bonne vie, morte à quatre-vingt-huit ans un cigare aux lèvres et un verre de rhum à la main. Comme les deux bouteilles de vin chilien de Concha y Toro

avaient été liquidées avant l'arrivée des desserts, ils demandèrent deux doubles rhum vieux pour nettoyer leurs papilles
et accompagner le café, des rhums qui devinrent quadruples
quand les amis allumèrent leurs cigares à la robe très délicate,
offerts par l'ex-policier devenu gastronome qui, à la fin de la
soirée, déposa son imposante corpulence entre eux et
Tinguaro, pour boire ensemble un verre de Fra Angelico
préalablement glacé. L'addition de sept cent quatre-vingts
pesos ne surprit pas le Conde qui, après avoir payé cent pesos
à Tinguaro, terminait avec bonheur une journée qui s'était
avérée une des plus rentables de sa vie avec une perte de trois
cent quatre-vingts pesos et la conviction rassurante qu'il
pourrait peut-être passer par le chas de l'aiguille car il ne
serait jamais riche...

Se retournant dans son lit, incapable de lire, Conde ne
s'endormit que vers quatre heures du matin, et durant ces
heures d'inconfort, de rots et de chaleur, il vit plusieurs fois se
former sur sa rétine, avec une ténacité presque irritante,
l'image récemment découverte de cette Violeta del Río, dont
le gros Contreras n'avait jamais entendu parler non plus. Son
persistant instinct policier avait peut-être été réveillé par la
grande bouffe et l'avait obligé à remarquer certaines incon-
gruités dans cette trouvaille. La première et la plus émous-
tillante était l'étrange décision, sans raison connue, tout au
moins du rédacteur de *Vanidades*, de cette femme "superbe et
délicate", "au sommet de sa carrière" d'abandonner la scène et
de toute évidence, de disparaître d'une façon si radicale
qu'apparemment on n'avait plus jamais entendu parler d'elle.
Avait-elle quitté l'île comme tant de milliers de Cubains à
cette époque ? Conde avait dans l'idée que c'était l'éventualité
la plus plausible, même s'il n'excluait pas que Violeta puisse
vivre encore à Cuba, sous son vrai nom – Lucía, Lourdes ou
Teresa, car personne ne pouvait s'appeler vraiment Violeta del
Río, en privé et en particulier –, loin du lamé, des micros et
des feux de la rampe. Non, ce n'était pas une idée saugrenue,
car pendant ces années, avec tous les changements survenus
dans la vie du pays et de ses habitants, il s'était produit

d'infinies transmutations politiques, morales, religieuses, professionnelles, économiques et même sportives : son grand-père Rufino avait pris comme une condamnation l'interdiction des combats de coqs et le propre père de Conde était mort sans avoir revu un match de base-ball, car il ne concevait ni n'acceptait que le club des bleus de l'Almendares, dont il avait été un fanatique enragé à chaque minute des trente-cinq premières années de sa vie, ait cessé d'exister... Mais aucun artiste ne cesse de l'être du jour au lendemain, comme ça, d'un seul coup – pas plus qu'un policier ne cesse complètement de l'être, malgré les années passées loin de la profession, et ça, Mario Conde le savait bien. C'est peut-être pour ça qu'il était intrigué par la présence de cette coupure de journal tapie entre les pages d'un livre de cuisine que personne n'avait ouvert durant des années, comme l'attestait non seulement son état de conservation mais le fait historiquement prouvé que son contenu était devenu inutile dans un pays où la nourriture était rationnée depuis presque un demi-siècle. *Civet** de lièvre aux pruneaux ? *Œufs** en *gelée au foie gras** ? Côtelettes de veau Foyot ? Faut pas se foutre du monde ! En se livrant à diverses conjectures, Conde pensa que le livre avait dû appartenir à l'épouse de cet Alcides Montes de Oca, mais il se souvenait que la femme était morte en 1956 environ, juste l'année où le livre avait été édité. Si, comme l'affirmait Amalia Ferrero, son frère Dionisio n'habitait plus avec elles depuis le triomphe de la révolution, il était peu probable qu'il ait pu placer dans le livre la coupure du journal publié en 1960. Dans son inventaire possible, il restait cinq personnes : le défunt Alcides Montes de Oca et ses deux enfants adolescents, la vieille maman Ferrero qui avait perdu la mémoire et Amalia elle-même. Quel rapport pouvait avoir l'un d'entre eux avec une chanteuse de cabaret havanais des années 50 ? Conde n'en avait pas la moindre idée, mais un lien quelconque avait dû exister entre une de

---

* Les mots en italique suivis d'un astérisque sont en français dans le texte.

ces personnes et la chanteuse de boléros évaporée dans la nature, la séductrice baptisée la Dame de la Nuit qui palpitait dans quelque recoin perdu de la mémoire de Conde comme une présence diffuse, presque éteinte, mais encore capable de projeter un reflet inquiétant.

Il était plus de trois heures du matin quand le Conde entendit des grattements autoritaires à la porte de la cuisine. Il savait qu'il était inutile de prétendre les ignorer car l'obstination était la caractéristique la plus marquée du gratteur, et il se leva pour ouvrir la porte.

– Merde, Poubelle, tu crois que c'est une heure pour rentrer à la maison ?

Poubelle, qui frisait l'âge mûr avec ses quatorze ans, avait conservé intactes ses habitudes de chien des rues, et toutes les nuits, il sortait se promener dans le quartier à la recherche d'air pur, de puces voyageuses et de femelles en chaleur. Depuis que le Conde l'avait amené chez lui, une nuit de cyclone de 1989, ce maltais apocryphe et bagarreur avait établi les règles de sa liberté inébranlable et le Conde les avait acceptées, satisfait du caractère énergique de l'animal qui, maintenant prévenu par son odorat, aboya deux fois pour réclamer sa pitance.

– Ça va, ça va, je vais te mettre la table !

Conde sortit sur la terrasse et revint avec un plateau métallique. Il ouvrit le sac rempli de restes rapportés du restaurant et en versa une partie sur le plateau.

– Mais tu vas manger dehors… l'avertit Conde, et il ressortit sur la terrasse avec la nourriture. Et demain, faut qu'on parle, parce que ça ne peut pas durer…

Poubelle aboya de nouveau, deux fois, et remua comme une banderille sa queue effilochée, exigeant de l'homme qu'il se dépêche.

Mario Conde se recoucha et fuma une cigarette. Les yeux sombres de Violeta del Río au fond de ses rétines, laissant glisser sa mémoire sur les profondes ondulations de ses cheveux et sur sa peau lisse, il accueillit enfin les bienfaits du sommeil et, à l'encontre de ce qu'il avait prévu, il dormit

57

cinq heures d'une traite, mais en se réveillant, il se sentit
frustré car il ne parvint pas à se souvenir s'il avait rêvé de la
jolie femme dans son fourreau de lamé.

Merde! Qu'est-ce que je fous ici?... Debout à la porte de l'église, Conde respira avec une délectation excessive l'air humide qui circulait dans la nef centrale du modeste édifice en maçonnerie et en tuiles où il était entré pour la première fois – dernièrement il faisait le calcul en ajoutant des nombres croissants – quarante-sept ans auparavant pour recevoir le sacrement du baptême. Au fond, le maître-autel, presque trop discret, lui offrait comme toujours la statue paisible de l'archange Raphaël, avec son visage rose et pur de créature céleste, indifférent aux vicissitudes de ce monde. Les rangs de bancs sombres, déserts à cette heure matinale, contrastaient avec l'animation bruyante de la rue d'où venait le Conde, avec son humanité bigarrée de vendeurs de churros et de gâteaux, de passants pressés et de tueurs de temps, d'ivrognes matinaux vociférants cantonnés dans le bar du coin et de vieillards résignés qui attendaient l'ouverture tardive de la cafétéria pour consoler leurs estomacs dévastés.

Au cours des dix-douze dernières années, Conde avait commencé à se rendre à l'église du quartier avec une fréquence suspecte. Même s'il n'avait plus jamais assisté à la messe et s'il n'envisageait même pas la possibilité de s'agenouiller dans un confessionnal, l'impulsion qui le poussait à s'asseoir quelques minutes dans l'église déserte, disposé à laisser libre cours à ses pensées, le gratifiait d'une sensation d'apaisement qu'il affirmait être dénuée de tout mysticisme ou nécessité spirituelle d'un au-delà : en dehors de sa fonction essentielle que Conde n'utilisait pas – il ne priait jamais et ne demandait rien, car il avait oublié toutes les prières et il n'avait personne à qui les adresser –, l'église était devenue pour lui une sorte de refuge où le temps et la vie perdaient le rythme féroce de la survie quotidienne. Cependant, sa conscience le prévenait que malgré son incroyance en matière d'au-delà, un sentiment diffus naissait, encore imprécis même pour lui et qui, sans entamer son athéisme essentiel, avait commencé à l'envahir et à l'attirer vers ce monde avec un magnétisme tenace. Conde en était arrivé à soupçonner que le mélange des années et des désillusions qui submergeait son cœur finirait par le précipiter ou en réalité par le renvoyer dans le troupeau de ceux qui se consolent avec la foi. Mais la seule pensée que cette possibilité puisse se concrétiser le tourmentait : pour le fondamentalisme du Conde en matière de fidélité, les convertis pouvaient être aussi méprisables que les renégats et les traîtres, mais être un reconverti frôlait presque l'abomination.

Ce matin-là, Conde restait dans l'expectative, car il n'entrait pas dans l'église à la recherche d'un apaisement passager, mais d'une improbable réponse, sans aucun lien avec les mystères de la transcendance, mais avec ceux de son propre passé dans le plus terrestre des mondes possibles. C'est pourquoi, au lieu de s'asseoir anonymement sur l'un des bancs, il traversa l'allée centrale et se dirigea vers la sacristie où il trouva, comme il s'y attendait, la silhouette encore solide de l'octogénaire père Mendoza cherchant peut-être un passage pour son prochain sermon dans une bible ouverte au livre de l'Apocalypse.

— Bonjour, mon père, dit-il en entrant dans la pièce.

— Ça y est ? demanda le vieil homme, sans lever les yeux.

— Pas encore.

— N'attends pas trop, fit remarquer le curé.

— On est bien d'accord ? Le temps du Seigneur est infini, oui ou non ?

— Celui du Seigneur oui, mais pas le tien. Et le mien non plus, dit-il, puis il regarda finalement Conde, un sourire aux lèvres.

— Pourquoi c'est si important pour toi de me convertir ? demanda le Conde.

— Parce que c'est ce que tu réclames à grands cris. Tu t'obstines à ne pas croire et tu es de ceux qui ne peuvent pas vivre sans croire. Tu n'as qu'à oser et franchir le pas.

Conde fut bien obligé de sourire. C'était vrai tout ça ou s'agissait-il d'un raisonnement sibyllin de ce curé qui connaissait toutes les ficelles du métier?

– Je ne suis pas préparé à croire de nouveau en certains mots. En plus, tu vas m'obliger à faire des choses que je ne peux ni ne veux faire…

– Par exemple?

– Je te les dirai quand tu me confesseras, esquiva le Conde, et pour revenir sur terre, il tendit une cigarette au prêtre, tout en mettant la sienne entre ses lèvres. Avec son briquet, il alluma les deux cigarettes et la fumée enveloppa les deux hommes. Je suis venu te voir parce qu'il y a une chose que je voudrais savoir et, si ça se trouve, tu peux m'aider… Tu connais ma famille depuis quand?

– Depuis que je suis arrivé dans cette paroisse, ça fait cinquante-huit ans. Toi, tu n'avais même pas encore l'intention de naître… Ton grand-père Rufino, qui était encore plus athée que toi, a été mon premier ami dans ce quartier.

Conde acquiesça et se remit à douter des intentions qui l'avaient conduit jusqu'au père Mendoza. Le curé, habitué à ce genre d'appréhension, l'aida à faire le premier pas.

– Allez, qu'est-ce que tu veux savoir?

Conde le regarda dans les yeux et comprit la confiance que lui inspirait le regard du vieil homme qui, un jour, lui avait mis dans la bouche une rondelle de farine qui, selon lui, était le corps même du Christ.

– Tu as déjà entendu parler d'une femme du nom de Violeta del Río?

Le curé leva la tête, sans doute étonné par ces paroles inattendues. Il tira deux bouffées de sa cigarette avant de l'éteindre dans le cendrier et il échangea un regard avec le Conde.

– Non, dit-il avec fermeté. Pourquoi?

– Hier, j'ai découvert ce nom; je ne sais pas pourquoi, mais ça me dit quelque chose. J'ai l'impression que c'est un souvenir endormi qui s'est réveillé tout à coup. Mais je ne peux pas trouver où ni pourquoi…

61

– De qui s'agit-il ? voulut savoir le curé.

Conde lui expliqua, en essayant de trouver dans cette histoire sans queue ni tête la raison pour laquelle Violeta del Río lui semblait mystérieuse et vaguement connue.

– Tu avais quel âge en 1958 ? lui demanda le curé en le regardant fixement.

– Trois ans, répondit Conde. Pourquoi ?

Le vieillard médita quelques secondes. Il semblait réfléchir et peser les mots qu'il devait prononcer ou taire.

– A cette époque-là ton père est tombé amoureux d'une chanteuse.

– Mon père ? réagit Conde, car les paroles du curé se heurtaient à l'image stricte et familiale qu'il avait gardée de son père. De Violeta del Río ?

– Je ne sais pas comment elle s'appelait, je ne l'ai jamais su, alors c'était peut-être elle ou n'importe quelle autre... D'après ce que je sais, c'était un amour platonique. Mais un amour tout de même. Il l'avait entendue chanter et il en était tombé amoureux fou... Je ne crois pas que les choses soient allées plus loin. Enfin, je crois... Elle vivait dans un monde et ton père dans un autre : elle n'était pas pour lui et il a dû le comprendre dès le début. Ta mère n'en a jamais rien su. Je dirais même que je croyais que personne n'était au courant, personne d'autre que ton père et moi...

– Et pourquoi ce nom me dit quelque chose ?

– Il ne t'a jamais parlé d'elle ?

– Je ne crois pas, je ne sais pas. Mon père ne m'a jamais parlé de lui, tu sais comment il était. Non, ça ne peut pas me venir de là.

Conde tenta de reconstruire l'image monolithique de son père, avec lequel il n'était jamais parvenu à tisser les fils d'une communication qu'il avait, en revanche, établie avec sa mère et même avec son grand-père, Rufino el Conde. Ils s'étaient aimés. Conde en était sûr, mais aucun des deux n'avait été capable d'exprimer verbalement cette affection, et le mutisme avait envahi leurs vies presque dans les moindres détails. De plus, l'imaginer dans les bars et les cabarets à l'affût d'une belle chanteuse ne collait pas avec les stéréotypes que cet homme lui avait légués.

— Cela doit pourtant venir de lui… Si ça se trouve, il t'a raconté un jour cette histoire et tu l'as oubliée. Un homme amoureux est capable de n'importe quelle folie.

— Ça, je sais. Mais pas lui.

— Pourquoi en es-tu si sûr ? C'était un homme comme les autres.

— C'est qu'on se parlait très peu.

— Et ton grand-père Rufino ? Il le lui avait peut-être raconté ?

— Non plus.

— Peut-être bien que oui, il l'a raconté au vieux Rufino, et c'est là que toi tu as entendu et…

— Mais qu'est-ce qu'elle avait, cette femme, pour que mon père tombe amoureux d'elle ?

— Je n'en sais vraiment rien, (Le curé sourit.) Il m'a seulement raconté que la chanteuse, Violeta, ou quel que soit son nom, l'obsédait de façon inquiétante. Ton père est venu me voir parce qu'il disait qu'il allait devenir fou… Il m'a tout raconté ici même… le pauvre.

Conde finit par sourire. L'image de son père amoureux d'une chanteuse de boléros lui semblait irréelle mais si humaine qu'elle le réconforta.

— Alors comme ça, mon père s'est amouraché d'une chanteuse et il en pinçait vraiment pour elle ! Et personne n'en a jamais rien su…

— Moi, je l'ai su, rectifia le curé.

— Toi, tu es différent, précisa le Conde.

— Et pourquoi je suis différent ?

— Parce que tu es différent. Sinon, mon père ne t'aurait pas parlé de ce qui lui arrivait.

— C'est bien vrai.

— Et pourquoi tu ne lui as jamais demandé le nom de cette femme ?

— Ça n'avait pas d'importance. Ni pour moi, ni pour lui. C'était comme une vague de désir : elle est arrivée et a bouleversé sa vie. Un nom, qu'est-ce que ça peut faire ? Moi, je l'ai seulement prévenu de faire attention car il y a des actes irréversibles, affirma le curé, et il se leva en poussant un gémissement. Bon, je vais me préparer pour la messe. Tu restes ? Remarque que l'enfant de chœur n'est pas encore là…

– J'aurais bonne mine, moi, en enfant de chœur… Continue à m'attendre, mais bien assis… Tu sais quoi ? Si je découvre que mon père est tombé amoureux de Violeta del Río, je vais commencer à croire aux miracles !

Il ne put s'en empêcher : ces visages lui rappelaient la jubilation matinale de Poubelle devant le banquet de déchets ; il se souvint des nuits les plus critiques de l'époque de la Crise, quand la désolation de son propre garde-manger l'avait obligé à griller du pain rassis et à boire un verre d'eau sucrée ; il se souvint même du vieillard qui, quelques jours auparavant, lui avait demandé deux pesos, un peso, n'importe quoi, pour acheter quelque chose à manger. Les visages, maintenant heureux bien que toujours hâves, d'Amalia et de Dionisio Ferrero quand ils reçurent Conde, lui confirmèrent que la veille au soir ils étaient arrivés au marché avant la fermeture et, comme lui, ils s'étaient offert un banquet exceptionnel qui, par manque d'entraînement gastrique, avait peut-être aussi perturbé leur sommeil, mais sans que ce contretemps mineur ait été capable de mitiger la satisfaction de se sentir repus, à l'abri des crampes sournoises de la faim. Il était même possible que ce matin ils aient bu du lait au petit-déjeuner, redonnant à leurs papilles cette satisfaction crémeuse, et ils étaient peut-être allés jusqu'à se payer le luxe de beurrer leur pain et de boire un vrai café bien fort, comme celui qu'ils offraient maintenant aux acheteurs, peut-être un peu trop sucré selon le diagnostic du palais expert en cafés de l'ex-policier, mais sans aucun doute authentique, différent de la poudre bâtarde aux grains ignobles que l'on achetait en doses minimes et seulement avec le carnet de ravitaillement.

En arrivant, Conde leur avait présenté son associé en affaires, et Yoyi el Palomo, que la proximité du trésor rendait nerveux, accéléra les formalités protocolaires et demanda à passer à la bibliothèque comme s'il s'agissait d'un magasin de marteaux ou d'un container de ciseaux.

Amalia s'était excusée car elle devait faire prendre un bain à sa mère, la faire manger, aller au marché – il lui restait encore de l'argent ? – et faire des tas de choses dans la maison, mais Dionisio resta avec eux dans la bibliothèque, comme si la mouche de la méfiance l'avait piqué. Suivant les suggestions de Conde, ils commencèrent leurs recherches dans les bibliothèques situées dans la partie droite de la pièce, les moins pleines car elles étaient situées de part et d'autre de la grande fenêtre aux grilles en fer forgé donnant sur le jardin transformé en potager de survie. Comme en avait décidé le Conde, ils commencèrent à faire trois tas sur le vaste bureau : celui des livres qui ne devraient jamais être mis sur le marché, celui de ceux qui présentaient moins d'intérêt ou qui ne pouvaient vraiment intéresser personne, et celui des livres destinés à la vente immédiate. Dans le premier tas, Conde déposa les éditions cubaines du XIXᵉ siècle, de toute évidence très cotées, et plusieurs livres européens et nord-américains, parmi lesquels une édition originale du *Candide* de Voltaire qui le fit transpirer d'émotion et, surtout, les délicates et inestimables gravures originales de la *Très brève relation de la destruction des Indes* de *fray* Bartolomé de las Casas, datée de 1552, et celle de *La Floride de l'Inca : histoire du chef d'expédition Hernando de Soto, gouverneur et capitaine général du royaume de la Floride et d'autres héroïques chevaliers espagnols et indiens*, publiée à Lisbonne en 1605. Mais les livres qui troublaient le plus Conde étaient les inconcevables merveilles de la bibliographie créole, car il en voyait et en touchait certaines pour la première fois, comme les quatre volumes de la *Collection de documents scientifiques, historiques, politiques et d'autres domaines sur l'île de Cuba* de José Antonio Saco, imprimés à Paris en 1858 ; *Les Trois Premiers Historiens de l'île de Cuba : Arrate-Valdés-Urrutia*, trois tomes imprimés à La Havane en 1876 et 1877 ; les *Annales de l'île de Cuba*, de Félix Erenchun, cinq gros tomes imprimés à La Havane en

1858 ; *Arpentage appliqué au système des mesures de l'île de Cuba*, de don Desiderio Herrera, également imprimé à La Havane en 1835 ; la rarissime édition de l'*Histoire de l'île de Cuba et en particulier de La Havane* de don Antonio José Valdés, un des premiers livres édités dans l'île en 1813 ; et, comme s'il transportait des lingots d'or, il sortit les treize tomes de l'*Histoire physique, politique et naturelle de l'île de Cuba* du controversé Ramón de la Sagra, édités à Paris entre 1842 et 1861 ; comme ils étaient apparemment complets, ils devaient présenter deux cent quatre-vingt-une planches, dont cent cinquante-huit mises en couleur d'après nature, dont le prix pourrait, de ce fait, dépasser les dix mille dollars même sur le marché le moins exigeant.

Mais la montagne qui grandissait, comme poussée par des forces volcaniques internes, était celle des livres promis à la vente, qui non seulement calma la nervosité de Yoyi, causée par la quantité de volumes considérés invendables par le Conde, mais donna un éclat métallique aux pupilles du jeune homme, transformé à ce moment-là en épervier survolant sa proie.

Tandis qu'ils examinaient les livres, surpris par les dates et les lieux d'édition, caressant les reliures en peau rugueuse ou en basane historique, s'arrêtant parfois pour admirer les planches gravées sur métal ou enluminées à la main, Conde avait senti que sa douloureuse prémonition de la veille revenait le prévenir qu'il n'était pas arrivé au bout des surprises qui l'attendaient, très certainement, dans un coin de cette pièce. Cependant, il ne pouvait éviter la pénible certitude d'introduire le chaos dans un univers de papier qui, durant plus de quarante ans, avait réussi à naviguer à l'abri de la fureur du temps et de l'histoire grâce à une simple promesse tenue avec une volonté de fer.

Quand il eut entre ses mains un autre lot des livres les plus convoités – il avait pris comme un bébé délicat les volumes déjà fragiles, abondamment illustrés, de *Promenade pittoresque dans l'île de Cuba*, imprimés en 1841 et 1842 –, il essaya de se convaincre que ces trésors pouvaient être le préambule d'autres rencontres surprenantes, et il se demanda si sa prémonition ne tenait pas à la possibilité tangible d'atteindre le summum rêvé par tous les spécialistes de son métier : trouver l'inimaginable. Était-ce possible que parmi ces volumes, il y en ait un antérieur au *Tarif général des prix des médicaments*, le maigre feuillet imprimé à La Havane par Carlos Habré en 1723 et considéré comme le premier né de la typographie cubaine ? Pouvait-on trouver là, endormis mais à l'affût, les parchemins originaux capables de démontrer la scandaleuse authenticité des écrits gaéliques du mythique Ossian ? Et les plaques d'or gravées de hiéroglyphes du livre des Mormons, que personne n'avait jamais vues depuis que Joseph Smith les avait trouvées et traduites – avec l'indispensable aide divine – pour qu'ensuite un ange s'en empare et les ramène au ciel selon tous les témoignages ? Ou l'original jamais décrit ni authentifié du *Modèle de patience*, qui était supposé marquer en 1608 la naissance de la poésie sur des thèmes cubains et dont l'apparition en finirait une fois pour toutes avec la polémique, en révélant, soit une perfide supercherie, soit l'authenticité d'un poème épique peuplé de satyres, de faunes, de sylvains, de napées et de naïades pures, cristallines et folâtres, tout heureuses dans les bois et les rivières cubaines, malgré l'éternelle chaleur de l'île ?

La fatigue émotionnelle de Conde s'imposa à la vigueur mercantile de Yoyi, et à trois heures de l'après-midi, ils décidèrent que leur journée était terminée, après avoir comptabilisé deux cent dix-huit livres vendables, dont certains pouvaient atteindre des prix alléchants, presque tous imprimés à Cuba, au Mexique et en Espagne entre la fin du XIXe siècle et la première moitié du XXe.

– Ceux-là retournent dans la bibliothèque, dit le Conde en s'adressant à Dionisio, et il indiqua les volumes les plus précieux. Et on garde ceux-ci. Qu'est-ce que vous en dites ?

– Pour moi, pas de problème. Et qu'est-ce qu'on fait de ceux que, d'après vous, on ne doit pas vendre ? demanda l'homme, en observant la montagne de livres fabuleux que le Conde commençait à replacer dans un coin du rayonnage dévasté.

– Ça, c'est vous qui décidez... Logiquement il faudrait essayer de les vendre à la Bibliothèque nationale. Ils ont tous une valeur patrimoniale. La Bibliothèque ne paye pas bien, mais...

– Mais écoute, *man*, je crois que...

Le Palomo ne put se contenir, rapidement interrompu par son associé.

– Sur ce point, y a pas à discuter, Yoyi, et s'adressant à Dionisio Ferrero, le Conde ajouta : mais je vous le répète, c'est vous qui décidez. N'importe lequel de ces livres vaut plus de cinq cents dollars, d'autres plus de mille et certains plusieurs milliers. Il observa la pâleur maladive qui montait au visage de Dionisio, alors, pour lui éviter un infarctus, il ajouta : si vous voulez, aujourd'hui, quand on aura terminé, parlez-en directement avec lui, et il indiqua Yoyi. Mais moi je ne me mêle pas de cette partie du contrat. Ma seule condition c'est que, si vous ne parvenez pas à un accord avec la Bibliothèque nationale ou avec un musée, vous fassiez affaire avec Yoyi. Je vous assure que c'est lui qui vous en donnera le plus.

Dionisio Ferrero, remué par les chiffres, toussa, transpira, réfléchit, trembla, hésita et regarda Yoyi qui accueillit son regard, les bras du cœur grand ouverts et un sourire compréhensif sur son visage angélique.

– C'est vrai que je savais qu'ils pouvaient valoir cher, mais je n'imaginais pas que c'était tant. Bien sûr, si j'avais flairé la chose, ça fait longtemps que... Dionisio sourit, heureux d'entrevoir la perspective d'un avenir meilleur. Et combien vous me donnez pour ceux que vous avez mis de côté ?

– Il faut qu'on fasse les comptes, intervint rapidement le Palomo. Vous nous laissez seuls une minute pour qu'on se mette d'accord ?

– Oui, bien sûr... Comme ça, j'en profite pour faire du café. Avec un verre d'eau froide ?

Quand Dionisio sortit, le Conde regarda son collègue et il reçut un regard assassin qu'il attendait et méritait.

– Un de ces jours je vais te descendre, je te jure. Bordel ! Comment on peut être aussi con ? Et en plus, tu lui dis qu'il y a des livres qui valent plus de mille dollars...

– Et je suis en dessous du prix, Yoyi. Tu crois que les treize tomes de La Sagra valent combien ? Et les éditions originales de Las Casas et de l'Inca Garcilaso ? Tu sais combien on offre à Miami pour la *Promenade pittoresque…* ?

– C'est toi qu'es en dessous de tout, tête de nœud. On dirait que tu vis à Miami ou qu'il y a tous les jours des acheteurs prêts à payer plus de mille dollars pour un de ces livres.

– Ça, c'est ton problème.

– Mais ça devrait être aussi le tien ! Tu te rends compte qu'avec deux ou trois de ces petits bouquins, tu peux passer un an à boire du whisky et pas cet infâme tord-boyaux que tu achètes à Blackman et au Viking !

– Pour se soûler, tout est bon… Allez, on fait les comptes…

L'évaluation des livres prit une demi-heure, pendant laquelle ils burent deux cafés et, grâce à l'opiniâtreté de Conde, ils se mirent d'accord sur un chiffre qui leur sembla satisfaisant pour tout le monde. Quand le Conde reprit place sur le canapé, Yoyi le Palomo préféra rester près de l'une des fenêtres aux verres de couleur, comme le boxeur qui attend dans le coin neutre la fin définitive du comptage ou le signal de reprise du combat. Le frère et la sœur Ferrero s'installèrent dans les fauteuils et le Conde trouva pathétique la nervosité évidente de leurs gestes ; il pensa que la faim et les principes, la misère et la dignité, les privations et l'orgueil étaient des couples difficiles à marier.

– Voyons un peu, dit-il. Aujourd'hui nous avons choisi deux cent dix-huit livres… Il y en a que nous pourrons bien vendre, pour d'autres ce sera très difficile d'en tirer un bon prix. On peut en vendre certains à douze ou quinze dollars, même si c'est pas évident, et les autres deux ou trois dollars à tout casser… En calculant trente pour cent, mon collègue et moi, on a décidé de vous faire un prix global : trois dollars le livre.

Amalia et Dionisio se regardèrent. Ils s'attendaient à plus ? Ils devenaient gourmands ? Yoyi le Palomo remarqua la méfiance des Ferrero et, armé de sa calculatrice, il s'approcha du groupe.

– Attendez… deux cent dix-huit livres à trois dollars chacun… ça fait six cent cinquante-quatre dollars… disons six cent cinquante-cinq pour arrondir. A vingt-six pesos le dollar… Et il fit une pause théâtrale destinée, il le savait bien, à vaincre leur méfiance et pour en rajouter il feignit l'étonnement : merde ! Dix-sept mille pesos ! Je vous préviens qu'aucun acheteur ne va vous donner une somme pareille, parce que ça devient difficile dernièrement de vendre des livres… Et je vais même vous dire plus : avec ce qu'il y a là-dedans vous pouvez en finir à vie avec tous vos problèmes…

Conde savait que les jambes, les estomacs et les cerveaux sous-alimentés de Dionisio et Amalia devaient frémir en entendant des chiffres pareils, comme les siens avaient frémi en s'imaginant, le soir même, heureux propriétaire de dix ou douze mille pesos qui, bien gérés, pouvaient le faire vivre pendant six mois… Et ils n'avaient fait l'inventaire que d'un septième ou un huitième de la bibliothèque, et sa prémonition était toujours intacte, le prévenant que quelque chose d'extraordinaire, encore insaisissable, se produirait dans cette pièce. Deviendrait-il vraiment riche à la fin de cette histoire, grâce à la découverte d'un incunable qui exercerait un tel magnétisme – en termes monétaires – que même son éthique ne pourrait y résister ?

– Vous préférez l'argent en dollars ou en pesos ? essaya de conclure le Palomo et comme toujours le frère et la sœur s'interrogèrent du regard et le Conde découvrit dans leurs yeux un virus dissimulé jusqu'à cet instant : celui de l'avidité.

– Quatre dollars le livre, lâcha Dionisio, récupérant le ton ferme de l'ordre et du commandement qu'il avait dû utiliser sur les champs de bataille, à sa glorieuse époque de militaire.

Yoyi sourit et regarda Conde comme pour dire : "Tu vois, ce sont des salauds et pas des malheureux. De vrais artistes !"

– Moitié en pesos et moitié en dollars, ajouta Dionisio, maître de la situation. C'est une offre juste et il n'y a pas à discuter…

– Ok, dit Yoyi sans se risquer à le contredire mais en laissant paraître son mécontentement. Ça fait vingt-deux mille six cent soixante-dix pesos. Je vous paye dix mille maintenant, le reste et les dollars, demain.

Et il tendit la main vers le Conde pour recevoir la liasse de trois mille pesos qu'il lui avait donnée la veille et les ajouter à l'argent qu'il avait sorti de son sac banane attaché sous son estomac. Il fit deux liasses et en remettant les billets à Dionisio, il lui donna un léger coup sur sa main ouverte.

– Cinq mille dans chaque liasse. Comptez-les, s'il vous plaît. Je vous dois mille trois cents pesos et quatre cent trente-six dollars, précisa-t-il à l'ex-militaire, dont l'assurance s'était à nouveau évanouie dès qu'il avait subi l'offensive des billets.

Pendant que Dionisio se concentrait pour compter son argent, Amalia ne savait pas où poser son regard larmoyant qui glissait constamment vers l'argent manipulé par son frère, occupé à faire des piles de cent, puis de mille pesos, sur la table centrale. Sans pouvoir se retenir, la femme porta un de ses doigts à sa bouche, commençant à mordiller la peau qui entourait l'ongle, lacérée au-delà du contour du doigt, et sur son visage affleura l'ombre d'une douloureuse satisfaction autophage.

– Bien sûr, Amalia (le Conde, que la question étouffait, décida de profiter du moment d'extase de la femme), vous savez qui était Violeta del Río ?

Le Conde jugea authentique l'expression de surprise et d'incompréhension avec laquelle Amalia l'observa, abandonnant à regret son activité cannibale.

– Je ne sais pas… pourquoi ?

– Et vous, Dionisio ?

Dionisio leva à peine les yeux de l'argent mais il interrompit son décompte.

– Je n'en ai jamais entendu parler.

Et il reprit son activité. Le Conde leur parla brièvement de sa découverte de la coupure de presse et il s'adressa à Amalia.

– Et votre maman ? Elle sait peut-être quelque chose ?

– Je vous ai déjà dit qu'elle n'y est plus…

– Mais parfois les personnes âgées se souviennent des choses du passé. Vous pourriez le lui demander ?

– Non... ça n'a aucun sens, affirma Amalia comme si cela lui faisait mal de l'admettre et elle ajouta : excusez-moi, je vais aux toilettes.

La femme passa entre les colonnes de marbre et Dionisio, ignorant tout ce qui n'était pas le décompte des billets, se concentra encore plus sur sa tâche.

– Et pourquoi elle t'intéresse cette femme, Conde ? voulut savoir Yoyi, un sourire ironique aux lèvres.

– Je ne sais pas... je ne sais pas, mentit le Conde, incapable d'avouer sa découverte du matin, et il ajouta : parmi les vendeurs de livres, lequel s'y connaît le mieux en vieux disques ?

– Pancho Carmona. Souviens-toi qu'avant il vendait des disques.

– Il faut que je le voie aujourd'hui.

– C'est bien ce que je dis (le Palomo hocha la tête), tu es fou à lier, je te jure, *man*.

– Le compte y est.

La voix de Dionisio les surprit.

– On peut emporter tous les livres, n'est-ce pas ? demanda Conde, soupçonnant que son visage d'honnête homme pouvait avoir perdu ses qualités du jour au lendemain.

– Oui, dit Dionisio, après une hésitation. Pas de problème.

– Bon, allons-y. Je vais chercher des caisses. Ma voiture est garée là, dehors, annonça Yoyi et il sortit.

Amalia revint de l'intérieur de la maison et reprit sa place à côté de son heureux frère.

– Et alors... commença Dionisio. Demain, vous nous apportez l'argent qui manque, n'est-ce pas ?

– Mais bien sûr, affirma le Conde. Ne vous en faites pas. Il faut continuer à trier les livres... Au fait, Dionisio, excusez ma curiosité : pourquoi avez-vous quitté la compagnie où vous travailliez après avoir été démobilisé ?

Surpris par la question, Dionisio regarda Conde puis sa sœur qui avait livré cette histoire au vendeur de livres.

– Parce qu'il s'y passait des choses qui ne me plaisaient pas. Et moi aussi, je suis un honnête homme. Et un révolutionnaire, n'oubliez jamais ça.

Les premières heures de la matinée et les dernières de l'après-midi étaient généralement les plus fertiles pour les vendeurs de livres anciens, cantonnés sur la plaza de Armas, à l'ombre des faux lauriers, de la statue du Père de la patrie et des palais austères d'où partaient autrefois les rênes d'un pouvoir colonial qui avait considéré l'île comme un des plus précieux joyaux de sa couronne impériale. Les hordes de touristes étrangers, certains avides, d'autres ennuyés par l'obligation de se plonger dans un bain d'histoire programmé, commençaient ou finissaient généralement leur périple dans la vieille ville juste au voisinage de son ancienne grand-place. Même si les vendeurs de livres les recevaient toujours comme des clients potentiels quoique trop velléitaires, ils savaient par expérience qu'il était possible, avec toute leur logorrhée persuasive mais non sans difficulté, de leur refiler un livre, généralement peu significatif par sa valeur historique et bibliographique. Cette foule confuse – fonctionnaires, petits commerçants, retraités économes, vieux militants désormais sans militantisme mais obstinés à voir de leurs propres yeux l'ultime bastion du socialisme le plus pur, mélangés aux fantoches de tout acabit, convaincus par d'habiles voyagistes que Cuba était un paradis bon marché – avait tendance à s'adonner à d'autres passions plus élémentaires, sensuelles, climatiques et parfois même idéologiques, bien différentes de la bibliophilie.

En réalité, l'éventail de livres déployé sur cette place historique n'exposait guère que les restes présentables du véritable banquet. Car les livres de valeur, ceux qui pouvaient prendre sans hésitation le chemin des ventes aux enchères où ils afficheraient sur leurs fronts des nombres à trois ou quatre chiffres, étaient interdits à la vente publique et n'arrivaient jamais sur ces modestes étalages. Ces *delicatessen* étaient, en général, réservées à des clients plus ou moins fidèles : quelques diplomates bibliophiles, des correspondants de presse et des hommes d'affaires étrangers installés à Cuba avec suffisamment de dollars pour acheter ces joyaux de papier; un petit nombre de Cubains enrichis par les voies légales, semi-légales et totalement illégales, décidés à investir dans des valeurs sûres; enfin, quelques amateurs qui se rendaient assez régulièrement dans l'île et avaient déjà défini leurs préférences en matière de littérature, de cigares et de femmes. Cependant, les véritables destinataires des raretés bibliographiques invisibles étaient quelques négociants professionnels de livres de grande valeur, en particulier des Espagnols, des Mexicains et aussi quelques Cubains installés à Miami et à New York, fournisseurs des ventes aux enchères ou propriétaires de librairies dont la promotion se faisait même sur le web. Au début des années 90, ces spécialistes avaient découvert le filon havanais, révélé durant les années les plus pénibles de la Crise, et ils arrivaient alors, disposés à acheter les livres que pouvaient tout bonnement leur offrir leurs collègues cubains désespérés. Puis, après avoir établi les connexions indispensables et vérifié la profondeur de la mine, ils avaient changé de style et à chaque voyage, ils se présentaient avec une liste de gourmandises exotiques réclamées par des clients décidés à acquérir un titre spécifique, d'un auteur connu, dans une édition donnée. Ce trafic souterrain était de loin le plus productif et aussi le plus dangereux, car les autorités cubaines avaient réussi à savoir comment certains vendeurs, de mèche avec les employés des bibliothèques, avaient sorti du pays d'authentiques trésors du fond bibliographique cubain et universel et même des manuscrits définitivement irrécupérables. Mais il était quasiment impossible d'arrêter cette hémorragie, car dans certains cas la source d'approvisionnement était le bibliothécaire payé deux cent cinquante pesos par mois et qui pouvait difficilement résister à une offre de deux cents dollars – son salaire de vingt mois – pour sortir des documents ou un volume demandé par quelque acheteur exagérément intéressé. Cette sourde mise à sac avait obligé les bibliothèques cubaines à mettre en sûreté, sous clé, leurs livres les plus précieux, bien que personne n'ait réussi à empêcher de fuir ce robinet irréparable qui permettait à certains de trouver une solution transitoire à leurs calamités matérielles.

Pancho Carmona avait la réputation d'être le plus sollicité parmi ceux qui proposaient des joyaux bibliographiques. Sur sa carte de visite il se présentait pompeusement comme spécialiste en livres rares et précieux, même si son commerce étendait ses tentacules dans des branches voisines comme les arts plastiques, les meubles de style, les bijoux de Tiffany et les antiquités les plus diverses. Trois fois par semaine, Pancho installait ses présentoirs de merveilles permises sur la plaza de Armas, et les trois autres jours dans le salon de sa maison, rue Amargura, où il avait organisé une sorte de librairie à laquelle ne pouvaient accéder que les clients de confiance ou très bien recommandés qui un mois étaient invités à s'asseoir sur des sièges Louis XVI, le mois suivant dans des fauteuils Second Empire et le troisième dans de profonds sofas Liberty, toujours à l'ombre de quelque classique de la peinture ou du dessin cubain, éclairés par des lampes *art nouveau** restaurées et entourés de verreries de Murano ou de Bohème, prêts à entreprendre un voyage outre-mer. Mais tous ses collègues savaient que dans aucun des deux endroits il n'était possible de voir les livres les plus brûlants, car personne ne savait avec certitude où se trouvait la caverne secrète de Carmona, que ses vrais contacts venaient directement voir à peine arrivés de Madrid, Barcelone, Rome, Miami et New York.

Pancho, qui durant vingt-cinq ans avait vécu de son salaire de dessinateur industriel, s'était spécialisé dans le commerce des livres quand celui-ci était devenu de plus en plus rentable et que la vente de disques à laquelle il se consacrait alors avait cessé de l'être, juste au moment de l'arrivée d'une crise qui lui avait finalement assuré une abondante récolte. A la différence des autres libraires, dès le début, Carmona avait eu l'intuition que le véritable filon ne se limitait pas au discret exercice de l'achat de livres d'occasion à deux pesos pour les revendre à dix. Ce qui s'imposait, pensa-t-il, c'était de faire le grand saut dans de vrais investissements. A peine initié à ce commerce, il s'était donc risqué à demander un prêt, après avoir vendu sa télévision, son frigidaire et son climatiseur, tous soviétiques – obtenus grâce à son ancienne condition d'ouvrier exemplaire –, pour réunir les fonds nécessaires et acquérir des trésors bibliographiques restés cachés durant des années et déterrés sous la menace de la faim, en payant un bon prix pour balayer les hésitations des propriétaires amaigris et la rivalité de ses concurrents. En quelques mois, Pancho avait réuni plusieurs dizaines de volumes de rêve et fixé leurs prix de vente, élevés mais justes, puis avec la patience la plus opiniâtre, au bord de l'inanition, il s'était assis pour attendre l'étincelle qui mettrait le feu aux poudres. Alors qu'il était au bord du désespoir, l'horizon s'était soudain éclairci lorsqu'un acheteur venu de Madrid lui avait mis dans la main douze mille dollars de 1994 pour un petit lot qui comprenait une *Histoire générale et naturelle des Indes*, de Fernández de Oviedo, édition madrilène de 1851 ; l'*Ile de Cuba pittoresque* de Andueza, également madrilène mais de 1841 ; l'*Essai politique sur l'île de Cuba* du baron de Humboldt, en deux tomes parisiens de 1826 ; le classique *Types et coutumes de l'île de Cuba*, illustré par Victor Patricio de Landaluze, dans l'édition havanaise de 1891 ; l'extraordinaire édition cubaine des *Œuvres de don Pedro Calderón de la Barca*, publiée à La Havane en 1839 et illustrée par Alejandro Moreau et Federico Mialhe ; et les six superbes tomes toujours convoités de *L'Histoire des familles cubaines*, écrite par Francisco Javier de Santa Cruz y Mallén, comte de Jaruco y de Santa Cruz del Mopox, dans sa robuste édition de 1940-1943.

Dès lors, Carmona, devenu un potentat, s'était spécialisé dans l'achat et la vente de livres et d'objets capables d'atteindre des prix respectables dans les ventes aux enchères européennes et nord-américaines. Il recevait presque tous les jours la visite de propriétaires désespérés de reliques familiales survivantes des cataclysmes antérieurs, qui désiraient seulement s'entendre proposer des chiffres raisonnables pour leurs livres, leurs meubles et leurs beaux objets et aussi, suivant le sentier tout tracé, les acheteurs les plus sérieux échoués dans l'île à la recherche des jeunes filles en fleurs qu'il était, sans aucun doute, le seul à pouvoir leur offrir.

Ses années dans les catacombes du circuit avaient fait de Pancho Carmona un vade-mecum vivant que ses collègues consultaient pour s'informer des prix, des possibles réserves et des probables sources d'approvisionnement et d'achat. Tel un authentique expert, le libraire ne donnait des consultations que les trois jours de la semaine où il travaillait sur la plaza de Armas et – pour ses confrères – il prenait un prix fixe et modique : une invitation à prendre un café à la terrasse du restaurant La Mina situé sur un des côtés de la plaza de Armas.

– Un café et deux bières, demanda Yoyi le Palomo quand ils occupèrent la table la plus proche de l'entrée. De là, Pancho gardait un œil sur ses présentoirs tenus par un neveu qui se chargeait de les installer et, en fin de journée, de transporter les livres jusqu'à la maison de la rue Amargura.

– Le café c'est pour moi, Lambin, indiqua Pancho au serveur pour s'éviter le désagrément d'un café lavasse. Tu avais disparu, Conde, dit-il en allumant la cigarette qu'il commençait toujours à fumer avant de boire son café.

– Les affaires sont en chute libre, Pancho. Maintenant c'est dur de dénicher ce que tu aimes...

– Oui, ça devient difficile. Il y a de moins en moins d'endroits où faire des trouvailles. *Tutto è finito*, admit l'homme, mais le Palomo, euphorique, interrompit ses lamentations.

– Pourtant, le Conde a trouvé le super filon !

– Ah oui ? demanda distraitement Pancho, vacciné contre ce genre d'exaltation.

– Qu'est-ce que tu penses d'une première édition du *Candide* de Voltaire ? lâcha le Palomo. Et une de Las Casas de 1552, ou une *Floride de l'Inca* de 1605 et l'*Histoire de l'île de Cuba*, de Valdés ? Et qu'est-ce que tu dirais des treize tomes de l'*Histoire* de Ramón de la Sagra, tout neufs avec toutes leurs illustrations...?

Les yeux de Pancho Carmona se mirent à pétiller davantage à chaque promesse et il ne put retenir une exclamation.

– Putain ! Vous me la donnez quand, la liste de ce que vous avez ?

– Tout ce que vient de t'énumérer le Palomo n'est pas à vendre, intervint le Conde. Mais nous avons d'autres choses qui peuvent t'intéresser...

– Dans une semaine, rectifia le Palomo, ignorant le regard assassin de son associé. Quand je te dis que c'est une mine…

– Regardez voir si vous tombez sur un petit exemplaire avec toutes ses illustrations du *Livre des plantations et des raffineries de sucre* et sur l'édition des poésies de Heredia de 1832. J'ai un acheteur qui en est fou et il est de ceux qui paient sans discuter… Je vous arrange l'affaire contre dix pour cent.

– Et le livre de Heredia peut valoir combien ? voulut savoir le Conde.

– Cette édition, la plus complète, imprimée par Heredia en personne, vaut en ce moment plus de mille dollars, ici à Cuba. A l'étranger… trois mille et plus. Et s'il y a un autographe… Mais, merde alors, vous l'avez trouvé où, cette bibliothèque ?

Le Palomo sourit, regarda Conde puis Pancho.

– Tu m'as bien regardé, mon vieux Pancho ?

L'autre sourit également.

– C'est bon, d'accord. Entre requins…

– Le seul problème c'est que lui, il ne veut pas entrer dans la combine, dit Yoyi en faisant un geste vers le Conde.

– Je n'ai jamais voulu, clarifia le Conde, et il versa la bière glacée dans son verre.

– Allez, Pancho, je t'en prie, dis-lui quelque chose pour le convaincre, demanda le Palomo, et le libraire sourit.

– Pour le convaincre ou pour le tuer d'un infarctus ? Écoutez ça ! Vous savez ce que j'ai fourgué l'autre jour ? (Il baissa la voix.) Les deux tomes de la première édition de 1851 et 1856 des *Mémoires sur l'histoire naturelle de l'île de Cuba*, de Felipe Poey avec l'ex-libris de Julián del Casal.

– Non, tu charries, *man* ? s'étonna Yoyi. A combien ?

– Deux mille billets verts, pour ne pas trop discuter…

Et il sourit en portant la tasse à ses lèvres.

– Et d'où c'était sorti ? voulut savoir le Conde.

Pancho secoua la tête devant la naïveté de Conde.

– Ça va, ça va… secret-défense.

– De toute façon, apportez-moi une liste. On fera affaire, c'est sûr.

– Et tu fais quoi avec tout cet argent, Pancho ?

Yoyi était toujours intrigué et ne pouvait cacher son admiration.

– Ça, gamin, ça ne se dit pas. Mais je rêve : je rêve d'avoir une vraie librairie, bien éclairée, pleine de livres, avec un café au fond, et je me vois assis là, comme un pacha, avec mon café, ma petite clope, en train de conseiller des livres… En attendant que ce rêve se réalise, je vends dans mon salon et là, sur ces présentoirs en bois.

– Quand je serai grand je veux être comme toi, mon vieux Pancho, je te jure, dit le Palomo et pour une fois, Conde savait qu'il ne jurait pas en vain.

– Bon, arrêtez vos conneries, interrompit le Conde. Pancho, j'essaie de me renseigner sur un *single* qui s'appelle *Quitte-moi*. Je crois que c'est un 78 tours…

Pancho Carmona n'eut besoin que de quelques secondes pour cliquer sur la souris de son ordinateur mental.

– C'est un 45 tours, d'une certaine Violeta del Río. C'est la maison Gema qui l'a enregistré, je crois que ça date de 1958 ou du début 1959. Il y avait sur une face *Quitte-moi*, des frères Expósito, et sur l'autre *Tu te souviendras de moi*, de Frank Domínguez. J'en ai eu un, une fois, et j'ai eu du mal à le vendre.

En écoutant la description du disque qui prenait enfin corps de façon tangible, Conde avait éprouvé une joie inattendue, comme si Pancho Carmona donnait un souffle indispensable à son étrange curiosité.

– Et tu ne l'as pas écouté ? demanda-t-il avec intérêt.

– Non, je n'ai pas eu l'idée de l'écouter…

– Et à qui tu l'as vendu ?

– Là, maintenant, je ne m'en souviens plus…

– Bien sûr que tu t'en souviens, réfléchis un peu.

– Lambin, un autre café, s'empressa de demander Yoyi. Et fais attention, c'est pour Pancho. Et deux autres *láguers*…

Pancho alluma de nouveau une cigarette.

– Qu'est-ce qu'elle est devenue, cette chanteuse ?

Nerveux, Conde se mit à fumer.

– Putain, comme si je le savais! Je n'avais jamais entendu parler d'elle... Le disque m'est tombé dans les mains, il y a une quinzaine d'années... Voyons un peu, et Pancho Carmona ferma les yeux, selon lui, pour voir: il lisait peut-être les listes d'achat et de vente enregistrées dans son cerveau. Enfin ses paupières se soulevèrent. Voilà, ça y est, je l'ai vendu dans un lot au bigleux qui écrit sur la musique...

– Rafael Giró?

– C'est ça...

– Et qu'est-ce que tu sais encore de cette chanteuse, Pancho?

– Que dalle. Tu crois peut-être que je dois tout savoir?

– Pour deux cafés à un dollar tu pourrais en savoir plus, non? dit Conde, et il tapota l'épaule de l'oracle de la rue Amargura, l'homme qui rêvait d'être propriétaire d'une éblouissante librairie où, en plus, on servirait le meilleur café de La Havane.

Cette Chevrolet construite en 1956, modèle Bel Air, à quatre portes, avec des vitres sans montants, était considérée par les experts comme un des véhicules les plus "machos" qui roulaient dans les rues dévastées de La Havane. La conduire, enclencher avec douceur le levier de vitesse horizontal et entendre le mariage harmonieux de sa vitesse et de sa puissance, la sentir glisser, lourde, sûre, orgueilleuse, recevoir les bouffées d'air qui entraient par ses larges fenêtres comme des sourires de bonheur était pour Yoyi el Palomo la sensation la plus proche de son expérience du paroxysme érotique.

Quand Yoyi l'avait achetée, deux ans auparavant, cette Bel Air 56 était une voiture éblouissante, grâce à son port classique et distingué et à ses chromes intacts de véhicule toujours stationné dans un garage fermé. Mais quand l'ingénieur récemment diplômé en était devenu propriétaire, grâce aux sept mille dollars gagnés dans une simple transaction mercantile sur un tableau de Goya qui avait changé de mains pour s'envoler vers une destination inconnue, son oncle, le plus célèbre mécanicien spécialisé dans cette marque de voitures – au point d'être connu à La Havane sous le nom de Paco Chevrolet –, avait consacré avec ardeur tout son célèbre savoir-faire à la transformation du véhicule de son neveu en une relique roulante. Dans ce but, il avait modifié le moteur pour augmenter encore sa puissance et l'avait équipée de pièces authentiques auxquelles il avait ajouté des filtres, des carburateurs et des capteurs capables d'améliorer sa qualité mécanique et sa murmurante efficacité de machine parfaite conçue pour l'éternité. Puis, la carrosserie avait été poncée jusqu'au métal pour donner un lustre éblouissant à la surface de la voiture et pouvoir la repeindre avec une laque spéciale à l'éclat métallisé, recommandée par Ferrari, dans une combinaison de bleu ciel pour le capot, le coffre, les garde-boue et les portes, et de blanc resplendissant réservé au toit et aux deux bandes latérales en forme de flèches. Finalement, parée de phares halogènes provenant du Mexique, la Chevrolet Bel Air 1956 avait retrouvé une splendeur peut-être même supérieure à celle des jours lointains où elle était sortie de l'usine de montage de Detroit, sans que ses constructeurs aient pu imaginer que, cinquante ans plus tard, elle serait toujours le modèle de voiture le plus beau, le plus équilibré et le plus élégant qui ait jamais roulé sur terre.

La Bel Air avançait le long du Malecón et le Conde, installé sur le large siège couvert de vinyle beige imitation peau de porc, partagea son intérêt entre la musique de Marc Anthony – émise par le lecteur CD caché dans la boîte à gants et diffusée par les quatre enceintes que le Palomo avait installé sans sacrifier la radio Motorola d'origine, laissée à sa place privilégiée sur le tableau de bord – et la contemplation de la mer paisible, dorée par le dernier rayon de soleil du soir d'été, cette mer tropicale et magnétique toujours obstinée à lui rappeler son rêve déjà moribond d'une petite maison en bois, au bord d'une plage, où il consacrerait ses matinées imaginaires à écrire un des romans qu'il envisageait encore d'écrire, ses après-midi à pêcher et à flâner sur le sable et ses nuits à jouir de la compagnie et de la chaleur humide d'une femme au parfum d'algues, de brise marine et de fleurs aux effluves nocturnes.

– Yoyi (il s'entendit parler, presque comme s'il s'agissait d'une explosion étrangère à sa volonté), il y a une chose que tu aimerais beaucoup avoir et que tu n'as jamais pu obtenir ?

Le Palomo sourit sans quitter l'avenue des yeux.

– Qu'est-ce qui te prend, *man* ? Des tas de choses… je te jure.

– D'accord, mais parmi ces choses, il n'y en a pas une plus spéciale ?

Le jeune homme hocha la tête comme s'il niait une chose connue de lui seul.

– Avant d'acheter cette voiture, j'aurais donné ma vie pour avoir une Bel Air. Maintenant que je l'ai, je ne sais pas… je crois que… Oui, bien sûr, j'aurais aimé assister une fois à un concert de Queen. Avec Freddy Mercury, évidemment…

– Super, admit le Conde qui s'attendait à une réponse moins spirituelle.

Ce rêve frustré du Palomo révélait une sensibilité perdue ou atrophiée par la lutte pour la subsistance et renvoyait à un état de pureté antérieure à la transformation du jeune homme en un prédateur avec six griffes à chaque patte.

– Et maintenant que j'y pense, continua le Palomo après un silence, j'aurais aussi beaucoup aimé savoir bien danser. Je te jure. J'adore la musique mais pour la danse, je suis nul.

– Comme moi, reconnut le Conde avant de se lancer. Et tu t'es déjà demandé ce que tu attends de la vie ?

Yoyi le regarda un instant.

– Ne me mets pas la barre si haut, *man* ! Tu sais bien qu'ici il faut vivre au jour le jour sans trop se poser de questions. C'est un de tes problèmes, tu penses beaucoup trop… Tiens, maintenant par exemple, quelle mouche t'a piqué assez fort pour t'obstiner à savoir où s'est fourrée cette Violeta del Río ?

Conde jeta un coup d'œil d'adieu à la mer, avant d'amorcer la descente vers le tunnel qui passait sous la rivière.

– C'est sans doute que je suis un obsédé compulsif…

– Et à part ça, pourquoi ? insista Yoyi.

– Je ne le sais toujours pas, avoua le Conde. C'est peut-être une simple curiosité, des restes de mon expérience de flic, ou quelque chose que je ne comprends pas encore… Tu veux que je te dise ? Les histoires et les personnages des années 50, c'est ma Bel Air à moi. C'est comme une fascination, vivre cette époque si étrange à travers les souvenirs des autres… Mais ce qui m'intrigue le plus dans cette histoire, c'est que je trouve vraiment bizarre que cette femme se soit retirée, qu'elle ait disparu juste au moment où elle devenait célèbre et que maintenant personne ne se souvienne d'elle, tu comprends ?… Et toi, pourquoi tu as tenu à me conduire chez Rafael Giró ?

– Je sais pas non plus… pour t'accompagner, je crois. Tu es le personnage le plus fou et le plus con que je connaisse, mais j'aime bien être avec toi. Tu sais quoi, *man* ? Tu es le seul type honnête auquel j'ai affaire dans ce boulot comme dans tous les autres. Tu es un Martien, mon salopard. Comme si tu n'existais pas pour de vrai, ma parole !

– Je dois prendre ça pour un compliment ? voulut savoir le Conde.

– Plus ou moins… Tu sais bien qu'on vit dans la jungle. Dès que tu sors de ta coquille, tu es entouré de vautours, de gens décidés à te baiser, à te piquer ton fric, à sauter ta nana, à te dénoncer et à te voir te fracasser la gueule pour gagner des points et grimper un peu… Y a un paquet de gens sur le point de se barrer, pour ne plus se compliquer la vie, et la majorité veulent se tirer, prendre le large, même si c'est pour Madagascar. Et les autres, qu'ils aillent se faire foutre… sans trop attendre de la vie.

– Ça ne ressemble pas beaucoup à ce que disent les journaux, remarqua le Conde pour l'asticoter et le faire réagir, mais Yoyi fut plus rapide.

– Quels journaux ? Une fois j'en ai acheté un pour me torcher le cul et il me l'a laissé tout dégueulasse, je te jure…

– Tu as déjà entendu parler de l'homme nouveau?
– C'est quoi ça? On l'achète où?

Le Palomo tourna à droite au carrefour de l'avenue 51 et de la rue 64 et chercha le numéro que Pancho Carmona leur avait indiqué.

– C'est ici qu'habite le bigleux. Regarde, il est sous le porche, dit-il en arrêtant la voiture le long du trottoir. Ne claque pas la porte, *man*, c'est une vraie voiture et pas une boîte de conserve de viande russe montée sur roues...

Le Conde se limita à lâcher la portière et la vit se fermer doucement, sous l'effet de son propre poids. Il traversa le petit jardin et salua Rafael Giró. Il expliqua qu'ils étaient des amis de Pancho Carmona et flatta son orgueil en annonçant qu'il avait lu son livre sur le mambo et qu'il l'avait trouvé excellent.

– Et qu'est-ce qui vous amène? Un livre à me vendre? demanda Rafael sans interrompre le balancement de son fauteuil en bois. Ses yeux faisaient penser à deux lampes rondes et puissantes derrière les épais verres circulaires de ses lunettes dont la grossière monture en plastique était une lamentable imitation de l'écaille.

– Non, non... Pancho nous a dit qu'il y a une quinzaine d'années, il vous a vendu un disque de Violeta del Río, cette chanteuse de boléros...

– La Dame de la Nuit, dit Rafael juste au moment où le Palomo les rejoignait.

– Vous la connaissez? risqua le jeune homme avant de se laisser tomber dans un des fauteuils, sans y avoir été invité.

– Bien sûr que je la connais! Tu crois que je suis comme ces musicologues, enfin, ils se disent musicologues et ils parlent de musique sans en écouter et sans écrire un putain de livre de toute leur putain de vie? Allez, assieds-toi, dit-il finalement en s'adressant au Conde qui occupa un autre fauteuil.

– C'est qu'on a déjà demandé à plusieurs personnes...

– Oui, presque personne ne se souvient d'elle. Elle n'a enregistré qu'un seul disque et comme elle travaillait dans des clubs et des cabarets... Vous ne pouvez pas vous imaginer, mais à cette époque-là, à La Havane, il y avait plus de soixante clubs et cabarets avec deux et même trois spectacles par nuit. Sans compter les restaurants et les bars où il y avait des trios, des pianistes et même de petits groupes...

— Incroyable, dit le Palomo, sincèrement étonné.

— Vous imaginez le nombre d'artistes qu'il fallait pour tenir ce rythme? La Havane, c'était la folie: je crois que c'était la ville la plus vivante du monde. Paris ou New York, de la merde, oui! Beaucoup trop froides... Pour la vie nocturne, il n'y avait pas mieux qu'ici. C'est vrai qu'il y avait les putes, la drogue, la mafia, mais les gens s'amusaient et la nuit commençait à six heures du soir et ne finissait pas. Tu t'imagines, dans une même nuit tu pouvais prendre une bière à huit heures en écoutant les Anacaonas aux Aires Libres sur le Prado, dîner à neuf heures avec la musique et les chansons de Bola de Nieve, puis t'asseoir au Saint-John pour écouter Elena Burke, ensuite aller dans un cabaret pour danser avec Benny Moré, ou avec les groupes Aragón, Casino de Playa, Sonora Matancera, te reposer un moment en savourant les boléros d'Olga Guillot, de Vicentico Valdés, de Ñico Membiela... ou aller écouter les jeunes du *feeling*, José Antonio Méndez avec sa voix rauque, César Portillo et, pour finir la nuit, à deux heures du matin tu pouvais faire un saut à la plage de Marianao pour assister au spectacle du Chori frappant sur ses timbales, et toi, là, comme si de rien n'était, assis entre Marlon Brando et Cab Calloway, à côté d'Errol Flynn et de Joséphine Baker. Et après, si tu n'étais pas complètement mort, tu pouvais descendre à La Gruta, là sur la Rampa, pour te retrouver au lever du jour, emporté par le jazz de Cachao, Tata Güines, Barreto, Bebo Valdés, le Noir Vivar et Frank Emilio qui faisaient un bœuf avec tous ces fous qui étaient les meilleurs musiciens que Cuba ait jamais eus! Ils étaient des milliers, la musique était dans l'atmosphère et elle était à couper au couteau, il fallait l'écarter pour pouvoir passer... Et Violeta del Río faisait partie de ce monde...

— Alors, ce n'était qu'une chanteuse parmi tant d'autres? se risqua à demander le Conde, au bord de la déception.

– Ce n'était pas Elena Burke ou Olguita Guillot, mais elle avait sa voix. Et son style. Et son corps. Moi je l'ai jamais vue, mais Rogelito le timbalier m'a dit un jour que c'était une des femmes les plus extraordinaires de La Havane. A vous provoquer un embouteillage !

– Et qu'est-ce qu'elle est devenue ?

– Un jour, elle a dit qu'elle ne chantait plus et elle a disparu.

– Elle a disparu ?

– C'est une façon de parler. Elle n'a plus jamais chanté, c'est tout… Elle s'est évaporée, comme des centaines d'autres chanteuses de boléros qui ont eu leur heure de gloire et bien des années d'oubli…

– Et on ne sait pas pourquoi ?

– Des bruits ont couru… On a dit qu'elle avait perdu la voix. Elle avait un filet de voix, pas un flot comme Celia Cruz ou Omara Portuondo, mais elle se défendait bien avec ce qu'elle avait. C'est vrai que je n'ai jamais cherché à savoir ce qu'elle était devenue… Une fois c'est Katy Barqué qui m'a parlé d'elle. Elle m'a raconté qu'elles s'étaient engueulées.

– Une engueulade ? Le Conde sourit. Je n'imagine pas une femme aussi… aussi spirituelle que Katy Barqué en train de s'engueuler avec quelqu'un.

– Katy Barqué, c'est un vrai démon, faut pas croire qu'elle est comme ça, toute douce, avec ses chansons d'amour… Mais elles en sont restées aux mots. Elles ne pouvaient pas se blairer parce qu'elles avaient des styles assez semblables. Il faut reconnaître qu'il y en avait plusieurs qui chantaient plus ou moins de la même façon, avec beaucoup de *feeling*, très dramatiques, avec une sorte de dédain pour tout. C'était un style très années 50, vous n'avez pas écouté le disque de Freddy ? Après, dans les années 60, La Lupe a changé ce style, elle en a fait quelque chose de plus douloureux, le dédain est devenu mépris, le drame a tourné à la tragédie : La Lupe, c'est une autre époque… Mais quand Violeta a commencé à chanter, Katy Barqué était la plus connue dans son style, elle a dû sentir que l'autre risquait de lui faire de l'ombre… C'est de là qu'est partie leur dispute.

– Mais il n'y avait pas de place pour toutes? s'enquit Yoyi.

– A la base de la pyramide, il y a de la place pour tout le monde. Au sommet, c'est pas pareil. Ces chanteuses de boléros étaient toutes des femmes très spéciales, elles avaient du caractère, comme faites sur mesure pour la musique qu'elles chantaient. Le boléro, c'est pas n'importe quoi, bien sûr que non : pour le chanter, il faut l'assumer plutôt que l'éprouver. Le boléro n'est pas une réalité, mais un désir de réalité auquel on accède à travers l'apparence de la réalité, vous me suivez? C'est pas grave... C'est la philosophie du boléro, je le dis dans un livre... Et cette époque-là, c'était l'âge d'or, parce que les auteurs classiques, qui composaient depuis 1920 et 1930, ont rencontré les jeunes du *feeling* qui lisaient de la poésie française et savaient ce que c'était que l'atonalité. De cette rencontre sont sortis les boléros qui, encore de nos jours, ont l'air de parler des choses de la vie... de la vie réelle. Bien que tout ne soit que mensonge : du pur théâtre, comme disait La Lupe.

– Et le disque de Violeta? demanda le Conde, s'agrippant à la dernière aspérité au bord du précipice.

– Je l'ai par là... mais mon tourne-disque est cassé. Et dans ce putain de pays y a pas d'aiguilles. J'attends qu'un ami m'en rapporte une d'Espagne, parce que... Vous savez combien de *long play*, de 78 et de 45 tours j'ai ici, chez moi?

Rafael laissa la question en suspens dans un silence si épais que Conde se sentit obligé de formuler l'inévitable question.

– Non, combien?

– Douze mille six cent vingt-deux. Qu'est-ce que vous en dites!

– Fantastique! admit le Palomo.

– Ils m'ont coûté une fortune et maintenant, à cause des CD, personne n'en veut plus. A tout bout de champ, quelqu'un débarque avec une caisse de disques et m'en fait cadeau.

– Et comment on peut faire pour écouter celui de Violeta?

La question du Conde contenait une prière implicite. Rafael ôta ses lunettes pour les nettoyer avec le pan de sa chemise et le Conde fut surpris de constater qu'il n'avait presque pas d'yeux. Les orbites formaient deux trous, ronds comme des traces de balles, profonds, foncés par l'auréole des cernes qui noircissaient sa peau de mulâtre. Quand il remit ses lunettes sur son nez, l'homme récupéra ses pupilles de chouette insomniaque et le Conde se sentit soulagé.

— Je ne prête ni mes disques, ni mes livres, ni mes coupures de presse. Comme vous vous en doutez, je me suis fait avoir des tas de fois...

Le cerveau du Conde se mit en branle à la recherche d'une solution. Revenir avec un tourne-disque ? Apporter une aiguille pour celui de Rafael... Ou laisser quelque chose en gage ?

— Faisons un marché... Là, dans le coffre de la voiture, nous avons sept caisses de livres qu'on ne trouve pas n'importe où. Je vous donne celui que vous choisirez en échange du disque de Violeta del Río...

Les yeux irréels de Rafael brillèrent d'un éclat singulier, presque pervers.

— Ce sont de bons livres ?

— Je viens de vous dire qu'ils sortent de l'ordinaire. Venez les voir et choisissez celui que vous voudrez. Allons-y !

Le Conde se leva et tendit la main vers le Palomo, lui réclamant les clés de la voiture. Il remarqua le désaccord du jeune homme à l'expression de son visage, car ce caprice pouvait littéralement leur coûter cher, et comme le jurait Yoyi, fallait pas jouer avec la nourriture de ses enfants — même s'il n'avait pas d'enfants et ne pensait pas en avoir. Rafael, alléché par la proposition, s'était levé et ils sortirent dans la rue.

Le Palomo ouvrit le coffre et appuya sur un bouton pour l'éclairer. Comme tous les malades atteints de bibliophilie, le musicologue manifesta son avidité en voyant les caisses de livres pleines à ras bord et, se tournant vers le Conde, il se fit confirmer :

— Celui que je veux ?

— Ben oui !

Le musicologue examina les livres un par un, les amenant à hauteur de son visage, à quelques centimètres à peine de ses lunettes, comme s'il avait besoin de les sentir plutôt que de les voir. Certains volumes furent examinés avec une attention particulière et gratifiés d'exclamations diverses, "Quelle merveille!", "Nom de Dieu, regardez-moi ça!" ou d'une affirmation plus pédante : "Celui-là, je l'ai déjà." Finalement, une fois tous les livres éparpillés dans le coffre de la voiture, Rafael arrêta son choix sur l'édition originale de 1925 de *La crise de la culture savante à Cuba*, de Jorge Mañach, et la première édition également, mais de 1935, de *Histoire universelle de l'infamie*. Borges ou Mañach? Il essayait de résoudre ce conflit et, non sans douleur, il tendit la main droite et déposa l'essai de Mañach dans une des caisses vides, tandis qu'il tapotait le classique borgésien qu'il venait d'acquérir.

— Bon, dit-il en caressant le dos du livre, apparemment plus frustré par l'impossibilité de tout prendre que satisfait d'être devenu le propriétaire d'une rareté recherchée sur la moitié de la planète, allons chercher le disque.

28 octobre

Mon chéri,

Le jour s'est levé sous la pluie. C'est une pluie douce mais persistante, comme si le ciel pleurait et, dans sa douleur, n'avait aucune intention de s'arrêter. C'est sans doute parce que Dieu sait que depuis trente-neuf jours je ne te vois plus et que je suis sans nouvelles de toi. Et très certainement, Dieu lui-même ne s'explique pas comment j'ai pu rester en vie. Tu aurais pu le croire? Moi je n'ai jamais pensé qu'une telle chose fût possible, mais avec les années j'ai appris que nous réussissons souvent à être plus forts que nous ne le croyons car une capacité inconnue, parfois très cachée, nous permet de résister aux coups les plus durs et nous oblige à aller de l'avant.

Et toi, dis-moi : comment te sens-tu? Pourvu que les migraines qui t'ont tellement tourmenté au cours des derniers mois ne t'aient pas suivi et que tes nouvelles occupations t'apportent une distraction qui serait un avantage mais aussi un risque : l'avantage de moins ressentir le passage du temps et le risque d'accepter le soulagement de la résignation et de l'oubli...

Par chance, le cyclone qui semblait venir sur nous a changé de direction pour passer au large, sans nous atteindre de ses rafales, bien qu'il nous ait laissé cette pluie. J'ai remercié la Vierge qu'il en ait été ainsi, car tu sais bien à quel point j'ai peur des cyclones (cela doit être un héritage de mon père, le pauvre, il tremblait rien que d'entendre le mot cyclone). Je dois dire que nous avons bien assez à faire avec la tempête que nous vivons dans ce pays. Ici, tous les jours, il se passe quelque chose, une nouvelle loi est promulguée, une autre est abrogée, quelqu'un parle des heures devant une caméra de télévision tandis qu'un autre se retire en silence (comme beaucoup de tes vieux amis, de tes camarades d'université), ou quelqu'un renonce à être ce qu'il était (certains étaient aussi tes amis), brandit le drapeau, jure qu'il a toujours été un patriote (alors qu'il n'a jamais rien fait pour le démontrer) et salue publiquement la liberté et la dignité nationale qui nous ont enfin été données, comme on dit maintenant. Nous vivons en ce moment une histoire trop turbulente : tout s'effondre et de nouveaux mythes surgissent ; quelques têtes tombent et les choses sont rebaptisées. Comme dans toute révolution. Sans avoir besoin de sortir de la maison, me sentant un témoin éloigné, je crois que je peux mieux percevoir tout ce qui se passe dehors et pour la première fois, je crains que la situation ne devienne vraiment tragique, et surtout, irréversible. Est-ce la fin définitive de notre monde ?

Si tu avais pu la lire, tu aurais remarqué que dans ma dernière lettre, je n'ai pas voulu te parler de choses trop tristes. Mais dans ma solitude, je pense tellement, que pour soulager mon âme, j'ai besoin de cette confession dont toi seul peux être le confesseur. Car je persiste à croire que tout ce qui est arrivé, avant ton départ, a dû être le coup de griffe d'un destin que tu as voulu forcer et qui s'est rebellé, comme une malédiction, pour te rappeler l'existence d'alliances sacrées. Je sais bien : des idées horribles ont traversé ton esprit, et la plupart m'accusent de ce qui est arrivé. Mais, me connaissant comme tu me connais, tu ne pourras trouver, ni dans ton esprit (si tu es juste) et encore moins dans la réalité, la moindre justification pour te convaincre que j'ai été coupable de quoi que ce soit. Je vais même te dire plus, mon amour : aujourd'hui je crois que personne n'est coupable. La vie a simplement tenté de redresser le cours des choses pour les remettre en leur lieu et place, d'où elles n'auraient jamais dû s'éloigner. Je sais que ta douleur et ta colère vont durer longtemps, mais quand l'oubli commencera à effacer ces sentiments, tu comprendras que j'ai raison et tu verras combien tu as été injuste envers moi en me croyant coupable d'une chose à laquelle, tu le sais bien, je suis incapable d'avoir seulement pensé : provoquer la mort d'une autre personne est un acte que je ne pourrais jamais commettre, malgré la douleur et les vexations que j'ai subies, et aussi grande qu'ait été la souffrance que m'ont causée l'existence de cette personne et sa présence indésirable.

Tu sais que pour toi, par amour pour toi, j'ai accepté un triste rôle et renoncé pour un temps à mes désirs et à mes droits quand tu t'es lancé dans l'aventure la plus absurde de ta vie. L'aimer elle, c'était me tuer moi. Tu le savais, mais cela ne t'a pas arrêté. Souvent le cœur commande alors que le cerveau devrait imposer la sagesse (je suis bien placée pour le savoir) et on ne peut rien contre cet ordre, bien qu'il y ait des occasions où il faut savoir dominer les sentiments pour pouvoir atteindre la vérité qui est la justice.

3 novembre

Mon chéri,

Me voici, de nouveau.

Hier je suis sortie de la maison pour la première fois depuis ton départ, ce qui m'a donné la force de reprendre cette lettre que j'avais interrompue il y a quelques jours, accablée par une douleur qui m'a arraché des larmes et a fait trembler mes mains.

Tu imagines où je suis allée ? Je l'espère car je l'ai fait pour toi. C'était le jour des Morts et, comme à notre habitude, je me suis rendue au cimetière pour déposer des fleurs sur le tombeau de tes parents et de tes grands-parents, comme tu aimais le faire. Ce fut une étrange expérience, car c'était la première fois que je le faisais *sans toi! Encore plus difficile car ton fils m'a accompagnée. J'avais très peur d'y aller seule, de sortir dans un monde que je sens de plus en plus hostile et, arrivés au cimetière, le pauvre garçon n'a pas compris pourquoi sa mère pouvait pleurer comme si nous assistions à l'enterrement d'un être très cher qui viendrait de mourir. Heureux ce fils auquel l'ignorance épargne la souffrance et qui pense seulement que je suis en train de devenir folle, car je pleure sur la tombe de personnes décédées depuis tant d'années.*

Cette sortie m'a permis de comprendre combien ce pays a changé en quelques mois à peine. Du taxi qui nous a conduits, j'ai pu voir les rues et surtout les gens, ils semblent encore ébahis et heureux de ce qui arrive et vivent normalement, sans crainte des dangers de plus en plus imminents qui assombrissent le firmament. J'ai découvert sur leurs visages et dans leurs regards une jubilation cachée durant trop d'années et surtout, il m'a semblé découvrir qu'ils avaient de l'espoir et qu'ils jouissaient d'une dignité nouvelle. Jusqu'à quand durera cet état de grâce collectif?

Je dois t'avouer, mon amour, que je les ai enviés, eux qui continuent ou redécouvrent leurs vies (ton fils, avec son enthousiasme fanatique, dit qu'ils viennent de naître) et jouissent des instants qu'ils vont passer sur cette terre avec une délectation que j'aurais seulement pu éprouver si tu étais à mes côtés, ici ou là-bas. En les observant, j'ai eu la certitude que cette fois, quelque chose de très grand était arrivé et que, désormais, rien ne serait jamais plus pareil. J'ai compris tout à coup que les gens comme toi et moi appartiennent à une époque révolue. Nous sommes les cadavres de ce passé et c'est peut-être pour cela que c'est au cimetière que j'ai vu le plus de changements. Tu n'imagines pas le nombre de tombes où, avant, se réunissaient ce jour-là les personnes les plus proches de la famille, maintenant solitaires, sans fleurs, sans la consolation d'une main chère sur la froideur de la pierre tombale. J'ai alors pris la juste mesure de ce qui arrive à ce pays où les vivants partent au loin à la recherche du bonheur, ou s'agrippent à ce qu'ils ont et semblent heureux, tandis que les morts se retrouvent abandonnés à la plus ingrate des solitudes.

Je ne voudrais pas que ce genre de nouvelles te rende triste ou que tu te sentes coupable. Tu dois avoir mille préoccupations en tête et, pour le bien de tous, le mieux est de laisser les morts où ils sont, dans leur paix méritée. Tous les morts. Et que la vie continue pour ceux qui sont encore de ce monde.

Mon amour, embrasse très fort les enfants et rappelle-leur combien je les aime. Et toi, s'il te plaît, n'oublie jamais celle qui t'a le plus aimé, toujours.

Ta petite

Il sentit ses mains transpirer quand, avec deux doigts et toute sa délicatesse, il souleva le bras du tourne-disque et l'écarta vers l'arrière pour donner une impulsion électrique et faire tourner le plateau. Il descendit lentement le bras, essayant de trouver, malgré son léger tremblement, le premier sillon du petit disque d'acétate. Conde frotta ses mains sur les jambes de son pantalon et ferma les yeux, prêt à voyager dans le passé.

Yoyi el Palomo, titillé par la curiosité, l'avait conduit chez le Flaco Carlos où le Conde savait qu'il y avait un vieux tourne-disque RCA Victor, modèle portable, peut-être encore disposé à fonctionner. Avec ce petit appareil, sur lequel ils avaient un jour réussi à adapter un haut-parleur allemand et démocratique pour remplacer l'original, Conde et ses amis avaient écouté des centaines de fois des disques en plastique où les techniciens cubains avaient réussi, par de mystérieux procédés, à reproduire la musique de Paul Anka, des Beatles et des Mamas & the Papas — Conde, sur la ligne droite de ses cinquante ans, en avait encore la chair de poule quand il écoutait *Dedicated To One I Love* — durant ces années plus que lointaines quand, grâce à ces procédés quasiment médiévaux, il était possible d'écouter dans l'île les groupes qui faisaient fureur dans le reste du monde capitaliste et décadent où on créait et diffusait une musique distrayante, néfaste pour les oreilles d'un jeune révolutionnaire, selon une décision sage et marxiste de l'appareil idéologique d'État qui l'avait proscrite de la radio et bannie de la télévision. Seuls quelques privilégiés, fils de papas et de mamans pas précisément chanteuses, mais ayant des postes au gouvernement qui leur permettaient, de temps en temps, de mettre les pieds au Mexique, au Canada ou en Espagne, avaient eu accès aux disques originaux qui, à force d'être excessivement utilisés, avaient fini, dans bien des cas, par perdre leurs sillons.

Comme des sorciers devant un monstre merveilleux, au cours de soirées inoubliables et de nuits chaudes, Conde, Carlos, Andrés, le Conejo et Candito, qui ne jouissaient pas du privilège d'avoir une goutte de sang de dirigeant dans leurs veines plébéiennes, s'étaient contentés de ces galettes mates et, réunis autour de ce même tourne-disque, ils s'étaient plongés dans ces sonorités chaudes et ces paroles incompréhensibles dans leur sens littéral, dépourvues du moindre soupçon d'idéologie, qui savaient pourtant toucher certaines de leurs fibres sensibles. Quelques années plus tard, les amis avaient accédé à un stade supérieur lorsque Carlos avait enfin eu un petit magnétophone à cassettes pour profiter de la musique sur des copies tout aussi usagées que les disques d'avant, enregistrées sur les cassettes corrosives Orwo – également démocratiques et allemandes – et ils étaient entrés ainsi dans le monde de Blood, Sweat and Tears, de Chicago et, surtout, de Credence Clearwater Revival, et ils avaient fait de *Proud Mary* et de la voix épaisse de Tom Fogerty une des icônes de cette amitié qu'ils avaient scellée comme un pacte de sang depuis les jours d'un passé sévère, aussi rempli de limitations et de pénuries matérielles que de mots d'ordre à exécuter sur-le-champ, d'émulations socialistes et de meetings de réaffirmation politique, un temps passé qui continuait pourtant à leur sembler presque parfait, peut-être à cause de leur obstination romantique à le conserver intact, comme en hibernation dans la brume complice des plus belles années de leur vie.

Conde et Yoyi avaient débarqué chez Carlos avec des pizzas achetées en chemin et deux bouteilles de rhum pour s'éclaircir la gorge et le cerveau. Pendant que Josefina améliorait les prétendues pizzas en y ajoutant des rondelles d'oignon, de la purée de tomate et des lamelles de piment vert réclamées par son fils, le Conde avait dû plonger dans le cagibi de la terrasse pour déterrer le tourne-disque, avec la crainte qu'il soit incapable d'émettre le moindre son. Après l'avoir secoué et totalement dépoussiéré, il s'était appliqué à nettoyer l'aiguille de l'appareil avec son mouchoir, mouillé dans le rhum super carburant qu'ils venaient d'acheter, avant de le brancher sur le courant pour voir si, au moins, il tournait.

La première bouteille débouchée en était déjà au troisième acte quand Conde commença à abaisser le bras du tourne-disque et plaça l'aiguille pour que le haut-parleur crachotant émette quelques gémissements annonciateurs. Puis, comme les grosses gouttes qui précèdent la lourde averse d'été, les accords d'un piano parvinrent à leurs oreilles, un seul piano, presque violent, sans fioritures ni ornements superflus, auquel vinrent se joindre la percussion du bongo, le son profond de la contrebasse, et finalement cette voix plus parlée que chantée, chargée d'une intensité presque virile, d'abord empreinte d'une supplication puis d'un dépit à la fois douloureux et exigeant, capable de provoquer la sensation qu'il n'était pas nécessaire de voir la femme pour savoir qu'il y avait quelque chose de différent dans cette voix épaisse, chaude, obstinée à parler à l'oreille plus qu'à chanter...

Tú, que llenas todo de alegría y juventud	Toi, qui emplis tout de joie et de jeunesse,
y ves fantasmas en la noche a trasluz	Toi qui dans la nuit vois les fantômes à contre-jour,
y oyes el canto perfumado del azul.	Toi qui entends le chant parfumé de l'azur,
Vete de mí...	Quitte-moi...
No te detengas a mirar	Ne t'arrête pas pour regarder
las ramas muertas del rosal	Les branches mortes du rosier
que se marchitan sin dar flor,	Qui se flétrissent sans donner de fleur,
mira el paisaje del amor	Regarde le paysage de l'amour
que es la razón para	Qui est la raison
soñar... y amar...	De rêver... et d'aimer...

Yo que he luchado contra toda la maldad,
tengo las manos tan deshechas de apretar
que ni te puedo sujetar.
Vete de mí...

Seré en tu vida lo mejor
de la neblina del ayer
cuando me llegues a olvidar,
como es mejor el verso aquel
que no podemos recordar...
Sí, ya..., vete de mí.

Moi, qui ai lutté contre toute la méchanceté,
J'ai les mains si abîmées de les avoir trop serrées
Que je ne peux te retenir.
Quitte-moi...

Je serai dans ta vie, le meilleur
Des brumes du passé
Quand tu parviendras à m'oublier,
Comme le plus beau vers est celui
Dont on ne peut se souvenir...
Oui, maintenant... quitte-moi.

Quand le Conde ouvrit les yeux et souleva l'aiguille échouée sur la zone vierge de l'acétate, il eut la certitude justifiée que deux jours plus tôt, en franchissant le seuil de la bibliothèque des tout-puissants Montes de Oca, la prémonition qui l'avait surpris ne le poussait peut-être pas, comme il l'avait cru, vers la découverte d'un livre fabuleux, mais sur le chemin qui le confronterait à cette voix endormie dans le passé, une voix qui n'attendait que lui. Était-ce possible? Sans réfléchir, sans regarder le Flaco ni le Palomo, également silencieux et émus, le Conde replaça le bras sur le premier sillon du disque et se laissa happer par la mélodie et la voix, comme l'amant vainqueur des surprises du premier contact se lance ensuite à la recherche des essences plus cachées de sa partenaire. Il essaya de comprendre le drame esquissé par une voix adressée à un "toi" qui pouvait être n'importe qui, lui-même ou encore son propre père, ensorcelé peut-être par cette même femme, une voix qui parvenait à transmettre un sentiment trop semblable à une douleur réelle et qui, à la fin de la première strophe, adoptait un ton suppliant en exigeant: "Quitte-moi." Mais ensuite la voix ordonnait: "Ne t'arrête pas pour regarder", réclamant un éloignement aux résonances bibliques qui réussissait à acquérir toute sa connotation dans une troisième strophe où elle se faisait plus lente, lasse, plus murmurante encore, pour expliquer ce refus de continuer cette lutte à mort. Le dernier acte surgissait avec un nouveau souffle lorsque la voix envisageait un futur non désiré mais possible où la femme se perdrait dans les brumes épaisses du passé. Et elle concluait sur un ordre sans appel, avec un ultime et déchirant "Quitte-moi", décidé même à faire taire la musique qui revenait, chaude, lourde, dans l'attente du silence total, seulement lorsque s'éteignait la dernière vibration de la voix... Mais avant d'y arriver, elle ouvrait un bref espace pour imposer, comme une dernière volonté sans appel, à nouveau : "Oui, maintenant... quitte-moi", avec un cri si viscéral que le Conde était convaincu que dans cette façon de chanter il y avait plus qu'un jeu de miroirs avec la réalité : et si c'était une pure et authentique réalité ?

— Mais merde, qu'est-ce que c'est ? demanda-t-il à haute voix en reposant le bras sur son support, pendant que le disque, maintenant muet, continuait à tourner comme une spirale hypnotique. Pour se donner une contenance, il leva son verre à moitié plein et but le rhum d'un seul trait. Il sentit qu'il retrouvait lentement les sensations de son corps et la conscience de l'espace, troublées par le choc que lui avaient causé la musique et la voix d'une femme effacée de la mémoire et comme évanouie dans le temps.

— Et tu dis que cette femme a disparu ? demanda le Flaco qui, avec ses bras et ses mains abîmées de les avoir trop serrées, essayait de s'installer le mieux possible dans son fauteuil roulant.

— On dirait... elle n'a plus jamais chanté, confirma le Conde. Je ne sais même pas si elle est vivante ou non...

— Je te jure, elle a une voix, comme...

Yoyi cherchait en vain un qualificatif qui se dérobait susceptible de définir cet étrange prodige.

— Elle ne ressemble à personne, c'est moi qui vous le dis, conclut le Flaco en répartissant les restes de la première bouteille. Mets l'autre face, sauvage.

— Non, lâcha sans y penser le Conde en tapotant le petit disque. Non, laisse-moi digérer celle-là.

Conde relut les références sur le macaron du disque, éclairées par le reflet du diamant jaune caractéristique du label discographique, et finalement il le replaça dans la pochette rustique, en papier d'emballage, que lui avait préparée Rafael Giró. Il se demanda s'il était opportun de raconter à ses amis qu'il avait maintenant la certitude que son père avait bien été amoureux de cette jeune chanteuse, peut-être même sans jamais lui avoir parlé. Mais il en arriva à la conclusion qu'il n'avait pas le droit de faire une telle révélation et il laissa alors échapper, presque sans y penser, un souhait qui le tourmentait intérieurement et visiblement :

– Je suis foutu ! Il va falloir que je sache qui était cette femme et ce qui a bien pu lui arriver.

Mario Conde pouvait désormais se rappeler ses douze années dans la police sans être assailli par un mélange décapant de nostalgie et de remords. Pour parvenir à ce recul bénéfique, il était passé par un processus lent et parfois même aussi douloureux qu'une cure de désintoxication. Seul le passage du temps avait réussi à réaliser le miracle d'éloigner de son esprit le fardeau que le métier de policier, inévitablement sale, avait fait peser sur les replis de son âme. De par sa condition de nostalgique invétéré ou, selon la définition habituelle du Flaco, parce qu'il était accro aux souvenirs, il avait doublement joui de l'arrivée de cette distanciation qui lui permettait enfin de considérer son époque de policier enquêteur comme un état de léthargie aux contours flous. Aussi, quand une occasion particulière l'obligeait à se souvenir du représentant de l'ordre qu'il avait été pendant douze ans, il éprouvait un sentiment d'altérité envers lui-même, qui l'incitait à voir cet ancien Mario Conde comme un étranger, parfois même comme un inconnu qui avait trop longtemps vécu parmi les gens supposés forts et puissants, alors que sa nature le poussait à militer dans le club des contestataires.

Cependant, comme il se savait trop attaché à sa mémoire, Mario Conde devait bien reconnaître que la démolition de ce fragment de sa vie n'avait guère été qu'une stratégie de survie à laquelle il s'était cramponné quand il avait décidé de donner un nouveau sens à sa vie, ou plutôt de retrouver son sens premier ? Ce qui l'avait peut-être le plus aidé à conjurer le passé dans ce processus de rejet, c'était sa conviction de n'avoir jamais été injuste et, surtout, la certitude de n'avoir jamais abusé de son pouvoir comme tant de ses collègues passés, présents ou futurs. Son allergie à la violence ou à l'usage de la force, son rejet de la tendance policière à faire plier les consciences et les dignités, l'avaient toujours tenu à l'abri de ces excès habituels dans le métier et l'avaient éloigné, au passage, des effets secondaires nocifs comme la corruption qui avait entaché la vie de plusieurs de ses collègues, brisant la plupart de ses illusions en lui faisant comprendre plus clairement les invincibles faiblesses de l'âme humaine – même des âmes qui disaient avoir de leur côté le poids du pouvoir et la responsabilité de la justice.

Comme il n'avait jamais su avec certitude pourquoi il était entré dans la police – il était trop jeune, il avait besoin de travailler, il traînait encore dans la vie une naïveté sans faille –, pendant longtemps il avait proclamé comme une devise qu'il était devenu inspecteur de police pour la simple raison que son âme juvénile ne supportait pas que les fils de pute ne paient pas pour leurs actes. C'est peut-être pour cela qu'il avait pris plaisir, et même beaucoup de plaisir, à débusquer des types supposés irréprochables, en les déboulonnant de leur piédestal et en leur faisant payer leurs crimes, leur arrogance, l'abus des pouvoirs qu'ils s'étaient arrogés et grâce auxquels ils avaient parfois brisé des destinées. En se livrant à ces démolitions, le Conde s'était senti intouchable, presque fortifié par les regards de haine dont l'avaient si souvent gratifié ces personnages, autrefois puissants et désormais vaincus.

Par chance pour le Conde, ce genre de réflexions, commodément enfouies dans sa conscience, ne se risquaient à faire surface que dans des circonstances très particulières, comme ce jour-là, quand, un verre de rhum matinal à la main, il s'était senti dominé par le besoin primaire de découvrir une vérité alors que son cerveau tentait d'actionner ses vieux mécanismes rouillés, peut-être encore opérationnels.

– Alors bordel, qu'est-ce qui te démange, ce coup-ci ?

Il ne fut pas surpris par la voix derrière lui. Il l'avait lui-même convoquée, comme un fantôme flottant dans les brumes de son propre passé et il sentit que ces vibrations connues éveillaient en lui une joie enracinée, renouvelée à chaque rencontre. Sans se retourner, il fit glisser le verre sur le bois poli du bar pour le placer devant le tabouret voisin et demanda :

– Dis-moi la vérité, mon frère, on peut être pédé et cesser de l'être un jour?

– Même pas en rêve! Quand on est pédé, c'est pour la vie... Si tu t'es fait mettre une fois, personne ne peut plus rien pour toi. Et le type qui a été flic, il l'est pour toujours, même en s'immolant par le feu.

– C'est bien ce que je pensais, dit-il, et il se retourna finalement pour contempler la silhouette éternellement squelettique, les yeux qui louchaient irrémédiablement et le sourire incroyablement enfantin du capitaine Manuel Palacios, son vieux pote de la police criminelle. Alors, comme ça, même par le feu...

Manolo attendit que le Conde descende de son tabouret pour lui tendre les bras. Puis il leva le verre à moitié plein de rhum et but une rasade dévastatrice.

– Argh... à ta santé!

– Comment va la vie, Manolo?

Quand le Conde avait quitté la police, Manuel Palacios, alors tout jeune, n'était qu'un sergent novice qui n'acceptait de travailler en civil que sur les instances du Conde. Maintenant comblé par son grade de capitaine enquêteur, Manolo ne quittait plus cet uniforme qu'il aimait tant arborer, un uniforme auquel il consacrerait certainement le plus d'années possibles.

– Beaucoup de boulot, c'est la folie. Tu n'imagines pas comment vont les choses. Avant c'était un jeu d'enfant, maintenant c'est un jeu dangereux, sans masque. Les vols avec violence sont monnaie courante, on nage dans la drogue, les agressions sont une vraie plaie, la corruption c'est comme la mauvaise herbe, on n'en vient jamais à bout même en l'arrachant... et ne parlons pas du proxénétisme et de la pornographie.

– Moi, j'adore la pornographie...

– La pornographie avec des enfants, Conde!

– Écoute, il y a des petites de quatorze ans...

– Va te faire foutre, tu ne changeras jamais!

– Et toi?

Manolo sourit et posa une de ses mains sur celle de Conde, sur le bar.

– J'essaie de ne pas changer... Allez, offre-moi une cigarette.

– Tu prends un rhum? lui demanda le Conde lui passant le paquet et le briquet.

– Non, non, avec la rincette que je viens d'avaler, ça me suffit.

– Diable! Le Conde réclama au garçon: un autre pour moi... Qu'est-ce qui se passe, Manolo? C'est vrai que la fin du monde est proche? Pourquoi les gens sont de plus en plus tarés, hein?

Manolo soupira en exhalant la fumée de sa cigarette.

– Je n'arrête pas de me le demander. Je ne sais pas, il doit y avoir trop de gens qui en ont marre d'en baver, alors ils cherchent la voie de la facilité. Il y en a beaucoup trop qui ont grandi en voyant presque tout le monde se débrouiller pour voler, falsifier, trafiquer, ça leur semble tout ce qu'il y a de plus normal et ils le font comme s'ils n'y voyaient rien de mal. Mais le plus terrible, c'est la violence: ils ne respectent rien et quand ils veulent quelque chose, ils l'obtiennent par n'importe quel moyen...

Le Conde goûta son second rhum.

– J'ai un associé dans mon commerce de livres. Sa théorie c'est qu'il y a beaucoup de gens qui ne croient plus à rien et c'est pour ça que les choses sont ce qu'elles sont. Tu te souviens quand on a mis La Havane sens dessus dessous parce que dans le lycée de La Víbora il y avait trois gamins qui de temps en temps fumaient un joint de marihuana?

– Heureux temps, Conde... c'est moi qui te le dis. Maintenant ils se shootent au crack, à la cocaïne, au parkisonil avec du rhum et des amphètes quand ils peuvent. Sinon, n'importe quel comprimé pour les nerfs avec de l'alcool et même de l'anesthésique pour les animaux, tu te rends compte... Autrefois ils respiraient de l'essence, de la peinture, du vernis, de la colle industrielle... Et tu connais la dernière? Ils brûlent des CD pour les sniffer. Et ils planent vers le ciel, mais en chemin ils y laissent un paquet de neurones... Et ne va pas croire qu'il s'agit de deux ou trois gamins... Si tu passes par l'hôpital psychiatrique, tu verras combien il y en a, attachés à un piquet comme l'Indien Hatuey. Tu sais, à chaque fois qu'il y a un bal public ou un combat de chiens, ou quand ils s'ennuient, ils prennent ce qu'ils trouvent et ça leur donne envie de s'entretuer : mais ils se tuent pour de bon... Et ils tirent l'argent de n'importe où, presque toujours en le volant, en se prostituant ou en vendant de la drogue. Ou alors, il leur prend l'envie de rentrer dans une maison pour voler n'importe quoi, quitte à laisser deux ou trois morts sur le carreau. *De sang-froid,* c'est le titre du bouquin que tu m'avais offert un jour, non ? Eh bien, j'ai vu la même affaire la semaine dernière. Cinq morts dans une maison, torturés, mutilés... Et pour quoi ? Pour faucher deux mille pesos et un poste de télé.

– Les journaux ne parlent pas de ces choses-là... Et il n'y a personne pour se demander pourquoi tout ça arrive ? interrogea le Conde, consterné par le panorama brossé par son ex-collègue et se félicitant d'être loin de cette sombre réalité en expansion.

– Je sais pas, mais quelqu'un devrait se le demander. Je suis flic, Conde, rien qu'un flic : je ramasse la merde, je ne distribue pas les repas...

– On est foutus, Manolo. Ce serait intéressant de savoir à quel moment l'éprouvette s'est cassée, comme dit Yoyi, et que tout a commencé à partir en couilles, non ?

– Bon, mon frère, laisse tomber la philo, je suis super pressé. Dis-moi, de quoi tu as besoin ?

– Ce que je veux, c'est moins terrible mais peut-être plus compliqué... Il faut que je retrouve une personne qui s'est perdue, il y a quarante-trois ans.

– Elle s'est perdue, elle a disparu, c'est quoi au juste ?

– Elle s'est volatilisée et personne ne se souvient d'elle. Je ne sais même pas si elle est encore en vie, mais maintenant elle pourrait avoir, je sais pas, dans les soixante ans ou un peu plus...

– Donne-moi le nom et je vais chercher dans les archives.

– Voilà le premier emmerdement : elle était chanteuse et je n'ai que son nom d'artiste. Parce qu'en réalité personne ne peut s'appeler Violeta del Río.

– Violeta del Río ?

– Tu as entendu parler d'elle ?

– Du tout…

Manolo tendit le bras, prit le verre du Conde et but une petite gorgée.

– Tu veux un rhum, oui ou non ?

Manolo fit non de la tête et ajouta :

– Laisse-moi chercher, si ça se trouve elle apparaît sous son pseudo… Tu la recherches pourquoi ?

– Je ne sais pas, admit le Conde. Du moins, je ne sais pas encore. Mais je veux la retrouver. Comme ça, je découvrirai peut-être pourquoi je voulais la chercher.

Rogelito pouvait bien être le dernier des dinosaures, une espèce de fossile réchappé de l'extinction naturelle de ses congénères, arrivé au XXIᵉ siècle d'une ère géologique évoquée uniquement dans les vieux livres passés par les mains du Conde et présent dans certaines mémoires qui s'acharnaient à se souvenir d'un passé nébuleux et diabolisé. Sa légende débutait en 1921, juste après la fin de la toujours plus historique Première Guerre mondiale quand, à dix-sept ans à peine, il était entré dans l'orchestre de *danzón* du grand Tata Alfonso ; il avait alors commencé à tisser son mythe de timbalier exceptionnel au service de tous les orchestres et *jazz bands* notoires qui avaient alimenté l'abondante chronique musicale cubaine durant soixante ans et qui faisaient appel à lui pour une bonne raison : il était toujours le meilleur.

De Rogelito, on disait que vers 1920 il avait eu la chance d'être le disciple du génial Manengue, timbalier alcoolique et excentrique qui, en cherchant à tirer des sonorités inexistantes de son instrument primitif, l'avait enrichi en lui ajoutant la percussion métallique de la clochette et le son rythmique de la petite boîte japonaise qui avaient fait de la *paila*, avec ses sons torrides et coupants, l'instrument de base de la percussion du *danzón*.

Malgré cette histoire épique, Conde ne fut pas étonné de constater que l'éternel Rogelito vivait dans un des étroits *pasajes** obscurs du quartier Buenavista, dans un minuscule appartement aux murs écaillés, suintant d'humidité, sans fenêtre sur la rue, coincé entre deux autres appartements minuscules, également condamnés à donner sur le mur qui les séparait du *pasaje* voisin, tout aussi humide et sombre. Comme pour presque tous les musiciens de son époque, suffisamment d'argent avait dû passer par les mains de Rogelito pour au moins acheter, louer ou construire une maison lumineuse et aérée, mais comme la plupart d'entre eux, avec chaque peso gagné, Rogelito s'était fringué, avait bu, fumé, mangé et baisé – pas si mal, après tout, se dit le Conde –, pour finir par se réfugier, sans complexe de culpabilité, dans un de ces appartements asthmatiques où l'avaient surpris la vieillesse et l'oubli. La jadis éblouissante Violeta del Río vivait-elle aussi dans une de ces *cuarterías*** délabrées?

Après avoir demandé au Conde d'attendre quelques minutes, l'arrière-petite-fille chargée de s'occuper de Rogelito, une mulâtresse blanchâtre à la trentaine robuste et chaude, dotée de mamelons décidés à perforer le léger tissu de son corsage et d'une croupe cambrée sur laquelle un homme pouvait s'asseoir, avait conduit le vieillard jusqu'au fauteuil moelleux garni de coussins qui ressemblait au trône d'un patriarche déchu. Rogelito était sorti de la chambre appuyé sur le bras de son arrière-petite-fille, en avançant à petits pas glissés, incapable désormais de lever des jambes qui avaient sûrement dansé dans les plus beaux salons de La Havane, et le Conde eut l'impression de se trouver devant une bougie sur le point de brûler la dernière fibre de sa mèche. Chez ce vieil

---

* Édifice construit pour offrir des appartements nombreux mais petits donnant sur un même couloir.
** Proche du *solar*, il s'agit d'une maison ancienne ou d'un immeuble délabré partagé entre plusieurs familles disposant souvent d'une seule pièce.

homme de taille moyenne, à part les oreilles irréductibles et le dentier obstiné à lui imposer une joie grotesque et permanente, tout semblait sur le point de se volatiliser, de se réduire en poussière sous les effets de la chimie implacable du temps.

Installé dans son fauteuil, les yeux grand ouverts, cherchant à profiter de la clarté, Rogelito offrait l'image d'un petit oiseau prématurément sorti d'un œuf gigantesque, et le Conde pensa que l'extrême vieillesse pouvait être le pire des châtiments infligés à l'homme.

– Pourquoi vouliez-vous me voir, jeune homme?

– D'abord pour vous saluer, maestro, dit le Conde, car il pensa qu'il était peu délicat d'entrer directement dans le vif du sujet.

– C'est bizarre. Personne ne se souvient plus de moi.

– Beaucoup de livres parlent de vous. Et il y a les anciens disques...

– Ça ne nourrit pas son homme.

– C'est vrai, admit le Conde, et il huma l'arôme du café filtré dans une cuisine d'où lui parvenait également l'odeur de pauvreté du kérosène brûlé. A quelle époque avez-vous cessé de jouer, maestro?

– Hou... Ça fait quelque chose comme quinze ans. D'abord, il m'est arrivé une chose étrange: je ne pouvais plus lire la musique, mais j'étais capable de jouer n'importe quel morceau si je l'avais déjà joué. Si on me disait, Rogelito, on va attaquer, par exemple... *El bombín de Barreto* ou *Almendra*, je me mettais à réfléchir et je ne me souvenais de rien... Mais si je me mettais devant la *paila* et si le piano ou la contrebasse jouait les premiers accords, je prenais mes baguettes et je commençais à jouer, presque sans savoir ce que je faisais, mais sans me tromper de rythme. Je ne pensais déjà plus avec ma tête mais avec mes mains. Par la suite, j'ai perdu mon habileté (et il montra au Conde des mains gigantesques, disproportionnées par rapport au reste de son physique): ces garces ont refusé de m'obéir.

L'arrière-petite-fille sortit de la cuisine oppressante avec une tasse pour le Conde et une petite chope pour le vieillard.

Le présumé café sentait les pois carbonisés et le Conde attendit qu'il refroidisse suffisamment pour avaler d'un seul trait la boisson ingrate, tout en observant Rogelito qui tenait le récipient à deux mains et buvait l'infusion à petites gorgées avec l'aide de la jeune femme. Conde alluma une cigarette, détourna le regard du spectacle déprimant et le posa sur l'évidence érectile des mamelons sombres comme le plus noir désir ancré chez cette femme, sûrement lassée de s'occuper du vieillard avec le maigre espoir d'hériter de ces quatre murs suintants et sans doute disposée à s'offrir deux heures de plaisir sans trop se poser de questions. Nerveux comme il pouvait l'être dans ce genre de situation, le Conde revint à l'image du petit oiseau prématuré avec des dents de cheval et des oreilles d'éléphant et se lança à la poursuite de son objectif.

– Rogelito, quelqu'un m'a dit que vous aviez connu Violeta del Río…

Un jour, on était en train de prendre un verre au café Vista Alegre avant de partir pour le Sans Souci où on faisait un show à onze heures du soir. C'était en… et merde, il y a deux mille ans ! Vous vous rendez compte, on pouvait prendre un café au lait dans n'importe quel coin du pays ! L'histoire, c'est que Barbarito Diez, qui était à l'époque le chanteur de l'orchestre, a accepté de faire un pari avec moi : comme il ne buvait pas d'alcool, se nourrissait bien, n'allait jamais aux putes et se couchait dès son travail fini, alors que moi j'étais tout le contraire, nous avons fait un pari pour voir qui tiendrait le plus longtemps, un Noir bien soigné comme lui ou un Noir fou comme moi, avec Isaac Oviedo comme témoin. Isaac avait mon âge, Barbarito était un peu plus jeunot, de cinq ou six ans, mais je lui ai laissé cet avantage et, vous voyez, j'ai enterré le pauvre Barbarito et le pauvre Isaac qui sont morts tous les deux très vieux, et du Vista Alegre il ne reste même pas les fondations, ni le souvenir… Mais moi, je suis toujours là et je ne sais vraiment pas pourquoi… ni dans quel but… J'ai passé plus de soixante ans à jouer dans tous les orchestres qui se présentaient, à lever le coude dans tous les bars de La Havane, à baiser jusqu'à l'aube sept jours sur sept, alors vous imaginez combien de gens du spectacle j'ai connus ? Depuis les années 20, La Havane était la ville de la musique, de la jouissance à n'importe quelle heure, de l'alcool à tous les coins de rue et ça faisait vivre beaucoup de gens, non seulement des maestros comme moi, car tel que vous me voyez, j'ai passé sept ans au conservatoire et j'ai joué dans l'orchestre philharmonique de La Havane, mais aussi tous ceux qui voulaient gagner leur vie en faisant de la musique et avaient les couilles pour s'accrocher... Après, dans les années 30 et 40, c'est devenu l'époque des salles de bal, des clubs sociaux et des premiers grands cabarets avec casino de jeux, le Tropicana, le Sans Souci, le Montmartre, le Nacional, le Parisién et tous les petits cabarets de la plage où mon copain El Chori était le roi. Mais dans les années 50, ça s'est multiplié par dix, parce que de nouveaux hôtels ont ouvert, tous avec des cabarets, et les night-clubs sont devenus à la mode ; je ne sais pas combien il y en avait dans le Vedado, à Miramar, à Marianao et là, il n'y avait pas de place pour les grands orchestres, seulement pour un piano ou une guitare et une voix. C'était l'époque des gens du *feeling* et des chanteuses de boléros sentimentaux, comme je les appelais. C'étaient vraiment des femmes singulières, elles chantaient avec l'envie de chanter et elles le faisaient avec leurs tripes, elles vivaient les paroles de leurs chansons et cela donnait de l'émotion pure, oui, de l'émotion pure. Violeta del Río était l'une d'elles...

Je me souviens d'avoir vu Violeta, je ne sais pas, trois ou quatre fois, je n'avais évidemment pas le temps d'aller écouter d'autres musiciens. Une fois, c'était au cabaret Las Vegas, et une autre fois, celle dont je me souviens le mieux, à La Zorra y el Cuervo, où il y avait une piste toute petite, et ce jour-là elle ne travaillait pas, je veux dire, pas à cet endroit, mais elle chantait parce qu'elle avait très envie de chanter et Frank Emilio au piano avait très envie de jouer et comme tous les deux en avaient très envie, ce qu'ils ont fait cette nuit-là, c'est quelque chose qu'on n'oublie jamais, même si on vit mille ans. Je t'ai déjà dit que Violeta était un sacré beau brin de fille ? D'accord, elle avait dix-huit ou dix-neuf ans et à cet âge-là, elles sont toutes appétissantes, même la mère Teresa de Calcutta ! Elle était cuivrée, comme ça, un peu bronzée mais pas mulâtre, avec des cheveux très très noirs, ondulés, et une grande bouche, jolie, pulpeuse, avec des dents un peu en avant mais bien régulières, avec beaucoup de charme. Mais ce qu'elle avait de mieux, c'étaient ses yeux : des yeux noirs qui te glaçaient quand ils te fixaient et ils te transperçaient comme s'ils te passaient aux rayons X. Elle était de ces femmes à te faire fondre au premier regard… On m'a dit que très souvent elle se mettait à chanter pour chanter, pour le plaisir, toujours des boléros bien doux, mais elle les chantait avec un air de mépris, comme ça, presque agressive, comme si elle te racontait des choses de sa propre vie. Elle avait un timbre un peu rauque, de femme mûre qui a beaucoup bu dans sa vie, elle n'élevait jamais trop la voix, elle disait presque les boléros plus qu'elle ne les chantait et dès qu'elle se lançait les gens se taisaient, ils en oubliaient leurs verres, parce qu'elle avait quelque chose d'une sorcière qui hypnotisait tout le monde, les hommes et les femmes, les souteneurs et les putains, les ivrognes et les drogués, car ses boléros elle en faisait un drame et pas n'importe quelle chanson, je te l'ai déjà dit, comme si c'étaient des choses de sa propre vie qu'elle racontait là, devant tout le monde.

Cette nuit-là j'en suis resté baba, j'en ai même oublié Vivi Verdura, une grande pute qui mesurait au moins six pieds, que j'avais dans la peau et qui m'a piqué mes consommations. Et pendant l'heure et quelque, ou les deux heures, je ne sais plus, où Violeta a chanté, c'était comme marcher loin du monde ou très près, aussi près que d'être là dans cette femme, sans jamais vouloir en sortir… Du tonnerre de Dieu ! Ce jour-là, un photographe qui était toujours fourré dans les clubs et les cabarets car il faisait des photos des artistes pour les journaux et les revues, m'a dit : Rogelito, le miracle de Violeta, c'est pas qu'elle chante mieux, c'est qu'elle sait séduire. Parole d'évangile! C'était la pure vérité. Tellement vrai qu'en écoutant des rumeurs par-ci par-là, j'ai appris qu'un type très riche, de ces richards qui n'allaient pas dans les clubs, était tombé amoureux d'elle, qu'il voulait se marier et tout et tout, bien qu'il ait trente ans de plus qu'elle. On disait même que le grand monsieur en question avait payé l'enregistrement d'un disque pour la lancer, en faire une star, la faire passer à la télévision et lui produire un *long play* avec dix ou douze chansons...

Mais Violeta n'avait pas besoin d'appui parce qu'elle était vraiment bonne, c'est moi qui vous le dis, et c'est ainsi qu'elle s'est fait un nom toute seule avec ses spectacles et, comme ça arrive toujours dans ce pays de merde, elle a tout de suite soulevé le couvercle de la marmite de la jalousie. Les autres chanteuses ont commencé à la regarder d'un sale œil et certaines disaient que sans le fameux monsieur, elle ne pourrait même pas chanter dans la cour de sa maison et des choses de ce genre. Celle qui en avait le plus après elle, c'était Katy Barqué. La Katy vivait ses plus belles années, mais ça a toujours été une sacrée vipère, elle ne supportait pas la concurrence et elle savait qu'avec cette façon de chanter le boléro, avec dureté, avec dédain, la Violeta pouvait lui passer devant, parce que chez elle c'était naturel et puis, comme femme, elle était beaucoup mieux roulée que Katy. D'après ce que j'ai su, cette putain de rivalité a fini en dispute, comme il fallait s'y attendre : un jour Katy lui a fait un scandale en lui criant un tas de choses, mais Violeta ne lui a même pas répondu, elle a seulement ri un peu et à la fin, elle lui a dit que si la jalousie pouvait blondir les cheveux, Katy n'aurait pas besoin de se décolorer toutes les semaines...

Les commentaires sur l'esclandre entre Katy et Violeta et le mystère du monsieur riche décidé à se marier avec la petite allaient bon train, quand ce même photographe de cabaret, on l'appelait Salutaris parce qu'il ressemblait au type qui faisait la publicité des jus de fruits Salutaris, m'a annoncé une nuit : tu sais, Rogelito, Violeta ne chante plus. Même lui, il ne savait pas très bien pourquoi, alors qu'il était au courant des faits et gestes de tout le monde, mais d'après les racontars, elle allait se marier avec le type riche et le type riche, après avoir tout payé pour le disque, il voulait maintenant qu'elle abandonne les clubs et les cabarets et qu'elle ne passe pas à la télévision pour devenir une vraie dame. J'ai cru Salutaris, ce genre d'histoire était déjà arrivé des tas de fois et dans le cas de Violeta, c'était pas étonnant : c'était sûrement une petite d'origine pauvre qui gagnait sa vie en chantant, même si elle avait l'air vraiment raffinée et distinguée, mais si elle pouvait tout d'un coup vivre comme une princesse, alors, la chanson pouvait aller se faire foutre et avec elle la musique et même le Parisién et les mauvaises nuits qui vous démolissent. Bon, enfin, pas tout le monde… Je vais être franc avec toi, moi j'ai été un peu étonné parce que je dirais que Violeta vivait pour chanter plus que pour gagner quelques pesos. Un tel sentiment, une telle envie de chanter à n'importe quelle heure de la nuit, payée ou pas, la rendaient différente de Katy Barqué et de toutes les autres, alors j'ai trouvé bizarre qu'elle accepte cette condition de cesser de chanter, bien que des fois, les femmes – les hommes aussi, bordel – s'amourachent et font ce qu'elles doivent faire et surtout ce qu'elles ne devraient pas faire. Malgré tout, ça m'a paru louche, ça sentait le poiscaille, comme disait Vicentico Valdés… Voilà, le fait est que Violeta a disparu de notre monde, comme tant de gens à cette époque, même Salutaris qui est parti pour les États-Unis et dont je n'ai plus jamais eu de nouvelles… Ce sont les dernières choses que j'ai entendu dire d'elle, début 1960 je pense, parce que cette année-là, je suis parti travailler en Colombie où je suis resté presque trois ans, et jusqu'à aujourd'hui, tu vois, je n'avais plus jamais entendu parler d'elle…

Oui, bien sûr, en plus du photographe, si je me souviens bien, voyons… Je t'ai déjà dit que Katy Barqué l'avait connue. Et Violeta était amie avec Fleur de Lotus, cette blonde qui dansait presque à poil au Shanghai et qui plus tard a ouvert son propre bordel. Je sais qu'elles étaient copines parce que ce jour-là à La Zorra y el Cuervo, elles se sont assises toutes les deux à la même table et elles ont bavardé un bon moment. Un autre qui devait la connaître, parce que celui-là il connaissait tout le monde, c'est Silvano Quintero, le journaliste d'*El Mundo* qui écrivait sur le monde du spectacle. Mais le richard, je n'ai jamais su qui c'était. Comme j'en avais rien à faire... Remarque, à coup sûr, il était d'une famille pleine aux as et dans ce cas, il a filé pour se mettre bien à l'abri, peut-être avec Violeta. Si cet homme avait, disons, la cinquantaine à l'époque... S'il était encore vivant, il aurait mon âge, et de ma génération il n'en reste plus beaucoup, même aucun, je crois... Putain! Une fois j'ai lu, et je ne l'ai jamais oublié, que le plus grand malheur d'un homme, c'est de survivre à tous ses amis. Je ne sais pas si celui qui a écrit ça était passé par là, mais je peux te dire que c'est bien vrai... Tous les jours, quand j'ouvre les yeux à cinq heures du matin et que je découvre que je suis encore ici, je me pose la même question : jusqu'à quand tu vas continuer à emmerder le monde, Rogelito? Parce que ça fait un bail que je suis convaincu que la seule chose qui me reste à faire dans cette vie, c'est mourir.

Ce même après-midi, à peine rentré chez lui, Conde avait consulté l'annuaire des téléphones, tout réjoui de découvrir que le journaliste Silvano Quintero était toujours en vie et habitait La Havane. Il l'avait appelé et ils avaient pris rendez-vous pour le lendemain chez Quintero, rue Rayo. A quelle heure? N'importe quand, lui avait dit Quintero, je ne sors jamais. En revanche, il s'avéra plus compliqué de négocier un rendez-vous avec Katy Barqué, au point qu'il lui avait menti grossièrement et parlé d'un film qu'un ami producteur projetait de faire, dans lequel certaines de ses chansons seraient presque certainement utilisées, et comme elle devait le savoir, c'était bien payé...

Comme s'il répondait à une nécessité incontournable, Conde ouvrit le vieux tourne-disque portable, rapporté la veille au soir de chez Carlos pour écouter trois ou quatre fois de suite *Quitte-moi*; il sentit alors pénétrer en lui en écorchant sa peau la voix âpre de Violeta del Río, abîmée par l'aiguille émoussée qui courait sur l'acétate, et il comprit les raisons de la jalousie des autres chanteuses de boléros des nuits havanaises des années 50, en particulier de Katy Barqué qui n'avait jamais réussi à chanter ainsi.

Ému jusqu'à des limites alarmantes, de plus en plus persuadé que si cette voix le perturbait ainsi, elle devait toucher quelque fibre sensible de sa mémoire, Conde se décida à retourner le disque pour explorer le territoire inconnu de la face cachée de la lune. Cette face du 45 tours promettait des émotions fortes car c'était l'enregistrement de *Tu te souviendras de moi*, la chanson de Frank Domínguez, qui, d'après ce qu'il en savait, devait coller comme un fourreau de lamé au style agressif et despotique de Violeta del Río.

Alors que le disque se stabilisait après les premiers tours et lançait des grincements déchirants avant d'atteindre les sillons enregistrés, le Conde ferma les yeux et retint sa respiration pour laisser son ouïe dominer ses autres sens. Comme dans *Quitte-moi*, le piano joua le prélude et prépara le terrain pour l'arrivée de la voix, tout aussi chaude et gutturale, avec un accent de dédain capable de décupler sa condition de femme triomphante, refusant d'offrir la grâce de son pardon :

Me recordarás	Tu te souviendras de moi
cuando en la tarde muera el sol.	Quand le soir meurt le soleil.
Tú me llamarás	Tu m'appelleras
en las horas secretas	Aux heures secrètes
de tu sensibilidad.	De ta sensibilité.
Te arrepentirás	Tu te repentiras
de lo cruel que tú fuiste con mi amor,	D'avoir été cruel envers mon amour,
te lamentarás,	Tu te lamenteras,
pero será muy tarde	Mais il sera trop tard
para volver.	Pour revenir.
Te perseguirán	Les divins souvenirs du passé
los recuerdos divinos del ayer,	Te poursuivront,
te atormentará	Ta conscience malheureuse
tu conciencia infeliz...	Te tourmentera...

Me recordarás	Tu te souviendras de moi
dondequiera que escuches mi canción,	Où que tu écoutes ma chanson,
porque al fin fui yo	Car enfin je fus celle
quien te enseñó todo…, todo…	Qui t'enseigna tout… tout…
lo que sabes del amor.	Ce que tu sais de l'amour.

Conde souleva le bras du tourne-disque puis ferma le couvercle. Quelque chose de définitivement maladif l'affectait dans cette voix acharnée à l'émouvoir au point irrationnel de provoquer en lui une ardeur hormonale facile à identifier. Est-ce que je ne serais pas en train de tomber amoureux d'une voix? se demanda-t-il. Du fantôme d'une femme? continua-t-il, craignant que cette possibilité ne soit le premier stade de la spirale de la folie. Refusant la solution masturbatoire à laquelle il recourait avec une fréquence notable malgré son âge inadéquat, Conde opta pour la douche, confiant dans la capacité de l'eau à le laver de ses obsessions et de ses chaleurs adolescentoïdes.

L'esprit plus frais, il se mit à récapituler ce qu'il savait pour le moment et il pensa qu'assurément les rencontres prévues le lendemain, avec la persévérante Katy Barqué et avec le journaliste Silvano Quintero, pourraient dissiper le doute qui le martyrisait le plus: qu'était devenue Violeta del Río après avoir abandonné la scène? Avant tout, il essaierait de savoir si le riche amant de la chanteuse était M. Alcides Montes de Oca, dernier propriétaire et fournisseur de l'éblouissante bibliothèque qui l'avait fait transpirer deux jours auparavant. L'existence de la coupure de journal dans les entrailles d'un livre de cuisine prendrait alors tout son sens et commencerait à expliquer la relation possible entre ces personnes venant de planètes lointaines. Cependant, une pièce cruciale n'arrivait pas à trouver sa place dans le puzzle que le Conde reconstituait peu à peu, car Alcides Montes de Oca semblait être parti de Cuba accompagné seulement de ses enfants et Amalia Ferrero assurait n'avoir jamais entendu le nom de la chanteuse. Conde comprit qu'il avait sans doute commis une erreur: Amalia n'avait peut-être jamais connu Violeta del Río, mais une femme portant un autre nom, déjà retirée du monde de la musique, et il se reprocha sa maladresse, il aurait dû lui apporter la photo de la chanteuse. Mais la possibilité que l'amant, pour l'instant sans visage, ne soit pas Montes de Oca mais n'importe qui restait envisageable. Était-il possible qu'après avoir abandonné la chanson, Violeta se soit mariée, ait accouché trois fois et vécu plus de quarante ans à l'ombre trompeuse de la stabilité d'un foyer, entre la cuisine et la lessive dans une petite maison de Luyanó ou de Hialeah ? Était-elle devenue une grosse dame aux chairs flasques et aux fesses pleines de vergetures, empoisonnée par l'amertume d'avoir cessé de faire ce qu'elle aimait le plus dans la vie ? Cette image dévastatrice dissipa les dernières ardeurs du Conde, bien qu'une tiède certitude de son imagination incontrôlable l'avertît qu'il délirait certainement : non, non ce n'était pas possible, Violeta avait toujours été la femme excitante de la photo, la chanteuse singulière qui avait enregistré le disque, et cela à tout jamais. Pourquoi une telle pensée ? Il n'en savait rien et pourtant il était sûr qu'il en avait été ainsi.

Après s'être rasé, il s'aspergea de son meilleur parfum. A cet instant, il espérait que la nuit serait à la hauteur de ses attentes. Après avoir vérifié que l'irréductible Poubelle n'était pas dans le coin, il rajouta quelques restes sur son plateau. Il sortit finalement dans la rue et, mettant en pratique sa nouvelle condition d'homme riche, arrêta un taxi collectif auquel il offrit trente pesos s'il se déviait de sa route pour le conduire à Santos Suárez.

Devant la maison de Tamara, Conde implora le dieu de la chance, car parmi les lieux connus et possibles, celui-ci était l'endroit le plus susceptible d'offrir le soulagement le plus satisfaisant au tourment de ses exigences sexuelles, négligées depuis plusieurs jours. La cigarette aux lèvres, retranché derrière le bouquet d'éclatants tournesols achetés en chemin, il traversa le jardin et salua, comme il le faisait toujours, les statues en béton qui ornaient la demeure, avec leurs formes à mi-chemin entre l'humain et l'animal, entre Picasso et Lam.

Tamara ouvrit la porte. Ses yeux, limpides comme toujours, telles deux amandes humides, soumirent le nouveau venu à une inspection et s'arrêtèrent sur le bouquet de fleurs. Son odorat fut le premier à réagir.

– Tu sens la pute. Et ce ne sont pas les fleurs, assura-t-elle en souriant.

– On sent ce qu'on peut.

– Et à quoi je dois ce miracle? Ça fait au moins cinq jours, non, une semaine...

– Je travaillais comme un damné pour devenir riche.

– Et alors?

– Je suis riche. Au moins pour cette semaine. Et j'ai devant moi un avenir prometteur comme homme d'affaires. Tamara, il faut savoir s'adapter à son temps. Tu sais bien que ce n'est plus un péché d'être un homme d'affaires... C'est même plutôt le contraire. Tu te souviens de ce poème de Guillén qui disait "les bourgeois me font pitié" et bla, bla, bla...?

– Bien sûr que je m'en souviens... Mais qu'est-ce qu'on fait quand on est riche?

– D'abord, ne plus prendre le bus. Ensuite, offrir des fleurs (il tendit le bouquet à Tamara) et pour terminer la journée on s'imagine qu'on est Gatsby et on fait un repas grandiose avec ses amis, mais avant, on passe chercher sa fiancée et on lui demande d'être de la fête.

– Ah oui? Et qui est l'amour impossible de Gatsby?

Elle prit les fleurs. Il tenta de sourire et lança vers la rue le mégot de sa cigarette. Il s'arma de prudence. Louper le prochain tir pouvait être fatal.

– Toujours le même, non? Cette jeune fille qu'il a connue au lycée de La Víbora, en 1972, en année pré-universitaire et...

Elle sourit avec un soupçon de douceur, léger mais reconnaissable, et le Conde comprit qu'il avait gagné la partie.

– Tu as vraiment du culot, Mario Conde. Merci pour les fleurs... Allez, entre, j'allais justement faire du café. Mais qu'est-ce que c'est que ce parfum?

Le Conde la suivit jusqu'à la cuisine, se régalant du rythme de la chair de tout premier choix qui se balançait sous la robe d'intérieur, imaginant déjà tout ce qu'il pouvait obtenir de ce corps, exploré tant de fois au cours de tant d'années. Le passage de Tamara le long du dangereux défilé de la quarantaine était harmonieux et agréable car elle savait le faciliter par des flexions, des abdominaux, des marches et des crèmes destinées à donner plus de tonus à ses muscles et plus d'éclat à sa peau, et le Conde lui était reconnaissant de cette préoccupation féminine dont il était périodiquement le bénéficiaire direct.

— Allez, raconte-moi comment tu as fait pour devenir riche, dit-elle, puis elle posa la cafetière sur le feu.

— J'ai trouvé une mine de livres et je gagne de l'argent. C'est aussi simple que ça. Alors j'ai demandé à la vieille José de nous préparer aujourd'hui un dîner de rêve, quel qu'en soit le prix… Mais parfois, on a faim de plusieurs choses…

— Et tu viens ici pour ton goûter?

Elle se retourna pour voir où en était le café.

Cette tension ravageait toujours le Conde qui opta pour le silence et l'attaque frontale, même si en réalité il donna l'assaut à l'arrière-garde montagneuse : il s'approcha de Tamara et appuyant son bas-ventre contre les fesses de la femme, il commença à l'embrasser dans le cou, fit glisser ses mains de l'estomac vers les seins, libres sous le tissu léger, et il les sentit moins durs que quinze ans auparavant, lorsqu'il avait enfin réussi à les caresser pour la première fois, mais il les trouva encore très bien. Conde sentit que quelque chose entre ses jambes se disposait à flotter avec prudence mais non sans courage. Il respira avec gourmandise l'odeur de peau propre et féminine, sans se rendre compte que ses mains, son odorat, sa langue parcouraient une femme tandis que son cerveau altéré en cherchait obscurément une autre, perdue dans les brumes du passé.

15 novembre

Mon chéri,

Dis-moi la vérité : je ne te manque pas ? Ne penses-tu pas que c'est injuste, même pour toi, de gaspiller mon amour et de vivre loin de moi et de tout ce que je t'ai toujours donné ? N'imagines-tu pas, au cours d'une journée, mes mains caressant tes cheveux après avoir placé devant toi le plat qui te nourrira et te fera plaisir ? Et dans ton lit, ne serait-ce pas mieux de sentir ma chaleur au lieu de dormir dans la solitude et l'absence ? Moi, sans te demander ton avis (pour la première fois en tant d'années), j'ai osé prendre une décision : je me suis installée dans ta chambre et j'ai occupé le côté du lit conjugal qui, selon moi, me revient. Tous les soirs, avant de me coucher, je plie le couvre-lit, je secoue le drap comme tu aimais que je le fasse et je donne quelques petites tapes sur ton oreiller pour l'arrondir, cherchant la forme la plus appropriée pour tes lectures du soir. J'allume la lampe de chevet et je pose à côté le verre d'eau sucrée au miel, avec quelques gouttes de citron, que tu buvais pour calmer ta toux nocturne. Quel livre aimerais-tu que je prenne dans la bibliothèque pour que tu le lises en attendant de trouver le sommeil et pour chasser les soucis de la vie ? (Je me souviens que le dernier que tu m'as demandé était Le Négrier, *de Novás Calvo... Combien de fois l'as-tu lu ? Que trouvais-tu dans ce livre pour le relire aussi souvent ?) Alors je me déshabille en regardant cette moitié du lit où je te vois attendre, étendu, puis je m'approprie une des nombreuses chemises de nuit que tu avais décidé de garder en souvenir de ton épouse et, au contact de la soie tendre, je sens ma peau devenir celle de la femme à qui appartient cette moitié de lit où elle va accueillir, dans la nuit, la pression des bras forts, l'odeur masculine d'eau de Cologne et de tabac, l'effleurement des joues rasées de près et d'une moustache qui fera frémir la peau de son cou. Je m'agite, tout mon corps se couvre de sueur, consumé par une fièvre et une oppression qui n'ont qu'un remède, que tu connais bien, car tu me l'as souvent donné, le remède que maintenant je dois me procurer dans ma solitude. A mon âge, Dieu du ciel...*

Je passe parfois une nuit blanche. Et je pense : que puis-je faire pour te convaincre de mon innocence ? Lors de mes insomnies épuisantes, je réfléchis tellement que parfois je crains que la folie ne me guette, je la sens rôder autour de moi, menaçant d'occuper la moitié vide du lit pour s'unir à moi et m'emporter dans son monde de ténèbres.

Durant ces nuits agitées, j'ai envisagé toutes les possibilités à ma portée pour expliquer ce qui est arrivé et trouver la raison de la tragédie qui a provoqué cette séparation ingrate. La seule chose qui me vient à l'esprit c'est que nous, femmes, nous avons trop de zones d'ombre, nous sommes de grandes inconnues, y compris pour nous-même, et de ce fait, capables d'actions inimaginables. A part moi, à qui aurait pu profiter un acte aussi irréversible que cette mort? Je suis sûre que cette question résonne dans ta tête, mais d'ici, je t'en fais le serment : la vérité c'est que moi-même je l'ignore. Elle seule devait connaître les motifs qui l'ont poussée à en finir comme elle l'a fait avec sa propre vie, ou les raisons qu'elle a données à quelqu'un désireux non seulement de la faire disparaître mais également capable de commettre cet acte atroce. Pense à cela et sois sincère : que savais-tu d'elle, de ces autres vies antérieures et extérieures (je suis certaine qu'elle en avait) dont tu ne soupçonnes même pas l'existence? La naïveté des hommes, même lorsqu'ils se croient forts, les rend transparents, prévisibles, mais les femmes... Qui connaît les replis infinis de leur âme, ce qu'elles peuvent être amenées à faire pour leur salut ou leur perte, pour se venger ou s'humilier, pour se dissimuler ou se révéler à leur gré? Penses-tu vraiment qu'elle était cette petite jeune fille ingénue qui t'a rendu fou d'amour?

Hier, ta fille m'a obligée à avoir une conversation sur ma vie actuelle, sur ce qui peut arriver à l'avenir. En l'écoutant, j'ai eu la certitude mortelle de ma solitude. Comme elle sait notre vérité, elle est indignée par la façon dont tu t'es comporté et j'ai cru découvrir, avec horreur, que cette connaissance s'est transformée en une haine sourde à ton égard. Le simple fait d'écrire cette idée m'atterre, mais il n'y a pas d'autre façon de l'exprimer. Maintenant, comme les autres là dehors, elle parle du passé comme d'une époque infâme, de servitude, d'humiliation, et elle me pousse à refaire ma vie, je suis encore jeune, je suis capable de le faire, me dit-elle et elle me répète que le monde a changé et que chacun peut y trouver sa place. Je lui ai demandé de me laisser du temps pour m'habituer à cette idée, pour m'imaginer seule, sans ta présence, et pouvoir prendre une décision.

Si tu pouvais lire ces lettres, tout serait plus facile. Te sentir de l'autre côté de ces mots serait mon salut, écouter tes opinions, comme je l'ai toujours fait, me servirait pour retrouver le nord dans cette vie à la dérive que je mène maintenant. Hélas, mon amour, si nous pouvions parler...

Dans quelques jours, c'est l'anniversaire de ta fille Anita. De loin, je lui souhaite tout le bonheur du monde, à tes côtés, et qu'elle profite de ce privilège que tes autres enfants (le frère et la sœur qu'elle ignore, car tu les lui as refusés) n'ont jamais eu et, apparemment, n'auront jamais.

Reçois comme toujours les baisers de...

Ta petite

— Oh, putain! Ça sent drôlement bon, José! Allez, vas-y, dis-moi tout...

Conde tendit son verre à Carlos et attendit que son ami le remplisse de rhum à ras bord. Il but l'alcool dévastateur que lui réclamait son esprit exalté par les effets post-orgasmiques et concentra toute son attention sur Josefina. Autour de la table, comme s'ils attendaient la lecture d'un mystérieux testament destiné à changer leurs vies, Tamara, Candito el Rojo, le Conejo, Yoyi el Palomo et le Flaco Carlos imitèrent le Conde et firent silence, se retenant quelques minutes avant d'oser attaquer les hors-d'œuvre répartis sur cette table fleurie d'aliments exotiques, à leur avis en voie de disparition et même définitivement disparus de leurs cartes gastronomiques individuelles et collectives: des olives farcies, des petits morceaux de fromage de brebis *manchego*, des tranches de jambon *serrano*, des rondelles de chorizo espagnol, des cacahuètes et d'autres fruits secs grillés, du *foie gras**, des petits morceaux de viande froide à la sauce piquante, de délicats biscuits et des asperges nappées de mayonnaise...

— Bon, le livre que tu m'as offert contient tellement de recettes que je l'ai ouvert au hasard, n'importe où, et sans trop me compliquer la vie, j'ai choisi un plat poids plume pour commencer et un super poids lourd pour finir.

– Très bonne idée, dit le Conde et les autres acquies-
cèrent, comme des personnages entraînés pour ce vaudeville
né de l'imagination la plus fertile et invraisemblable, pour
une fois transformée en réalité masticable. Faut quand même
pas exagérer...

– On va commencer par un *jigote* façon Camagüey...
annonça Josefina.

– Merde! Mais c'est quoi ça, Vieja? s'informa le Flaco.

– Tu es trop nul, Carlos, intervint le Conejo. Ça vient du
français *gigot*, et c'est un plat de viande hachée mijotée dans
du beurre...

– Et comment tu sais ça, Conejo? intervint Candito.

– Je suis cultivé, moi... Remarque, je n'ai jamais rien
mangé de semblable.

– Bon, arrêtez vos conneries! (Conde les fit taire.) Continue, José.

– C'est un plat typique de Camagüey et la recette est de
Mme Olga Núñez de Argüelles...

Conde leva un doigt vers le Conejo pour exiger le silence.
La passion du Conejo pour n'importe quelle histoire pouvait
s'emballer et gâcher la jouissance gastronomique à laquelle le
Conde avait invité ses amis, après avoir donné à Josefina,
le matin même, une liasse de billets destinés à élaborer le
fabuleux dîner que son imagination lui dicterait. Après tant
d'années à manger tout bonnement ce qui se présentait
– "méchamment" serait plus exact – et à imaginer des banquets exquis, elle méritait enfin de prendre sa revanche sur la
réalité objective, maintenant que le Conde se disait riche et
pouvait se procurer – toujours en compagnie de sa vieille
troupe, car il n'imaginait pas d'autre façon de jouir de la
richesse – certains plaisirs dont les portes ne s'ouvrent qu'avec
la clé insaisissable de l'argent ou du pouvoir.

– Les ingrédients pour quatre personnes sont: une poule
bien grasse, trois oignons, trois piments, deux brins de persil,
une demi-livre d'amandes, un verre de vin blanc sec et du
pain. Comme nous sommes huit, j'ai tout multiplié par
deux.

— Logique, logique, admit Carlos. Quand Manolo va arriver, nous serons huit…

– Selon la recette il faut découper la poule en petits morceaux, la mettre dans une cocotte avec les oignons, les piments, le persil, et faire revenir le tout quelques minutes. Ensuite, il faut ajouter assez d'eau pour couvrir la poule, saler à volonté, faire mitonner pour l'attendrir. Quand elle est froide, on la désosse et on la passe au hachoir. Après avoir écrasé un gros oignon et un autre brin de persil dans un mortier, on ajoute le tout à la viande hachée avec le bouillon et on assaisonne. Les amandes doivent tremper dans l'eau pendant un quart d'heure pour être faciles à peler. Ensuite, il faut les piler et les placer dans un mouchoir pour obtenir du lait d'amande que l'on ajoute au bouillon. On met tout sur le feu en remuant constamment, sinon ça tourne. Quand le tout a déjà bouilli un moment, on ajoute le vin blanc sec et on porte de nouveau à ébullition, dit-elle, et après une pause hautement théâtrale : le plat est servi avec des croûtons de pain frit.

Les applaudissements émus vinrent du fond des cœurs et des estomacs stupéfaits devant ce prodige que l'art de Josefina et l'argent du Conde avaient rendu possible.

– Eh ben, ça a l'air super… admit Yoyi el Palomo.

– Vous, mon cher petit, vous vous taisez, le reprit Conde avant de se lancer deux olives dans la bouche. Vous n'avez vécu que vingt-sept ans de rationnement, alors un peu plus de respect pour les vétérans ici présents qui portent le poids de quarante printemps de cette expérience ininterrompue…

– Plus de quarante ! Avec des cargaisons de pois cassés dans les tripes, rappela Candito en mastiquant du fromage.

– Ne dis pas de gros mots, Rojo. S'il te plaît… des pois cassés ! le récrimina le Conejo, hésitant entre le jambon *serrano* et le *foie gras**.

– Et le plat suivant, Vieja ? demanda Carlos, s'efforçant d'empêcher l'auditoire de se disperser et de faire diversion en picorant ou en se lamentant sur les rationnements, multipliés durant les dernières années de la Crise, ces temps épiques où plus d'une fois ils avaient dû tromper leurs estomacs avec d'horribles créations, genre hachis de peaux de bananes et steaks d'écorces d'orange.

– Pour le deuxième plat, j'ai trouvé la dinde farcie à la manière de Rosa María. Je sais que ce plat ne devrait pas être une viande de la même catégorie que la première, mais j'ai aimé la recette de Rosa María et…

– Qui c'est, celle-là? demanda le Conejo, incontrôlable.

– Rosa María Barata de Barata.

– Ah… se limita-t-il à dire, étroitement surveillé par le Conde.

– Et ce dindonneau, comment on le prépare? s'informa Candito.

– Pas du dindonneau, Rojo, de la dinde, rectifia le Conde. Tu sais bien que les riches mangent de la dinde et pas du dindonneau…

– D'abord, récita Josefina, il faut une dinde de dix livres…

– Ça s'annonce bien, commenta Manolo en passant la tête dans la salle à manger, et il salua l'assistance d'un signe de la main.

– Assieds-toi et tais-toi. On pourrait te priver de manger pour être arrivé en retard, le menaça Conde.

– Et comment ça se prépare, José? intervint Tamara, curieuse, appréciant le cirque alimentaire auquel elle avait été invitée.

– La recette de Mme Barata de Barata dit…

– A moi, elle me revient cher*, commenta le Conde.

– Elle dit qu'il faut laver la dinde à l'eau et au savon, en la rinçant bien.

– Le dindonneau vivant? demanda le Flaco. Et s'il n'aime pas se baigner?

– Bordel de… protesta le Conejo.

– On lui coupe la tête à quatre doigts de la base du cou…

---

* Jeu de mot sur le nom de l'auteur de la recette, *Barata* signifiant "bon marché".

– Heureusement, respira Carlos.

– On lui nettoie la partie postérieure, comme d'habitude…

– Merde, Flaco, tu avais raison, dit le Conde, et il leva la main pour taper celle que lui tendait son ami. Le dindonneau n'aimait pas se baigner et José a dû lui torcher le cul…

– Je continue? s'enquit Josefina sans pouvoir réprimer un sourire. Bien, Rosa María dit de laver la dinde, puis de la désosser avec précaution pour ne pas déchirer la peau. Après, il faut la laisser reposer dans une marinade de xérès sec et de citron, à laquelle on ajoute quelques rondelles d'oignon, du poivre blanc moulu, du sel et un peu de noix muscade râpée. Farcir et coudre la dinde, juste avant de l'enfourner.

– Ça va être fameux, commenta Manolo.

– Qu'est-ce qu'il y a dans la farce, José? demanda de nouveau Tamara.

– Cinq livres de viande de porc, deux livres et demie de jambon, six ou huit biscuits émiettés…

– Tu as mis des biscuits? demanda Carlos un peu déçu.

– Six œufs crus, cent grammes de beurre, une cuillère à café et demie de sel et un quart de noix muscade, une pomme, un concombre doux, quatre pruneaux dénoyautés, deux cent cinquante grammes d'amandes grillées et une petite boîte de truffes…

– Nom de Dieu, des truffes, j'en raffole… ne put se contenir le Conde. Je passerais ma vie à manger des truffes blanches d'Alba…

– C'est quoi, des truffes? voulut savoir Yoyi el Palomo, sidéré par les goûts raffinés du Conde.

– Ce sont de petites bestioles, minuscules, avec des plumes et des petits poils sur la tête… j'en sais foutre rien! dit le Conde. De toute ma putain de vie, j'ai pas vu une seule truffe, ni vivante ni morte!

– On mélange tous les ingrédients avant de farcir la dinde, on la met sur un plat pour l'arroser avec la marinade, quelques gousses d'ail écrasées, du citron et du beurre. On la met au four à trois cent cinquante degrés pendant deux heures, jusqu'à ce qu'elle soit dorée et bien croustillante. (Josefina reprit son souffle.) On peut la servir dans sa sauce ou avec de la confiture de fraises, d'abricots ou de pommes.

– Ce coup-là, elle a tout foutu en l'air, la Barata! intervint Carlos. Ne mets pas cette merde sucrée sur ma part...

– Non mais, quelle façon de parler! se lamenta le Conde avant d'ajouter précipitamment: pour moi, n'en mets pas non plus, José, la sauce me suffira...

– C'est pour environ vingt personnes, conclut Josefina et elle reçut, de nouveau, les applaudissements de l'auditoire, qui laissa échapper des cris comme: "L'abondance est arrivée!", "Nous sommes nés pour vaincre, pas pour être vaincus!", "*Los Industriales*, champion!"* et "Vive Josefina!"

– Et tout ça, c'est déjà préparé? demanda Conde.

– Oui. Candito s'est chargé de trouver tous les ingrédients, le Conejo et Carlos ont fait les marmitons...

Les applaudissements et les vivats redoublèrent, mais Carlos tenta de contrôler la joie générale en levant les mains. Quand le silence se fit de nouveau, le Flaco regarda sa mère d'un air grave.

– Vieja, tu as oublié quelque chose.

– Ah, mais bien sûr, se rappela la vieille femme, j'ai fait une marmite de riz *congrí* aux haricots noirs, un régime de bananes mûres frites, une salade avec des tomates, de la laitue, de l'avocat et du concombre... Et pour le dessert, j'ai fait simple: glace au chocolat avec de la noix de coco râpée et des noix dessus...

– Et tout ça, c'est pour de bon? demanda Manolo, historiquement, rationnellement et policièrement incapable de sortir de sa stupeur.

– Et j'ai apporté une caisse de Rioja rouge, annonça Yoyi, plus quatre bouteilles de champagne...

– Ça va être la fin du monde! C'est l'Armaguédon, commenta Candito.

_____

* *Los Industriales*: club de base-ball de La Havane.

– Tu as dû passer ta journée à cuisiner, José, dit Tamara compatissante.

– Ça fait une semaine qu'on était au riz aux haricots, rappela Carlos, et on n'avait pas mangé de viande depuis la dernière neuvaine de poulet, à laquelle on a eu droit, il y a... c'était au siècle dernier, pas vrai, Vieja ? Alors, un peu d'exercice lui a fait du bien.

– Combien tu as payé pour tout ça ? voulut savoir Manolo et Conde bondit :

– Ne lui avoue pas, José. Maintenant on va manger, nom d'un chien ! Nous, les riches, on n'est pas à quelques centimes près !

– Et combien de temps va durer cette richesse, Conde ? s'enquit Candito.

– A ce rythme-là... calcula le Conde, à manger dans les *paladares*, à prendre des taxis, à acheter des fleurs, à faire des banquets pour une bande de connards morts de faim... après-demain, je redeviens pauvre. Mais ça aura valu le coup d'être riche pendant trois jours, oui ou non ?

– Et comment, bordel ! renchérit Carlos. Peut-être que, comme ça, on va supporter avec plus de courage et de rage les prochaines quarante années de blocus impérialiste et de carnet de rationnement...

Quand il ouvrit les yeux, Mario Conde eut la pénible sensation que son corps était un sac de patates jeté n'importe comment au milieu du lit. Le fruit de l'expérience – ce que le Conejo plus philosophe, avec assez de mémoire pour se souvenir des énoncés des manuels de marxisme, appelait "la praxis comme critère de vérité" – lui démontrait sournoisement une fois de plus qu'après une nuit d'audace alimentaire et de débordement alcoolique l'attendait un réveil des plus pénibles.

– Mais qu'est-ce que tu fais ici? demanda-t-il quand il essaya de trouver le second oreiller qui se mit à remuer. Qui t'a invité à dormir dans ce lit?

Pour toute réponse, Poubelle souleva une patte, exigeant une main pour gratter son ventre encore arrondi par la nouvelle ration de restes offerte par son maître.

Des matins comme celui-là, le Conde éprouvait l'écrasante sensation de s'approcher à une vitesse cyclonique du terrible chiffre du demi-siècle de résidence sur la terre. Dans cette ascension – qui en réalité était l'une de ses nombreuses descentes, peut-être la plus définitive –, il avait dû apprendre à cohabiter avec son organisme, en prenant conscience de ses valves, axes, charnières et tuyaux d'échappement, passés inaperçus jusqu'à ses quarante-cinq ans. A l'époque de sa jeunesse, après une nuit trop arrosée, il devait tout au plus supporter un mal de tête, une révolte de son ventre qui s'apaisait par un passage aux chiottes – généralement dans son cas pour un soulagement abondant – et un élancement dans le genou dû au coup qu'il se donnait sur le bord aigu du lit dont il insultait la grande pute de mère à chaque collision : mais tout cela était passager et guérissable avec une douche, deux duralgines et un antidiarrhéique. Mais plus maintenant : il avait découvert que désormais il avait, par exemple, un cœur où il abritait, en plus des sentiments et des blessures de guerre, un mécanisme destiné à faire circuler le sang et, certains matins post-orgiaques, ce moteur pouvait s'accélérer au point de faire sentir sa présence dans sa poitrine ; il avait appris qu'il avait des reins qui pouvaient lui faire mal, certains petits matins traîtres ; et il constatait tristement qu'une nuit trop arrosée exigeait toute une journée – cette fois il pensa qu'il lui en faudrait deux – pour une récupération physique et morale, car son corps refusait maintenant d'assimiler en quelques heures les doses de rhum absorbées, en se vengeant par les moyens les plus sournois et les plus variés...

Mais la nuit précédente pouvait être gravée en lettres d'or parmi ses expériences mémorables, car même la nouvelle de Manolo, annonçant que dans les archives de la police il n'y avait pas la moindre trace d'une personne appelée ou surnommée Violeta del Río, n'avait pu entamer le bonheur du Conde devant la carcasse de la dinde mise à nu, les bouteilles de rhum, de bière, de vin et de champagne allégrement vidées, et la joie évidente qu'il avait offerte à ses amis, en particulier au Flaco Carlos.

Avec deux duralgines dans l'estomac, une cigarette aux lèvres et un bol de café entre les mains, il sortit sur la terrasse et se souvint qu'en arrivant, au petit matin, Poubelle l'avait attendu comme s'il savait qu'il allait, lui aussi, participer au banquet.

– Poubelle, ne prends pas de mauvaises habitudes. Quand la fête sera finie, on va revenir à notre ordinaire...

En observant l'animal qui bâillait tout en essayant de décourager une puce particulièrement gênante, Conde envia d'une certaine façon le chien qui, malgré son âge, semblait disposé à recommencer sa vie chaque matin. Il pensa alors qu'il ne pouvait plus remettre à plus tard sa décision de commencer à faire de l'exercice et de réduire sa ration quotidienne de cigarettes jusqu'à la limite d'un paquet par jour, mais il oublia immédiatement ces objectifs éternellement ajournés, car il calcula que s'il faisait un effort, il pouvait encore essayer de rencontrer Katy Barqué avant d'aller au rendez-vous avec le journaliste Silvano Quintero. Il dut alors s'avouer que l'impulsion fondamentale capable de le pousser à faire ce sacrifice surhumain était une curiosité malsaine qui, avec une véhémence exagérée, l'obligeait à en savoir davantage sur Violeta del Río, comme s'il y allait de sa vie.

– Moi, je l'ai toujours dit : pour chanter des boléros il faut avoir deux choses, mais de taille et bien accrochées : un cœur gros comme ça dans la poitrine, avec beaucoup de sentiment, et des ovaires bien lourds, en acier trempé. La voix, c'est ce qui compte le moins, oui, le moins… Mais c'est que moi, en plus de cette voix que Dieu m'a donnée et qu'il me garde comme si j'avais quinze ans, j'ai toujours eu un cœur et des ovaires plus gros que ceux de toutes ces chanteuses réunies, en commençant par la Violeta del Río.

Conde observa le visage momifié de la chanteuse. Katy Barqué guettait l'approche de ses quatre-vingts ans et on pouvait peut-être admettre qu'elle était bien conservée pour son âge. Mais l'effort pour paraître vingt ans de moins, à coups d'interventions chirurgicales résolues à donner une tension artificielle à son visage, était complété par plusieurs couches de crème, des coups de pinceaux de couleurs vivifiantes, des cils comme des éventails, des lèvres gonflées au silicone et un foulard accroché comme une ancre au milieu du front, obstiné à tirer jusqu'au crâne les plis les plus rebelles de sa peau vaincue.

– Le boléro, c'est du sentiment, du pur sentiment avec beaucoup d'accents dramatiques. Il parle toujours des tragédies de l'âme et il le fait dans un langage qui va de la poésie à la réalité. C'est pour ça qu'on peut chanter aussi bien un ciel merveilleusement bleu que dire "tu as une façon d'aimer un peu bizarre", ou crier "va-t'en, il n'y a plus de chaleur entre tes cuisses"… Ce qui compte, c'est de le dire avec son âme pour que ce soit crédible, non ? Comme je le fais, moi qui suis une vedette, et c'est pour ça que j'ai fait du cinéma, de la comédie musicale, de l'opérette, des tas de spectacles… Il le sait tout ça, ce producteur de films ?

La dissertation était accompagnée de gestes, de regards prétendument intenses et du soutien mélodique d'extraits de vieux boléros, comme si elle se trouvait sur la scène la plus exigeante.

– Les Européens et les Américains sont trop froids, ils ne peuvent pas comprendre ce que c'est qu'un bon boléro, et dernièrement ils se gavent de disques pleins de versions faites par des jeunots bien mignons, des versions merdiques, mais alors vraiment merdiques. Le boléro appartient à la Caraïbe, il est né à Cuba, il s'est acclimaté au Mexique, à Porto Rico, en Colombie... C'est le poème d'amour des tropiques, un peu ridicule des fois, parce que nous le sommes, on n'y peut rien, mais il dit toujours des vérités. Écoutez un peu ce qu'a écrit Arsenio Rodríguez et vous m'en direz des nouvelles :

Después que uno vive	Après avoir vécu
veinte desengaños	Vingt déceptions,
qué importa uno más,	Une de plus, qu'importe,
después que conozcas	Une fois que tu sais
la acción de la vida	Ce que te réserve la vie
no debes llorar.	Tu ne dois pas pleurer.
Hay que darse cuenta	Il faut se rendre compte
que todo es mentira,	Que tout est mensonge,
que nada es verdad.	Que rien n'est vrai.
Hay que vivir el momento feliz,	Il faut vivre tout instant de bon-
hay que gozar lo que puedas gozar,	heur,
	Il faut jouir autant que tu le pour-
	ras,

(Mouvement de tête, confirmant la vérité sensationnelle de l'affirmation d'Arsenio. Regard intense qui dévorait l'exubérante jeunesse de Yoyi.)

porque sacando la cuenta en total	Car à l'heure du bilan, finalement
la vida es un sueño	La vie est un rêve
y todo se va.	Et tout s'en va.
La realidad es nacer y morir,	La réalité c'est naître et mourir,

(Nouvelle affirmation, plus catégorique. Nouveau regard vers Yoyi, plus suggestif.)

por qué llenarnos de tanta ansiedad,	Pourquoi sombrer dans une telle anxiété,
todo no es más que un eterno sufrir,	Tout n'est qu'une éternelle souffrance,
el mundo está hecho… sin felicidad.	Le monde est ainsi fait… sans bonheur.

Putain, regardez, j'en ai la chair de poule… C'est ce pauvre Arsenio qui l'a écrit, vous savez quand ? Quand les meilleurs médecins de New York lui ont annoncé que sa cécité était incurable et qu'il serait aveugle jusqu'à la fin de ses jours…

Conde regarda Yoyi et, comme s'ils s'étaient concertés, ils firent un signe d'assentiment. L'ancienne chanteuse avait gardé plus de malice que de voix, mais la voir chanter, avec ce masque en guise de visage, enveloppée dans un kimono couvert de lettres chinoises ou japonaises, essayant de paraître émue par les paroles de la chanson, était visuellement et auditivement pathétique, même pour le boléro mémorable d'Arsenio.

– Qu'est-ce que je disais déjà… A cette époque-là, la concurrence était terrible, il fallait être vraiment bonne pour percer. Tu ne pouvais imiter personne, c'était à toi de chercher les meilleurs compositeurs, il fallait que les adaptateurs travaillent en fonction de ton style, et en plus avoir la chance d'être dans un bon spectacle et de passer ensuite à la télé, d'ailleurs ici on avait la télé en couleur alors qu'en Espagne, il y avait un poste de télé à Madrid et un autre à Barcelone… Et moi j'ai tout obtenu, à force de chanter à pleins poumons et avec tout mon talent, alors j'ai été la meilleure, comme tout le monde le sait. Vous n'avez pas lu ma dernière interview dans *Bohemia* ?

A cet instant, Conde eut la révélation précise des raisons pour lesquelles il avait toujours éprouvé un inébranlable rejet à l'égard de Katy Barqué : ce n'était pas dû, comme il l'avait cru jusqu'à cet instant, à la texture quasi masculine de sa voix, aux textes ridiculement agressifs, parfois grossiers, qu'elle composait souvent elle-même en jouant son rôle de femme-autonome-capable-de-mépriser-les-hommes, ni même aux versions opportunistes d'hymnes révolutionnaires et aux louanges politiques qu'elle avait ajoutées à son répertoire à divers stades de sa carrière, ou aux masques faciles avec lesquels elle entrait en scène – et pas seulement en scène comme il pouvait en juger maintenant. En réalité, son rejet avait quelque chose de plus viscéral, il était dû à l'absence évidente, chez la chanteuse, du sens de la limite historique et à son entêtement à s'accrocher, contre vent, marée, logique, temps et sens du grotesque, à une suprématie qu'elle n'avait plus et qui, depuis une vingtaine d'années, l'avait transformée en une caricature chantante d'elle-même, une sorte de spectacle de cirque. Katy Barqué, comme d'autres que le Conde connaissait, ne descendrait jamais de cheval : il faudrait la faire tomber de sa monture ou se résigner à la voir mourir, lamentablement, les rênes à la main, sans laisser d'héritiers et en tenant le pire de ses rôles au théâtre de la vie : celui du ridicule.

– Tout d'un coup, cette Violeta a fait son apparition, décidée à me prendre ce qui m'appartenait. Elle avait la jeunesse, un corps, je crois qu'elle avait même un cœur, mais il lui manquait les ovaires… et un maître qui lui apprenne à chanter. La pauvre, parfois on aurait dit qu'elle allait s'étouffer… Mais elle savait s'y prendre, la garce ! Elle a ferré un amant, il était fou d'elle et il lui a donné un coup de pouce, de quoi l'envoyer au sommet. Vous imaginez, une novice comme elle, en vedette dans le deuxième show du Parisién, alors que dans ce cabaret venaient tous ceux qui faisaient ou défaisaient les carrières à La Havane, à Cuba…

Dès leur arrivée au penthouse lumineux de cette tour de la rue Línea, Conde et Palomo avaient subi un choc visuel, avec l'impression d'avoir pénétré dans une sorte de musée kitsch de l'univers du boléro. Un portrait à l'huile, de toute évidence œuvre d'un amateur, d'une Katy Barqué à l'époque de sa plénitude physique, occupait le mur le plus en vue d'un salon bourré de porcelaines, de céramiques et de verreries – le comble du mauvais goût était une fleur en métal, à moitié rouillée, avec une petite plaque qui indiquait : prix de la Popularité – gages de reconnaissance de plus de cinquante années de carrière.

– Et en plus, elle avait du culot. C'était surtout une insolente. Une fois j'ai appris qu'elle disait des choses sur moi et je l'ai remise à sa place : je l'ai attrapée et je lui ai même dit de quel mal elle allait mourir. Parce que c'est normal de se défendre comme on peut, mais de là à marcher sur la tête des autres pour se faire remarquer, ça non, pas question ! A l'époque il y avait un tas de bonnes chanteuses, Celia Cruz, Olguita Guillot, Elena Burke, mais chacune suivait son chemin et personne n'empiétait sur le terrain des autres. C'était comme une loi écrite. Mais cette gamine ne comprenait rien et nous emmerdait toutes. Vous savez ce que c'est de passer la moitié de la nuit à chanter gratis dans un club ? Excusez l'expression, mais c'était de la connerie et ça cassait le métier... pas vrai ?

Yoyi el Palomo acquiesça : son éthique mercantile s'accordait au jugement de la Barqué. Mais le Conde réfléchit aux remarques de la vedette et se souvint que, dans quelques interviews qu'il avait écoutées, il n'avait jamais entendu la femme mentionner aucune des grandes chanteuses de boléros, celles qui étaient vraiment grandes et prouvaient à l'évidence que l'ascension de la Barqué avait beaucoup à voir avec l'autopromotion et l'opportunisme sous toutes ses formes, y compris sexuel et politique.

– Je n'ai jamais su qui était l'homme derrière elle. On en a beaucoup parlé, à La Havane, mais le type ne se montrait pas. C'était sûrement un richard plein de préjugés qui ne voulait pas être vu avec une chanteuse de cabaret. C'est vrai qu'elle était typée, mais même avec ses beaux cheveux et tout, à moi, on ne me la fait pas, elle avait du sang noir.

L'absence d'un nom révélateur confortait pourtant l'idée du Conde, l'amant mystérieux ne pouvait être qu'Alcides

Montes de Oca. Et avec la conviction, arriva le soupçon qu'une raison cachée justifiait l'escamotage d'une identité que Katy Barqué devait connaître, il en était convaincu, étant donné la guerre personnelle à laquelle elle s'était livrée contre Violeta del Río.

– Après cette discussion, je ne l'ai jamais revue, par chance... Environ cinq ou six mois plus tard, je ne sais plus, elle a annoncé qu'elle arrêtait de chanter et elle a disparu de notre monde. Et moi, heureuse comme une amoureuse : une de moins, encore une qui n'avait pas supporté la dureté de la concurrence, des nuits sans dormir, du combat pour obtenir de bons contrats pour les spectacles et les enregistrements. Si elle allait se marier avec le richard, elle pouvait tirer un trait sur tout ça et profiter de son sort, moi au contraire, j'ai toujours été une artiste, vivant nuit et jour pour mon art. Elle, ce n'était qu'une fouille-braguette qui avait de la chance... Après, j'avais presque oublié son existence quand j'ai appris qu'elle s'était suicidée. Comme ça, toute seule, elle s'est tuée... Mais merde, au fait, où avez-vous bien pu entendre parler d'elle ?

La nouvelle du suicide, arrivée sans prévenir, provoqua la stupeur radicale de Yoyi et elle ébranla les forces physiques et spirituelles du Conde. La certitude que Violeta del Río n'était guère qu'une coupure de journal et une voix écoutée de façon rustique grâce à une vieille copie de 45 tours anéantissait d'un seul coup toutes les attentes de Mario Conde, nourries durant les deux jours où il avait rêvé de la possibilité de trouver la femme mystérieuse et séductrice en s'imprégnant de son image et de sa façon de chanter avec l'avidité d'un adolescent. Une vague de frustration submergea l'homme qui se sentit soudain comme perdu dans les derniers vers tragiques d'un boléro, disposés à décapiter les espoirs formulés tout au long d'une chaude chanson d'amour.

– Bordel, *man*, il habite où, ce vieux ? insista Yoyi quand le Conde, déçu et abasourdi, lui indiqua de passer la rue Zanja et de prendre par Rayo, pour chercher la maison de Silvano Quintero.

Malgré quelques aménagements récents, le vieux quartier chinois de La Havane était toujours un endroit sordide et oppressant où pendant des décennies s'étaient entassés les Asiatiques arrivés dans l'île avec le vain espoir d'une vie meilleure et même le rêve, vite assassiné, de s'enrichir. Même si au cours des dernières années les anciennes sociétés chinoises, de plus en plus obsolètes, avaient retardé leur prévisible mort naturelle en se transformant en restaurants – leurs plats gras étaient à des prix de moins en moins modiques – qui avaient donné une vie et une ambiance au quartier, la géographie de la zone continuait à exhiber, presque avec cynisme, une furieuse détérioration apparemment inéluctable qui émergeait depuis les fondrières dans les rues débordant d'eaux putrides, pour grimper le long des bidons regorgeant d'immondices et atteindre la verticalité des murs en les rongeant et en les renversant dans plus d'un cas. Ces vieux édifices du début du XXe siècle, dont beaucoup transformés en *solares* où s'entassaient plusieurs familles, avaient oublié depuis longtemps l'éventuel charme qu'ils avaient sans doute eu un jour et, dans leur décadence irréversible, ils offraient un panorama de pauvreté compacte. Noirs, Blancs, Chinois et métis de tout sang et de toute croyance cohabitaient là dans une misère qui ne faisait aucune distinction entre les nuances de couleur et les origines géographiques, les rendant tous égaux et les poussant à une lutte pour la survie qui les rendait généralement agressifs et cyniques, comme des êtres désormais étrangers à toute forme d'espoir.

– Continue par là, encore deux blocs, lui indiqua le Conde et il se dit que le Palomo ne devait guère apprécier d'engager sa Bel Air éclatante avec ses pneus à bandes blanches au milieu des fondrières et des regards assassins qui les poursuivaient.

– L'autre jour, j'ai entendu à la télé que le pire de la Crise est passé… (Yoyi parlait tout en surveillant les trous dans la chaussée.) Celui qu'a dit ça, il avait pas dû passer par ici. C'est de pire en pire…

– Ce quartier a toujours été un quartier de merde, rappela le Conde.

– Mais jamais à ce point. Avec ces restaurants et ces touristes charognards qui viennent par ici, c'est devenu vraiment chaud. Maintenant, pour couronner le tout, la drogue y circule. Et c'est pas précisément de l'opium... Dis-moi, je fais quoi là?

– Continue, c'est au prochain carrefour... Yoyi, tu as déjà pris des drogues?

– Où tu veux en venir, *man*? rétorqua l'autre avec une certaine méfiance.

– Souviens-toi que je ne suis plus flic. C'est juste comme ça, pour savoir...

– Un comprimé avec du rhum, un petit joint de mari-huana dans une fête. Mais je ne vais jamais plus loin, je te jure. Regarde ce corps superbe: il faut que j'en prenne soin...

– Qu'est-ce que tu penserais si je te disais que je n'ai jamais goûté à aucune de ces drogues?

– Je penserais toujours la même chose, *man*: toi et tes amis vous êtes des Martiens. On vous a mis la tête la première dans une éprouvette... Et qu'est-ce qui en est sorti? L'homme nouveau, comme tu m'as dit l'autre jour? Le problème, c'est que dans l'éprouvette ils avaient mis de l'alcool et vous, vous l'avez tout de suite avalé...

– Pourquoi il y a tant de gens accros? C'est si facile de se procurer de la drogue?

– Non, tu te trompes. Ici, y a pas d'argent et quand y a pas d'argent, y a pas de trafic. Dix, vingt touristes, disons cent, disposés à acheter un peu de drogue? Plus une centaine de gamins avec des dollars pour s'acheter une dose? C'est pas assez pour monter une affaire...

– Et d'où ils la sortent? Parce que de la drogue, il y en a...

– Ce sont des paquets qui apparaissent en mer et certains se chargent de les repêcher. Le bizness commence comme ça: celui qui sort la drogue de la mer n'investit rien et la vend bon marché à celui qui la fourgue à La Havane. Dès le début, c'est tout bénéfice, pas de grands investissements, c'est ce qui a permis d'organiser le trafic. Mais après l'opération de nettoyage de la police, c'est devenu plus difficile, même s'il y a toujours un dingue pour prendre le risque et vendre ce qui se présente. L'emmerde, c'est que maintenant elle est plus chère et plus frelatée, les dealers gagnent davantage et les drogués tentent de plus gros coups pour se procurer du fric…

— Nous, quand on avait, je ne sais pas, quinze-vingt ans, on n'avait jamais vu, même de loin, un joint de marihuana. Il a fallu que je devienne flic pour savoir quelle odeur ça avait… Et regarde maintenant !

Le jeune homme sourit.

— Je te crois…

— Arrête, c'est ici.

— Conde, maintenant que tu sais qu'il y a un sacré bail que la femme s'est suicidée… qu'est-ce que tu cherches à savoir au juste ?

— Je n'en sais rien, reconnut-il de nouveau. Ce qu'il me reste à découvrir, non ?

Yoyi se gara devant l'immeuble. C'était une construction typique du quartier, à l'aspect délabré, comme le Conde s'y attendait. Dans l'immeuble mitoyen, à moitié démoli, un essaim humain s'affairait à ramasser des briques centenaires, à récupérer des barres d'acier rouillées et des azulejos préhisto-riques, pour les recycler et pouvoir rafistoler leurs maisons, tandis que d'autres individus fouillaient parmi les décombres, cherchant la chose inespérée qu'ils ne trouveraient sûrement pas. Dans la rue, quelques personnes traînaient, comme des bagnards, des bidons de cinquante-cinq gallons pleins d'eau, placés sur des engins à roues construits avec des vieux roulements à bille, et les deux seuls authentiques Chinois que le Conde parvint à voir – si vieux qu'ils étaient peut-être même millénaires – offraient, assis dans un coin, les petites boîtes de pommade chinoise contenant le baume dont le Conde faisait une si grande consommation pour ses maux de tête. A travers quelques fenêtres ouvertes sur la rue, de petits étalages annonçaient des pizzas aux fromages apocryphes, des gâteaux de farine volée dans quelque boulangerie, du café mélangé à des griffes de chat et des croquettes de mauvaises tripes. A chaque coin de rue, quelques hommes bavardaient, comme s'ils étaient les maîtres du temps. Le Conde calcula que dans ces cent mètres de rue, il devait y avoir plus de soixante personnes en train d'inventer une façon quelconque de se débrouiller dans la vie ou de la voir passer de la façon la moins traumatisante possible. La sensation de dégradation qui flottait dans l'air inquiéta l'ex-policier qui ressentit sur sa peau un tremblement trop semblable à la peur : cette atmosphère était définitivement explosive, étrangère à la ville agréable où il avait vécu tant d'années. Trop de gens sans rien à perdre ou à faire. Trop de gens sans rêves ni espoirs. Trop de feu sous la cocotte qui, tôt ou tard, exploserait sous l'effet des pressions accumulées.

Pendant que le Palomo convenait du prix pour surveiller sa voiture avec deux Noirs à la mine patibulaire, le Conde traversa la rue, évitant une mare où flottait un rat tout gonflé, et acheta aux Chinois quatre petites boîtes de pommade à dix pesos chacune. De là, il observa le panorama qui l'entourait et lui rappelait certaines images de villes africaines vues à la télé. C'est le retour aux origines, pensa-t-il en se préparant à des surprises encore pires.

Conde et Yoyi entrèrent dans l'immeuble et montèrent l'escalier. Une odeur d'humidité concentrée et d'urines fermentées les enveloppa ; malgré sa fatigue, Conde n'osa pas toucher la rampe crasseuse et s'éloigna du mur, le long duquel flottaient des dizaines de fils électriques effilochés menaçant en permanence de provoquer un court-circuit. Au premier étage, l'escalier conduisait à un étroit couloir sur lequel donnaient plusieurs portes, presque toutes ouvertes. Conde se pencha sur la balustrade métallique et observa la cour intérieure, où plusieurs hommes se partageaient l'espace autour d'une table de dominos, apparemment insensibles à la puanteur ambiante, décuplée par la proximité de l'enclos où dormaient deux porcs et de la cage où picoraient plusieurs poules faméliques. Près des hommes, sur les coins de la table, Conde vit des bouteilles de bière et des assiettes contenant les restes d'un repas.

– Apparemment, personne ne travaille ici, dit le Conde, presque pour lui-même.

— Tout le monde vit de la démerde, lui rappela Yoyi. Ceux-là jouent quelque chose aux dominos, c'est sûr. Mais chacun a sa spécialité : louer l'endroit, vendre des bières, préparer quelque chose à manger, vendre des cigarettes, élever des chiens de combat, louer sa chambre pour des passes, surveiller la police...

– Et comment on a pu entrer ici ? Ils n'ont même pas bougé...

– Les grands Noirs qui surveillent ma voiture, *man*... ce sont eux les cerbères et ils nous ont donné le sauf-conduit... Ici l'argent circule entre eux, c'est comme ça qu'ils s'en sortent. La nuit, l'un d'eux change de métier et se charge de cambrioler des maisons, de proposer des putes aux touristes et bien entendu de vendre de la drogue, comme tu le sais...

– Mais c'est quoi ça, putain ? L'enfer ?

– Oui... mais celui qui est tout en haut. Plus ou moins le premier cercle. Parce qu'on peut descendre encore plus bas, je te jure. Il y a longtemps que tu ne vas plus sur l'avenue du Prado, la nuit ? Fais-y un tour et tu vas voir où ça chauffe pour de bon, au vu de tous comme si de rien n'était... Maintenant tes anciens collègues se promènent avec des chiens-loups.

Sans regarder à l'intérieur des pièces devant lesquelles il passait, le Conde arriva devant la porte numéro sept, incroyablement fermée, et frappa.

En réalité, Silvano Quintero était beaucoup moins vieux que ne s'y attendait le Conde. Il devait avoir dans les soixante-dix ans, et si son extrême maigreur – peut-être même génétique – pouvait l'avantager, la couleur violacée de sa peau révélait que l'homme était un militant du club des alcooliques invétérés. Silvano avait d'urgence besoin d'un rasage, une coupe de cheveux et même un bon bain. En entrant, Conde avait observé la main droite de l'homme : on aurait dit une serre à moitié fermée, rigide, avec un creux très marqué sur la peau lisse de la partie supérieure. La petite

139

pièce offrait aux nouveaux venus le même aspect lamentable que son locataire. A travers le seuil sans porte du petit cabinet de toilette se répandait une puanteur concentrée, et le sol avait tout l'air de ne pas avoir été lavé depuis une date lointaine du siècle précédent. De son regard entraîné, le Conde découvrit, sous la table en bois couverte de zinc où se trouvait le réchaud à pétrole, une armada de bouteilles vides, sûrement bues en l'honneur du foie endurci de cet homme.

Silvano leur offrit les deux chaises bancales et s'installa au bord du lit recouvert d'un drap couleur gris acier. Sans pouvoir s'en empêcher, Conde pensa à son propre penchant pour l'alcool et s'inquiéta en comprenant qu'il se trouvait peut-être devant un film de science-fiction dont l'intention perverse était de lui montrer son propre avenir.

— Bon, alors? demanda Silvano.

Le Conde sortit son paquet de cigarettes et en tendit une à l'homme qui l'accepta de la main gauche pour ensuite la placer, comme si c'était un cendrier, entre les deux doigts de sa main droite contractée afin de pouvoir chercher un fume-cigarette dans la poche de sa chemise.

— Je vous ai expliqué, hier… mon ami et moi, nous achetons et vendons des livres d'occasion et des vieux disques…

— Et on peut en vivre? s'étonna Silvano en portant le fume-cigarette à ses lèvres avec un certain style, léger et *démodé**.

— Ça dépend des fois… A l'occasion d'un achat, nous sommes tombés sur un disque d'une certaine Violeta del Río et quelqu'un nous a dit que vous l'aviez certainement connue.

— Qui vous a dit ça? demanda l'homme, reniflant comme il fumait, avec le même style raffiné.

— Rogelito, le timbalier.

— Il vit encore celui-là? demanda-t-il d'une voix presque sans intonation.

— Il va avoir cent ans, affirma le Conde. Il dit qu'il ne sait pas comment mourir.

Silvano fuma encore un peu comme s'il méditait sur ses possibilités que le Conde réduisit immédiatement à deux:

parler ou se taire. A partir de là, l'histoire pouvait se compliquer. Le Conde sortit de son enveloppe la page de *Vanidades* consacrée aux adieux de Violeta del Río. Le vieux journaliste la prit de sa main gauche et appuya la pliure sur sa main droite crispée.

– Bon Dieu de merde! murmura-t-il. Il plia la feuille et la rendit au Conde qui s'interrogeait déjà sur l'origine de cette exclamation. Pourquoi la cherchez-vous? Vous ne savez pas qu'elle est morte en 1960?

Le Conde fit signe que oui.

– Nous voulons en savoir plus sur elle. Par curiosité.

– La curiosité est un vilain défaut, décréta l'autre. C'est une longue histoire. Et je n'aime pas la raconter…

– C'est que personne ne sait rien de Violeta, même pas qu'elle s'est suicidée et…

La voix du Conde s'était faite presque implorante.

– Pourquoi vous dites qu'elle s'est suicidée? Cela n'a jamais été prouvé, que je sache…

Le Conde plissa les paupières, essayant de traiter l'information fournie par le vieux.

– Qu'est-ce que vous voulez dire?

– D'après ce que je sais, c'était pas clair, elle s'était suicidée ou on l'avait suicidée.

Conde essaya d'installer plus confortablement ses fesses avant de poursuivre.

– Vous me dites qu'on l'a peut-être tuée?

– Je crois que je parle espagnol, non?

– Et comment savez-vous ça?

– C'est ce que j'ai entendu dire. C'était pas clair, sa mort n'a jamais été élucidée… Mais, voyons un peu (Silvano changea de voix), qu'est-ce que je gagne à vous raconter tout ça?

Conde pensa qu'il n'avait pas compris la question, mais il eut la certitude d'avoir bien entendu quand Yoyi, rapide comme l'éclair, fixa le prix de la conversation.

– Une bouteille et deux paquets de cigarettes. Passez-moi le petit panier, là…

Le Conde n'en revenait pas. Ce devait être la première fois de sa vie que quelqu'un lui faisait payer une conversation et le Palomo lui apportait la solution, à ce moment critique, en montrant un panier en paille attaché avec une corde, sûrement utilisé par Silvano pour monter et descendre ses commissions depuis le patio central.

– Ça marche, accepta l'homme et il tendit le panier à Yoyi après y avoir mis une bouteille vide.

– C'est combien, grand-père ? voulut savoir Yoyi.

– Vingt-cinq le litre et huit pesos le paquet de cigarettes…

Le jeune homme sortit et le Conde observa Silvano qui détourna le regard vers sa main droite mutilée. L'homme souffla sur le mégot et le sortit du fume-cigarette. Le Conde était de plus en plus convaincu qu'il ne comprenait rien à rien, car les codes et les langages en cours lui étaient inconnus. Et il pensa qu'une fois encore Yoyi avait raison : il ressemblait à un connard de Martien sorti d'une éprouvette.

A vingt-cinq ans, j'avais déjà tout : l'intelligence, une famille bien placée, même si nous n'étions pas riches, un travail dans un des meilleurs journaux de ce pays, le cran pour réussir, aucun vice à déplorer… C'est pourquoi je pense que j'aurais pu avoir une autre vie, et je persiste à croire que je l'aurais eue si Violeta n'avait pas croisé mon chemin. Ou moi, le chemin de Violeta… Quand je l'ai connue, elle aussi, elle avait ce qu'il fallait : un corps qu'on aurait dit fait au moule, un visage qui lui donnait un pouvoir sur les hommes, une voix un peu rauque qui vous séduisait du premier coup et les ergots d'un vrai coq de combat pour se battre dans n'importe quelle arène où la vie pourrait la propulser. Je me rappelle la première fois que je l'ai vue, au cabaret Las Vegas, une de ces folles nuits de La Havane de la fin des années 50, après l'attaque du Palais présidentiel, quand Batista a compris que c'était du sérieux, la police est devenue sanguinaire et alors c'était vraiment dangereux de se balader. Mais on était bohême, irresponsable, et on sortait, on passait des nuits blanches comme si c'était un péché de rentrer se coucher. On commençait à flâner, on buvait un coup par-ci, un coup par-là, la canne toute prête au cas où un beau poisson mordrait, pour justifier les heures passées à boire, à fumer et à traîner dans les rues.

Je l'ai donc vue et entendue pour la première fois un de ces soirs où on s'obstine à ne pas vouloir rentrer dormir, comme ça, par plaisir, et soudain la nuit est devenue magique, parce que dès que j'ai entendu cette voix dans l'obscurité du cabaret j'en suis resté hébété, convaincu en deux minutes que l'entendre chanter c'était une expérience unique et le plus dingue, c'est que j'ai tout de suite su que cette expérience était malsaine, car cette voix se glissait sous ta peau et te laissait un frisson de fièvre comme si quelque chose en toi avait été chamboulé. Bien sûr, cette nuit-là, elle a chanté plusieurs morceaux, mais c'est *Quitte-moi* qui m'a le plus touché, c'était son chant de guerre et elle le chantait toujours comme si sa vie en dépendait… Mais les complications de la maladie sont apparues quelques jours plus tard quand j'ai commencé à comprendre une chose: ce que j'avais attrapé cette nuit-là refusait de me lâcher. Presque sans m'en rendre compte, j'ai commencé à suivre sa piste, à essayer de devenir son ami pour voir si je pouvais aller plus loin, parce que sa voix s'était incrustée dans ma tête, mais aussi le visage, les cheveux, le corps de cette sacrée femme… A vingt-cinq ans, je n'étais plus un enfant, j'avais beaucoup roulé ma bosse, surtout depuis que j'écrivais pour la page des spectacles dans *El Mundo*, et comme toutes ces chanteuses, danseuses et choristes voulaient voir leurs noms dans les journaux, alors, en publiant quelque chose sur l'une, ou simplement en promettant de le faire à la plupart d'entre elles, je me suis envoyé pas mal des femmes les plus excitantes de La Havane, à l'époque où les femmes étaient vraiment excitantes, avec des vrais culs et beaucoup de monde au balcon… Vous avez remarqué que les femmes d'aujourd'hui n'ont pas de nichons et elles sont même contentes de ne pas pouvoir manger à leur faim parce que, comme ça, elles ne grossissent pas du cul ? Eh bien j'en ai baisé beaucoup, surtout des chanteuses, j'avais un faible pour elles, Katy Barqué, par exemple... En réalité, l'emballage était finalement mieux que la marchandise. Alors j'ai commencé à essayer d'appâter Violeta, mais pas grossièrement, j'ai tout de suite compris qu'elle n'était pas de celles qui mouraient d'envie d'avoir leur nom dans le journal, alors j'ai attaqué avec prudence, élégance, ou du moins c'est ce que je croyais, tandis que je la suivais dans toute La Havane, deux ou trois nuits par semaine, en l'invitant à prendre un verre, en lui demandant une chanson... Et quand j'ai voulu réagir, j'étais déjà amoureux d'elle comme un fou ou plutôt comme un con, puisque c'est la seule façon de tomber amoureux.

En 1958, dès le début de l'année, elle a cessé de chanter dans les cabarets de seconde zone. C'est alors qu'elle a été engagée au Parisién, j'ai écrit sur son spectacle, je l'ai baptisée "La Dame de la Nuit" et ce nom lui est resté car ce que Violeta chantait n'avait de sens que si on l'écoutait la nuit, plus c'était tard et mieux c'était. J'avais écrit deux ou trois fois sur elle, de petits articles, mais j'ai décidé de passer à l'offensive et je lui ai fait un reportage d'une demi-page qui m'a valu la haine de nombreuses chanteuses, où j'annonçais son nouveau spectacle dans le second show du Parisién. A ce moment-là, on était déjà en confiance, on devenait un peu des amis, bien des nuits on restait seuls au bar, devant un verre, mais Violeta ne m'a jamais tendu la perche, et ça c'était le pire parce que je me suis acharné, j'avais de plus en plus envie de faire des galipettes avec elle et j'ai même pensé que cela pourrait devenir sérieux si elle me le permettait, même si Violeta était une jeune fille, enfin, une femme avec beaucoup de jardins et de passages secrets car je n'ai jamais réussi à savoir vraiment qui elle était ni comment elle était... Elle savait protéger ses choses à elle. Son nom, par exemple : une fois elle m'a avoué que son véritable prénom était Catalina, chez elle on l'appelait Lina, mais elle ne m'a jamais dit son nom. L'unique raison pour m'expliquer ce mystère, c'est que cette histoire comme quoi elle était venue d'un village de la campagne était un mensonge, la vérité c'est qu'elle portait un nom trop ronflant à Cuba, elle voulait le cacher, parce qu'appartenir à une famille de la *high* et chanter dans des cabarets tenus par des mafieux, c'étaient deux choses qui ne collaient pas ensemble. Mais j'ai fini par me convaincre qu'elle chantait parce que c'était ce qu'elle aimait le plus au monde et pas parce qu'elle aspirait à être une vraie professionnelle. C'est peut-être pour ça qu'elle faisait si peu attention à moi et ne me demandait pas d'écrire sur elle, à l'inverse des autres chanteuses : c'était comme si elle n'en avait rien eu à faire, du moment qu'elle avait un petit bout d'estrade où chanter et quelques personnes disposées à l'écouter... Enfin bref, elle était étrange, la Violeta... Ce que je n'arrivais pas à comprendre, c'était comment cette femme à La Havane, parmi tous ces oiseaux de nuite, ne menait pas joyeuse vie comme les autres, n'avait aucun fiancé connu, aucun amant, même si on commençait déjà à parler d'un homme riche qui était avec elle ou derrière elle. Mais ce mystère faisait partie de son charme, de son pouvoir de séduction... Moi, dans mon désespoir, pour me consoler, j'en étais arrivé à me demander si le problème n'était pas que Violeta aimait les femmes – c'est ce que disait Katy Barqué, avec son habituelle langue de vipère –, ce qui expliquait pourquoi elle ne faisait pas attention à moi ni à toute la flopée de types qui la suivaient et l'invitaient toutes les nuits. Et comme elle était très amie avec des femmes bizarres, je me suis mis cette idée en tête. Une de ces amies, celle qui semblait lui plaire le plus, c'était Fleur de Lotus, la blonde qui s'était rendue célèbre en dansant à poil au théâtre Shanghai et qui est ensuite devenue maquerelle de putains de luxe... Très souvent, Fleur de Lotus débarquait dans le cabaret où Violeta chantait ce jour-là, on voyait qu'elle adorait l'écouter et elles aimaient bavarder entre elles, elles s'asseyaient souvent, à la fin du spectacle, et elles parlaient longuement en prenant un verre – Violeta demandait toujours un *high-ball* de Bacardí avec de la *ginger ale* – sans laisser personne se mêler à leur conversation, comme si elles avaient un secret... même si je n'ai jamais rien vu qui puisse prouver qu'il y avait quelque chose de sexuel entre elles, et Violeta en est devenue encore plus énigmatique et plus désirable.

Mais un vrai journaliste, c'est comme un fin limier et vous savez ce que fait un chien quand il suit une femelle en chaleur : c'est ce que j'ai fait. J'ai commencé à me coller à ses basques, à la suivre même dans la journée, jusqu'à ce qu'enfin je trouve la raison de tout ce mystère. Violeta vivait dans un appartement à l'angle de la 3ᵉ avenue et de la rue 26, dans un des meilleurs coins de Miramar. En comparaison avec les palais de la 5ᵉ avenue, c'était un endroit modeste, mais c'était vraiment très bien, et elle avait une petite voiture anglaise très *chic**, une Morris, de celles qui ressemblaient à une cale à l'envers. En sortant toujours un ou deux billets et ma carte d'*El Mundo*, j'ai commencé par chercher à quel nom étaient la voiture et l'appartement et j'ai trouvé comme propriétaire légal un certain Louis Mallet, résidant à la Nouvelle-Orléans. Je me suis d'abord demandé si le Mallet en question n'était pas le père ou l'amant, peut-être même le mari de Violeta, ce qui pouvait expliquer qu'il ait mis la maison et la voiture à son nom ; et comme il vivait à la Nouvelle-Orléans, il venait sûrement à Cuba de temps en temps s'il était l'amant ou le mari, ou alors il ne venait jamais, si c'était le père... Mais moi, je trouvais bizarre que quelqu'un comme Violeta, dans le milieu du spectacle, ait un amant ou un mari capable de lui payer un appartement et une voiture et qu'elle lui soit si fidèle. Alors, je continuais à soupçonner son goût pour les femmes, surtout quand j'ai vu que deux ou trois nuits, après avoir parlé un moment avec Fleur de Lotus, elles étaient rentrées ensemble et avaient dormi dans l'appartement de Miramar. En plus, quand j'ai aussi commencé à la surveiller dans la journée, j'ai vu arriver et monter chez Violeta – je l'ai su parce qu'une fois elle est sortie sur le balcon – une femme d'une quarantaine d'années, encore jolie, qui passait des heures là, Dieu sait à quoi faire, car elle n'avait pas l'allure d'une bonne ni d'une cuisinière... J'ai continué à suivre Violeta pendant plusieurs semaines jusqu'au jour où j'ai compris qu'on avait passé la queue du chat sous mon nez, et, comme je fermais les yeux pour éternuer, je n'avais pas vu ce que j'aurais dû voir. Il y avait un homme qui semblait habiter dans un des appartements, mais il était rarement là. L'homme avait dans les cinquante ans, il était toujours habillé avec élégance, conduisait une Chrysler neuve, le modèle le plus cher, et même s'il ne devait rester que dix minutes dans l'appartement, il aimait garer la Chrysler dans le garage de l'immeuble. Ça m'étonnait toujours que le type reste deux ou trois jours sans venir, mais je n'y ai vu que du feu, jusqu'au soir où Violeta a sorti un pot de fleurs sur le balcon de l'appartement de l'homme élégant qui conduisait la Chrysler. Alors j'ai compris que c'était sans doute lui son amant et qu'il devait avoir une bonne raison pour prendre ces précautions, il faisait semblant d'habiter dans le même immeuble, juste en dessous de l'appartement de Violeta. Je n'ai eu aucun mal à trouver le nom de ce monsieur et j'ai commencé à comprendre beaucoup de choses : Alcides Montes de Oca avait de grosses affaires à Cuba, il appartenait à une vieille famille, des gens de la bonne société, de la *high-high* pour de bon, comme on disait, petit-fils du général Serafín Montes de Oca, fils du sénateur Tomás Montes de Oca. Pour couronner le tout, il avait épousé une Méndez-Figueredo, autant dire une montagne d'argent. Alors, j'ai cru que j'avais enfin découvert le mystère de Violeta : si seulement j'avais suivi ma première réaction, m'en aller et oublier cette histoire en sachant ce que je savais déjà, convaincu que ce jeu en première division n'était pas pour un amateur comme moi !

Mais quand les choses doivent arriver, elles arrivent. A peu près trois jours après cette découverte, comme un imbécile, je surveillais à nouveau la maison de Violeta et j'ai vu Alcides Montes de Oca arriver dans sa Chrysler, conduite cette fois par un chauffeur, un grand Noir à l'allure de boxeur. Dix minutes après, c'est Fleur de Lotus qui a fait son apparition avec un monsieur d'une cinquantaine d'années, puis un autre homme est arrivé, dans une voiture avec chauffeur également, et celui-là je l'ai reconnu : alors que presque personne ne pouvait l'identifier à La Havane parce qu'il ne se laissait pas prendre en photo et n'apparaissait presque jamais dans les journaux, je savais que ce type c'était Meyer Lanski, l'associé de Lucky Luciano, qui était devenu le maître du jeu et de la prostitution à La Havane et avait mis beaucoup de fric dans la construction de nouveaux hôtels, avec l'accord de Batista qui profitait de ces investissements pour évidemment se remplir les poches au passage. Pour n'importe qui, mais encore plus pour un journaliste, cette association entre une chanteuse de cabaret, un riche et respectable Cubain, une mère maquerelle et un juif mafieux devenu homme d'affaires était un mélange trop bizarre et je me suis pris au jeu en essayant de trouver ce qui se traficotait là, car tout était trop louche pour que ce soit une simple histoire de cul, aussi compliquée soit-elle. Violeta avec Fleur de Lotus ? Violeta et Fleur de Lotus avec Lansky ? Tous ensemble ? De toute façon, si on pouvait imaginer quelque chose entre des hommes et des femmes, personne n'allait y attacher beaucoup d'impor-tance ; en plus, aucun journal ne voudrait me publier une histoire de ce genre car le pouvoir de Lansky et de Montes de Oca ensemble, c'était un pouvoir considérable. Ma deuxième erreur a été de croire que Violeta était peut-être une victime dans toute cette affaire bizarre, peut-être même que c'était vrai qu'elle était une pauvre gamine de la campagne que son envie de chanter avait entraînée dans une histoire trouble. Cette nuit-là, je suis rentré chez moi, j'ai dormi quelques heures et, le matin, j'ai mis des provisions dans la voiture pour supporter une surveillance de plusieurs jours. A neuf heures du matin, j'étais en face de l'immeuble, à l'angle de la 3e avenue et de la rue 26, les yeux rivés sur les appartements du deuxième et du troisième étage. Maintenant encore, bordel, je me demande bien ce que j'espérais tirer de toute cette enquête, si je le faisais parce que j'étais amoureux de Violeta ou par curiosité, ou si tout simplement j'enrageais en voyant que le riche et le mafieux avaient ce que je n'arrivais pas à obtenir. Violeta est rentrée seule cette nuit-là, à deux heures du matin, elle a rentré sa voiture et elle s'est couchée.

Le lendemain, elle est sortie vers six heures de l'après-midi et elle est de nouveau revenue à deux heures, toujours seule. Tout s'est passé de manière identique les deux jours suivants. Il y avait quatre jours que j'étais dans ma voiture, à pisser et à chier quand je pouvais, à manger les bricoles que j'avais apportées et à dormir par moments, quand j'ai décidé que je perdais mon temps : le mieux était de m'en aller et d'oublier ce que j'avais vu. Mais comme je n'avais pas les idées claires, j'ai fait la plus grande bêtise de ma vie. Je suis sorti de ma voiture, j'ai marché jusqu'au rez-de-chaussée de l'immeuble, décidé à pisser là, comme dernier acte de ma vengeance, et c'est à cet instant que j'ai entendu la voix de Violeta : elle chantait *Quitte-moi...* Vous pouvez me croire : ça a été comme une impulsion irrépressible qui, sans que je puisse m'y soustraire, m'a poussé à entrer dans l'immeuble, à monter les marches jusqu'au troisième et à commencer à donner des coups de pied dans la porte à travers laquelle me parvenait encore cette voix infernale, comme acharnée à me rendre fou...

Quand j'ai repris connaissance, j'étais dans ma voiture, ça puait l'urine et la merde et j'avais une douleur insupportable dans tout le bras droit. J'ai fait un effort et j'ai réussi à soulever ma main. En la voyant, j'ai compris d'où venait la douleur : le trou dans ma paume était si grand que je pouvais voir à travers, et je ne sais pas si c'est à cause du choc ou de la souffrance, mais je me suis de nouveau évanoui. Je suis resté là je ne sais combien de temps. J'étais dans un terrain vague, sans aucune présence humaine à perte de vue. Comme j'ai pu, avec mes dents, j'ai attaché un mouchoir à ma main et j'ai démarré la voiture. J'ai fait je ne sais combien de détours jusqu'au moment où j'ai rencontré un homme à cheval qui m'a indiqué comment sortir de là et j'ai enfin pu trouver une petite route, entre Bauta et San Antonio. J'ai eu un mal de chien à conduire jusqu'à l'autoroute où je suis descendu de la voiture pour que quelqu'un m'emmène à La Havane, car je sentais que j'allais y laisser ma peau.

A l'hôpital, ça a provoqué un remue-ménage terrible, ils ont pensé que j'étais un révolutionnaire et qu'une bombe avait explosé dans ma main. Ils ne voulaient même pas s'occuper de moi, mais j'ai crié que j'étais journaliste et que j'avais été agressé, je ne savais pas par qui, jusqu'à ce qu'enfin on me conduise en salle d'opération. Dans la chambre, quand je me suis réveillé, il y avait un lieutenant de police qui m'a posé mille questions, je lui ai répété mille fois l'histoire de l'agression, sans donner plus de détails, et malgré son air peu convaincu, il m'a finalement fichu la paix. Le médecin qui m'avait opéré est venu me voir pour m'expliquer qu'on m'avait tiré deux coups dans la main, non pas un, mais bizarrement deux, avec un revolver de gros calibre, peut-être un .45, c'est pourquoi la blessure était si grande. Ils avaient opéré de leur mieux, mais avec les os et les tendons bousillés, je perdrais sûrement l'usage de ma main. Les flics m'ont interrogé de nouveau, peut-être décidés à chercher ceux qui m'avaient agressé. Je leur ai raconté presque toute la vérité en leur expliquant qu'on m'avait frappé à la tête et que j'avais seulement repris connaissance dans un terrain vague, la main en miettes… Après un avertissement de ce genre, qui aurait osé dire autre chose ?

Quand je suis sorti de l'hôpital, j'ai quitté le journal : je n'étais plus le même, j'avais même peur de sortir dans la rue, je ne voulais surtout pas être mêlé à quoi que ce soit qui puisse me conduire à Violeta del Río et encore moins être suspecté par la police qui continuait à ne pas me croire et, à cette époque-là, la police ne faisait pas dans la dentelle, elle te balançait à n'importe quel coin de rue, la bouche pleine de fourmis. Je me suis enfermé chez moi et, franchement, je n'ai plus rien su de Violeta jusqu'au jour où j'ai lu cet article où elle annonçait sa décision d'arrêter de chanter, tout juste après avoir enregistré son premier disque… Je n'ai pas pu m'empêcher d'aller chez un disquaire pour acheter son *single*. En l'écoutant, je me suis mis à pleurer, sur mon sort et le sien, sur ma main infirme et sur sa voix perdue, sur la vie qu'on aurait pu avoir et qui, par ma faute, ou par la faute de la voix de Violeta, avait été anéantie sur l'ordre de quelqu'un par deux coups de feu tirés dans ma main droite…

Je n'ai plus rien su d'elle et puis, peu de temps après, j'ai appris sa mort. On a dit qu'elle s'était suicidée au cyanure, mais un journaliste m'a raconté que la police n'y croyait pas et continuait à enquêter. La vérité, c'est que Violeta était morte et le reste, qu'est-ce que ça pouvait bien faire? Mon univers, ou le peu de choses qui en restait, s'était écroulé, car avec cette nouvelle, j'ai eu la sensation que j'avais eu entre mes mains, ces mains-là, le salut de cette petite… Parce que j'ai tout de suite compris que cette histoire de suicide était un mensonge. C'était clair comme de l'eau de roche: si à moi on m'avait arraché la moitié de la main, seulement pour avoir tambouriné sur une porte, qu'est-ce qu'on ne pouvait pas lui faire, à elle qui en savait sûrement trop?

1ᵉʳ décembre

Mon chéri,

Aujourd'hui commence le dernier mois de cette année maudite et, pleine d'espoir, je laisse mon esprit vagabonder et je me prends à rêver que dans trente et un jours naîtra une nouvelle année qui pourra nous apporter une vie vraiment nouvelle et meilleure, la vie que si longtemps nous avons dû remettre à plus tard: faite d'amour, de paix, de tranquillité familiale, oublieux de tout ce qui nous entoure. Vraiment, ne la méritons-nous pas? Je ne la mérite pas?

Si quelqu'un connaît tout de ma vie, c'est bien toi. Tu sais que j'ai tout jeté au bûcher de l'oubli et du renoncement pour me rapprocher de toi, pour t'appartenir: j'ai fermé mes yeux et mes oreilles à d'autres amours possibles; j'ai renoncé à fréquenter mes parents, pauvres et si naïfs (j'avais honte de leur naïveté et de leur pauvreté) pour sentir que je me hissais à ton niveau; j'ai renoncé à mon avenir personnel, refusant les études ou un travail dont j'aurais pu vivre, uniquement pour être toujours dans ton ombre, dans cette humidité où je sentais qu'en tant que femme, je pouvais grandir et même m'épanouir. Tu sais également avec quel zèle j'ai su garder tes secrets les plus secrets, j'ai partagé tes

projets les plus risqués et tu as toujours pu compter sur mon
soutien. Sans jamais rien te demander en échange : seulement de
me donner les occasions de te prouver la femme que je pouvais
être comme maîtresse de ton amour.

Qu'ai-je obtenu en retour ? Oubli, silence, distance… Les
années vécues à tes côtés m'ont volé ma force passée et aujourd'hui
je me sens incapable de recommencer une nouvelle vie, car je
n'imagine ni ne veux une vie sans toi qui fus mon créateur. J'ai
beaucoup pensé à la façon d'envisager mon avenir et finalement
j'en reviens toujours à la même réponse : je vais continuer à
attendre, comme une nonne cloîtrée attend de la mort la grâce
définitive de son Seigneur.

Ce qui me manque le plus, ces jours-ci, c'est l'atmosphère de
fête qui régnait jadis dans la maison. Dès les premiers jours du
mois, les réjouissances commençaient avec la préparation des
dîners, le réapprovisionnement des caves, l'achat des cadeaux,
l'attente des visiteurs que nous recevions pour leur souhaiter
bonheur et prospérité. Aujourd'hui, tout ceci a disparu, du moins
dans cette maison. Et dans ta nouvelle maison ? Tes enfants se
chargent-ils de décorer le sapin de Noël et la crèche de l'Enfant
Jésus ? Choisis-tu toujours les nougats espagnols et les vins français
qui égayeront la table de Noël ? Que ressent-on quand on est
loin ? Que ressent un homme comme toi, surpris par sa condition
d'exilé, quand il vit à l'étranger et n'est plus qu'un homme parmi
tant d'autres ? De l'autocompassion ou de la haine envers ceux
qui l'ont obligé à partir et à s'éloigner de son univers ?

C'est incroyable à quel point tout a été bouleversé, tant de
choses ont disparu. La politique et une mort absurde ont eu
raison du bonheur, incomplet pour moi, mais bonheur tout de
même, car ta présence me comblait. Aujourd'hui, je vois
comment la vie et les événements t'ont donné raison, mon
amour ; si seulement nous avions eu le temps et les moyens
nécessaires pour changer cette histoire avec la simple mort de
quelqu'un qui, en vérité, méritait de mourir, car si je vois un
coupable dans tout cela, c'est cet imbécile en grand uniforme
couvert de décorations, ivre d'ambition, qui n'a pas su s'en aller
quand il le fallait et que nous avons si souvent désiré voir le plus

loin possible : le mieux aurait été en enfer, car c'était sa place, du fait de ses crimes et de ses péchés.

Mais nous avons été dépassés par l'histoire. Aujourd'hui, il ne reste plus rien de ce passé : tout au plus quelques souvenirs heureux, lamentablement ternis par tes soupçons sur ma culpabilité. Mon Dieu : comment pourrais-je te prouver mon innocence ? Chaque minute, je ressasse ce qui est arrivé, je cherche dans ma tête le moindre indice capable de te libérer de ce doute qui te tourmente, mais finalement, je trouve que seule une raison très secrète a sans doute conduit cette maudite femme à prendre la décision fatale que, sans cette clé perdue, nous ne nous expliquons pas. Avait-elle vraiment une autre vie que tu ignorais ? Cela, je le sais, te fera toujours l'effet d'un sacrilège, mais je dois y penser si je veux découvrir un jour la vérité rédemptrice. Quelqu'un dans cette autre vie pouvait-il avoir intérêt à la faire disparaître ? Quelqu'un, la voyant heureuse, maîtresse du monde, a-t-il voulu lui faire payer de façon radicale ce bonheur et cette possession qui ne lui revenaient pas ? C'est une folie, mais réfléchir et chercher sont les seules choses qui me restent, encore plus en ces jours où tant de gens s'apprêtent à célébrer les fêtes, quand moi, je ne peux que laisser les heures s'écouler lentement pour voir si, cette fois, la nouvelle année m'apportera vraiment une nouvelle vie, sans que des morts viennent s'interposer. Et près de toi, mon amour.

Je t'aime toujours...

Ta petite

Au cours de son existence, Mario Conde s'était entraîné à vivre avec les idéalisations et les diabolisations du passé les plus variées, avec les réécritures opportunistes, les affabulations et les silences impénétrables, perpétrés parfois avec un soin dramatique ou de la façon la plus arbitraire. Au long de cette cohabitation, il avait appris que, même contre son gré, chaque personne, chaque génération, chaque pays, tout le monde doit traîner, comme les fers d'une condamnation, ce passé qui est inévitablement le sien, avec toute la vacuité des maquillages flatteurs ou la laideur volontairement exacerbée.

Mais l'expérience lui avait également appris, lentement et même douloureusement, qu'on peut enterrer les vérités du passé dans les coffres les plus hermétiques et lancer ensuite la clé à la mer, sans obtenir pour autant la garantie d'être à l'abri de ses coups de griffes désespérés, car même les oublis les plus rigides, ceux que l'on a décrétés avec la plus grande rancœur, sont incapables d'étouffer de façon définitive les cris de la mémoire dont l'unique aliment est, bien entendu, le passé.

L'histoire macabre de Silvano Quintero avait balayé les derniers vestiges de sa gueule de bois, évaporés au fil d'une narration capable de fissurer les aimables fondations sur lesquelles s'était dressée l'effigie romantique de Violeta del Río, embellie dans les rêves du Conde par le décor musical haut en couleur des nuits troubles de La Havane des années 50, aussi pleines de splendeur et d'allégresse que de mort et d'épouvante. Tous ses sens en alerte, il sentit qu'il se glissait dans la peau du chasseur, à la recherche de la part introuvable des vérités cachées de l'existence de cette femme effacée des mémoires.

Tandis que Yoyi el Palomo, abasourdi par l'histoire qu'il venait d'entendre, conduisait son éblouissante Chevrolet Bel Air en direction de la maison des Ferrero, un flot de questions sans réponse commença à tourmenter le Conde, finalement convaincu que le pressentiment éprouvé quelques jours plus tôt n'était qu'un nouveau mauvais tour de son destin, toujours acharné à le lancer dans le puits sans fond de l'incertitude. Après tout, Silvano avait raison : si pour avoir osé frapper à la porte de la chanteuse, on lui avait arraché la moitié de la main à coups de revolver, que lui aurait-on fait s'il avait réussi à apprendre quelque chose, cette chose sûrement terrible qui ternissait maintenant l'image floue de M. Alcides Montes de Oca et le destin de la chanteuse Violeta del Río, impliqués dans quelque obscure histoire avec le mafieux Meyer Lansky et le nébuleux personnage appelé Louis Mallet ? Qu'auraient-ils bien pu faire à la chanteuse si à un moment donné elle était devenue un danger potentiel, uniquement parce qu'elle savait ce qu'elle n'aurait jamais dû savoir ? Comment une femme comme Violeta del Río avait-elle pu être si cruelle envers elle-même ou se sentir acculée au point de se suicider en avalant du cyanure?

Conde sentit une bouffée de satisfaction quand il vit que les Ferrero les recevaient avec leurs plus beaux sourires, comme si les revendeurs de livres s'étaient transformés en d'authentiques messagers du pays de cocagne. Leur aspect commençait visiblement à s'améliorer avec l'injection de protéines effectuée grâce à la vente des livres, et les yeux tristes et larmoyants d'Amalia avaient même récupéré des étincelles que l'on aurait cru enterrées. Un détail infime mais significatif révéla au Conde à quel point ils étaient les bienvenus: sur la table centrale à la peinture écaillée, ils avaient placé un petit cendrier en verre, d'un modèle très courant et bon marché, mais fermement disposé à remplir sa fonction.

Amalia s'éloigna entre les colonnes de marbre, promettant de revenir tout de suite avec le café tandis que les hommes s'installaient dans les fauteuils défoncés du salon.

– Vous n'imaginez pas les hasards de la vie, dit Dionisio, presque souriant. Ce matin, un homme est venu demander si nous avions des livres à vendre…

Conde et Yoyi croisèrent le fer de leurs regards.

– Et? demanda le Conde dans un souffle.

– Je lui ai dit que oui, mais que nous avions déjà des acheteurs, bien sûr…

– Comment cet homme est-il arrivé ici?

– Comme vous, non? répondit Dionisio, convaincu de la légitimité de son raisonnement, bien qu'il semblât comprendre instantanément les intentions du Conde. Vous croyez qu'il savait…

– Nous, on a dit à personne d'où sortaient les livres, précisa le Palomo.

– Et l'homme est parti sans vous laisser aucun renseignement?

– Eh bien, non, il ne m'a même pas dit son nom, c'est vraiment bizarre, non? Mais il m'a demandé s'il pouvait jeter un coup d'œil à la bibliothèque. Comme je n'allais rien lui vendre, je l'ai laissé entrer.

– Il est comment cet homme, Dionisio?

– Noir, grand, trente à trente-cinq ans. Il semble s'y connaître en livres parce que certains l'ont sidéré. Vous savez, il a l'allure de ces gens qui font des sermons dans les églises adventistes, la même façon de parler que quelqu'un de bien élevé. Ah! Et il boite un peu.

Conde et Yoyi se perdirent en conjectures.

– C'est peut-être un des acheteurs de Pancho Carmona? demanda le jeune homme.

– Ça se pourrait, admit Conde en observant le retour triomphal d'Amalia, avec un plateau et trois tasses dont l'une avait perdu son anse. Pancho est capable d'avoir donné l'ordre de nous suivre. Il boitait de quel côté, cet homme, Dionisio?

Dionisio prit la tasse mutilée et l'observa pensivement.

– Vous ne vous en souvenez pas? insista le Conde.

L'homme réagit.

– De la jambe droite, dit-il, apparemment sûr de lui, puis il porta la tasse à ses lèvres.

Conde goûta le café et se sentit comblé, car il avait la saveur du vrai café, du café fait avec du café, et il se disposa à inaugurer le cendrier.

– Bon… on y va? proposa Dionisio, avec une impatience souriante.

– Oui, passons à la bibliothèque, accepta le Conde tout en restant assis mais avant, je veux vous demander quelque chose et excusez-moi d'insister comme ça… Vous n'avez vraiment jamais entendu parler de cette Violeta del Río? Son prénom devait être Catalina, on l'appelait Lina, mais ce n'est pas sûr…

Le frère et la sœur se regardèrent, comme s'ils cherchaient des réponses possibles chez l'autre. L'intérêt persistant de Conde semblait les surprendre, mais la réponse fut claire et nette: non.

– Cette femme, continua le Conde pour essayer d'élargir le cadre de l'information et réveiller quelque recoin endormi dans la mémoire de ses amphitryons, en plus de chanter des boléros, il semble qu'elle ait eu une relation avec Alcides Montes de

Oca. Une relation amoureuse, je veux dire. Ce qui est sûr, c'est qu'ils se connaissaient, et c'est sans doute la raison de la présence de la coupure de journal dans un des livres…

Conde leur montra la page de la revue *Vanidades*. Amalia mit à peine quelques instants à réitérer sa négation, mais Dionisio observa la photo durant de longues secondes avant d'admettre qu'il ne la connaissait pas.

— Et vous pensez que si votre maman voyait la photo…

En faisant cette proposition, le Conde craignait de frôler l'impertinence mais il se lança, profitant de sa supériorité financière dans la maison.

— Comme elle était la personne de confiance d'Alcides Montes de Oca…

— Je vous ai déjà dit que maman ne peut pas… murmurait Amalia quand Dionisio l'interrompit.

— Écoutez, Conde, le problème c'est qu'Amalia parle toujours à demi-mot, par… euphémismes ? C'est ça, des euphémismes, parce qu'elle a du mal à le dire : mais ça fait quarante ans que maman est complètement folle. Et quand je dis folle, c'est parce qu'elle est folle, sans aucun espoir…

— Bon, eh bien il n'y a rien à faire… déplora le Conde. Allez, on va s'occuper des livres.

Amalia s'excusa, elle retournait à ses tâches – allait-elle encore au marché ? – et les hommes entrèrent dans la bibliothèque.

— Quels livres il a regardés, cet acheteur ? voulut savoir le Conde.

— Il a commencé à regarder ceux-ci, ceux qui d'après vous ont beaucoup de valeur. Après il s'est penché par là, le long de cette étagère du bas, indiqua Dionisio. Yoyi se dirigea vers la partie de la bibliothèque indiquée par l'homme, curieusement le côté gauche qu'ils n'avaient pas encore examiné, et il réclama immédiatement la présence de son copain.

— Viens voir, Conde, viens voir… regarde-moi ça…

L'index du Palomo pointait vers le dos de plusieurs livres et le Conde s'accroupit pour mieux voir.

— Putain ! Non, non… c'est pas possible !

Les exclamations de l'ex-policier alertèrent Dionisio Ferrero qui s'approcha de la bibliothèque d'où le Conde, après avoir ouvert les portes vitrées, extrayait deux volumes de grand format, tous deux reliés cuir.

– Qu'est-ce que c'est ? demanda Dionisio.

– Comment cet homme a bien pu savoir... ? Il est allé directement voir ces livres... ? Je comprends pas, *man*, je te jure, admit Yoyi. C'est pas vrai...

Sentant son cœur s'accélérer, Conde ouvrit le premier des livres et après avoir lu la devise qui annonçait *Labore et Constantia,* il fit défiler devant ses yeux les gravures, coloriées à la main, qui reproduisaient les formes des poissons avec une telle précision qu'ils donnaient l'impression d'avoir été photographiés, encore humides, à peine sortis des mers tropicales. Aiguillonné par l'avidité, il feuilleta immédiatement l'autre volume, un lourd album d'environ quarante-cinq centimètres sur trente, et les pupilles émerveillées des acheteurs virent défiler les estampes lithographiées d'un port avec plusieurs voiliers à quai, une vallée plantée de canne à sucre, un paysage champêtre surpris dans tous ses détails et plusieurs vues des raffineries de sucre en pleine activité. Conde caressa avec toute sa délicatesse le lourd carton sur lequel était gravée l'image idyllique et orgueilleuse de la plantation La Flor de Cuba, et il ferma le volume pour se relever en s'appuyant maladroitement sur les étagères de la bibliothèque, les deux livres contre sa poitrine, comme s'il voulait les protéger des infinis dangers de ce monde.

– Ce sont deux bijoux. Ils n'ont pas de prix. Ils n'ont pas d'équivalent, parvint-il à dire, sentant sa langue engourdie, se demandant quels adjectifs il pouvait attribuer à ces merveilles inestimables de l'imprimerie cubaine. Celui-ci, tout le monde l'appelle "Le livre des poissons", mais son vrai titre c'est (il ouvrit la couverture et lut sur la page de titre) *Description des différentes espèces d'histoire naturelle, la plupart de la branche marine, représentées en 75 planches.* C'est le premier livre important imprimé à Cuba... il est de 1787... Et celui-là, comme vous voyez, s'appelle *Les Plantations et les raffineries de sucre*, l'impression est de 1857, elle doit avoir vingt-huit gravures d'Eduardo Laplante et c'est un des plus beaux livres du monde. Il est inutile de vous dire que ce sont les deux livres les plus précieux jamais imprimés à Cuba.

— Qu'est-ce que ça veut dire "précieux"?

Les nerfs de Dionisio le lâchaient car sa voix martiale se brisa en posant la question.

— Eh bien, ça veut dire qu'ils peuvent valoir une fortune... (L'émotion du Conde ne se calmait pas, il avait la bouche de plus en plus sèche, comme si une fièvre foudroyante l'avait terrassé.) S'il ne manque aucune gravure, je crois que même la Bibliothèque nationale serait capable de sortir de l'argent du fin fond de la terre pour les acheter... Là, on parle de plus de dix mille dollars chacun, largement...

Dionisio Ferrero en pâlit.

— Ce n'est pas possible, affirma-t-il, convaincu que Conde délirait.

— Je ne les avais jamais touchés de mes mains. (Le Conde avait oublié Dionisio et, sans les écarter de sa poitrine, il caressait le cuir des livres.) Si Cristóbal pouvait les voir...

— Cristóbal? (Dionisio semblait de plus en plus perturbé, définitivement incapable de comprendre ce qui se passait devant lui, de façon inattendue.) Qui est Cristóbal?

— Mais comment ce con de Noir boiteux sorti du con de sa mère est allé tout droit vers ces livres?

Yoyi, hors de lui, cria presque sa stupeur, de plus en plus chargée de mauvais pressentiments.

— Trop de hasard, admit le Conde, et il porta finalement les livres jusqu'à la bibliothèque qu'ils avaient choisie pour y placer les exemplaires classés comme invendables. Trop de hasard, répéta-t-il et il caressa de nouveau les flancs puissants des deux volumes dans un geste d'adieu amoureux puis il tenta de se secouer pour se libérer des sensations qui le tenaillaient. Bon, Yoyi, on va se mettre au boulot, il ne faudrait pas que ce type nous surpasse dans la fraternelle émulation socialiste, pas vrai?

Avant de devenir un prédateur professionnel de livres, décidé à s'en alimenter également de façon physique, Mario Conde avait entretenu une relation respectueuse, quasiment mystique, avec les bibliothèques. Bien qu'à cette époque-là dans le quartier trop chaud et bagarreur où il était né, il n'existât aucune bibliothèque privée de plus de vingt volumes, le sort avait voulu qu'il y ait chez lui une douzaine de livres – appartenant tous à sa mère, car son père, comme le grand-père Rufino el Conde, n'avait jamais pris le temps d'ouvrir un livre de sa vie – arrivés jusque-là par les voies les plus diverses, placés avec une orgueilleuse ostentation, comme si quelqu'un avait soupçonné que ces objets avaient quelque valeur, au bout de l'étagère du buffet, entre la photo de mariage de ses parents, une pendule en porcelaine viennoise et un petit vase *art nouveau**. Au cours de son adolescence, Conde avait lu distraitement ces livres – deux volumes de condensés des sélections du Reader's Digest, *Corazón*, le roman larmoyant et selon lui détestable d'Edmundo de Amicis, une des aventures de Sandokán et surtout *Huckleberry Finn* dans une édition bon marché qui se décollait – et il avait senti s'éveiller en lui une timide ferveur pour cet acte si extraordinaire pour un membre de sa famille et un habitant de son quartier, fort peu enclins, en règle générale, à des goûts si passifs. Même si le Conde préférait occuper ses journées à jouer au base-ball ou à courir les rues et à voler des mangues, sa curiosité innée lui avait fait faire le premier pas décidé vers la bibliophilie quand, après la lecture dans un état d'extase émotionnelle du *Comte de Montecristo*, voulant connaître le destin final d'Edmond et de Mercedes, il était parti à la chasse du deuxième acte de cette fabuleuse aventure, mais il avait trouvé un Dumas décevant, presque cruel qui, dans le roman *La Main du défunt***,

---

** *La Main du défunt*, suite du *Comte de Montecristo*, est d'Alfredo Hogan (écrivain portugais) et non d'Alexandre Dumas. Mais à son époque, le Conde a logiquement lu l'édition argentine de ce livre qui circulait en Amérique latine sous le nom de A. Dumas. (Dumas jugeait, lui aussi, que ce roman était exécrable !)

détruisait le bonheur pour lequel le généreux Dantès et sa bien-aimée Mercedes avaient tant lutté. Deux ans plus tard, inscrit en année pré-universitaire, la curiosité lui était de nouveau venue en aide, cette fois de façon définitive : après avoir lu, comme exercice scolaire, un ridicule condensé de *L'Iliade*, Conde s'était rendu à la bibliothèque bien fournie du vieux lycée de La Víbora à la recherche de l'édition complète du poème homérique et, déjà intrigué par le sort de ces guerriers, il avait obtenu quelques réponses dans *L'Odyssée* puis, de façon naturelle, presque en chute libre, il était tombé dans un piège sans issue quand il avait voulu connaître le destin du reste des héros grecs ; Cristóbal, le vieux bibliothécaire unijambiste, l'avait alors encouragé à commencer par *L'Énéide*, puis à lire d'autres sagas des héros achéens.

La relation avec Cristbal le boiteux, comme ils l'appelaient tous au lycée, fut une des rencontres décisives de la vie de Mario Conde qui non seulement devint un lecteur vorace et obéissant, de l'espèce capable de finir n'importe quel livre commencé – il avait réussi à vaincre *Les Misérables* et même *La Montagne magique* –, mais avait également commencé à aimer les livres et les bibliothèques à la façon des croyants qui adorent leurs églises : comme des lieux sacrés où la profanation n'est pas admise, sous peine de condamnation éternelle.

Cristóbal l'avait orienté dans ses lectures en lui fournissant des livres, mais il avait surtout été le premier à découvrir que le jeune garçon avait une sensibilité latente et il lui avait enjoint de tenter sa chance dans l'écriture. Mario Conde, habité depuis toujours par la conscience compacte de ses nombreuses limitations et par une très grande peur du ridicule, avait repoussé cette idée, mais il n'avait pu éviter qu'une graine demeure cachée dans quelque recoin de sa conscience, prête à germer. En attendant, il avait approfondi sa relation avec les livres et, grâce au vieux bibliothécaire, il s'était familiarisé avec la précieuse bibliographie cubaine du XIXe siècle et de la première moitié du XXe en commençant à apprécier les livres, non seulement pour leur contenu, mais pour ce dont on faisait si souvent peu de cas, leur aspect, leur âge et leur origine.

Un des efforts les plus acharnés de Cristóbal avait été de faire découvrir au jeune garçon une partie de la littérature cubaine qui était alors occultée par les nouvelles tendances esthétiques et politiques. Pour cela, il lui avait fait lire les auteurs maudits ou calomniés, aux noms imprononçables durant cette décennie aride des années 70, des écrivains dont le Conde n'entendrait parler publiquement que bien des années plus tard. Pour ouvrir la porte de ce monde passé sous silence, Cristóbal avait choisi Lino Novás Calvo et Carlos Montenegro, avec lesquels il avait deviné – et il avait vu juste – que le garçon pourrait établir une communication rapide grâce à leurs histoires de négriers, de tueurs et de bagnards. Puis vinrent Labrador Ruiz, Lydia Cabrera et Enrique Serpa, pour le lancer plus tard vers les mondes caustiques de Virgilio Piñera, à cette époque condamné au silence le plus écrasant où la mort devait le surprendre. A travers tous ces écrivains, lus à seize-dix-sept ans, Conde s'était forgé un regard complexe sur son passé, le passé de tous les habitants de l'île, et il avait eu l'intuition que le monde pouvait être de couleurs très diverses et les vérités plus complexes qu'elles ne semblaient l'être officiellement.

Mario Conde, qui au cours de sa jeunesse inculte avait commis les excès les plus variés – dérober de la nourriture dans les campements où ils étaient envoyés plusieurs mois pour la récolte de canne à sucre, profiter des fuites sur les sujets d'examens d'entrée à l'université organisées par la direction même du lycée pour leur garantir un bon rang, tricher au moment de payer chez le glacier proche du lycée, soustraire des bouquins à la librairie La Polilla –, n'avait jamais osé emporter, à des fins personnelles, un seul livre de la bibliothèque du lycée, alors que Cristóbal avait instauré une exception impensable, en le laissant entrer dans la réserve pour qu'il y fouille à sa convenance et choisisse ses lectures. La conviction que le monde pouvait être un champ de bataille mais qu'une bibliothèque était un terrain inviolablement neutre et collectif s'était enracinée dans son esprit comme un des apports les plus beaux de sa vie, une notion avec laquelle, une fois la Crise arrivée, il devrait négocier pour survivre, comme tant de gens avaient dû le faire avec leurs souvenirs et même avec leur dignité.

Malgré les années consacrées à l'achat et à la vente de livres, Conde devait toujours affronter un léger malaise quand il exerçait la fonction de pilleur de bibliothèques et, par principe, il avait décidé de n'acheter aucun livre portant un cachet révélateur de son origine d'objet public. Mais au cours de toute cette période de transactions commerciales, jamais il n'avait éprouvé la sensation de se livrer à une profanation aussi évidente que celle que lui causait la bibliothèque des Montes de Oca. Le fait de savoir que, durant plus de quatre décennies d'ouragan révolutionnaire, ce trésor était resté indemne – jusqu'à son arrivée dans cette pièce – comme l'offrande d'une promesse inaltérable, contribuait peut-être à l'existence de cette pénible sensation. Le fait que trois générations d'une famille cubaine avaient consacré de l'argent et des efforts à cette merveilleuse accumulation de cinq mille volumes, venus des quatre coins du monde pour prendre place dans ces étagères, indifférents à l'humidité et à la poussière, lui apparaissait comme un acte d'amour qu'il détruisait maintenant sans pitié. Cependant, le plus douloureux restait la certitude que la profanation entraînait le chaos et, bien souvent, le chaos peut conduire à l'effondrement des systèmes les plus solides. Sa présence n'était-elle pas en train de vérifier cette équation ? Quelque chose de sacré était désormais altéré par ses mains et ses intérêts économiques, et le Conde pressentait que son action provoquerait une réaction qu'il n'imaginait pas encore, mais dont il devait attendre l'arrivée d'un moment à l'autre.

Par un de ces après-midi paresseux où le jeune Conde se réfugiait avec un livre dans le coin le plus isolé et le plus frais de la bibliothèque du lycée de La Víbora, Cristóbal le boiteux, appuyé sur ses béquilles, l'avait interrompu sous prétexte de partager une cigarette avec son disciple. Pour le restant de ses jours, Mario Conde n'oublierait jamais comment la conversation, banale au début, avait soudain changé de ton quand

Cristóbal s'était mis à parler de l'avenir incertain de cette bibliothèque. Il avait largement dépassé l'âge de la retraite et un jour, de plus en plus proche, il devrait partir avec ses béquilles et son amour des livres vers une autre destination, peut-être la tombe. La grande préoccupation du vieil homme était le destin qui attendait les livres qu'il avait conservés et défendus pendant presque trente ans, des livres dont, il en était sûr, personne ne prendrait soin ni ne les aimerait autant que lui.

– Chacun des livres qui sont là derrière (il indiqua le magasin du fond) a son âme, sa vie, il a une part de l'âme et de la vie des gamins qui, comme toi, sont passés par cette bibliothèque et qui les ont lus au cours de ces trente années... J'ai classé chacun de ces livres, je les ai rangés à leur place, je les ai nettoyés, recousus, collés quand c'était nécessaire... Mon petit Conde, j'ai vu beaucoup de folies tout au long de ma vie. Qu'est-ce qui va leur arriver? Toi, tu vas avoir ton diplôme cette année et tu vas t'en aller. Moi, je pars à la retraite ou je meurs, mais je m'en vais aussi. Les livres vont être abandonnés à leur sort. J'espère que le prochain bibliothécaire les aimera autant que moi. Ce serait un malheur s'il n'en était pas capable. Chaque livre, n'importe lequel, est irremplaçable, chacun a un mot, une phrase, une idée qui attend son lecteur.

Cristóbal éteignit sa cigarette, se leva en s'aidant de la table et en plaçant une des béquilles sous son bras.

– Je vais manger un morceau. Occupe-toi de la bibliothèque... Avant que je revienne, va là-bas derrière et choisis les livres dont tu as besoin ou que tu aimes. Emporte-les, sauve-les, mais prends soin d'eux.

Stupéfait par cette proposition, le Conde avait regardé Cristóbal qui sortait en balançant son corps sur ses appuis en bois. Une demi-heure plus tard le vieux était revenu, Conde était toujours au même endroit, avec un seul livre entre ses mains, celui qu'il lisait.

– Pourquoi ne m'as-tu pas écouté? avait voulu savoir le bibliothécaire.

– Je ne sais pas, Cristóbal, je ne peux pas...
– Tu le regretteras un jour...

Quinze ans plus tard, quand le lieutenant de police Mario Conde était entré à nouveau dans l'ancien lycée de La Víbora, pour enquêter sur l'assassinat d'une jeune professeur de chimie, une de ses premières visites avait été pour l'ancienne bibliothèque impeccable où Cristóbal lui avait fait lire Virgile, Sophocle et Euripide, Novás Calvo, Piñera et Carpentier. Pour sa douleur éternelle, l'ancien étudiant avait compris que la réalité avait dépassé les prédictions de Cristóbal le boiteux. Quelques rares livres, disloqués et moribonds, rangés n'importe comment, piquaient du nez entre les espaces vides des étagères autrefois bien remplies, d'où s'étaient envolés grecs et latins, dramaturges anglais et poètes italiens, chroniqueurs des Indes, historiens et romanciers cubains. Le pillage avait été systématique, impitoyable, et apparemment personne n'avait payé pour cet acte vexatoire. Alors, Conde avait pensé que Cristóbal le boiteux, dans sa tombe obscure, avait dû ressentir sur ses os les coups de fouet d'une profanation perfide, capable de tuer la meilleure œuvre de sa pauvre vie de bibliothécaire mutilé, amoureux de ses précieux livres.

La récolte de l'après-midi justifia que Yoyi et le Conde aient sacrifié leur déjeuner, surmontant les cris d'angoisse de leurs estomacs qui réclamaient déjà une nouvelle ration de grains à moudre. Poussés par la crainte d'intrusions définitivement indésirables, ils étaient arrivés à explorer un tiers de la bibliothèque et avaient trouvé deux cent soixante-trois livres très cotés qu'ils sortiraient immédiatement de la maison des Ferrero qui non seulement avaient reçu les quatre cent trente-six dollars et les mille trois cents pesos que leur devaient les acheteurs, mais s'étaient également mis à trembler en entendant la somme de vingt-huit mille quatre cents pesos qu'ils leur devaient maintenant et dont ils reçurent six mille que Yoyi avait sur lui. En attendant, Conde et son associé décidèrent de constituer avec les livres jugés peu intéressants dans un premier temps un troisième fonds de volumes sûrement vendables mais à des prix modestes, pour créer une considérable réserve d'urgence, de presque cinq cents livres, destinée à une deuxième étape de la négociation. Dans le même temps, en plus des deux livres illustrés qui avaient tellement ému la sensibilité du Conde, plusieurs tomes furent placés dans la bibliothèque des "invendables", dont l'extraordinaire édition mexicaine de 1716 des poésies de sœur Juana Inés de la Cruz; le livre, *Ile de Cuba*, toujours recherché et très coté, illustré de trente resplendissantes gravures de Federico Mialhe Grenier, imprimé à La Havane en 1848; un exemplaire des *Oiseaux de l'île de Cuba*, de Jean Lembelle, daté de 1850 à La Havane; la première édition new-yorkaise de 1891 des *Vers simples* de Martí, toujours aussi convoitée, valorisée par la signature de l'apôtre et la dédicace "A mon compatriote et frère Serafín Montes de Oca, le bon", et les deux tomes – dont le Conde s'éloigna avec une douleur particulière – de l'édition très rare et très recherchée des *Poésies du citoyen José María Heredia*, imprimée à Toluca en 1832 qui, bien que présentée comme une deuxième édition corrigée et augmentée, était estimée par les connaisseurs comme une première édition du classique cubain, car elle évitait certaines imprécisions et ajoutait d'importants poèmes, exclus de l'édition originale de New York de 1825.

La satisfaction causée par la fabuleuse affaire tout juste conclue ne parvint cependant pas à effacer la préoccupation de Yoyi quant à la présence alarmante dans cette mine de livres d'un acheteur pourvu d'un dangereux radar capable de le conduire vers les trésors les plus recherchés de la bibliographie cubaine, pas plus qu'elle n'arriva à faire taire l'écho maléfique de l'histoire de Silvano Quintero dans les oreilles de Mario Conde qui, après avoir terminé les comptes avec le Palomo – des comptes qui lui rapportaient plus de milliers de pesos qu'il n'en avait jamais vu de sa vie –, préféra se réfugier dans la solitude de sa maison, car il avait besoin de temps et d'espace pour méditer.

Après s'être douché, il avala les deux petits pains à la viande de porc achetés dans une des minables échoppes du quartier – toutefois il ne les avait payés qu'après avoir jeté un regard critique sur la partie protéine, car il n'aurait pas été le premier à manger du chien grillé ou du ragoût de chat acheté au prix du porc — et il renonça à l'idée de sortir chercher du rhum et même d'appeler le Flaco pour commenter avec lui les derniers événements, ou Tamara pour lui proposer sa compagnie et lui parler de la découverte des poésies de Heredia qu'elle aimait tant. Les excès de la veille, la fatigue de toute une journée dehors, plus que pleine d'émotions, et l'urgence de s'éclaircir les idées s'allièrent pour l'engager à profiter d'une nuit exemplairement paisible. Armé de ses cigarettes et d'un demi-verre de café, suivi de Poubelle, il monta sur la terrasse de la maison et s'installa sur un bloc de ciment, les pieds sur le bord de l'auvent. Malgré la chaleur du jour, la nuit était venue avec une brise douce annonciatrice de l'imminence d'octobre et le Conde se sentit en accord avec lui-même en occupant ce mirador d'où il dominait le vieux quartier des Conde, la patrie de ses nostalgies et de ses morts. Il leva les yeux vers la colline des carrières et, à travers le feuillage des peupliers, des calamboucs et des faux lauriers, il devina plus qu'il ne vit le toit de tuiles anglaises du château à la construction duquel avait travaillé, presque cent ans plus tôt, son grand-père Rufino el Conde. Savoir que le château était toujours là, prétentieux et hautain, était toujours un soulagement, car cela lui permettait de sentir qu'il restait dans ce monde des choses immuables, capables de naviguer indemnes à travers les turbulences du temps et de l'histoire.

Poubelle, couché entre ses jambes, lui réclama une dose de tendresse à coups de tête et de légers mordillements et le Conde le gratta derrière les oreilles, l'endroit préféré de l'animal. Ignorant la grosseur de la tique que Poubelle avait dû attraper au cours d'une de ses incursions dans le quartier, Conde laissa flotter son esprit où vint échouer l'image grotesque de la main en crochet de Silvano Quintero. Une chose vraiment trop grave avait dû arriver dans l'entourage de la défunte Violeta del Río pour que ses prétendus amis décident de donner au journaliste fouineur un coup de semonce aussi radical. La présence dans les appartements, au carrefour de la 3e avenue et de la rue 26, d'un personnage comme le chef mafieux Meyer Lansky pouvait n'être qu'une simple visite inopinée, mais ce qui avait été infligé à Silvano Quintero indiquait qu'une histoire plus sombre s'était tramée là, un mystère dont le Conde, avec son attachement habituel à ses préjugés, refusait d'admettre qu'il pouvait impliquer directement Violeta, quelle que soit la complexité énigmatique de sa part d'ombre. Les signes les plus visibles menaient à une connexion entre Lansky et Alcides Montes de Oca qui, selon Amalia Ferrero, avait consolidé sa fortune à cette époque, malgré le handicap de ne pas appartenir au cercle des privilégiés du sanguinaire Fulgencio Batista. C'était grâce à cette connexion que don Alcides avait réalisé ses fructueuses affaires ? Possible, car à part la drogue, trafic dont Lansky ne s'occupait pas personnellement, le juif mafieux avait réussi à blanchir toutes ses opérations à Cuba grâce à la légalité du jeu dans l'île et à l'appui intéressé de Batista pour ses spéculations bancaires et immobilières. Ces activités avaient matérialisé le rêve doré de l'ancien mafieux, reconverti en respectable homme d'affaires placé à l'épicentre du grand projet touristique cubain, conçu comme une Côte de l'Or entre Mariel et Varadero, sur plus de deux cents kilomètres d'un chaud littoral de rêve, à quatre-vingt-dix miles à peine de la Floride et à quarante minutes d'avion de Miami, une ligne bleue au bord du courant chaud du Golfe du Mexique, dotée des plus belles plages du monde et spécialement propice à la construction d'hôtels, de casinos, de complexes de luxe, de marinas, de restaurants et autres attraits innombrables, sans aucun doute capables de produire une quantité presque inconcevable de millions de dollars en quelques années. Si tout cela baignait dans la légalité assurée que lui concédait l'appui du gouvernement, Conde n'arrivait pas à trouver les raisons de risquer un scandale en mutilant un jeune homme désespéré, journaliste du monde du spectacle, qui tambourinait sur une porte derrière laquelle chantait une femme. Mais pourquoi utiliser un appartement au nom d'un certain Louis Mallet qui n'avait pas encore montré le bout de l'oreille? Le fait qu'Alcides Montes de Oca était membre de l'aristocratie créole, veuf d'une Méndez-Figueredo, pouvait expliquer la prudence avec laquelle il menait sa relation avec Violeta del Río, et encore plus celle qui pouvait exister avec la maquerelle Fleur de Lotus. Cependant, les précautions qui entouraient ces connexions semblaient presque exagérées s'il s'agissait seulement d'une histoire de rapports amoureux secrets, comme l'avait bien fait remarquer Silvano Quintero. Tous les chemins du raisonnement conduisaient le Conde vers un sombre abîme dont le fond devait renfermer des arguments trop tortueux, peut-être les véritables causes de tant de prudence et de violence et, qui sait, du suicide au cyanure de la chanteuse.

Mais, dis-moi un peu: qu'est-ce que tu viens foutre, toi, dans cette histoire vieille de cinquante ans? Qu'est-ce que ça peut bien te faire qu'elle se soit tuée ou qu'on l'ait tuée, puisque tu ne sauras jamais la vérité? Tout ça t'obsède à cause du souvenir de ton père? Une nouvelle cigarette aux lèvres, obstiné à triturer l'insolente tique de Poubelle sur les dalles en terre cuite qui couvraient le toit, le Conde décida que le moment était venu de réprimer sa curiosité, d'oublier ses pressentiments et de refermer le livre de cette histoire qui lui était décidément trop étrangère. Il devait se résigner, se contenter de l'agréable découverte de la voix enregistrée de Violeta del Río et de la révélation de l'amour impossible qui avait tourmenté son père et, surtout, jouir de son immersion dans la bibliothèque privée la plus insolite qu'aucun Cubain de son époque n'avait jamais foulée et grâce à laquelle il pouvait maintenant profiter d'une trêve financière en compagnie de Tamara et de ses vieux amis. Persévérer dans cette exhumation du passé à la recherche du fantôme, de plus en plus complexe, d'une suicidée présumée sécrétait un goût amer comme s'il essayait de faire l'amour à un beau cadavre, alors qu'il avait la possibilité de le faire avec une femme humide et vivante. La vérité était désormais introuvable, pensa-t-il, elle devait rester enfermée dans le réduit où on l'avait emmurée, car parmi les noms sur lesquels il pouvait miser, deux seulement conduisaient éventuellement à elle : la maman Ferrero devenue folle et la danseuse Fleur de Lotus, à condition, évidemment, qu'elle soit encore en vie, localisable, et en plus, disposée à lui raconter ce qu'elle savait.

La simple décision d'endiguer sa curiosité malsaine lui révéla toute la fatigue accumulée en trois journées d'orgies alimentaires, alcooliques et bibliographiques, et le bâillement emplit de larmes ses yeux brûlants de sommeil.

– Qu'elle aille se faire foutre la Violeta del Río, dit-il et il fut étonné par le son de sa propre voix. Il bâilla et ajouta, en caressant la tête du chien : camarade, je vais dormir, et toi ?

Poubelle remua la queue dans un sens strictement négatif et le Conde descendit derrière lui vers la maison. Une fois dans la cuisine, la main sur la porte, il lui fit une dernière proposition :

— Tu restes ou tu sors ?

Poubelle caracola en reculant, et le Conde comprit son désir de jouer les noctambules, comme Silvano Quintero avant de perdre le nord et la moitié d'une main.

– Tu parles d'un chien que je me suis trouvé ! reconnut-il. Il lui fit un geste d'adieu et ferma la porte. En se dirigeant vers sa chambre, il jeta ses vêtements n'importe comment, appuya en passant sur le bouton de la vitesse maximum du ventilateur et se laissa tomber sur le lit, sans même penser à la possibilité d'ouvrir un livre. Dix minutes plus tard, il dormait dans les bras d'un rêve agréable où une femme jeune et belle sortait d'une mer dorée par le soleil qui commençait à s'enfoncer en noyant l'horizon de son incendie de lumière. Quand la femme le rejoignit, il découvrit que c'était Tamara, mais il la prenait pour Violeta qui lui murmurait, de sa voix de chanteuse sentimentale, que cette nuit elle resterait avec lui, là, face à la mer, à regarder mourir le jour avec ses peines et ses splendeurs.

Face B :
Tu te souviendras de moi

Les coups résonnèrent dans la maison comme un appel du passé. Mario Conde ouvrit les yeux avec la sensation évanescente de ne pouvoir se situer ni dans l'espace ni dans le temps, surpris de constater qu'il n'avait pas mal à la tête et que le jour se levait à peine comme s'obstinait à l'indiquer de façon évidente son réveil lumineux où palpitaient les chiffres rouges 6 : 47. Les coups redoublèrent sur la porte et son cerveau récupéra toute sa lucidité : le Flaco, pensa-t-il immédiatement, il est arrivé quelque chose au Flaco ! C'était toujours sa réaction quand il était surpris par des appels nocturnes ou des visites matinales. Avant de se lever, il cria : "J'arrive !" Il se dirigea en caleçon vers la porte et s'écroula presque en voyant devant lui la silhouette de Manuel Palacios.

— Il est arrivé quelque chose au Flaco ? lui demanda-t-il, le cœur battant la chamade.

— Non, du calme, il s'agit d'autre chose...

Le soulagement de savoir que son ami était toujours en vie fit immédiatement place à l'indignation.

— Alors qu'est-ce que tu fous ici ? Merde ! A une heure pareille !

— Il faut que je te parle. Tu ne ferais pas un peu de café ? demanda Manolo, en faisant un pas pour entrer.

— J'espère pour toi que c'est important ! Allez, entre !

Le Conde alla aux toilettes où comme chaque matin, il se soulagea d'une urine abondante et fétide, se brossa les dents et s'aspergea le visage. En traînant les pieds, il entra dans la cuisine et prépara la cafetière, une cigarette éteinte aux lèvres. Définitivement, avec ou sans gueule de bois, le lever du jour était le pire moment de la journée et l'obligation de parler, le plus raffiné des châtiments.

173

– Je suis venu te voir parce que… commença Manolo, mais le Conde l'arrêta de la main.

– Laisse-moi d'abord prendre mon café, exigea-t-il et il remonta son caleçon, obstiné à glisser sur sa taille amaigrie. Il ouvrit la porte de la terrasse et vit Poubelle roulé en boule sur ses chiffons. Le ventre bougeait doucement : il respirait. Conde toussa et cracha dans le lavoir. En revenant, il attrapa son jean délavé, abandonné à son sort la veille au soir et l'enfila, appuyé au mur, en profitant pour se gratter le dos au passage.

Il tendit son café à Manolo et s'assit sur une chaise avec son propre bol pour boire à petites gorgées la seule infusion capable d'enclencher, après chaque réveil, le processus de ses retrouvailles avec lui-même. Il alluma une cigarette et regarda les yeux qui louchaient légèrement du capitaine de la police criminelle en uniforme.

– Je suis venu te voir parce qu'il y a des problèmes… graves.

– Qu'est-ce qui s'est passé ? demanda-t-il, plus par routine que par curiosité. Durant des années, Manolo avait réclamé ses conseils pour les enquêtes les plus diverses et le Conde se demanda si cette fois-ci il ne s'était par surpassé en le réveillant à une heure aussi indue.

– Dionisio Ferrero est mort. Il a été assassiné.

Le coup l'atteignit en pleine poitrine.

– Qu'est-ce que tu racontes ? demanda Conde, réveillé d'un seul coup, convaincu d'avoir mal entendu.

– Amalia s'est levée à trois heures pour aller aux toilettes, elle a été étonnée de voir de la lumière dans le salon. Pensant que c'était son frère, elle est allée voir s'il se sentait mal. Elle l'a trouvé à la porte de la bibliothèque, blessé au cou. Il était déjà mort.

A une vitesse inattendue, le cerveau de Mario Conde avait commencé à traiter l'information qu'il venait d'entendre. Le policier qu'il avait été se révéla dans chaque cellule de son corps, comme un gène latent, activé d'un seul coup.

– Il manque des livres ?

– On ne sait pas encore. C'est pour ça que je suis venu te chercher. Il a fallu faire une piqûre à la sœur, elle est à moitié dans les vapes.

– Hier, nous lui avons laissé beaucoup d'argent.

– Amalia dit qu'on ne le lui a pas volé, elle l'avait mis sous son matelas.

– Laisse-moi me laver un peu et m'habiller, demanda le Conde. Il se dirigea vers la chambre et récupéra au passage les chaussures qu'il portait la veille. Il sortit une chemise du placard et, en la laissant tomber sur ses épaules, il comprit enfin la véritable raison de la présence matinale chez lui du capitaine Manuel Palacios. Avec une lenteur pesante, il revint à la salle à manger où Manolo fumait, perdu dans ses pensées.

– Manolo… pourquoi tu es venu me chercher?

Le policier fixa son ancien collègue mais ses yeux flottèrent, plus perdus que jamais. Il abaissa son regard sur la cigarette qui se consumait entre ses doigts et murmura :

– Pour l'instant, toi et Yoyi, vous êtes les principaux suspects. Je ne supporte même pas d'y penser, mais je crois que tu me comprends, pas vrai, Conde?

Les premiers jets de sang pulsés par le cœur avaient atterri sur les miroirs du battant droit de la porte, ajoutant des taches à celles déjà dessinées par la disparition du mercure, pour esquisser dans leur chute les formes confuses d'une peinture abstraite et former, en glissant, la flaque encore agrandie par les sécrétions finales du cadavre. Une tache presque noire s'était coagulée sur les dalles en damier, esquissant une baie à l'embouchure étroite avec ses rivages ouverts sur l'intérieur de la bibliothèque, comme si elle cherchait là une profondeur accueillante. Un trait de craie reproduisait la position finale de Dionisio Ferrero, et la première chose qui retint l'attention du Conde fut qu'il était mort avec les mains ouvertes. Ou quelqu'un les lui avait ouvertes pour en retirer quelque chose?

Pendant que Manolo s'engueulait dans un coin du salon avec le médecin légiste parce qu'il avait ordonné la levée du corps sans son autorisation, Mario Conde, sous l'œil d'un sergent qui lui avait été présenté comme Atilio Estévanez, se livra à une étude globale. Apparemment, Dionisio avait été poignardé par quelqu'un situé derrière lui, encore à l'intérieur de la bibliothèque. Si c'était vrai, cela devait être quelqu'un que Dionisio ne soupçonnait pas de vouloir l'attaquer car il n'aurait pas tourné le dos si docilement, laissant l'arrière-garde dégarnie, contrairement à ce qu'indiquait n'importe quel manuel du combattant. L'agresseur était sans doute une personne connue et de toute évidence droitière, car elle l'avait blessé de ce côté-là du cou. L'assassin, quel qu'il soit, avait l'intention de tuer, car dans le cas d'une bagarre qui tourne mal, Dionisio aurait peut-être été blessé d'abord dans le dos, mais le tueur avait cherché à atteindre directement les artères du cou pour essayer de le liquider d'un seul coup et en même temps de le faire taire, étouffé par son propre sang. La thèse d'un assassin connu de Dionisio était renforcée par le fait qu'aucune entrée de la maison n'avait été forcée, l'ex-policier en déduisait que l'homme avait ouvert la porte à son bourreau. L'unique raison probable, parmi celles que le Conde évaluait, suggérait que Dionisio, devenu gourmand à cause des chiffres entendus ces derniers jours, était en pourparlers avec quelqu'un, en cachette de sa sœur, probablement le mystérieux acheteur de livres apparu la veille, comme sorti du néant, ou avec n'importe quel autre, même inconnu d'Amalia. L'absence probable de certains livres pourrait éclaircir le mobile du crime bien que cela impliquât, pour l'assassin, le danger que les volumes dérobés offrent une piste facile à suivre.

Manolo s'approcha et le Conde le regarda dans les yeux. D'un geste, le capitaine ordonna au sergent Estévanez de s'éloigner.

— C'est vraiment n'importe quoi, maintenant les légistes donnent des ordres à notre place... Ce sont eux les scientifiques... Écoute, avant d'entrer là-dedans (il indiqua la bibliothèque) je vais te dire deux ou trois choses pour t'aider à réfléchir...

– Deux ou trois choses ? demanda le Conde, avec une envie d'attraper Manolo par le col de son uniforme.

– Conde, je sais que tu es incapable de... mais comprends-moi, merde !

– Non, je ne te comprends pas !

– Tu crois que si je te soupçonnais vraiment, tu serais ici avec moi ? Fais pas chier, mon pote... Mais souviens-toi que ceux d'en haut ne te connaissent pas et pour eux, tu n'es qu'un transfuge depuis que tu as quitté la police...

– Je chie sur ceux d'en haut et je m'essuie le cul avec ceux d'en bas... Mais, bon, ça va, ça va ! Allez, dis-moi...

– L'assassin a emporté le couteau, mais d'après la forme de la blessure, le légiste pense qu'il s'agit d'un couteau de cuisine banal, pointu et même pas très aiguisé.

– Ouais...

– Il a été tué entre minuit et deux heures du matin. Avec l'autopsie, on pourra préciser davantage. L'assassin est droitier...

– Ça, je le savais déjà.

– Il a été blessé par derrière et d'après l'angle de pénétration de l'arme, on sait que l'assassin est plus petit que Dionisio d'environ dix centimètres.

Conde se creusa la tête et il lui sembla se souvenir que le mystérieux acheteur avait été décrit par Dionisio comme un grand Noir.

– L'assassin est plus ou moins de ma taille, admit le Conde.

– Un détail important : la poignée de la porte a été nettoyée. Pour l'instant il n'y a que les empreintes fraîches de cinq personnes...

– Dionisio, Amalia, Yoyi, l'acheteur qui est venu ici et moi...

– C'est possible. Cette empreinte de pas dans le sang, c'est Amalia qui l'a faite en s'approchant pour voir s'il était mort. On va examiner les ongles de Dionisio, mais je crois qu'il n'y a pas eu de bagarre. Et nous allons vérifier tes empreintes, celle de Yoyi et des deux Ferrero, pour voir si nous avons dans les archives celles de la cinquième personne.

– Et quoi encore ?

177

– Je t'ai tout dit... Les ordres d'en haut, c'est que j'en finisse le plus tôt possible. Dionisio était militaire, il a été dans la clandestinité contre Batista et ses amis ne vont pas tarder à pousser les hauts cris.

– Mais ils n'ont pas crié quand il mourait de faim, rappela Conde. Dionisio a travaillé deux ou trois ans dans une compagnie mixte d'où il a été viré lorsqu'il a commencé à voir des choses qui ne lui plaisaient pas. C'était pendant la période la plus terrible de la Crise... et personne ne s'est inquiété de son sort.

– Je vais vérifier ce qui s'est passé dans cette histoire avec la compagnie, opina Manolo. Bon, on va s'occuper des livres... tâche de voir s'il en manque...

Manolo donna des gants en nylon au Conde et, en faisant attention de ne pas marcher dans le sang coagulé ni sur le dessin de la silhouette, ils entrèrent dans la bibliothèque. Conde s'arrêta au centre de la pièce pour se faire une première impression d'ensemble : sur la gauche, le secteur des bibliothèques qu'ils n'avaient pas encore exploré ; les livres jugés inintéressants par Conde et Yoyi, empilés n'importe comment dans le bas des étagères de droite, près de la porte ; les livres gardés en réserve pour une deuxième étape de la vente placés sur les étagères qui entouraient la fenêtre mais également posés dans un désordre hâtif ; et les trois piles ascendantes, en équilibre précaire, sur les étagères d'en face où ils avaient déposé les volumes particulièrement précieux que le Conde avait refusé de mettre sur le marché. Sans trop réfléchir, il se dirigea vers les volumes les plus cotés et passa deux fois son doigt sur le dos des livres pour conclure que, si sa mémoire ne le trahissait pas, tous les livres étaient là, y compris les éditions cubaines de plus grande valeur dont il se rappelait parfaitement.

Il revint au centre de la pièce, ferma les yeux, essaya de laver son esprit de tout préjugé. Il regarda de nouveau autour de lui et, sauf d'étranges espaces entre les livres des étagères inférieures de la zone encore non répertoriée, il ne crut remarquer aucun changement, mais il regretta de ne pas avoir observé plus soigneusement la pièce, la veille au soir. Conde eut la sensation que Dionisio ou Amalia, au cours d'une des conversations, lui avait dit quelque chose de décisif sur cette bibliothèque, une révélation importante qui maintenant flottait dans sa mémoire sans qu'il puisse l'attraper pour lui donner une forme définitive. Merde, qu'est-ce que ça pouvait bien être ? Mais il décida de remettre à plus tard son auto-interrogatoire.

Exigeant un effort de son cerveau, Conde s'approcha de l'espace encore inexploré pour essayer de se souvenir si, à un moment, Yoyi ou Dionisio avait pris un livre sur cette étagère. Avec la lampe que Manolo lui passa, il découvrit, grâce aux marques dans la poussière, qu'il y avait six traces de livres récemment sortis et constata que le reste des ouvrages concentrés dans ce secteur étaient des vieux volumes de lois, de tarifs douaniers et d'ordonnances mercantiles de l'époque coloniale, en plus d'une longue rangée de revues spécialisées sur des thèmes commerciaux, publiées entre les années 30 et 50.

— Je n'en jurerais pas, mais il me semble qu'il n'en manque aucun, dit-il à Manolo en lui indiquant les joyaux de la bibliothèque. Et certains de ces livres valent plusieurs milliers de dollars...

— Plusieurs milliers, tu dis ? Pour un vieux bouquin ? Combien de milliers ?

— Celui-ci (il indiqua la couverture sombre du livre *Les Plantations et les raffineries de sucre*), ici à Cuba, on peut le vendre dix, douze mille...

— Douze mille dollars ! répéta Manolo, sidéré.

— Au moins. A l'étranger, il vaut le double.

— Putain ! s'exclama le capitaine, ébranlé de la tête aux pieds par la somme. C'est plus ou moins le salaire que je vais gagner durant le restant de mes jours... Pour un livre comme ça, il y en a qui tueraient père et mère...

— Cette partie-là, nous n'y avions pas touché, mais il manque six livres. Par contre, les plus précieux sont tous là... Je n'y comprends rien. Il faudrait que ce soient des livres très particuliers...

— Alors, ces six livres ?

179

– On va demander à Yoyi et à Amalia, mais moi je ne les ai pas sortis. Peut-être Dionisio... Maintenant, ils peuvent se trouver n'importe où dans la bibliothèque si personne ne les a emportés...

– Mais, ils pourraient avoir plus de valeur que ceux-là ? s'aventura Manolo. S'il y a des livres à douze mille dollars...

– C'est possible, mais j'en doute. Les livres de ce côté-ci sont des bouquins de droit et de commerce, je pense qu'aucun n'est vraiment important. Mais j'en doute surtout parce qu'après avoir assassiné un homme, quelqu'un décidé à voler des livres et qui connaîtrait le métier aurait emporté quelques-uns de ceux que nous avions déjà mis de côté. Qui emporte six livres en emporte dix. Alors, s'il a pris les six livres, il ne l'a pas fait parce qu'ils étaient particulièrement chers mais parce qu'ils avaient une valeur très spéciale pour quelqu'un, et pas parce qu'ils étaient plus ou moins anciens ou rares... A moins que ce ne soit pas des livres mais des manuscrits significatifs pour une raison quelconque, conclut-il, pensant que la logique s'opposait avec impertinence à l'idée que dans le secteur des livres de droit et de commerce pouvaient se trouver quelques pièces qui auraient mérité d'être dans un coffre-fort : le *Tarif général des prix des médicaments,* très mince et si recherché, considéré comme le premier texte imprimé dans l'île ?

– Alors, finalement, qu'est-ce que tu en penses ?

– Si ça se trouve, excité comme il l'était par le fric que lui rapportaient les livres, Dionisio en a sorti six qui lui semblaient avoir beaucoup de valeur et les a rangés ailleurs ou même vendus dans notre dos et en cachette de sa sœur... Mais ce n'est qu'une supposition. S'il a fait quelque chose de ce genre, l'argent doit bien être quelque part.

– Tu as beau dire, est-ce qu'on ne peut pas penser que ces six livres ont vraiment de la valeur et que l'assassin s'en est contenté, convaincu, en plus, que vous ne savez pas de quels livres il s'agit ?

– Tout est possible. Tu veux que je te dise une chose ? Conde observa la bibliothèque en silence. Quand je suis entré

dans cette bibliothèque il y a quatre jours, j'ai eu le pressentiment qu'il y avait ou qu'il y a ici quelque chose de très
spécial. Ensuite, j'ai découvert ces livres et j'ai cru que c'était
simplement ça, des volumes de grande valeur. J'ai même
pensé à quelque manuscrit ou quelque livre perdu qui
pouvait changer beaucoup de choses... Quand j'ai trouvé la
photo de la chanteuse de boléros, j'ai voulu croire que c'était
cette photo et son histoire perdue... Mais maintenant, je suis
sûr que ce n'était pas les livres, ni un manuscrit rare, ni même
la photo. Quelque chose qui n'est peut-être plus ici.

— Mais bordel, qu'est-ce que ça pouvait bien être?

— Si j'étais devin... En plus, Dionisio et sa sœur m'ont dit
quelque chose d'important sur cette bibliothèque, mais je
n'arrive pas à m'en souvenir... putain de merde!

— Je vais demander à ces connards de scientifiques de me
préciser si c'est hier que ces livres sont sortis d'ici. Peut-être
qu'on peut même savoir s'ils ont été retirés avant ou après
que vous ayez travaillé ici.

— Bonne idée...

Manolo tendit la main pour prendre les gants que le
Conde venait d'enlever. Les hommes se regardèrent dans les
yeux jusqu'à ce que Manolo détourne le regard.

— Ce n'est pas bon qu'il y ait ici des livres d'une telle
valeur, Conde... Tu sais, il faut que tu m'accompagnes au
commissariat central. Pour les empreintes et...

— Ne t'en fais pas, Manolo. Je ne te demande qu'une
chose, que ce ne soit pas toi qui m'interroges... En ce
moment, tel que tu me vois là, bien tranquille, j'ai envie de te
sauter à la gorge et de te défoncer le portrait. Et tu sais que
quand je deviens fou je suis capable de le faire.

Mario Conde tourna la tête pour éviter le regard implo-
rant de Yoyi el Palomo. Il sentit battre ses tempes devant la
dégradation à laquelle il était professionnellement et
efficacement soumis: la spécialiste de l'identification posa
chacun de ses doigts sur le petit coussin encreur et les conduisit ensuite, comme des poissons inertes, jusqu'au carton

quadrillé de dix espaces avides où restèrent marquées ses empreintes personnelles, celles d'un homme maintenant fiché, appelé Mario Conde, alias "le Conde", né à..., fils de..., domicilié à... Jamais, jusqu'à cet instant précis, l'ex-policier n'avait réellement compris l'ampleur de la vexation à laquelle était soumis un être humain quand il subissait ces formalités infamantes, en apparence moins douloureuses mais en ultime instance similaires à celles du bovin sur le point de se voir agrafer une petite plaque métallique à l'oreille : maintenant, malgré son innocence avérée, il était devenu un homme de plus sur la liste utile des personnes figurant dans les archives de la police et, à chaque enquête, ces marques passeraient par la mémoire froide d'un ordinateur dans l'espoir pernicieux qu'elles coïncident avec les empreintes accusatrices.

Obstiné à rendre à ses doigts leur couleur d'origine à l'aide d'un chiffon sale, Mario Conde se souvint, avec une conscience aussi claire que tourmentée, des centaines de fois où il avait infligé à d'autres hommes, coupables et innocents, ce même processus avilissant, et il en éprouva une honte rétroactive plus douloureuse que celle provoquée par sa propre humiliation. Il comprit soudain, car maintenant elles étaient accrochées à sa peau tachée, les raisons des regards mauvais, pleins de haine, des hommes qu'il avait soumis à des vexations semblables, et il pensa que durant trop d'années il avait exercé un métier destructeur. Bien qu'il ait toujours su que les policiers étaient une désagréable nécessité sociale, chargés parfois de servir et de protéger – comme disait une certaine devise, un des plus grands euphémismes que l'on puisse concevoir – et bien souvent de réprimer et de préserver les privilèges du pouvoir – leur mission la plus réelle même si personne ne le proclamait aussi crûment –, il venait de comprendre de la façon la plus dramatique pourquoi les membres de cette confrérie étaient rejetés partout et toujours. Tout en insistant sur le nettoyage de ses doigts, Mario Conde scruta l'horizon de sa conscience dans l'espoir d'entrevoir la planche de salut prête à le convaincre qu'il avait toujours été un policier honnête, incapable d'utiliser la violence sur d'autres hommes, étranger à l'abus de pouvoir, avec la certitude romantique d'exercer un métier destiné à améliorer le monde, ne serait-ce que de façon minime. Mais cette conviction refusait de lui venir en aide, le laissant s'enfoncer dans le gouffre de l'évidence : en fin de compte, lorsqu'il était flic – peut-être trop cérébral, presque mou –, il avait été un des rouages de cette machine à faire plier qui maintenant lui révélait ses ultimes et bien réelles essences.

Sans force pour résister, il se laissa conduire par le sergent Atilio Estévanez à travers les couloirs du commissariat central des enquêtes criminelles, où les murs renvoyaient encore l'écho des récits de ses prodigieuses résolutions d'affaires embrouillées que lui confiait toujours un chef mythique, traîtreusement relevé de ses fonctions, à perpétuité, par la direction de la Police des polices, un chef qui répondait au nom encore imprononçable d'Antonio Rangel. Vraiment, avait-il toujours été juste ? Il voulut s'en persuader, pour récupérer quelques miettes de sa propre estime dévastée dont il allait avoir besoin à haute dose, car il savait qu'on le conduisait vers l'un des bureaux réservés aux interrogatoires.

Quand il entra dans la pièce oppressante, le sergent Estévanez lui indiqua une chaise, derrière une petite table en formica. Conde s'installa à l'endroit opposé à celui qu'il occupait toujours à l'époque où c'était lui qui menait les interrogatoires et regarda le miroir en face de lui. Il supposa que Manolo avait dû remettre sa conversation avec Yoyi pour s'installer, peut-être avec un des grands chefs, derrière la vitre qui séparait le réduit des interrogés de la salle des officiers et des témoins, marquant une frontière féroce entre les puissants et les dépossédés de tout pouvoir.

– Je regrette, dit le sergent Estévanez, comme si en réalité il en était capable, mais nous devons… il s'agit de quelques questions, c'est plus de la routine qu'autre chose… Le capitaine Palacios m'a demandé de vous dire que c'est une déposition, pas un interrogatoire… Vous avez dit que durant

183

la nuit d'hier vous étiez seul chez vous? Quelqu'un vous a vu, vous a appelé?

Le sergent eut la surprise de voir qu'en entendant le dernier mot, Conde se levait en faisant tomber sa chaise, comme propulsé, pour se diriger vers le miroir où il frappa deux fois violemment avec la paume de la main.

— Manolo, viens ici!

Conde retourna à sa place, avant qu'il y soit parvenu la porte s'ouvrit sur son ancien collègue.

— Vous ne pouviez pas me parler ailleurs? Il fallait que ce soit ici, dans la pièce réservée aux interrogatoires, comme si j'étais un salaud d'assassin? (Sa voix était furieuse et brisée.) C'est ça enregistrer une déposition? Fais pas chier...

— Comprends-moi, Conde, maintenant c'est différent de l'époque où nous...

— Différent, mes couilles, mon pote, mes couilles! La vague d'indignation lui rendit ses forces perdues, déferla par-dessus son sentiment de vexation et se répandit de façon imparable.

— Sors un moment, Atilio, demanda Manolo à Estévanez, et il ajouta, en regardant le miroir: je veux qu'on nous laisse seuls et qu'on éteigne les appareils, compris?

Manolo attendit quelques secondes et selon son habitude d'autrefois, il posa une fesse sur le bord de la table.

— Putain, calme-toi...

— Je ne veux pas me calmer. Ça fait trop longtemps que je suis calme et maintenant je vais laisser personne me faire chier! Manolo soupira, fit claquer sa langue et secoua la tête.

— Je peux te demander pardon?

— Non, dit le Conde sans le regarder. Tu peux t'asseoir dessus.

— C'était une formalité, Conde. Il y a des choses que nous devons savoir... Tu crois que je peux penser que tu... Tu ne comprends pas que j'ai des chefs qui ne font même pas confiance à leur propre mère?

— C'est la chose la plus humiliante de ma vie...

— J'imagine.

– Non, tu ne te l'imagines pas, tu ne peux pas. Et si tu l'imagines, c'est pire, parce que tu sais ce que tu m'as fait.

– C'est pour ça que je te demande pardon, merde! se lamenta Manolo.

– Je n'en ai rien à foutre, tu as tout bousillé entre nous!

– Bordel, Conde, il n'y a pas de quoi en faire un plat! Ne joue pas les victimes, maintenant… Alors, ça veut dire que tu ne vas pas m'aider?

Il y avait une supplication bien connue dans la voix du capitaine.

– Non, pas question! dit le Conde, se drapant dans son indignation pour profiter de l'avantage qu'il venait de prendre. Je vais plutôt te baiser… parce que je vais trouver qui a tué Dionisio Ferrero avant que toi, tu le découvres! Et je vais prouver, à tous les cons comme toi et tes chefs actuels, qui est le meilleur enquêteur!

Manolo sourit, avec un certain soulagement. Le Conde réagissait justement comme il fallait s'y attendre.

– Ça va, ça va. C'est ce que tu veux? Eh bien, on va voir qui le trouve le premier… Mais je te préviens, ça va être un plaisir de te jeter à la figure qui est le meilleur. Puisqu'on ne prend plus de gants, je vais te rappeler une chose: quand on travaillait ensemble, sous prétexte que tu étais mon chef et mon ami, tu m'as toujours traité comme une merde! Alors que toi, tu te réservais les enquêtes, moi, tu m'envoyais chercher dans les archives, comme un con, parce que tu ne croyais pas que moi…

– C'est pas vrai, protesta le Conde.

– Si, c'est vrai et tu le sais bien. Mais maintenant on va voir qui est qui pour mener une enquête.

– Tu parles sérieusement?

– Qu'est-ce que tu crois? Et laisse-moi te dire une bonne chose: je suis flic, je vais faire mon travail et je passerai par-dessus n'importe qui. Je n'aime pas que les fils de pute fassent des choses et qu'ils ne les paient pas… Tu t'en souviens de celle-là? Alors si ton pote Yoyi est mouillé dans cette affaire…

Conde alluma une cigarette tout en observant Manolo. Il éprouva, comme dans l'éclair d'un flash, la sensation qu'ils travaillaient de nouveau ensemble, mais il écarta immédiatement cette idée.

— Alors tu continues à croire que Yoyi pourrait être…?

— Pour l'instant je ne crois rien. Mais celui qui a tué Dionisio le connaissait et cette bibliothèque vaut un paquet de fric…

— Tu penses toujours que c'était pour emporter des livres?

— Je ne sais pas, admit Manolo. Je vais enquêter. Je vais trouver avant toi qui a tué Dionisio Ferrero. Ma parole!

Le soleil de midi semblait disposé à faire fondre la chaussée quand Yoyi el Palomo sortit du commissariat central. Mario Conde jeta sa cigarette et prit congé de la pierre où il avait passé plus de deux heures, assis à l'ombre des faux lauriers de la rue qui longeait un des côtés de l'édifice.

— Dans quel merdier on s'est fourrés, *man*… Ces flics, on dirait des morpions, ils posent des questions sur tout! Même sur la voiture, les chaînes en or… Et ton pote Manolo, c'est le pire: quand il mord, il te lâche plus. J'ai cru qu'ils allaient me mettre en garde à vue, je te jure.

— C'est toujours comme ça: ils n'ont rien, alors ils cherchent n'importe quoi qui puisse leur servir, affirma le Conde, et ils avancèrent le long de l'avenue. Quand ils sont perdus, c'est là qu'ils deviennent le plus dangereux. S'ils t'ont relâché, c'est qu'ils n'ont rien.

— Ils ont quelque chose, murmura Yoyi et Conde l'interrogea du regard.

— Dionisio avait un papier avec mon numéro de téléphone dans la poche de son pantalon. Écrit par moi…

— Je ne comprends pas, murmura le Conde.

— Je lui avais donné mon numéro pour le cas où…

— Tu allais faire des affaires dans mon dos?

— Non, Conde, je te jure… c'était au cas où.

— Comme ça, hein… juste au cas où? Alors là, tu as merdé, Yoyi.

— Ils m'ont dit que maintenant je devais rester à la disposition de la police.

– Ne t'en fais pas pour ça. Ils m'ont dit la même chose.

– Qui ça peut bien être, Conde?

– Pour l'instant, il y a quatre personnes qui offrent pas mal de possibilités... Toi et moi, ça fait deux. Les deux autres : Amalia et l'homme qui est allé chez eux hier... Mais c'est peut-être aussi quelqu'un d'autre... En tout cas, Dionisio le connaissait.

– Mais bordel! Pourquoi on aurait voulu le tuer? Ça complique nos affaires... tu te rends compte, *man*?

– Eux aussi, ils s'en rendent compte. Ils savent qu'on n'avait pas besoin de tuer Dionisio pour des livres qu'on pouvait lui acheter à trois ou quatre dollars chacun... Mais nous, les policiers, nous savons que parfois il se passe des choses bizarres. Par exemple, un futur assassin et un aspirant cadavre se mettent d'accord pour faire des affaires et...

– Arrête de faire chier avec ça: tout ce que j'ai fait, c'est lui donner mon numéro... Mais maintenant j'ai compris. Tu te rends compte comment tu parles? Tu as dis : nous, les policiers, nous savons...

– J'ai dit ça, moi?

Yoyi fit signe que oui.

– Si j'avais encore quelque chose d'un flic, aujourd'hui ils l'ont tué, là, dans leur boutique.

– Je crois que ça les fait vraiment chier que nous, on gagne en un jour ce qu'ils gagnent en un mois et en plus sans chefs ni réunions syndicales...

– C'est vrai. Mais il y a des flics qui aiment faire leur travail correctement, Manolo...

– Et où on en est avec le Noir boiteux qui est passé leur acheter des livres?

– On va vérifier qui c'est, dit le Conde. On n'a pas d'autre piste, parce qu'il semble que six livres ont été sortis de la partie de la bibliothèque que nous n'avions pas inventoriée, et c'est peut-être ce que l'assassin de Dionisio est venu cher-cher... La saloperie qui m'obsède, c'est ce pressentiment que j'éprouve depuis que je suis entré dans la bibliothèque des Ferrero. C'est un pressentiment dingue! Il est accroché là (et

187

il montra le point exact de sa poitrine où la prémonition continuait à lui brûler la peau). Il y avait quelque chose de bizarre là-dedans et, je ne sais pas pourquoi, mais je continue à penser que tout ceci a un rapport avec Violeta del Río...

— Allons bon, le voilà qui remet ça! Mais merde, qu'est-ce que tu veux qu'il y ait entre la Violeta qui s'est suicidée il y a quarante ans et ce nouveau macchabée?

— J'en sais rien, c'est comme ça les pressentiments, ils n'ont parfois ni queue ni tête, mais quand tu arrives à y voir clair, l'histoire tient la route.

— Je t'ai déjà dit que tu es dingue, pas vrai, *man*?

— Tu me le répètes trois fois par jour, tous les jours, comptabilisa le Conde, et il indiqua au Palomo un vendeur de café dans la rue. Tu vas m'aider à chercher qui a tué Dionisio et à savoir ce qu'il pouvait bien y avoir dans cette bibliothèque qui nous a échappé.

Yoyi demanda deux cafés et regarda fixement le Conde sans cesser de caresser la protubérance osseuse de sa poitrine.

— On va jouer aux gendarmes et aux voleurs?

— Fais pas le con, Yoyi. Un jour tu peux être rapide comme l'éclair et le lendemain tu dors. Tu te rends pas compte! Toi et moi, on est en liberté plus que provisoire et il faut toujours un coupable. Tu ne comprends pas qu'à cause de ce petit papier avec ton numéro de téléphone, tu es sur le gril?

— Mais enfin, j'ai rien fait. Il faut que je te jure?

— Pas la peine de jurer, même pas sur tes couilles, mais prépare-toi à m'aider. Toi, tu vas trouver d'où est sorti ce grand Noir intéressé par les livres et moi, je vais voir Silvano. C'est pas toi qui adores faire de bonnes affaires? Eh bien, la meilleure affaire, pour l'instant, c'est de profiter de l'avantage que nous avons, parce que nous savons des choses qu'ils ignorent. On va trouver tout seuls ce qui s'est passé cette nuit chez les Ferrero. Putain, il est dégueulasse ce café, quel goût de chiottes...

24 décembre

Mon chéri,

Que puis-je te souhaiter de plus, en ce jour si marquant, sinon que tout le bonheur du monde t'accompagne et que tu puisses le partager avec tes enfants, là-bas où tu vis. Que ne donnerais-je (c'est mon plus grand désir) pour que tu partages ce bonheur avec moi et avec tous tes enfants, libérés des secrets devenus trop lourds, le regard tourné vers l'avenir et non vers le passé.

Les fêtes de Noël et du nouvel an me rendent toujours plus vulnérable, et cette fois je me suis sentie plus fragile que jamais. Il m'arrive une chose étrange, je ne sais si c'est à cause des dates ou de l'accumulation de chagrins, mais la nuit, j'ai la sensation d'entendre des voix qui me parlent de fautes, de péchés, de trahisons, parfois avec une netteté si vive qu'elles m'obligent à allumer la lampe de chevet et à regarder autour de moi, pour ne trouver que la même et éternelle solitude.

Je crois que tout a commencé à s'enchaîner après la visite, il y a un peu plus d'une semaine, de ce policier obstiné, t'en souviens-tu? Celui qui était chargé d'enquêter sur ce qui est arrivé. Ce maudit policier est venu me voir pour me dire exactement ce que tu penses: il est convaincu qu'il s'est produit quelque chose qu'il ne parvient pas à découvrir, mais il ose jurer qu'elle ne s'est pas suicidée, alors qu'il n'a pas la moindre preuve concrète pour étayer cette conviction. Après m'avoir asséné tout cela, il m'a expliqué qu'en réalité, il était venu me dire que l'affaire allait être classée sur l'ordre de ses supérieurs, c'est-à-dire que l'enquête va s'arrêter là, en dépit de ses doutes. Pourtant, alors qu'il buvait le café que je lui avais préparé, il m'a posé de nombreuses questions, pratiquement les mêmes que celles des fois précédentes, sur les amitiés de cette femme, ses possibles ennemis, les dettes du passé, la prise de drogues et, bien entendu, les motifs probables du suicide. Je lui ai à nouveau raconté ce que je sais, avec toute ma sincérité, mais sans mentionner d'autres histoires dont je continue à penser qu'elles n'ont pas de lien avec sa mort: tu sais à quoi je me réfère.

Mais les soupçons de cet homme, tes doutes et les voix qui parlent de culpabilité ébranlent mes convictions. Bien qu'une chose demeure bien sûr tout à fait évidente (mon innocence et, inutile de le dire, la tienne), j'ai commencé à penser à tout ce qui s'est passé durant ces jours-là, en cherchant quelque point obscur, un détail qui ne corresponde pas aux routines habituelles pour tenter de trouver, s'il existe, l'indice prouvant que sa mort a été provoquée par une personne désireuse d'entraîner ce dénouement.

Bien entendu, j'ai pensé que quelqu'un comme elle, malgré ce qu'elle t'a raconté de son passé malheureux de petite orpheline, sa fable de jeune fille décente qui mourait d'envie de chanter et de réussir, avait certainement suscité des inimitiés et des haines. Par la suite, le changement que tu as provoqué dans sa vie a pu réveiller les ressentiments de quelqu'un décidé à lui faire payer un bonheur que, selon lui, elle ne méritait pas.

Le plus terrible, d'après tout ce que nous savons, c'est que le portrait de cette personne s'obstine à dessiner mon propre visage. Mais mon innocence ne m'aide qu'à effacer cette fausse image, sans me servir à en trouver une autre, si elle existe. Une de ses amies pourrait-elle être la coupable? Peut-être cette traînée qui lui rendait visite et l'accompagnait quand elle allait satisfaire ses caprices avec ton argent, et qui osait même se faire passer pour une dame alors que tout le monde savait ce qu'elle faisait avant que vous ne la rencontriez... Mais, pourquoi l'aurait-elle fait? Était-elle son amie, oui ou non? Si elle jalousait le sort de ta maîtresse, était-ce suffisant pour la pousser à préparer le chemin qui mènerait son amie à la mort? Les occasions ne lui manquaient pas: elle entrait et sortait de chez cette femme comme elle voulait, elle utilisait même l'appartement pour y passer des soirées avec ton ami Louis, et elle avait tout l'aplomb pour vagabonder à sa guise. Mais la simple jalousie ne me semble pas un mobile suffisant, car en ultime instance, en la tuant, elle aurait tué la poule aux œufs d'or; lorsque cette femme serait devenue ton épouse, comme tu l'avais décidé, l'autre dévergondée aurait pu vivre à l'ombre d'une vieille amitié grâce à laquelle Dieu sait combien d'avantages elle aurait pu obtenir, en plus de ceux dont elle jouissait déjà parce que tu lui étais reconnaissant de t'avoir mis sur le chemin de cette femme.

28 décembre

Mon chéri,

Les voix me poursuivent, obsédée comme je le suis par le désir de savoir. Il y a quelques jours, j'ai interrompu cette lettre car un affreux mal de tête m'empêchait d'écrire. Aujourd'hui, plus calme, j'essaie de la terminer, mais seulement pour te dire que la nuit dernière, une voix m'a réveillée en me disant que ma faute était de ne pas savoir ce que je devrais savoir et que mon châtiment serait de savoir ce que je n'aurais jamais voulu ni dû savoir. A quoi se référait-elle ? Je n'en sais rien, mais je te jure qu'avec ou sans ces voix, avec ou sans ton consentement, je continuerai à chercher mon unique salut : la vérité. Même si c'est la plus terrible des vérités.

Je te souhaite une belle fin d'année. Nous avons vécu douze mois infâmes, avec des malheurs en tout genre, aggravés par ton éloignement depuis plus de trois mois déjà. J'espère que ces jours de fêtes et de jubilés sacrés apporteront un peu de paix à ton âme et que tu pourras vivre une parenthèse de bonheur. Moi, dans ma solitude, je continue à me consoler à l'idée que très bientôt nous passerons à une autre année qui sera bénéfique pour chacun de nous.

Je te souhaite tout le bonheur du monde, oui, tout le bonheur parce que je t'aime...

Ta petite

Mario Conde ne se lassait pas de remercier la vie de lui avoir donné, entre autres privilèges, la chance d'avoir trois ou quatre bons amis. Ses presque cinquante ans usés en ce monde lui avaient appris, parfois de façon perverse, que peu de relations sont aussi fragiles que l'amitié. Il protégeait donc, comme un fondamentaliste, sa fraternité cimentée avec le

Flaco Carlos, Candito et le Conejo, car il la considérait comme l'un de ses biens suprêmes. Plusieurs années auparavant, le départ d'Andrés pour les États-Unis avait été ressenti par ses amis comme une mutilation, mais en même temps, il avait eu un effet secondaire bénéfique en les rapprochant davantage, en soudant leurs complicités pour les rendre plus tolérants envers les autres et en faire des militants endurcis du parti de l'amitié éternelle.

La menace permanente de la détérioration physique de Carlos conduisait le Conde à se comporter avec une avarice maladive dans ses relations avec son vieil ami auquel il consacrait le plus de temps possible, conscient de faire le meilleur des investissements en prévision du vide futur dont l'échéance était de plus en plus proche.

Malgré l'insistance de Carlos, persuadé que son ami devait consacrer du temps à l'écriture des histoires qu'il concevait et promettait fréquemment d'écrire, le Conde se sentait étrangement comblé quand ses soirées et ses nuits se consumaient dans des conversations paresseuses qui les lançaient dans les labyrinthes imprévisibles de la mémoire, à la poursuite obstinée d'un état de grâce, peut-être imaginé, mais qu'ils s'entêtaient à traquer dans un passé au visage aimable, alors qu'ils étaient animés par des rêves, des projets et des désirs que depuis longtemps la réalité s'était chargée de mettre en pièces. Durant ces conversations répétitives dont ils n'attendaient aucune découverte, les deux hommes se laissaient emporter par l'illusion qu'un jour ils avaient été vraiment heureux et pendant qu'ils parlaient, buvaient, se souvenaient, ils se sentaient à l'abri du désespoir et ressuscitaient les moments les plus agréables de leurs pauvres vies.

Cette nuit-là, regrettant l'absence du Conejo, le Conde se mit à raconter à Carlos et à Candito les derniers événements dans lesquels il s'était trouvé impliqué et la cuisante réflexion sur le métier de policier à laquelle il s'était livré pendant qu'il subissait les formalités pour être fiché. Finalement, il leur confia sa décision, prise dans l'après-midi, après la conversation avec Silvano Quintero : il se lancerait à la recherche de celle qui avait connu son heure de gloire, Fleur de Lotus, de son vrai nom Elsa Contreras, dont le journaliste avait eu des nouvelles vagues mais fiables quelque dix ans auparavant.

– Alors, comme ça, malgré tout tu redeviens flic sans l'être? dit Carlos dans un sourire et il se servit une dose du rhum authentique qu'ils pouvaient maintenant boire grâce à l'aisance économique du Conde.

– Ironie du sort, comme dirait un bon boléro. Mais tu l'as dit: sans être flic.

– Tu veux que je t'aide à retrouver cette femme? proposa Candito, mais le Conde fit non de la tête.

– Non, pas pour l'instant. Par la suite j'aurai peut-être besoin que tu me donnes un coup de main, mais je préfère commencer seul. Je ne veux pas soulever la poussière qui ferait fuir le gibier.

– Et tu crois vraiment qu'il y a un lien entre ces deux histoires? voulut savoir Carlos.

– Je n'en sais foutrement rien, Flaco. De toute façon, j'aimerais savoir ce qui est arrivé à Violeta del Río. Hier je m'étais promis de l'oublier, mais maintenant cette femme ne partira pas d'ici (et il se frappa le front avec la paume de la main) jusqu'à ce que je sache pour quelle putain de raison elle s'est suicidée. Ou pourquoi on l'a suicidée…

– Tu es vraiment atteint, dit Candito et le Conde fit oui de la tête, se demandant si le moment était venu de raconter l'étrange histoire d'amour platonique qui avait tourmenté son père. Mais il préféra ne pas la déterrer.

– Depuis que j'ai appris l'existence de cette femme, ce qui m'est arrivé est très bizarre: c'est comme si j'avais oublié quelque chose que je savais d'elle. Je ne vois pas d'où me vient cette idée, mais si je réussis à savoir ce qui lui est arrivé, peut-être que je trouverai l'origine de cette sensation. Ensuite, quand j'ai écouté son disque, Violeta m'a définitivement compliqué la vie.

– Moi aussi, j'aurais aimé la voir chanter. Maintenant personne ne chante comme ça, pas vrai? commenta Carlos.

– C'est peut-être ce qui explique pourquoi nous passons notre vie à écouter les mêmes chanteurs depuis vingt ans? demanda Candito.

– Vingt? voulut préciser le Conde. Trente et… putain, on est tous des vieux cons!

– Tu te souviens, Conde, lorsque les clubs et les cabarets ont été fermés parce que c'étaient des antres de perdition et des vestiges du passé? rappela Carlos.

– Pour compenser, on nous a envoyés couper la canne à sucre pour la récolte de 1970. Avec tout ce sucre, on allait sortir d'un seul coup du sous-développement, se souvint Candito. J'ai passé tous les jours que Dieu fait, pendant quatre mois, à couper la canne.

– Des fois, je me mets à penser… combien de choses on nous a enlevées, interdites, refusées durant des années pour atteindre plus vite un bel avenir et pour que nous soyons meilleurs?

– Des tas de choses, dit Carlos.

– Et nous sommes meilleurs? voulut savoir Candito el Rojo.

– Nous sommes différents: nous avons trois pattes ou une seule… j'en sais trop rien… Le pire, c'est qu'on nous a empêchés de vivre au même rythme que le reste de l'humanité. Pour nous protéger…

– Vous savez ce qui me fait le plus chier? l'interrompit le Conejo, montrant ses dents sur le pas de la porte. C'est qu'ils ont brisé notre rêve d'aller à Paris à vingt ans, parce que c'est le meilleur âge pour aller à Paris… Maintenant, ils peuvent se mettre Paris au cul et Bruxelles avec, s'il leur reste de la place!

– Comment va, Conejo? le salua le Conde, puis il lui tendit la bouteille de rhum après s'être lui-même resservi.

– Tout le temps, tous les jours, nous avons vécu la responsabilité d'un moment historique. Ils ont absolument voulu nous obliger à être meilleurs, dit le Conejo, mais le Conde secoua négativement la tête, presque sans pouvoir se retenir.

– Et pourquoi il y a tant de gamins maintenant qui veulent être rastafaris, rockers, rappeurs et même musulmans, qui s'habillent comme des clowns, se maltraitent en s'accrochant plein d'anneaux et en se couvrant de tatouages jusqu'aux yeux? Pourquoi ils sont si nombreux à se shooter aux drogues les plus dures, à devenir putes, souteneurs, travestis, et à utiliser des crucifix et des colliers de *santería* alors qu'ils ne croient même pas au con de leur mère? Pourquoi il y a tant de cyniques qui jurent une chose mais croient à une autre, et autant qui calculent ce qu'ils peuvent voler pour se procurer de l'argent sans trop travailler? Pourquoi ils sont si nombreux à vouloir quitter le pays?

– J'ai un nom pour cela (l'historien du groupe reprit la baguette de chef d'orchestre): fatigue historique. A force de vivre dans une dimension exceptionnelle, historique, transcendante, les gens se fatiguent et aspirent à la normalité. Comme ils ne la trouvent pas, ils la cherchent par la voie de l'anormalité. Ils veulent ressembler à d'autres et non à eux-mêmes, alors ils deviennent rastas, rappeurs ou n'importe quoi et ils se gavent de drogue jusque-là... Ils ne veulent pas suivre le troupeau, ils ne veulent pas être bons de force. Ils ne veulent surtout pas nous ressembler, nous qui sommes leurs parents et des ratés de merde.

– C'est pas ceux-là qui m'emmerdent le plus, réfléchit le Conde. Ceux qui me rendent malade, c'est ceux qui veulent sembler parfaits, fiables, alors que ce sont tous des putains d'opportunistes!

Le Conejo approuva et but une gorgée. Quelque chose d'épineux et d'acide refusait de descendre dans sa gorge.

– Vous avez réfléchi au genre de pays dont on a hérité? Oui? Non? Il attendit la réponse qui n'arriva pas et conclut: eh bien, vous devriez le faire! C'est un pays condamné à la démesure. C'est Christophe Colomb en personne qui a commencé à tout faire foirer quand il a dit que c'était la terre la plus belle et tout ce qui s'ensuit. Alors nous avons eu la chance, géographique et historique, de nous trouver où il fallait au bon moment, et le bonheur ou le malheur d'être ce que nous sommes, et comme vous voyez, il y a même eu une époque où nous pouvions produire des richesses supérieures aux besoins de l'île, alors nous nous sommes crus riches. Et si ce n'était pas suffisant, nous avons produit plus de génies par habitants au mètre carré que la normale et nous nous sommes crus meilleurs, plus intelligents, plus forts... Cette démesure, c'est aussi notre pire châtiment : elle nous a mis au cœur de l'histoire. Souvenez-vous que Martí voulait équilibrer le monde à partir d'ici, le monde entier, comme s'il avait entre ses mains ce putain de levier que demandait Archimède. Le résultat, c'est que nous sommes tellement historiques que non seulement nous nous croyons les meilleurs, mais qu'en plus nous le sommes parfois. Et voilà les conséquences... sens historique et mauvaise mémoire, indolence et prédestination, grandeur et légèreté, idéalisme et pragmatisme, de quoi équilibrer les vertus et les défauts, non ? Mais au bout du compte la fatigue arrive. La fatigue d'être si historiques et si prédestinés.

— Fatigue historique... Le Conde soupesa la définition du Conejo, il termina son verre de rhum et regarda ses amis, exemplaires agonisants du syndrome de fatigue historique acquis : le Flaco qui n'était plus maigre, avec la moelle épinière détruite dans une guerre, bien sûr historique, dont personne ne parlait plus ; le Conejo, dégingandé, avec les dents de plus en plus longues, saillantes comme les os de son crâne, encore capable de théoriser sur la démesure insulaire mais sans avoir jamais écrit un seul des livres d'histoire qu'il avait rêvé d'écrire ; Candito el Rojo, historiquement ancré dans le *solar* tapageur où il était né, crevant de faim depuis qu'il avait renoncé à ses multiples affaires illicites et qu'il s'obstinait à vouloir trouver des réponses transcendantales dans une chronique écrite deux mille ans auparavant, où il était question d'une fin du monde assaisonnée de châtiments terribles pour tous ceux qui ne voueraient pas leur âme au Sauveur ; et Andrés, l'absent-présent Andrés, comment était-il possible que pour soigner radicalement ses nostalgies, pour effacer sa propre histoire et tromper son épuisement historique, il en soit arrivé à décider que le mieux était de ne jamais revenir dans l'île, même pas pour voir un match de base-ball dans le stade de La Havane, passer une nuit à boire, écouter de la musique et bavarder avec ses amis qui, malgré les mutilations, les frustrations, les croyances et les reniements, les fatigues historiques et les faims physiques et intellectuelles, ne refusaient jamais de partager une nuit pour évoquer des souvenirs, avec la conscience vague mais latente que s'ils n'avaient pas préservé cette fraternité, il y avait peut-être déjà longtemps qu'ils auraient oublié de vivre?

– La vie passait à côté de nous, dit le Conde, et pour nous protéger on nous a mis des œillères, comme aux mulets. Nous avions tout juste le droit de regarder devant et de marcher vers l'avenir lumineux qui nous attendait à la fin de l'histoire et, bien entendu, nous ne pouvions pas nous fatiguer en route. Le seul problème c'est que l'avenir était encore très loin, le chemin montait et il était plein de sacrifices, d'interdictions, de refus, de privations. Plus on avançait, plus la côte était raide et plus s'éloignait l'avenir lumineux qui, en plus, a fini par s'éteindre. Ce salopard s'est retrouvé en panne d'essence. Des fois je crois qu'on nous a éblouis avec tant de lumière que nous sommes passés à côté de l'avenir sans le voir… Maintenant que la roue de la vie a tourné de moitié, nous sommes en train de devenir aveugles et en plus chauves et cirrhotiques, alors il ne nous reste plus grand-chose à voir ou à chercher.

En écoutant le Conejo, le Conde sentit la saveur aigre-douce d'une tristesse infinie envahir sa bouche.

– On peut toujours chercher Dieu, affirma Candito.

– Personne ne s'occupe de nous, Rojo. Nous sommes totalement seuls, lui rétorqua le Conde.

– Tu ne crois pas aux miracles?

– Plus maintenant. Mais je fais confiance aux prémonitions. A cause de l'une d'entre elles, je m'obstine à chercher ce qui est arrivé à Violeta del Río, conclut le Conde qui, à cet instant, vit de nouveau flotter dans son esprit la sensation qu'il manquait une raison plausible à cette quête aux résonances absurdes, alors il lança la première raison qui se forma sur ses lèvres: je veux savoir pourquoi elle a été avalée par l'histoire.

Sans se soucier de ses motivations – en réalité il n'avait pas envie de les connaître –, poussé peut-être par le mélange de l'alcool et des essences persistantes de certains fantasmes et fascinations, Conde monta dans un taxi collectif qui allait en direction opposée de chez lui et demanda au chauffeur de le laisser au carrefour de 23 et L, ou à n'importe quel autre croisement capable de conserver le même nombre évocateur. Il découvrit avec plaisir que même à cette heure tardive de la nuit, le carrefour où palpitait le cœur fébrile de La Havane était toujours plein de vagues jeunes gens et d'adultes à l'affût de proies interdites. A l'entrée et aux alentours du cinéma et de l'autre côté de la rue, près des grilles destinées à protéger les jardins du glacier, une humanité insomniaque défilait sous le regard endormi de plusieurs couples de policiers. Gays de toutes tendances et catégories, rockers sans scène ni musique, féroces chasseurs et chasseresses d'étrangers et de dollars, noctambules ennuyés avec des premières, des deuxièmes et même des troisièmes intentions, tous semblaient ancrés là, sans craindre l'imminence de l'aube, comme dans l'attente d'une chose inconnue capable de les entraîner vers le bas ou le haut de la rue, peut-être vers la mer ou peut-être vers le ciel.

La nouvelle vie surgie dans la ville, après la profonde léthargie où l'avaient plongée les plus sombres années de la Crise, avait un rythme et une intensité que l'ex-policier ne parvenait pas à saisir. Rappeurs et rastafaris, prostituées et drogués, nouveaux riches et nouveaux pauvres redessinaient une géographie urbaine, stratifiée en fonction des dollars possédés, qui commençait à ressembler à la normalité, même si le Conde se demandait toujours quelle était la vie réelle, celle qu'il avait connue dans sa jeunesse ou celle qu'il découvrait maintenant, à l'âge de la maturité et des illusions bannies?

Sans intention de chercher une réponse satisfaisante, Conde s'éloigna de l'agitation nocturne et commença à descendre La Rampa[*] avec une nostalgie dont les limites

---

* La Rampa ou rue 23 est une rue très célèbre et animée du quartier El Vedado à La Havane.

chronologiques remontaient plus loin que sa mémoire personnelle, bien au-delà de son plus lointain souvenir, et il essaya de trouver les traces encore visibles d'une ville rutilante et corrompue, une planète lointaine, connue par ouï-dire, écoutée sur des disques oubliés, découverte lors d'infinies lectures et qui, au cours de ses évolutions, lui apparaissait toujours peuplée de lumières, de clubs, de cabarets, de mélodies et de personnages que Violeta del Río avait dû fréquenter près de cinquante ans auparavant, il le savait maintenant, avec ses espoirs effrénés, cherchant sa place en ce monde.

Il passa sans s'arrêter devant l'enseigne lumineuse rajeunie de La Zorra y el Cuervo où cette femme avait un jour chanté, interdit maintenant à qui n'avait pas les cinq dollars nord-américains capables d'ouvrir ses portes et de garantir une place assise ; il contempla l'entrée solidement fermée de La Gruta, d'où ne sortait même pas le dernier écho des accords démodés qui avaient autrefois fait résonner cette cave musicale alors que dehors le soleil commençait à se lever ; il regarda, sans émotion particulière, les ruines calcinées de l'ancien Montmartre, prolétairement rebaptisé Moscú et pro-phétiquement dévoré par un incendie quelques années avant la désintégration de l'empire ; il passa, comme s'il fuyait, devant le portail sans charme du cabaret Las Vegas, où son attention fut attirée par la présence d'un homme, plus ou moins de son âge, qui regardait avec une nostalgie particu-lière le lieu maintenant muré où durant tant d'années on avait pu boire le dernier café des petits matins havanais ; il traversa sans espoir devant la tour couronnée par le Pico Blanco mais aucun accord de guitare ne parvint jusqu'à lui ; il monta vers le sombre Salon rouge du Capri avec ses portes fermées par une chaîne et entra finalement dans les jardins de l'Hôtel nacional, bravant le regard revêche des vigiles, armés de talkies-walkies, qui se montrèrent magnanimes en le lais-sant entrer sans lui poser de questions, même si leurs regards lui reprochaient d'être cubain, de ne pas avoir de dollars, de ne pas être de ce milieu. Il s'arrêta quelques minutes devant le luxueux portique également dollarisé du Parisién, le cabaret où s'étaient produits autrefois l'immortel Frank Sinatra – devant Luciano, Lansky, Trafficante – et une jeune femme oubliée qui se faisait appeler Violeta del Río et qui chantait pour le suprême plaisir de chanter.

Devant la porte du cabaret, réservé au plaisir tropical d'éphémères hôtes étrangers accompagnés de leurs complaisantes fiancées tarifées, de production nationale, Conde sentit, pour la première fois en presque quarante-huit ans de vie, qu'il transhumait à travers une ville inconnue qui n'était pas la sienne et qui le repoussait en l'excluant. Ce cabaret lui était étranger, rien dans son atmosphère visible n'éveillait l'attirance ou la nostalgie. L'air de la nuit, la promenade et cette sensation d'étrangeté l'avaient libéré du sortilège éthylique, mais une lucidité pénible s'était emparée de son cœur mal en point, disposé à lui faire comprendre que, sauf quelque souvenir presque effacé, ce n'était pas dans cette direction qu'il trouverait Violeta del Río et son monde d'ombres et de lumières, ils étaient partis en laissant pour toute référence les restes matériels de théâtres fermés, brûlés ou inaccessibles, même pour la mémoire d'un homme acharné à s'opposer à l'oubli définitif. La fascination du Conde pour ce monde fut définitivement blessée à mort, et il comprit que la seule façon de la sauver était de se procurer la satisfaction onaniste de découvrir les dernières vérités de Violeta del Río et les raisons de sa réapparition dans un livre de recettes de cuisine impossibles, trouvé dans une bibliothèque non moins impossible.

L'âme endolorie, le Conde retourna dans la rue et observa le panorama des édifices, jadis orgueilleux de leur modernité, ployant maintenant sous leur vieillesse prématurée. Il observa, au bord de la nausée, une gamine toujours souriante qui se laissait tripoter contre un mur par un vieux de type nordique qu'elle appelait "mon chou". Il écouta le boucan des garçons qui, en remontant la rue O, manifestaient à grands cris leur joie peut-être narcotique et donnaient des coups de pied dans les sacs-poubelles qu'ils trouvaient sur leur chemin.

Il sursauta au passage rapide d'une Lada rutilante, la musique de sa radiocassette à fond, comme obstinée à afficher une allégresse ostentatoire, préfabriquée. Il descendit vers la rue 23 et vit passer à côté de lui deux policiers flanqués de deux gigantesques chiens-loups. Il regarda autour de lui et eut l'irritante certitude nerveuse d'être perdu, sans la moindre idée de la direction qu'il devait prendre pour sortir du labyrinthe qu'était devenue la ville, et il comprit qu'il était, lui aussi, un fantôme du passé, un spécimen en voie de disparition galopante, confronté, en cette nuit d'égarements, à l'évidence de l'échec génétique qu'il incarnait lui-même et à sa brutale exclusion, perdu entre un monde évaporé et un autre en décomposition. En fin de compte, pensa Mario Conde, Yoyi était près de la vérité sans pourtant avoir raison : il n'était pas incroyable au point de sembler irréel. Non : il était bien irréel, parce qu'en essence, toute sa vie n'avait été qu'une manipulation acharnée mais ratée de la réalité.

La Calzada de Monte et la mal nommée rue Esperanza forment une sorte de V inversé, propre à déchirer les chairs urbaines les plus flasques, en s'ouvrant vers les entrailles de ce qui fut la vieille ville fortifiée de La Havane. Depuis le sommet de l'angle que Monte et Esperanza parviennent presque à former, à proximité du vieux Marché unique jusqu'à ce qu'elles se fondent dans la populeuse rue de l'Egido, sur le plan de la ville, un triangle palpite encore, éternellement dégradé, dont les entrailles ont absorbé, au cours des siècles, une partie du rebut humain, architectural et historique produit par la capitale hautaine toujours en marche vers l'ouest, de plus en plus loin de ce réduit de prolétaires mal payés, *lumpens* de toutes les couleurs, putes, trafiquants, émigrés d'autres régions du pays et du monde dans l'espoir que la vie leur donnerait une chance qui ne se présenterait presque jamais. La Calzada de Monte, avec les boutiques des Libanais, des Syriens et des juifs polonais vendeurs de coupons, de vêtements usagés et de babioles diverses, avait autrefois marqué la frontière entre le monde des splendeurs de la zone commerciale de La Havane, avec ses palais, ses boutiques de luxe, ses parcs, ses fontaines, ses théâtres, ses salles de bal, ses hôtels, et cet autre ensemble ignoble des quartiers limitrophes d'Atarés et de Jesús María, quartiers de Noirs et de Blancs pauvres, avec leurs constructions bon marché dénuées de tout style, leurs rues étroites, leur humanité toujours entassée, avilie par la misère et la marginalisation. Dans la mémoire des Havanais, cette partie de la ville, fréquemment envahie par les émanations noires de l'usine thermoélectrique de Tallapiedra, empoisonnée par les fuites de gaz butane et assiégée par les effluves des courants les plus pollués de la baie, était une sorte de territoire abandonné aux infidèles, sans espoir ni intention d'être reconquis. L'histoire semblait avoir survolé sans s'arrêter ces rues sinueuses, pendant qu'au fil des générations s'enlisaient la douleur, l'oubli, la rage et un esprit de résistance qui se défoulait presque toujours dans le délit, le méfait et la violence, à la recherche d'une âpre survie obtenue à n'importe quel prix et par n'importe quel moyen.

Au cours de ses années dans la police, Mario Conde avait intensément souffert à chaque fois qu'une enquête le conduisait vers ce recoin havanais où personne ne savait jamais rien, n'avait jamais rien vu ni entendu, même si les regards de mépris adressés aux représentants d'un ordre distant mais toujours répressif à leur égard laissaient leurs aversions clairement établies. La violence comme défoulement des frustrations chroniques y était monnaie courante pour payer n'importe quelle dette ou offense. Cette loi s'appliquait, depuis des temps de plus en plus reculés, dans un territoire miné où la faiblesse était la pire des maladies.

Depuis qu'il se consacrait au métier d'acheteur de livres, le Conde n'était pas revenu dans ce coin sauvage de la ville où il savait d'avance qu'il aurait perdu son temps – et peut-être, au passage, son portefeuille, ses chaussures et même d'autres biens corporels, ô combien sacrés! – s'il se risquait à déambuler dans ces rues à la recherche suspecte d'une chose aussi exotique qu'un livre à vendre. C'est pourquoi, même s'il supposait que les sombres jours de la Crise avaient dû s'acharner sur ce triangle des Bermudes, il n'imaginait pas à quel point en était arrivée la dégradation causée par les dures années de plus grandes pénuries que le pays était supposé avoir surmontées.

Conde sortit du taxi collectif au carrefour, désormais triste et crasseux, de Cuatro Caminos – autrefois mythique car à chaque coin se trouvait un restaurant rivalisant en qualité et en prix avec ses congénères équidistants – et traversa deux ruelles pour atteindre la rue Esperanza. Il commença immédiatement à comprendre l'affirmation de Yoyi el Palomo : les rues du quartier chinois n'étaient guère que les premiers cercles de l'enfer citadin, car au premier regard il se rendit à l'évidence qu'il était en train de pénétrer au cœur d'un monde ténébreux, un trou obscur sans fond et même sans murs. Respirant une atmosphère de danger latent, il avança dans un labyrinthe de rues impraticables, comme dans une ville ravagée par la guerre, pleines de fondrières et de gravats; d'édifices en équilibre précaire, blessés par des lézardes irréparables, appuyés sur des béquilles en bois déjà vermoulues par le soleil et la pluie; de bidons débordant d'immondices, comme des montagnes infectes où deux hommes encore jeunes fouillaient à la recherche d'un quelconque miracle recyclable; de hordes de chiens errants, envahis par la galle et sans capacité stomacale pour chier dans la rue; de bruyants vendeurs d'avocats, de balais, de pinces à linge, de piles électriques, de W-C usagés et de petit bois pour cuisiner; et de ces femmes endurcies, aiguisées comme des couteaux, toutes affublées de bermudas en lycra toujours plus collants, parfaits pour faire ressortir les proportions de leurs fesses et le calibre d'un sexe orgueilleusement exhibé. La sensation d'être en train de franchir les limites du chaos l'avertit de la présence d'un monde au bord d'une apocalypse difficilement réversible.

A peine franchies les frontières du quartier, Conde comprit qu'il s'était imposé une mission pratiquement impossible. Aucun des prétextes imaginés – se présenter comme un journaliste, un parent éloigné de quelqu'un, un fonctionnaire de la santé publique à la recherche d'un malade du sida, un désespéré en quête d'une chambre à louer – ne lui serait utile dès qu'il poserait les premières questions et révélerait le véritable objet de son intérêt. Son unique alternative pour retrouver la piste fragile d'Elsa Contreras, la danseuse Fleur de Lotus, localisée dans cette zone par le souvenir de Silvano Quintero, était donc que son ancien indic Juan Serrano Ballester, alias Juan el Africano, se trouve en ce moment dans le quartier et non en prison selon son habitude.

Lorsqu'il arriva devant l'immeuble de la ruelle Alambique où était né l'Africain et où il avait vécu le peu d'années de liberté dont il avait joui au cours de sa lamentable existence,

Conde, content de ne rencontrer personne dans l'entrée, se demanda immédiatement pourquoi cet homme avait bien pu passer sa vie à commettre des vols, des escroqueries et des agressions alors qu'il n'était jamais parvenu à surmonter cette circonstance essentielle : l'édifice était une construction à trois étages, du début du XXᵉ siècle, sans balcons, avec une façade austère qui le faisait plutôt ressembler à un lieu carcéral. Là où il y avait eu un jour un portail dans l'intention de séparer la rue du couloir et des escaliers qui conduisaient aux étages supérieurs, il ne restait plus qu'une brèche édentée et le Conde supposa que durant les jours les plus douloureux de la Crise, le bois du chambranle et de la porte avait dû être sacrifié dans quelque fourneau désespéré. Des effluves d'excréments et d'urine de porc flottaient au ras du sol et dans les escaliers descendait un filet d'eau, également fétide, sûrement échappée des canalisations épuisées.

Juan vivait au troisième étage de ce phalanstère, dans une demi-pièce qu'il avait réussi à conserver après avoir cédé le reste de l'appartement, déjà oppressant, à la *guajira guantanamera** qui lui avait donné des jumeaux. Comme la pièce se trouvait sur l'arrière de l'édifice, il fallait traverser un étroit couloir flanqué de portes. Mais une partie du couloir d'origine, écroulée au cours d'une lointaine ère géologique, avait été remplacée par deux planches grâce auxquelles, en faisant de l'équilibre, on accédait aux pièces du fond. Prenant une inspiration pour éviter même de respirer pendant son passage sur les planches, le Conde écarta les bras comme un équilibriste et se lança à l'aventure. Enfin arrivé devant la porte donnant sur le couloir, ajoutée par l'Africain, Conde se demanda si réellement son acharnement à découvrir les détails du destin ultime d'une chanteuse disparue avait un sens quelconque et, à nouveau, la logique lui souffla que non, bien que quelque chose d'indéchiffrable le poussât à continuer. Il frappa à la porte.

---

* Paysanne de Guantánamo, mais aussi clin d'œil à la célèbre chanson.

Quand Juan le reconnut, il fut sur le point de s'évanouir. Cela faisait à peine deux mois qu'il était sorti de son plus récent séjour en prison, après avoir purgé une condamnation de trois ans pour récidive d'escroquerie. Alors, se retrouver chez lui devant ce flic sorti d'un coin obscur de son passé ne pouvait être que l'assurance d'un malheur.

– N'aie pas peur, merde, je suis plus flic, s'empressa d'expliquer le Conde, mais l'autre, incrédule, secoua sa tête très noire et allongée de sculpture dahoméenne. Je te jure, vieux, il y a plus de dix ans que je ne suis plus dans la police…

– Jure-le sur la tête de ta mère! lui ordonna l'Africain, convaincu que personne n'est capable de jurer en vain sur sa mère, à moins de se voir vraiment, mais alors vraiment, obligé de le faire.

– Sur la tête de ma mère, je te le jure, dit le Conde et il pensa à Yoyi et à ses serments. Je suis ici parce que j'ai besoin de ton aide. Et cette fois-ci, c'est pas donnant-donnant : je te paye avec du fric, ajouta-t-il en touchant sa poche.

– Tu t'es fait virer de la police?

– Non, c'est moi qui ai décidé de partir.

L'Africain ferma presque les yeux pour traiter l'information.

– J'y suis, maintenant tu travailles avec des étrangers et tu es gérant d'une compagnie mixte, c'est ça? Tu ramasses un paquet de dollars?

– Je ne suis gérant de rien du tout. Tu me laisses entrer?

– Jure-moi encore que tu es plus flic. Allez, jure-le-moi sur la tête de tes enfants que tu retrouveras morts si tu mens…

– Je te le jure.

Le Conde avait décidé que, dans son étrange situation, le mieux était de dire la vérité à l'Africain, ou du moins, la part de vérité liée à la recherche de la vie perdue de Violeta del Río, aussi incroyable que puisse paraître cette obstination pour une oreille rationnelle. Pendant qu'il reconstituait l'histoire, il essaya d'imaginer comment son ex-indic pourrait l'aider, car à peine lancé dans l'explication de ses recherches, l'homme lui avait barré le chemin le plus direct en lui confirmant qu'il savait même le nom des chiens qui erraient dans le quartier, mais qu'il ne connaissait pas d'Elsa Contreras et encore moins une Fleur de Lotus.

– Tu es foutu. Je ne peux pas t'aider, conclut Juan avec un éclair de satisfaction dans ses yeux rougis, sans doute content d'imaginer que n'ayant pu obtenir son aide, le Conde repartirait en vitesse par où il était venu.

– Il faut que je sois sûr que cette femme ne vit pas dans le coin. Je veux trouver quelqu'un qui connaît vraiment tout le monde dans le quartier. Tu ne veux vraiment pas gagner quelques pesos? Écoute, tu peux me présenter comme un cousin de ton ex-femme qui va habiter chez toi quelques jours... je ne sais pas, parce que je viens de sortir de taule, qu'est-ce que tu en penses?

L'Africain se mit à rire presque bruyamment.

– Mais tu es dingue ou quoi? Écoute, Conde, ici tout le monde est sorti de taule le mois dernier. Dans quelle prison je vais dire que tu étais alors que personne t'y a vu?

Conde reconnut que ce n'était pas une bonne idée et l'Africain lui proposa:

– Voilà, on va dire que tu es le cousin de la *guajira* mais que tu viens de Matanzas... Là-bas tu abattais des vaches, tu as la police aux fesses et tu es ici pour éviter qu'on te mette à l'ombre. Qu'est-ce que tu en dis?

– Ça me va.

– Mais tu peux pas rester ici. D'ailleurs, y a pas de place pour toi...

Et quand il écarta les bras, il toucha presque les murs de ce trou de deux mètres et demi sur quatre.

– Je peux partir ce soir et revenir demain.

– Et dès que tu trouves cette femme, tu disparais...

– Je disparais, accepta le Conde.

– Comme ça, c'est d'accord. Maintenant, passons aux choses sérieuses: tu me payes combien pour ce tuyau?

– Mille pesos, dit le Conde, convaincu de pouvoir le troubler avec ce chiffre.

– Pour mille pesos je risque pas ma vie! (L'Africain bâilla et caressa une des trois cicatrices visibles sur son visage, plus noires et plus brillantes que le reste de sa peau.) Deux mille et tu payes les repas et tout le reste.

– Ok, accepta le Conde sans hésiter.

– Bon, pour se mettre en train, on va descendre boire un coup et après on va manger au resto clandestin de Veneno[*]. Ce type, il sait tout ce qui se trame dans le coin. Je me charge de le faire asseoir un moment à notre table et toi, tu te débrouilles pour te renseigner sur cette femme sans qu'il se rende compte que tu cherches autre chose. Parce que je te préviens : dans le quartier, s'ils reniflent qu'on les balade, on sera pas là pour le raconter, ni toi, ni moi…

– Y a pas de quoi en faire un fromage, dit le Conde et l'Africain haussa les épaules.

– Donne-moi l'argent, j'en ai besoin tout de suite.

Conde regarda l'ex-taulard et fit non de la tête.

– J'ai peut-être l'air fou ou con, mais je ne suis pas si…

– Bon, file-moi la moitié, supplia presque l'Africain. Attends que je t'explique : pour certains types du quartier je suis grillé. J'ai fait une affaire qui a mal tourné et je leur dois du fric. Si je leur en donne une partie, ça va les calmer un peu. Sinon, je peux pas sortir dans la rue… Ces mecs, ils croient en rien…

Conde réfléchit un instant et comprit qu'il n'avait pas vraiment le choix.

– C'est bon, je te donne la moitié. Le reste quand je trouverai la femme.

Lorsqu'ils sortirent dans la rue, le furieux soleil de midi avait dispersé les passants, mais la musique les avait remplacés, emplissant l'espace, mêlant des mélodies, rivalisant en volumes prêts à étourdir ceux qui se risquaient à pénétrer dans cette atmosphère compacte de boléros, *sones*, *merengues*, ballades, mambos, *guarachas*, rocks durs ou légers, *danzones*, *bachatas* et rumbas. Les maisons qui donnaient sur la rue,

---

[*] *Veneno* signifie venin ou poison.

avec les portes et les fenêtres ouvertes, essayaient d'avaler un peu d'air chaud, pendant qu'hommes et femmes, de tout âge se balançaient dans leurs fauteuils, en profitant de la brise artificielle des ventilateurs et de la musique assourdissante, regardant passer, accablés par la résignation, le temps mort de midi.

A deux pâtés de maisons de chez l'Africain, ils entrèrent dans un *solar* et trouvèrent dans la cour plusieurs hommes en train de boire de la bière, également enveloppés par la musique. Une mulâtresse d'environ quarante ans coiffée de petites nattes attachées par des perles de couleur, boudinée dans un pantalon en lycra qui avait du mal à contenir les kilos excessifs de ses fesses, semblait être la patronne de l'affaire; elle scruta l'Africain dès qu'elle le vit entrer avec un inconnu.

— Sers-nous deux *láguers* et fais pas chier, lui, c'est un pote.

— Moi, j'en ai rien à foutre que ce soit ton pote: je veux pas de mecs bizarres ici… dit-elle en criant et en défiant le Conde du regard.

— Africain, on se tire, qu'elle se mette ses bières au cul, réagit le Conde et il fit demi-tour pour sortir quand une voix derrière lui l'arrêta.

— Eh là, mon pote, t'envole pas! (Le Conde se retourna. Près de l'Africain se tenait maintenant Michael Jordan, ou du moins son double: c'était un Noir très grand, massif, la tête rasée, arborant un uniforme des Chicago Bulls.) Cette bonne femme dit que des conneries.

— Je comprends pas pourquoi tant de mystère, tout le quartier sait qu'ici on vend de la bière, dit le Conde et il accepta la bouteille glacée offerte par Michael Jordan qui retint cependant celle qui était destinée à l'Africain.

— Tu me la donnes cette bière? exigea Juan avec un sourire.

— Tu peux sortir dans la rue, maintenant? s'informa Michael Jordan.

— Après, on va chez Veneno. Je suis en train d'arranger les choses.

– Je suis content pour toi, petit frère, dit Michael Jordan et il sourit. Déjà que vivant tu es laid, alors, imagine, mort tu pourrais faire peur à la trouille (et il se retourna vers le Conde en exhibant un sourire extra-blanc).

Trois bières plus tard, Mario Conde avait expliqué comment fonctionnait le vol et l'abattage des vaches dans les plaines de Matanzas de plus en plus appauvries et, de son côté, il savait dans quels coins du quartier on vendait des maillots pour les joueurs de basket, de foot et de base-ball, le lait en poudre, l'huile à frire, et où se trouvait le dépôt d'appareils ménagers le mieux achalandé de la ville, avec des arrivages directs des entrepôts proches du port. A la cinquième bière, il pouvait se faire une idée assez juste des endroits du quartier et des horaires où on pouvait obtenir de la marihuana ou des comprimés, il savait qu'il était même possible d'acheter du crack et de la coke et il connaissait jusqu'aux tarifs des putes locales : les *chupa-chupas*, spécialisées dans la fellation ; les poufiasses les moins chères et les moins recommandables ; les tout-terrains, ouvertes à n'importe quelle spécialité ; et les *jinetas** malchanceuses, de véritables bonbons qu'on ne pouvait chasser qu'à l'aube, parfois pour des prix très raisonnables (bien que toujours en dollars) si elles rentraient désespérées après avoir perdu la nuit à prospecter les hôtels et les endroits touristiques de la ville… Une vie à la fois agitée et lente, avec un temps pour vivre et un temps pour se battre, s'écoulait dans cette espèce de ghetto périodiquement parcouru par deux policiers à pied ou une voiture de patrouille, comme pour rappeler que les grilles étaient ouvertes mais qu'elles existaient bien.

– Je crève la dalle, on va bouffer ? proposa l'Africain, et ils sortirent de nouveau dans le bruit et le soleil.

Ils traversèrent des rues sales trop semblables les unes aux autres, puis ils passèrent par une brèche dans une clôture délabrée de bois et de plaques de zinc qui cachait à peine les ruines de ce qui avait été une construction de trois étages, maintenant

---

* *Jineta* ou *jinetera*: prostituée qui travaille avec les touristes.

sans toit ni paliers, dont n'avait survécu que le squelette des piliers, entre lesquels pendaient, soutenus par des crochets et des barbelés, de petits toits en zinc et en toile destinés à protéger des paquets informes et d'énormes caisses en carton.

– Ceux qui n'ont pas de logement vivent ici. La plupart viennent d'arriver de la province de Santiago. Ils font presque tous le même boulot, ils conduisent des cyclopousses. Ils dorment dans leurs cyclos, ils chient dans des cornets qu'ils jettent ensuite aux ordures et ils se lavent quand ils peuvent, expliqua l'Africain.

– Et on les laisse vivre ici ?

Le Conde, naïf, tenta de trouver une logique à la chose.

– On n'arrête pas de démolir leurs toits et de les éjecter, mais une semaine après, ils reviennent. Eux ou d'autres… Le problème, c'est de pas mourir de faim…

Ils traversèrent les ruines puis l'Africain poussa une porte en bois et passa la tête. Quelques instants plus tard, un mulâtre exhibant des chaînes en or passait sous le linteau.

– Lui, c'est mon frère Veneno, dit Juan en se tournant vers le Conde. Et lui c'est un pote, le Conde, expliqua-t-il à Veneno qui regarda l'inconnu d'un œil critique et sans mot dire s'éloigna de quelques pas vers le fond de l'immeuble démoli. Conde ne parvint pas à entendre la conversation, mais il put voir que Juan sortait de sa poche la liasse de billets qu'il lui avait donnée et la mettait dans la main de Veneno qui l'acceptait sans beaucoup d'enthousiasme.

Une fois assis dans le resto en plein air régenté par Veneno, l'Africain, décidé à soutirer au Conde jusqu'au dernier centime possible en échange du service rendu, commanda les plats les plus chers : la langouste à la sauce piquante et le steak de bœuf pané. Alors qu'ils buvaient les dernières bières comme pousse-café, Juan invita Veneno à s'asseoir un moment avec eux et, comme par hasard, mentionna une cousine de la mère du Conde qui, d'après son ami, vivait dans le quartier.

– Elsa Contreras ? demanda Veneno avant de boire une gorgée de bière. Veneno était un mulâtre clair, presque blanc, décidé à faire étalage de sa prospérité en exhibant plusieurs dents couronnées dans du métal à dix-huit carats, trois chaînes avec des médailles (en toute convivialité avec une paire de colliers de perles colorées), des bagues incrustées de pierres, deux bracelets et une Rolex faite de la même pureté dorée, le tout devant approcher les deux kilos d'or. Cette charge métallique ne pouvait pas être le fruit des gains gastronomiques d'un minable resto en plein air, et le Conde supposa qu'il s'agissait seulement de l'affaire illégale la plus visible de Veneno, mais il abandonna ses suppositions, alluma une cigarette et but sa bière.

— Cette cousine, c'était un vrai personnage. Là-bas chez moi, on n'en parlait pas beaucoup parce qu'elle avait été pute et qu'elle dansait à poil au Shanghai...

— Cette bonne femme, elle doit être plus vieille qu'une momie, non ? remarqua Veneno.

— Elle doit avoir dans les quatre-vingts, je crois, si elle n'est pas déjà partie...

— Ça me dit vraiment rien, mais si tu restes quelques jours dans le quartier, je vais te trouver ça.

— Parfait. Je pourrais lui faire une petite visite... dit le Conde et il leva la main vers l'homme, avec trois doigts dressés.

Cette nuit-là, alors qu'il frottait son corps sous la douche, s'appliquant à arracher à sa peau la saleté, l'infamie et le dégoût d'un des jours les plus étranges de sa vie, Mario Conde se demanda à nouveau comment il était possible qu'il existe au cœur de La Havane un univers perverti où vivaient des êtres humains nés à la même époque que lui et dans la même ville, mais qui pouvaient en même temps lui sembler si inconnus, presque irréels dans leur dégradation accélérée. Les expériences accumulées en quelques heures dépassaient ses prévisions les plus exagérées et il se demandait maintenant s'il n'allait pas manquer de souffle pour continuer cette recherche capable de le conduire jusqu'à la limite de la nausée.

Après avoir mangé et bu plusieurs bières dans le resto de Veneno, l'Africain avait exigé une deuxième avance de trois cents pesos, indispensable, selon lui, pour continuer les recherches. Le Conde, pris à son propre piège, avait gardé deux billets de vingt pesos et remis à son guide spirituel et matériel les trois cents qu'il avait encore sur lui.

— Mais laisse-moi te dire une bonne chose (il le regarda dans les yeux en brandissant l'argent d'une main), j'ai beau ne plus être flic, j'ai encore beaucoup d'amis dans la police. Et je crois que t'as pas intérêt à me doubler. Je suis encore capable de te pourrir la vie, compris ?

— Merde, Conde, je suis incapable de…

— Tu as intérêt à l'être, l'avertit le Conde en lui donnant les billets. Rappelle-toi que j'arrive toujours à te retrouver.

Ragaillardi par les bières ingurgitées et la somme reçue, Juan lui demanda de l'attendre au coin de la rue et entra dans un *solar* encore plus sordide que celui du bar clandestin de Michael Jordan. Cinq minutes plus tard, avec un sourire de bonheur, l'Africain revint et proposa au Conde de l'accompagner sur le toit de son immeuble pour lui montrer le quartier vu d'en haut.

Entre deux réservoirs d'eau sans couvercle et de tristes cordes pleines de linge raccommodé, Conde se pencha sur l'auvent afin d'avoir une vue privilégiée d'un secteur du quartier, en pleine animation à l'approche du soir. Il calcula qu'en face de lui, derrière la masse de plusieurs édifices en béton sombre, un peu plus loin que les tours noircies de l'usine thermoélectrique, se trouvait la mer, si proche et à la fois si étrangère à ce lieu. Perdu dans ses élucubrations géographiques et philosophiques, il était revenu à la réalité, attiré par l'odeur douceâtre d'herbe brûlée, et en se retournant, il avait trouvé Juan l'Africain, appuyé contre un des réservoirs, en train de tirer sur un joint rachitique de marihuana.

— Maintenant je vais voir si vraiment t'es plus flic. Allez, tire une taffe, lui avait ordonné Juan, en lui tendant le joint qu'il venait de rouler.

— J'en ai rien à foutre de ce que tu penses. Je ne vais pas fumer.

— Et si je te fais des embrouilles, tu vas me mettre les flics au cul ?

– Tu les as déjà au cul, depuis que tu es né ! Par contre, celui qui va se faire baiser si on le voit avec toi, c'est moi…

– T'as jamais fumé ? lui demanda l'Africain, apparemment heureux, en lui montrant le joint, et son sourire s'élargit encore un peu plus en voyant le Conde refuser de la tête. Moi, j'ai commencé à treize ans. Et chaque fois que je peux, je fume ici, tout seul, pour bien profiter de l'herbe… Regarde, ici, c'est mon coffre aux trésors. C'est ici que je cache des choses depuis que je suis tout môme, dit-il, et il montra au Conde comment il rangeait deux autres joints enveloppés dans une petite pochette en nylon qu'il fit descendre par un conduit d'aération sanitaire dont la bouche sortait juste à côté d'un des deux réservoirs.

– De qui est-ce que tu te cachais ? voulut savoir le Conde, en se laissant glisser contre l'autre réservoir.

L'Africain tira une profonde bouffée de sa cigarette.

– Je dois cinq mille pesos. J'ai vraiment la guigne, tu sais ? La poisse me poursuit. Je me suis fourré dans une affaire, j'ai pris une avance et j'étais embarqué…

Cinq mille pesos d'avance ? pensa le Conde.

– C'était pour une histoire de drogue ou pour tuer quelqu'un, non ?

– N'essaye pas d'en savoir davantage, et il se remit à fumer en se brûlant presque les doigts.

– L'affaire, c'était avec Veneno ?

Juan sourit et secoua la tête.

– Non, Veneno était l'intermédiaire. Le bizness, c'était avec d'autres types. Ils sont pas du quartier. Des vrais durs qui se salissent pas les mains pour quelques ronds. Ils brassent une quantité d'argent à tomber raide.

– Tu les connais ?

– Négatif. Ils se laissent pas approcher comme ça. Écoute, c'est des types qui en ont là-dedans, dit-il en se touchant le front. Des Blancs qui sont bien, mais alors très bien placés, et ils font que des gros coups.

– Ça a tout l'air d'une mafia, non ?

– Et qu'est-ce que tu crois ?

Juan tira la dernière bouffée et lâcha le minuscule mégot.

– Tu devais tuer quelqu'un, Juan? demanda de nouveau le Conde, craignant une réponse affirmative.

– Je t'ai déjà dit que tu poses trop de questions. L'interrogatoire est fini... Allez, va, laisse-moi planer un peu!

Conde se releva et chercha le meilleur angle pour voir la rue Esperanza. Sur un toit voisin, il découvrit une cabane, peut-être construite pour élever des pigeons, derrière laquelle des garçons d'une quinzaine d'années s'échangeaient des jumelles avec impatience, sans cesser de se masturber, en observant une scène que le Conde aurait aimé contempler lui aussi.

La nuit commençait à tomber lorsque l'Africain, tout guilleret et excité, lui avait proposé de faire un tour pour tâter le terrain et le Conde avait accepté l'invitation sans imaginer dans quelle aventure il se lançait. Ils remontèrent la rue Esperanza jusqu'aux confins du quartier et dans une des ruelles transversales, dont le nom était caché sous des tonnes de pisse historique*, l'Africain lui suggéra d'attendre un moment, selon lui pour étudier l'ambiance. Plusieurs personnes l'avaient salué et deux s'étaient arrêtées pour échanger quelques mots avant de repartir, convaincues que le Conde était un tueur de bétail expérimenté, cousin de la paysanne ex-femme de l'Africain et même ami de Veneno et de Michael Jordan. Peu après huit heures, l'Africain acheta un paquet de cigarettes à un vendeur de rue et en offrit une au Conde.

– Celles-là tu les fumes, non? Et pour que tu voies que je sais partager mon fric, avait-il ajouté en souriant, je t'invite aux putes.

Conde, surpris par la proposition, n'avait pas su quoi répondre. Tout au long de son existence, intégralement passée entre les quatre murs de l'île, il avait participé aux aventures physiques et morales les plus diverses, en tant que flic ou pas, parfois ivre et dans certaines occasions effroyablement

---

* A La Havane, les noms, les numéros ou les lettres désignant les rues sont inscrits sur de petites bornes pyramidales au niveau du sol.

sobre. Mais jusqu'à cet instant, on ne l'avait jamais invité à payer une relation sexuelle et il avait été surpris de sentir qu'une incertitude sournoise parcourait son corps, l'obligeant à se demander si après tout il n'aimerait pas essayer une fois dans sa vie.

— Si tu veux vraiment te fondre dans le quartier et que personne ait des soupçons, tu dois y aller à fond, avait dit Juan en se remettant à marcher.

— Non, laisse tomber, parvint-il à protester faiblement.

— Écoute, lui ordonna l'Africain, qu'on dise pas… je te trouve un peu délicat. Tu fumes pas un joint et tu veux pas non plus tringler une fille… Hé, vieux, tu serais pas un peu pédé?

Au milieu du bloc il y avait une sorte de maison de passe selon l'expression de l'ex-indic. Un ménage de vieux, propriétaire d'un logement avec trois chambres, les louait à l'heure à des couples qui ne savaient pas où faire l'amour et aux prostituées du quartier qui y conduisaient leurs clients. D'après l'Africain, la stratégie pour trouver une pute consistait à s'arrêter aux abords de la maison de passe en attendant d'être aperçu par les filles de joie qui avaient refleuri. Vierge de ce genre d'expérience, le Conde, pris d'un tremblement froid au creux de l'estomac, s'appuya contre le mur dans l'expectative. Il alluma une cigarette avec le mégot de la précédente et regarda de part et d'autre de la rue où déambulaient quelques personnes. Dix minutes plus tard, deux femmes avaient fait leur apparition. L'une était mulâtre, teinte en blonde, et l'autre, blanche, très mince, avait les cheveux d'un rouge brillant et le Conde eut du mal à calculer qu'elles devaient avoir toutes les deux dans les vingt ans, même si par moments elles paraissaient plus âgées ou, au contraire, presque adolescentes. L'Africain avait tout de suite choisi la blanche et, la gratifiant de son sourire jaune et carié, lui avait demandé, par pure routine, combien elle prenait pour le service complet.

— Cent pesos, dit-elle et Juan fit mine d'être surpris. Tu trouves ça cher? Écoute, gros Noir, c'est vingt pour une branlette, quarante pour une pipe, soixante si tu m'enfiles sans m'embrasser, quatre-vingts avec un baiser et pour cent tu as le droit de m'enculer… Et tout ça sans compter que t'es un singe noir et que tu vas te faire une Blanche avec un con tout rose.

– On peut toucher pour voir comment elle est, cette petite chatte ?

– Cinq pesos, l'avertit la fille, arrêtant avec maestria le geste de la main simiesque de l'homme.

Le Conde avait commencé a ressentir les premiers symptômes de l'asphyxie en écoutant les termes de l'accord entre l'Africain et la tout-terrain et il se retrouva au bord de l'évanouissement quand la mulâtresse, arborant un sourire qui laissait voir deux dents en or à la commissure de son énorme bouche, lui murmura :

– Et toi, mon chou ? Tu veux pas un nettoyage complet ?

Conde avait fait de son mieux pour sourire, convaincu qu'il serait incapable de coucher avec cette femme ou même de l'embrasser, et il regarda l'Africain que la situation amusait.

Il avait alors compris que toute sa libéralité morale n'était qu'un jeu d'enfant dans ce monde hallucinant où le sexe prenait des valeurs et des usages différents et devenait un moyen de vivre et une solution pour défouler les tensions et les misères.

– Assez discuté, dit Juan, on y va.

Conde avait senti à quel point cette situation, si triviale pour l'Africain et les filles, l'obligeait à prendre une des décisions les plus mortelles de sa vie : ou il partait en courant pour chercher à sortir du quartier et sauver son éthique défaillante, ou il suivait les impulsions de sa curiosité maladive et participait, tant que son estomac le lui permettrait, à cet acte purement commercial. Refusant d'y penser davantage, presque disposé à se lancer dans le gouffre de la déchéance, il s'était avancé vers le salon de la maison où Juan, qui caressait déjà les fesses petites mais fermes de la fille blanche, concluait l'affaire avec un vieil homme à la mine respectable et payait le prix convenu, sans trop prêter attention aux conditions de location : ni drogues, ni coups, ni cris; la maison vendait le rhum et la bière; il fallait payer d'avance; le tarif était calculé à l'heure...

Sans regarder les propriétaires de la maison, à nouveau captivés par l'écran de la télé comme si leur vie dépendait des informations du journal télévisé, le Conde, dans un état proche de l'hypnose, avait traversé le couloir pour entrer dans la première chambre à la suite de la mulâtresse et c'est seulement en voyant l'Africain et sa pute entrer derrière lui qu'il avait été sauvé par un sursaut de lucidité.

– Mais qu'est-ce...?

– Il y avait qu'une chambre de libre, avait dit l'Africain qui, après avoir bu une première rasade de rhum, directement à la bouteille, s'était mis à embrasser furieusement sa compagne.

Pour le restant de ses jours, Mario Conde, malgré tous ses efforts, serait incapable de se souvenir de la chambre ni de ce qui s'y trouvait à part le lit et le lavabo encastré dans le mur. Cependant, il ne pourrait jamais oublier le geste précis de sa mulâtresse de location quand elle avait laissé tomber un paquet de préservatifs sur le lit avant d'enlever immédiatement son corsage minuscule et de le confronter à l'évidence de deux seins à la corolle noire qui le visèrent à la poitrine comme s'il était condamné à être fusillé.

La fille, experte dans son art, avait remarqué l'expression de peur que devait avoir le Conde et en remuant lascivement la langue elle s'était approchée de lui jusqu'à l'envelopper de son haleine douceâtre :

– Tu les aimes pas mes petits nénés, mon chou? Tu vas pas me les sucer pour me chauffer un peu?

Conde avait su à cet instant qu'il était arrivé à la limite de sa curiosité et que s'il faisait un pas de plus, il n'aurait pas assez de toute sa vie pour se repentir. Aussi avait-il saisi au vol la seule échappatoire digne qui lui restait.

– Je ne marche pas! Avec eux ici, j'arrête là.

Et il se retourna pour indiquer l'Africain et la fille blanche qu'il trouva déjà complètement nus, pas le moins du monde inhibés par la présence des autres, brûlant les étapes à une vitesse prodigieuse. Et sans vouloir la voir, il la vit : la queue raidie de Juan l'Africain était comme un boudin démesuré, parcouru de veines, couronné d'une tête violette bavant déjà, sous laquelle pendaient deux couilles taurines où s'enroulaient des poils noirs. Par son esprit redevenu rationnel passa une rapide préoccupation d'ordre spatial, à savoir si la fille presque plate, avec les côtes à fleur de peau, serait capable d'abriter dans ses entrailles ce morceau de chair ferme qu'avec une réelle satisfaction elle avait commencé à lécher sur le côté et par en dessous quand elle ne l'avait pas entièrement dans la bouche. Une sensation de vide s'installa entre ses jambes et il comprit, définitivement, que son sort était scellé.

— Mais qu'est-ce qui t'arrive, mon chou ? s'était alarmée la mulâtresse, craignant de perdre l'argent à portée de son sexe.

— Je ne marche pas ! avait répété le Conde, cramponné à ces mots qui pouvaient assurer son salut.

Conde garda la tête sous la douche froide, essayant de se laver de cette vision vrillée dans son cerveau : la bite de l'Africain dressée comme une matraque et les côtes de la fille blanche, les mamelons de la mulâtresse et sa langue de reptile, cette voix faussement passionnée, et surtout l'image de lui-même en train d'ouvrir la porte et de faire un pas en arrière, le premier pas de sa fracassante retraite vers des rues sales où il avait enfin récupéré sa capacité respiratoire, momentanément perdue.

Se couvrant avec sa serviette, secoué par l'évidence que sa propre nudité le dérangeait, le Conde sortit de la salle de bains. Sans avoir pleinement conscience de ce qui le poussait à le faire, il chercha le tourne-disque dans un coin de la pièce. Il le posa sur la table inutile du téléviseur, mit le disque de Violeta del Río sur le plateau et le fit tourner en actionnant le bras mécanique. Avec précaution, il posa l'aiguille sur le premier sillon et s'éloigna jusqu'au canapé, comme s'il avait besoin de cette distance. Les coudes appuyés sur ses genoux et la tête dans ses mains, submergé par une sensation de vertige, il essaya de se concentrer, de débarrasser son esprit du poids fétide de l'expérience dans laquelle il s'était laissé entraîner et s'appliqua à n'écouter que la voix de Violeta del Río, suppliant, réclamant, ordonnant : "Quitte-moi", au point de sentir que la mélodie altérait sa peau, ses cheveux, ses ongles, et il parvint à éprouver à nouveau le désir pressant de connaître le véritable destin de cette femme dont le fantôme semblait être revenu pour déchirer un silence fabriqué, resté trop longtemps en équilibre précaire. Comme un possédé, Conde comprit que l'esprit latent d'une femme réduite à sa voix, rien qu'une voix, devenait le sang de son sang, la chair de sa chair, faisant de lui, sans qu'il puisse l'éviter, une prolongation vivante de la défunte, comme si Violeta del Río palpitait encore dans les battements de ses tempes et dans la conviction inattendue que cette voix l'appelait pour lui révéler plus d'une vérité.

– Mais, merde, comment c'est possible ? Non, c'est pas possible ! se dit-il en se précipitant vers le vieux placard de sa chambre où il gardait les résidus et les souvenirs de ses vies antérieures. Il perdit sa serviette en chemin et, complètement nu, ouvrit tout grand le meuble. A genoux, il sortit un tiroir en bois qui occupait la partie inférieure gauche du placard, provoquant une avalanche d'objets qu'il repoussa n'importe comment.

Dans le tiroir se trouvaient les affaires de son père qu'il avait décidé de garder mais que, depuis le décès déjà lointain de son géniteur, il n'avait plus jamais regardées. Un vieux gant de base-ball d'un modèle préhistorique, deux albums de photos, une enveloppe avec ses diplômes de travailleur méritant, une paire de chaussures noir et blanc très pointues, un carnet de téléphone tout piqué, deux boîtes de lames de rasoir Gillette oxydées, sa casquette de chauffeur d'autobus avec sa plaque d'identification sortirent peu à peu du tiroir jusqu'à ce que le Conde voit ce que sa mémoire avait finalement fait émerger des méandres de ses souvenirs les plus troubles. La pochette originale apparaissait avec ses couleurs délavées par l'humidité et les années, mais elle était bien reconnaissable : il glissa la main pour en extraire le petit disque, éclairé par le macaron jaune où brillait le dessin du diamant, le logo de la maison de disque. Conde caressa la galette en plastique et découvrit que sa surface était ondulée, faisant d'elle un objet inutile. Il parvint enfin à se souvenir de son père, assis dans le salon de cette même maison, plongé dans une pénombre mystérieuse aux yeux de l'enfant, captivé par ce disque, ravalant peut-être des sensations similaires à celles qui, plus de quarante ans plus tard, pouvaient encore alarmer son fils. La récupération de cette image d'un homme effroyablement seul écoutant chanter une femme sur un appareil électrique lui sembla expliquer, d'une certaine façon, son empathie viscérale avec une voix qu'il avait entendue pour la première fois il y avait si longtemps et qui s'était enfouie dans son esprit, non pas morte mais endormie. A quel point son père avait-il aimé cette femme qu'il écoutait dans l'obscurité? Pourquoi avait-il toujours gardé ce disque, peut-être inutilisable depuis des années? Qu'avait-il dit à son fils lors de cette nuit perdue dans le passé? Et pourquoi lui, si obsédé par les souvenirs, avait-il oublié ce curieux épisode qui avait sans doute continué à flotter dans sa mémoire? Mario Conde caressa de nouveau la surface plastique, ondulée comme une mer nocturne, et pensa que son père avait été un homme de plus à succomber au pouvoir de séduction de Violeta del Río et que, comme Silvano Quintero, il avait certainement pleuré en apprenant la nouvelle de sa mort et en comprenant qu'il ne restait plus d'elle que le témoignage de cette voix gravée dans les sillons d'un petit disque. Ou sa mémoire et l'image jusque-là sans tache de son propre père étaient-elles en train de lui tendre un autre piège, en lui cachant des vérités qui pouvaient se révéler terribles?

Mon chéri,

J'avais décidé d'attendre plusieurs jours avant de t'écrire à nouveau, pour laisser s'estomper l'esprit de Noël qui est passé à côté de moi sans me voir, mais les événements de ces derniers jours m'ont altérée, car ils m'ont arraché les maigres espoirs qui me restaient. Quel tour vont prendre nos vies désormais? Pourras-tu revenir un jour? Que va-t-il se passer dans ce pays? Bien que j'aie essayé de rester sourde aux bruits de la rue, l'annonce faite par les États-Unis de leur décision de rompre les relations diplomatiques est venue me remplir de nouvelles craintes, car les portes du retour semblent s'être fermées, et le tien, auquel tu as tant rêvé, devient pratiquement impossible.

C'est pourquoi ces lettres sont, plus que jamais, mon unique consolation, et recevoir une réponse serait ma plus grande récompense. Tu n'imagines pas ce que je donnerais pour savoir si durant ces jours de Noël et du 1er de l'an, tu as pensé à moi, ne serait-ce qu'une seconde. Je donnerais ma vie pour savoir si tu t'es souvenu que pendant des années d'amour et de prospérité nous étions ensemble (bien que, parfois, si apparemment distants) en attendant les douze coups de minuit pour avaler les raisins comme le veut la tradition. Pourrai-je savoir un jour si pour toi la fin de cette année, marquée par les séparations et les rancœurs, a été meilleure que toutes celles où, même contraints au silence, nous partagions l'espoir du bonheur?

Je ne parviens pas à comprendre comment il est possible que tu ne m'aies même pas envoyé une de ces cartes postales avec de la neige et l'étoile de Bethléem brillant sur le papier, avec des pensées déjà imprimées et un espace réservé à quelques mots personnels. Mon châtiment sera-t-il éternel? Je suppose que oui, car je dois assumer, avec douleur, que ton ressentiment est beaucoup plus qu'une contrariété passagère ou un soupçon que pourraient effacer d'autres idées ou des pensées apaisantes… Ton ressentiment est une condamnation et mon unique salut consiste à te convaincre de mon innocence avec des preuves irréfutables. C'est pourquoi j'ai décidé de sortir chercher ces preuves. Je vaincrai la peur terrible que j'éprouve aujourd'hui à marcher dans un monde étrange, qui ne m'appartient plus et que je ne comprends pas car il est chaque jour plus radical et dangereux. Je vais vaincre l'écho des voix qui me poursuivent la nuit et sacrifier la paix de ma solitude à la recherche du bien suprême : ton pardon.

Aujourd'hui, alors que je me décidais à t'écrire et à entreprendre ma quête, j'ai senti que je retrouvais un état d'âme différent, une énergie que je croyais perdue, et j'ai passé presque toute ma journée à faire le ménage dans ta bibliothèque. C'est la première fois, depuis des mois, que je suis de nouveau entrée dans ce lieu sacré de la mémoire familiale car il me rappelle trop douloureusement les époques heureuses de nos vies et celles de toute la famille. J'ai revu les livres que ton grand-père avait achetés dans sa jeunesse avec cet appétit qui ne le faisait jamais hésiter entre un livre et une paire de chaussures ; ceux que ton père a réunis à l'époque où il travaillait dans son cabinet d'avocats, à l'université, et tout au long de sa carrière politique ; et surtout ceux que toi, possédé par cette même passion familiale, tu achetais partout en ville et que tu as accumulés au fil des ans comme de véritables trésors, ces livres qui éveillaient une si grande envie chez ceux qui ont eu le privilège de pouvoir les contempler. J'ai vu ta collection personnelle de livres de lois, d'ordonnances de douanes, tes revues de commerce, et je dois reconnaître que cela me fendait le cœur de penser que tu ne caresserais peut-être plus jamais leurs couvertures en peau, leurs feuilles rêches, ni ne lirais leurs textes, pour toi si riches de sens. C'est pourquoi, en terminant l'époussetage, j'ai rappelé à ta fille que quoi qu'il arrive, malgré les futurs décès, tout ce qui existe dans cette enceinte est absolument et éternellement sacré : pas une seule feuille ne doit sortir d'ici, aucun volume ne doit même changer de place, pour que le jour de ton retour – parce que malgré tout je sais que tu reviendras – tu puisses marcher les yeux fermés jusqu'à *l'étagère que tu choisiras pour en sortir le livre désiré, comme tu le faisais toujours. J'ai exigé qu'une fois par mois, durant quelques heures et toujours par temps chaud, sans risque de pluie, les portes des bibliothèques soient ouvertes pour que les livres respirent et se fortifient, comme tu le répétais. Une fois tous les six mois, seulement avec un chiffon et un plumeau, les dos et les tranches supérieures des livres seront épousetés, sans les changer de place, pour éviter la moindre altération de ton ordre personnel. Mais par ces décisions, j'ai surtout voulu éviter, au cas où il m'arriverait quelque chose, qu'aucune main, même pas celle de tes enfants, ne puisse découvrir les secrets les plus cachés de ta vie et de la mienne qui désormais resteront entre les pages de ces livres dans l'attente de ton retour.*

Mon chéri : je te dis adieu pour un temps. Je ne t'écrirai plus tant que je ne recevrai pas de tes nouvelles ou tant que je ne détiendrai pas la vérité. Et peu m'importe si cette vérité, comme les voix qui me poursuivent me l'ont dit, doit être mon pire châtiment. Parce que je ne supporte plus que tu me méprises et que tu m'accuses d'un péché que je n'ai pas commis. Mais sois-en sûr, je continuerai à t'aimer autant, et même plus, et à attendre ardemment ton retour...

Ta petite

23 janvier

Mon chéri,

Il y a quelques jours je m'étais juré de ne plus t'écrire, au moins jusqu'à ce que je reçoive de tes nouvelles ou que je puisse te dire ce que tous deux nous devons savoir. Je souffrais tellement de ton silence et j'étais si troublée par ma propre situation et ces maudites voix qui me parlent la nuit, cherchant à me rendre folle, que j'en ai oublié cette date si significative : bon anniversaire, mon amour !

Dès que je me suis rappelé cette date, j'ai décidé que je devais la fêter, même sans toi. Tristement, car ce serait comme une fête sans hôte, mais dont j'aurais le privilège d'être la principale invitée, la seule en réalité, car tes enfants sont de plus en plus occupés et distants, emportés par le tourbillon des changements qui se produisent jour après jour. Alors j'ai commis une erreur, encore une erreur. Poussée par la joie que j'éprouvais en ces moments, je suis allée à la bibliothèque et j'ai cherché ce livre de cuisine que tu aimais tellement — t'en souviens-tu? — et où tu as si souvent choisi les plats que tu me suggérais pour les repas à la maison. Je me suis rappelé, en survolant les recettes, ton goût pour la langue de bœuf au xérès, la morue "au pil-pil" d'après la recette basque de Juanito Saizarbitoria, ces crevettes à la créole que je réussissais si bien ou la dinde farcie, façon Rosa María, que tu avais choisie ces dernières années, comme plat principal pour les dîners de Noël (mais bien sûr, sans ces confitures de fruits que tu qualifiais d'aberration yankee…). Quelle ne fut pas ma surprise, en tournant les pages du livre à la recherche de la recette de ton plat préféré (les rognons au vin rouge), de trouver là une photo de la défunte, avec la nouvelle que pour toi elle avait abandonné la chanson. Peux-tu imaginer ce que j'ai éprouvé? Non, tu ne peux pas. Peux-tu imaginer combien je l'ai haïe, combien je me suis réjouie de sa mort? Oui, tu peux sûrement, car par ton silence je sais que tu penses de plus en plus que c'est moi qui ai provoqué cette mort, même si tu sais très bien que je serais incapable de faire une chose pareille.

La fête a pris fin sur-le-champ. J'ai renoncé à ma célébration solitaire et je suis désormais encore plus convaincue que ma vie ne retrouvera un sens que si je parviens à trouver la vérité que tu exiges pour m'absoudre de ces accusations infondées. Et je trouverai cette vérité, parce que je t'aime toujours.

Ta petite

L'odeur de terre fraîchement arrosée, le parfum matinal des fleurs, le ciel bleu qu'aucun nuage ne voilait et le chant d'un merle moqueur dans le feuillage d'un avocatier chargé de fruits semblèrent au Conde d'extraordinaires éléments de la vie, des cadeaux de la nature sans lesquels il était impossible de vivre. Et si l'on est contraint de passer en ce monde, privé de la possibilité de jouir de ces simples prodiges? Si on se réveille chaque matin assailli par la laideur et la sordidité les plus compactes, prisonnier d'un marécage qui vous entraîne vers le vol, la violence, l'invention jour après jour des moyens les plus divers de prostitution physique et morale? Le merle moqueur chante-t-il de la même façon pour tout le monde, sur la même mélodie, dans les mêmes tons? Mario Conde regarda ses mains, apparemment propres, puis son regard se posa de nouveau sur le patio. Il était convaincu que malgré les carences et les frustrations supportées pendant des années, il pouvait encore considérer qu'il avait de la chance, car ni lui ni ses amours les plus proches ne s'étaient vus dans l'obligation de traverser les frontières ultimes de l'avilissement pour pouvoir survivre.

L'arôme du café chatouilla son odorat et, savourant par avance les délicieuses gorgées, il porta une cigarette à ses lèvres, disposé à réaliser la fusion de ces deux merveilleuses sensations si dévaluées par la propagande médicale. Mais c'est à peine si les douleurs et les doutes ancrés dans son cerveau lui permirent de sourire quand le Palomo, un plateau à la main, lui offrit la tasse en porcelaine à filet doré.

– Alors, dis-moi, comment ça a marché? demanda-t-il au jeune homme après avoir bu le café et allumé sa cigarette.

– Comme toujours, j'ai commencé par Pancho Carmona. Bien sûr, j'en ai profité pour lui vendre quinze livres, à un meilleur prix que prévu. Je te donne tout de suite ta part, promit le Palomo avant de lui raconter le résultat de ses recherches, qui s'étaient soldées de façon négative mais révélatrice : personne dans le commerce des livres d'occasion ne connaissait le grand Noir boiteux du pied droit et à l'allure de prédicateur chrétien malencontreusement apparu chez les Ferrero.

– Chez cet homme il y a quelque chose qui ne peut pas changer, pensa le Conde à haute voix : il est noir et grand. Mais on peut faire semblant de boiter et aussi parler d'une certaine façon.

– Je te jure que ça m'était pas venu à l'idée, *man*, admit Yoyi.

– Tu vois, tu n'es pas aussi brillant que tu le crois... Et l'autre chose, c'est qu'on peut pas faire semblant de s'y connaître en bouquins. Alors, si l'homme est allé tout droit chercher ces six livres en particulier, c'est qu'il s'y connaît...

– Comme le musicologue bigleux... Tu sais ce que m'a dit Pancho ? Eh bien, le bouquin qu'a choisi Rafael Giró, la première édition de ce livre de Borges, dédicacé à une certaine Victoria Ocampo, elle s'est vendue à vingt mille dollars dans une librairie de Boston... Alors, ce livre qu'il t'a échangé contre un disque de merde, il valait une fortune... Tu vois, *man*, toi non plus t'es pas aussi brillant que tu le crois !

– J'ai toujours dit que je suis un con avec une licence et plusieurs maîtrises. Hier, j'ai passé le master. Et aujourd'hui je vais me présenter au doctorat.

– Pourquoi ? Qu'est-ce qui t'est arrivé ?

Une nouvelle cigarette aux lèvres et une seconde tasse de café à la main, Conde fit à son associé un résumé de sa descente aux enfers, se gardant de révéler sa fuite pour le moins douteuse et la confirmation des amours troubles qui avaient perturbé son père.

– Et tu savais pas que ce quartier était comme ça ? dit le Palomo dans un sourire, après l'avoir écouté. Mais tu n'as fait que gratter la croûte. En dessous, c'est pire. Je te jure.

– J'imagine... Tu sais quoi ? J'ai l'impression que cette ville change trop vite et que je ne sens plus son pouls. A chaque instant, je suis obligé de sortir dans la rue avec un putain de plan... Bon, maintenant je vais aller au commissariat central. Je veux voir s'ils ont du nouveau. Ce serait bien de savoir si les empreintes de ce mystérieux Noir appartiennent à un individu déjà fiché et s'ils l'ont identifié. Je vais voir aussi s'ils acceptent de m'aider à trouver quelque chose sur Fleur de Lotus. Il faut que je réfléchisse pour trouver le moyen de convaincre Manolo de me passer l'information...

– Et moi, je fais quoi ? s'enquit Yoyi en caressant la proue de son sternum.

– Je t'appelle et je te dis si j'ai réussi à en savoir plus sur le Noir. Sinon, tu fais comme hier, mais en sachant que le grand Noir n'est peut-être pas boiteux et qu'il ne parle pas forcément comme un prédicateur.

– Hé, *man*, encore? protesta le jeune homme.

– C'est comme ça, Yoyi.

– Ouais, mais on est déjà assez emmerdés de pas pouvoir sortir plus de livres de chez les Ferrero, s'il faut en plus perdre deux jours pour cette enquête à la con! *Time is money, remember*, il faut que je m'occupe de mes affaires.

– Mais *remember* aussi que nous avons laissé un mort derrière nous... et tu sais bien que les flics n'aiment pas les types dans ton genre, qui se font du fric sans qu'ils puissent les en empêcher. S'ils pouvaient te coller ce mort sur le dos, pour eux ce serait un vrai délice...

– Un mort que je n'ai pas tué. C'est clair, *man*? Moi, je suis clean et c'est leur problème de trouver celui qui l'a trucidé, pas le mien! Eux, ils sont payés pour, alors que moi je me démerde pour gagner ma vie. Mais toi, si ça te dit de jouer au détective et de te balader pour retrouver une vieille pute et une chanteuse de boléros, ça te regarde! Moi, je me retire de cette histoire, je te jure!

Conde observa de nouveau le patio, les fleurs, essaya d'écouter le chant du merle et chercha dans ce tableau idyllique une alternative irréfutable.

– Tu ne te rends pas compte, Yoyi? Plus vite on trouvera qui a tué Dionisio Ferrero, plus vite on pourra emporter les livres qui restent... Et je vais te proposer un marché. Écoute : puisque six livres ont déjà disparu, cela revient au même si on en sort cinq, six ou sept de plus... On va en acheter six, ceux que tu voudras...

– Ceux que je voudrai?

Le visage de Yoyi changea d'expression.

– Ceux que tu voudras, répéta le Conde.

– Par exemple, le livre *Les Plantations et les raffineries de sucre* ou la Bible de Gutenberg si elle y est?

– Ceux que tu voudras, confirma le Conde.

– T'inquiète, je vais le trouver, ce Noir. Regarde, regarde, je te jure, *man*, et il embrassa ses doigts disposés en croix.

Elsa Contreras Villafaña, alias Fleur de Lotus, alias la Blonde, avait cessé d'intéresser la police en 1965 quand, révolutionnairement régénérée, elle avait abandonné la pratique de la putasserie, devenue chef d'équipe dans un atelier de couture du quartier El Cerro, et avait déclaré comme domicile la maison sise au numéro 195 de la rue Apodaca, dans la Habana Vieja. Sa fiche de police, récupérée par les nouvelles autorités créées en 1959, portait une première inscription de 1948 mentionnant qu'elle se livrait à la prostitution dans des zones non autorisées. Puis, jusqu'en 1954, Elsa Contreras Villafaña, déjà connue comme Fleur de Lotus par les habitués du théâtre Shanghai, avait encore été arrêtée deux fois pour scandale sur la voie publique, la première pour agression à l'arme blanche et la seconde pour possession de drogue – marihuana –, et elle avait purgé une légère peine à la prison de femmes de La Havane. Cependant, à partir de 1954, elle semblait s'être acheté une conduite car aucun autre acte délictueux n'apparaissait dans sa biographie policière. Sa réapparition datait de 1962, lorsqu'elle avait été à nouveau arrêtée pour exercice de la prostitution et du proxénétisme dans un bar du port de Nuevitas, dans la province de Camagüey, à la suite d'un scandale provoqué par l'étrange agression perpétrée par un homme, une espèce de souteneur local, qui avait mordu et arraché un morceau de sein à une des prostituées qu'elle contrôlait. A la suite de cet incident, Elsa avait été enfermée dans un centre de rééducation durant huit mois, au bout desquels elle avait commencé à travailler comme couturière dans un atelier où elle arriverait un an plus tard à occuper le poste de chef d'équipe.

– Là, il y a quelque chose de bizarre, commenta le Conde, et le sergent Atilio Estévanez qui, sur ordre du capitaine Palacios, était chargé de contrôler les recherches du Conde, le regarda, intrigué. Pour décider son ex-collègue, vaincre sa réticence et avoir accès aux archives policières – toi, tu n'es plus flic, avait insisté Manolo : tu sais bien que les chefs n'aiment pas cela –, Conde avait eu recours à tous les raffinements de son art de la persuasion et à l'évidence que le fait d'apprendre quelque chose sur Elsa Contreras n'affecterait en rien l'enquête officielle sur un homicide. Se faisant tirer l'oreille, répétant que cela ne lui plaisait pas, Manolo avait fini par accepter, à condition que le sergent Estévanez surveille la recherche.

Les informations trouvées confirmèrent au Conde que le silence de la police à partir de 1954 indiquait qu'à cette époque Fleur de Lotus avait dû faire un bond dans l'échelle sociale, capable de l'immuniser contre le harcèlement – du moins le plus visible – auquel étaient soumises uniquement les femmes les plus vulnérables qui faisaient le trottoir, exploitées par des souteneurs et des flics. Mais cette ascension, convoitée par les centaines de prostituées qui pullulaient dans les rues de La Havane des années 50, devait être due à un piston particulier, d'autant plus que – d'après Silvano Quintero – le commerce auquel la femme allait se livrer, peu de temps après, était organisé avec des filles de luxe, pas comme dans n'importe quel bordel des quartiers de Pajarito et Colón. Et ce genre d'affaire, à Cuba, à cette époque-là, avait généralement un visage visible, celui de la fameuse matrone connue sous le nom de Marina qui dirigeait une vingtaine de maisons closes, et un patron dissimulé dans les ténèbres de sa respectabilité toute neuve : le juif Meyer Lansky.

Poussé par une prémonition, Conde demanda au sergent de trouver la fiche d'Alcides Montes de Oca, mais il ne fut guère surpris d'obtenir une réponse négative : personne de ce nom n'apparaissait dans les registres des délits de droit commun. Il se demanda s'il serait bon d'étudier le dossier Lansky, mais il était convaincu de l'inutilité de l'effort car à Cuba, le juif n'apparaissait pas comme propriétaire légal des nombreuses affaires à la tête desquelles il plaçait ses acolytes cubains et des transfuges récemment importés des États-Unis où ils n'étaient plus en odeur de sainteté.

Par téléphone, ils demandèrent au Bureau du registre des adresses, les noms des occupants de la maison du 195 de la rue Apodaca, et la réponse fut concluante : l'immeuble s'était écroulé pendant un ouragan en 1971 et ses occupants avaient été transférés dans un logement provisoire. Mais parmi les victimes du sinistre, il n'y avait personne du nom d'Elsa Contreras Villafaña. Estévanez, piqué par la curiosité, appela la direction de l'identification du Bureau central des cartes d'identité et du registre d'état civil, demanda des informations sur la femme et on lui donna comme adresse permanente celle du 195 rue Apodaca, appartement 6, d'après les renseignements obtenus en 1972.

Conde sourit devant le regard stupéfait du sergent Estévanez, incapable de s'expliquer comment il était possible qu'Elsa Contreras ait réussi à monter cette tromperie si grossière. Où cette femme avait-elle bien pu se fourrer ? Comment avait-elle réussi à tromper la police, le registre des adresses et celui des consommateurs* qui travaillaient ensemble, de façon permanente, sur les décès, les déménagements et tout déplacement physique des onze millions de Cubains résidant dans l'île, facilement contrôlables par le lit où ils dormaient ou la nourriture qu'ils recevaient de l'État ? Mais le Conde replaça le mystère dans sa dimension la plus inquiétante : pourquoi avait-elle fait ça ?

— La première chose, c'est de savoir si elle est morte, dit le Conde. Tu as un flic disponible pour vérifier les registres des cimetières ?

— De tous les cimetières ? dit le sergent atterré.

— Au moins ceux de La Havane. Deux policiers peuvent le faire en une journée.

— Attends, je vais voir ce que je peux faire, accepta Estévanez, mais je ne vois toujours pas le rapport entre une chose et une autre.

— Moi non plus, mais il peut y avoir un lien quelque part avec une personne du nom de Catalina qui se faisait appeler Violeta del Río, c'est elle qui m'intéresse vraiment... Et

---

* Allusion au fait que chaque Cubain possède *la libreta,* le carnet de ravitaillement où figure son adresse.

qu'est-ce que vous avez trouvé sur le mystérieux Noir ? tenta de savoir le Conde, mais Estévanez secoua la tête.

– Je ne peux pas en parler…

– Écoute, il n'y a pas de quoi en faire une montagne. Je veux juste savoir si vous l'avez identifié.

Le sergent grommela sans trop de conviction.

– Les empreintes qu'on a trouvées dans la bibliothèque n'appartiennent pas à des individus fichés.

– Et l'autopsie de Dionisio Ferrero, qu'est-ce que ça donne ?

– Il a été tué vers une heure du matin. Il n'y a pas d'autres signes de violence, rien sous les ongles, donc il s'est fait surprendre et on l'a tué d'un seul coup de couteau.

– Et les livres qui manquaient sur la dernière étagère ?

– Ils ont été sortis le jour même de l'assassinat de Dionisio. On sait aussi qu'Amalia ne retrouve pas le couteau que Dionisio utilisait pour travailler dans le patio. On pense que c'est sans doute l'arme du crime…

– Trop de mystères à la fois, murmura le Conde. On dirait une mise en scène.

– C'est aussi l'avis du capitaine Palacios. Il pense que quelqu'un a tout manigancé, quelqu'un qui sait très bien comment tromper les flics chargés de l'enquête.

Conde sourit en imaginant ce que pouvait imaginer Manolo.

– Quand tu verras le capitaine, rappelle-lui de ma part que les choses les plus cachées sont toujours visibles. Et qu'il joue pas au con. S'il me cache quelque chose, c'est sûr qu'il va avoir encore plus de mal à résoudre ce merdier.

Le Conde ne fut pas surpris quand, fatigué de tambouriner à la porte, il eut la conviction que l'Africain s'était envolé de sa piaule de la rue Alambique avec un bénéfice net de mille trois cents pesos et un malicieux sourire de satisfaction découvrant ses dents cariées. Les risques implicites en la circonstance que, tôt ou tard, on saurait qui était en réalité ce soi-disant cousin de son ex-femme, avaient sûrement persuadé l'Africain qu'il valait mieux soutirer de l'argent à l'ancien flic – douce vengeance – pour calmer ses créanciers et disparaître ensuite du quartier ou se cacher au plus profond de ses catacombes.

Pour évaluer ses possibilités, le Conde traversa de nouveau les planches tremblantes et chercha la clarté et l'air moins fétide de la terrasse. L'absence de l'Africain le mettait dans une situation délicate, car il était plus que probable qu'avant de se volatiliser, son vieil indic avait déclaré devant les instances adéquates qu'il avait agi contraint et forcé par la pression policière. Si c'était le cas, le Conde se retrouvait maintenant complètement démuni face au danger physique évident, il était devenu un visage pâle en territoire apache avec toutes les connotations qu'une telle intrusion impliquait généralement. Assis, appuyé à l'un des réservoirs d'eau, celui-là même contre lequel l'Africain avait fumé la veille au soir son joint de marihuana, le Conde arriva à la conclusion que la logique la plus rationnelle lui enjoignait d'abandonner immédiatement le quartier. Il ne serait le bienvenu ni dans le tripot à bières de Michael Jordan, ni dans le resto clandestin de Veneno, et il lui semblait maintenant évident que la promenade et les pauses dans divers coins du quartier pouvaient faire partie d'une stratégie de l'Africain pour le montrer à tous ceux qui devaient l'enregistrer dans leurs archives mentales, d'une façon plus subtile, mais non moins efficace que la technique policière à laquelle l'avaient soumis ses anciens collègues pour le ficher. Si cette supposition était juste, par cette voie, toutes les pistes menant à l'éventuelle adresse de la volatile Fleur de Lotus lui étaient désormais fermées et, pour l'instant, il ne voyait à l'horizon aucun moyen possible d'ouvrir une brèche. Sa prétendue enquête menée à son compte semblait finir sur une grossière escroquerie.

– Faut vraiment être con…

Une cigarette aux lèvres, le Conde sourit, se moquant de lui-même et de son incroyable naïveté qui allait jusqu'à payer des bières et ensuite un déjeuner de langouste et de viande de bœuf. Il leva les yeux vers le ciel sans nuages et se sentit oppressé par la lumière impassible de midi : il se retrouvait les mains vides, sans perspectives, ce qui alourdissait encore le poids des mystères qui le poursuivaient. Il toussa, se racla la gorge et cracha sur sa droite. Il tira deux bouffées de suite de son mégot avant de le laisser tomber dans le conduit d'aération ouvert à côté de lui et ce n'est qu'à cet instant qu'il se souvint que c'était la cachette de l'Africain. A genoux, faisant attention de ne pas se brûler au mégot encore rougeoyant, il mit le bras dans le tube en fonte et, en arrivant au coude, ses doigts touchèrent une surface lisse qu'il identifia comme étant un morceau de nylon. Se servant de deux doigts comme d'une pince, il parvint à extraire le petit sachet transparent qui contenait une cigarette mal roulée et un morceau de papier où une écriture ronde et hésitante, allergique aux accents et aux virgules, disait : "Elle s'appelle maintenant Carmen et elle habite dans le *solar* au 58 de la rue Factoria. Crache ce que tu me dois et on est quitte. Mon frere tu sais pas ce que t'as loupe je me suis fait la mulatresse pour nous deux. Fais gaffe."

Presque ému par la leçon d'éthique de l'Africain qui lui faisait récupérer sa foi en la race humaine, le Conde approcha son briquet du papier. La brèche s'était de nouveau ouverte et une sensation jubilatoire revint parcourir son corps. Presque sans y penser, il mit dans le nylon les sept cents pesos restants, en paiement de l'information obtenue. Il ferma le sachet et, au moment où il allait le remettre dans sa cachette, il pensa que la présence de la marihuana n'était pas un hasard : cela ressemblait plutôt à un cadeau ou à une invitation de l'Africain, obstiné à raccourcir la distance entre un ex-policier et un ex-taulard. De nouveau piqué par une curiosité trouble, Conde sortit le joint et remit le sachet de nylon à sa place. Il regarda à nouveau autour de lui et vérifia sa solitude absolue. Oserait-il ? Il se souvint alors de l'expérience oppressante de la veille dans la maison de passe et il se dit qu'apparemment, quelque chose était en train de s'effondrer dans ses principes les plus solides s'il avait été capable d'entrer dans une chambre avec une authentique pute tarifée. Maintenant la libre invitation à goûter une fois aux effets d'un joint continuait à palpiter comme une tentation. Et merde! Qu'est-ce qui m'arrive? Il se demanda s'il ne valait pas mieux emporter le joint et décider ce qu'il en ferait dans l'intimité de sa chambre, mais il en fut dissuadé par le risque qu'impliquait le retour par les rues de ce quartier avec de la drogue sur lui, précisément alors qu'il était impliqué dans une enquête pour homicide. Il allait mettre la main dans le conduit d'aération pour remettre à sa place la marihuana quand il se souvint de la conversation avec Yoyi sur son absolue virginité narcotique, alors, d'une main encore hésitante, il se risqua à porter la flamme du briquet à la pointe de la cigarette placée entre ses lèvres et inspira en retenant dans ses poumons la fumée douce et légère de la mythique feuille de chanvre indien. Mais à cet instant, une force plus puissante que ses désirs rebondit dans son cerveau et, pour lui ôter toute autre possibilité, l'obligea à écraser la cigarette sur les dalles de la terrasse, au point de la mêler à la poussière calcinée que souleva le frottement exagéré de sa chaussure. Une sensation de soulagement monta en lui et sans prendre le temps de réfléchir, il se releva, décidé à traverser le quartier à la recherche des réponses que seule pouvait lui offrir une prostituée régénérée se cachant de son passé.

Quand il sortit de l'immeuble, il mit presque une minute pour situer la rue Factoría avant de conclure qu'elle devait se trouver plusieurs blocs plus loin, sur sa gauche. Comme au temps où il était flic, il commença à se préparer mentalement à ce qui risquait d'être une entrevue difficile. Il avançait sur le trottoir, l'esprit en ébullition, entendant à peine les musiques qui se succédaient et se transformaient de maison en maison, sans un regard pour l'activité effrénée du quartier.

Dépourvu de toute capacité de réaction, Mario Conde comprit seulement qu'il se passait quelque chose alors qu'on lui avait déjà administré une violente bourrade pour le projeter à travers le portail ouvert d'un *solar*. Ses pieds, surpris par la violence du choc, s'emmêlèrent comme des cordes trop lâches puis, exécutant un vol plané qui lui sembla infini, il parvint à apercevoir, tamisés par sa rétine, les câbles électriques pendant près de l'escalier, les sacs en plastique débordant d'ordures, la jante tordue d'un vélo, et il arriva même à voir comment le sol, en ciment brut et sale, s'approchait inexorablement de son visage alors que son odorat percevait l'insultante acidité d'une odeur d'urines séchées, juste avant de sentir qu'on lui arrachait la tête et qu'on éteignait la lumière.

Il avait la gorge en feu, comme s'il avait avalé une poignée de sable brûlant. Il mourait d'envie de boire : son royaume et même son cul, il les aurait donnés pour une gorgée d'eau... Un instinct caché lui fit porter la main à sa poche et fouiller le tissu, jusqu'à ce que ses doigts puissent palper la surface métallique du petit pot et il pensa : une oasis, je suis sauvé. Tout en essayant d'économiser ses mouvements pour ne pas aviver ses douleurs, il parvint à ouvrir le minuscule récipient et, du bout du doigt, il enduisit son front de pommade chinoise. Il fut surpris de constater que sa tête était toujours au même endroit, peut-être un peu décentrée, bien qu'il lui semblât évident que cette masse informe et altérée n'était pas la tête qui avait été la sienne jusqu'à ce soir-là : il eut l'impression qu'elle avait grandi, débordant de sa structure osseuse, et qu'avec ce volume démesuré, elle était maintenant sur le point d'éclater. Avec le bord de l'ongle, il déposa une pincée de pommade sur le bout de sa langue et la brûlure du baume asiatique le réconforta et le fit se souvenir, vaguement mais sans équivoque, que dans un endroit et à un moment impossibles à préciser mais proches, il avait eu une conversation avec un homme pâle et lent, surgi de l'obscurité la plus profonde, vêtu d'une ridicule tunique de couleur orange qui avait failli le faire partir d'un éclat de rire. Pourquoi les images de ce délire lui semblaient-elles aussi réelles ? Ou était-ce le souvenir d'une expérience vécue ? Il se souvint de l'homme, peut-être trop grand pour être vrai, un halo lumineux et dense émanant de sa silhouette – ce ne serait pas Dieu en personne ? avait-il pensé à ce moment-là – qui, sans même se présenter, d'une voix gutturale et pausée, avait tout de suite commencé à lui parler de la souffrance et de nobles vérités. Même incapable de déterminer d'où il le connaissait, en le voyant de près et en l'écoutant disserter sur ces thèmes, il s'était persuadé qu'il était absolument sûr de savoir qui c'était, et il arriva même à le considérer comme une personne familière qu'il s'efforça de suivre dans son exposé sur la douleur comme élément intrinsèque de l'existence humaine, de la naissance à la mort, car d'après ce qu'avait dit cet homme grand, lumineux, orange, cette douleur nous accompagne même au-delà de la mort car la vie n'est guère qu'un cycle qui recommence à chaque réincarnation. Réincarnation? Alors, je suis mort? avait demandé le Conde, croyant que cette condition expliquait mieux la présence de l'illuminé – je le connais, ce rigolo –, mais l'homme avait fait non de la tête tout en le prévenant : tu te trompes sur toute la ligne, tu te trompes toujours, tu te trompes trop souvent... et tu es têtu : tu veux trouver une explication à toute chose, c'est ton problème, tu n'es pas capable de comprendre que la nature ne peut être expliquée par aucun système de définition unique et invariable, dit-il, puis il fit une longue pause. Conde, le monde est comme il est, indépendamment de toute idée spécifique qu'on se fait de lui. Et toi, tu es plein d'idées terriblement spécifiques, tu veux même changer le monde avec ces pensées et tu oublies que tu es la seule chose que ton esprit peut changer. Libère-toi des préjugés et médite, médite... Mais d'où est-ce que je te connais? D'où me connais-tu, toi, pour me parler de mes idées et de mes préjugés? Le Conde se souvint d'avoir posé ces questions car il avait l'impression que les paroles de l'autre commençaient à lui être de plus en plus familières, énoncées de vive voix par ce spectre qui semblait se trouver à mi-chemin entre ce monde et l'autre. La souffrance est le résultat du désir de possession. L'esprit et les sentiments entravent leur fonctionnement quand ils s'attachent aux préjugés de l'expérience. Arrête de ressasser : médite et élève-toi, médite et libère-toi. Tu vas finir par comprendre que rien n'est fortuit : tout ce qui est arrivé désirait arriver... Les mots prirent tout leur sens dans l'esprit du Conde et lui causèrent un frisson cérébral : "Cela désirait arriver." Non, ce n'est pas possible, avait-il dit à l'illuminé, c'est vraiment *toi*? Je n'arrive pas à y croire... Tu vois ce que je te disais? lui avait reproché son pâle interlocuteur : tu n'oses croire qu'à ce que tu penses devoir croire et tu n'ouvres pas ton esprit... Mais ne me dis pas que c'est *toi*? avait insisté le Conde, tout à sa joie, sans écouter les reproches de son interlocuteur : *cela*, bien sûr, *désirait arriver*, et durant de nombreuses années de sa vie, le Conde l'avait désiré, tout en sachant que c'était impossible que *cela* arrive : l'homme lent et pâle était un de ces dieux inamovibles, exactement cela, un être illuminé, presque un *mukta*, celui qui connaît Dieu – ou au moins un être qui s'en était beaucoup approché par la voie de la perfection –, et l'avoir là, à ses côtés, l'écouter, était un privilège incommensurable. J'ai toujours eu tellement envie de te parler, parvint-il à dire d'une voix étranglée par l'émotion, mais pas pour parler de la mort et de la souffrance, même pas de la réincarnation dont, en vérité, je n'ai rien à foutre, une vie de merde me suffit amplement, alors je n'ai aucune envie d'une seconde. Je voulais parler avec toi de quelque chose de plus difficile, ou de plus intangible, comme tu dis... Dis-moi, s'il te plaît, comment fait-on pour écrire des histoires vraiment émouvantes et fragiles ? Quel est le secret ? Pourquoi est-ce que Seymour se suicide pendant sa lune de miel ? Et Buddy, qu'est devenu Buddy Glass du jour où il a déménagé pour s'installer dans cette cabane près de New York ? Et Esmé, a-t-elle fini par trouver le bonheur ? A-t-elle reçu l'histoire que le soldat avait écrite pour elle ? Mais dis-moi, dis-moi aussi, c'est vrai que tu n'as jamais cessé d'écrire pendant toutes ces années ? L'homme illuminé, agressé par cette avalanche de questions, sembla mal à l'aise dans sa tunique orangée, une grimace ostensible se dessina sur sa bouche et finalement il hocha la tête, niant quelque chose de profondément caché en lui, mais sans pouvoir s'en empêcher, il avait légèrement souri quand le Conde avait attaqué de nouveau : je ne peux pas croire que c'est vrai que tu n'as plus rien écrit. Tu sais que c'est un crime ? D'accord, c'est bien que tu médites, que tu fasses l'illuminé – tu es vraiment très beau avec cette lumière qui te vient de l'intérieur –, que tu t'éloignes du monde, mais merde, mon vieux, tu ne pouvais pas cesser d'écrire, tu ne pouvais pas! Je n'accepte pas que pour méditer tu aies abandonné l'écriture, justement *toi*. C'est pire qu'un crime, mais... comment je t'appelle? Appelle-moi J.D., avait concédé l'interrogé. Comme ça, J.D., J.D., répéta le Conde, satisfait d'avoir accumulé les lectures et les méditations nécessaires pour mériter cette familiarité et pouvoir l'appeler J.D., et il poursuivit: oui, c'est un crime, J.D., parce que toi, tu avais encore beaucoup de choses à écrire et nous, à lire. Qu'est-ce que tu en sais? L'illuminé s'était intéressé à la question et Conde avait senti qu'à ce moment plusieurs de ses douleurs latentes commençaient à se manifester tandis que la lumière émanant de J.D. se diluait peu à peu dans l'obscurité, sa pâleur s'accentuait et sa tunique disparaissait. Mais Conde avait réussi à crier: je le sais parce que lorsque je te lis, j'ai envie de continuer à te lire. Ça me tue de te lire... Et tu sais aussi...? Oui, tu le sais: ce que j'aime le plus quand je me sens complètement épuisé après avoir lu un livre, c'est ce désir d'être l'ami de l'auteur et de l'appeler au téléphone n'importe quand. Toi, je t'aurais appelé des tas de fois. C'est aussi simple que ça, tu vois? J.D. acquiesça et son visage évanescent refléta l'orgueil invincible que quelqu'un puisse citer de mémoire certains de ses personnages. Mais il repoussa cette pointe de vanité terrestre et regarda avec pitié le questionneur: ne fais jamais la connaissance d'un écrivain dont tu as aimé le livre, *dixit* Chandler. Et il avait raison: les écrivains appartiennent à une race bizarre. Il vaut mieux les lire que les connaître, c'est sûr, et il agita sa tunique orange avant de disparaître dans la nuit havanaise, mais le Conde avait cru entendre, ou du moins il croyait se rappeler la voix de l'illuminé, de plus en plus éthérée, qui lui disait avant de s'éteindre totalement: il faut que je garde des choses à faire pour mes vies futures... En plus, il y a déjà trop de livres. Mais souviens-toi de ce que Bouddha nous a enseigné: il n'y a qu'un temps essentiel pour s'éveiller; et ce temps, c'est maintenant. Alors réveille-toi pour de bon, mon salopiaud...

L'obscurité était revenue comme si elle obéissait à un ordre et Conde, totalement conscient, eut une douloureuse perception de son corps et de la soif qui le brûlait. Il s'empressa de sucer un peu plus de pommade chinoise, en se demandant si ce ne serait pas la formule magique pour faire revenir J.D., mais J.D. ne revint pas et il en fut désolé plus que peiné, car J.D. n'avait même pas été capable de lui donner un simple numéro de téléphone où l'appeler quand il relirait, pour la centième fois, une de ses histoires, toujours émouvantes et fragiles.

Étendu dans l'herbe, en proie aux douleurs que lui envoyait son anatomie maltraitée, Mario Conde découvrit qu'il était incapable de préciser combien de temps il lui avait fallu pour se décider à ouvrir finalement les yeux car malgré sa volonté, une seule paupière souleva le rideau, tout juste assez pour qu'il comprenne que de toute évidence la nuit était tombée et qu'il était seul. Il ferma son œil opérationnel et toucha l'autre où il découvrit un promontoire humide et palpitant qui s'élevait depuis le sourcil jusqu'à la pommette. On m'aurait pas arraché un œil, des fois? pensa-t-il, oubliant pour l'instant sa conversation avec l'illuminé, terrassé par la soif et la douleur, et il éprouva une terrible envie de pleurer de son œil survivant. Surmontant les élancements que lui onfligeraient son dos, un de ses genoux, son abdomen, son visage, sa nuque et surtout l'intérieur de son crâne, il réussit à s'asseoir et, les mains sur le sol, à résister à l'assaut de la nausée malheureusement non alcoolique. Malgré l'obscurité, il découvrit qu'il était dans un terrain vague désert et au bout de quelques minutes il entrevit, à environ deux cents mètres, une rue mal éclairée où passait de temps en temps une voiture. Il se demanda si la meilleure façon d'atteindre la rue ne serait pas de marcher à quatre pattes, mais il eut peur de se couper les mains sur les bouts de verre, certainement nombreux dans l'herbe. Il rassembla toute son énergie pour se mettre à genoux et, soutenant sa tête martyrisée dans ses mains, il fit un suprême effort pour se mettre debout, titubant comme sous l'effet d'une de ses meilleures cuites. Alors seulement, il eut conscience d'être pieds nus et quand il toucha sa poitrine, il se rendit compte qu'il n'avait pas de chemise non plus. Et son œil? Est-ce qu'on lui avait vraiment arraché un œil?

Douze chutes plus tard, brûlé par la soif de plus en plus ardente qui montait le long de sa gorge et avec une nouvelle douleur aiguë sous la plante du pied gauche, les débris de Mario Conde réussirent enfin à arriver jusqu'à l'avenue où il découvrit qu'il se trouvait à proximité de l'usine thermoélectrique, silencieuse et rouillée, qui projetait ses lugubres ombres géométriques sur le terrain vague. Il pensa que le mieux serait de traverser la rue vers la station-service d'où il essayerait de localiser Yoyi ou Manolo. Mais il douta de ses forces. Avant de tenter cette traversée périlleuse, il fallait qu'il récupère un peu et sans réfléchir il se laissa tomber à genoux dans l'herbe où il ne put éviter l'écroulement immédiat de son corps vers le trottoir. Il avait peut-être déjà perdu connaissance pendant sa chute car il n'éprouva aucune douleur lorsque son visage rencontra la surface du béton.

Le Conde fut rendu à sa souffrance par la main qui insistait pour laver son sourcil et sa pommette enflammés. Les élancements étaient si intenses que le Conde lança une gifle.

– Du calme, Bobby, du calme*, dit une voix. Quelle raclée! Le menu complet avec pousse-café inclus! Laisse-moi te nettoyer un peu et après on va te faire des radios de partout, de la racine des cheveux à la pointe des pieds!

Conde comprit que la voix n'était pas celle de son ami illuminé et supposa qu'il se trouvait dans un endroit aussi terrestre et horrible que peut l'être un hôpital. Il demanda:

– On m'a arraché l'œil?

– Non, il est encore là. Mal en point mais à sa place.

– Qui es-tu?

– L'infirmier. Le médecin t'a donné un analgésique et maintenant on va te recoudre.

– Avec une aiguille? dit le Conde, horrifié.

---

* Paroles d'une chanson cubaine à la mode.

241

– Oui bien sûr, mais tu as tellement de trous qu'on va utiliser une machine à coudre... Allez, évanouis-toi de nouveau, je vais commencer par le sourcil...

– Attends, attends... laisse-moi pleurer un peu d'abord...

– Vas-y, mais dépêche-toi!

– Au fait, tu n'as pas vu par ici un type très grand avec une tunique orange?

– Oui, il se baladait dans le coin mais il est parti au carnaval. Allez, évanouis-toi, j'y vais.

Cinq minutes ou cinq heures plus tard, le Conde bougea les paupières et soupçonna que cette fois il était définitivement mort, mort par erreur, car quelqu'un avait passé sous silence tous ses péchés et il était en train de monter au ciel où une voix angélique annonçait:

– Regardez, il revient à lui!

Quand il réussit à décoller la paupière utile, il vit, de sa position horizontale, les visages de Tamara, Candito, le Conejo et Yoyi, mais son cerveau embrumé fut incapable de discerner que la voix n'appartenait à aucun de ces archanges. Alors, il laissa tomber sa tête de côté et, à la hauteur de son visage, il trouva celui du Flaco Carlos, incliné sur son fauteuil roulant.

– Putain de dérouillée, mon frère, ils ont pris leur pied, les salauds!

– Charrie pas, Flaco, ils m'ont même laissé les deux yeux!

Mario Conde refusa de porter plainte officiellement. Il lui semblait ridicule et peu viril de se mettre à raconter à un flic que de méchants types qu'il n'avait même pas vus lui avaient flanqué une dérouillée parce qu'il avait fourré son nez où il ne fallait pas. De plus, qui pouvait-il accuser de cette raclée sinon lui-même et sa stupide naïveté? Les invraisemblables noms de Veneno et Michael Jordan étaient les seuls qui lui venaient à l'esprit comme possibles commanditaires de l'agression, mais l'absence de preuves et la certitude que tous deux étaient couverts par de solides alibis l'assuraient de l'inutilité de la démarche. Le comble, c'est qu'au plus profond de son être malmené, il éprouvait maintenant une certaine gratitude: après tout, on lui avait seulement fait comprendre qu'il n'était pas le bienvenu dans le quartier en prenant congé de lui sur le mode habituel dans ces contrées.

Le médecin insista pour le garder un jour en observation à l'hôpital, mais en apprenant qu'il n'avait pas de fractures, seulement des hématomes, des inflammations et deux blessures maintenant suturées au sourcil gauche et derrière l'oreille droite, Conde supplia pour qu'on le libère, en faisant le serment – volontairement faussé par la position des doigts croisés – de se soumettre à l'épreuve des piqûres d'antibiotiques. Puis, profitant de sa situation, il fit mine de résister lorsque Tamara proposa de l'accueillir quelques jours chez elle – pourquoi allait-elle s'imposer ce dérangement, dit-il, puisque ce n'était pas grave –, mais dès qu'elle insista il prit un air d'obéissance résignée et accepta.

Quand enfin il put se regarder dans une glace, Conde se retrouva devant un apprenti monstre qui lui semblait vaguement connu. Même si l'enflure du sourcil et de la pommette avait cédé grâce aux anti-inflammatoires et aux poches de glace et qu'il pouvait de nouveau soulever un peu sa paupière, le globe de l'œil était totalement rougi et sa vision passait à travers une pellicule opaque, obstinée à altérer sa perspective du monde en lui faisant voir la vie en rose.

Après avoir avalé deux comprimés, supporté l'intrusion douloureuse de la piqûre dans la fesse et commencé à se réconcilier avec le monde en buvant le café que Tamara venait de préparer, Conde se glissa dans la baignoire d'eau tiède où il resta allongé jusqu'à ce que l'eau refroidisse. Cette paix, cette propreté parfaite, la sensation de sécurité et la certitude d'être le centre d'intérêt de la femme qu'il avait aimée le plus longtemps et avec la plus grande insistance lui procurèrent un tel bien-être réparateur qu'il se demanda si toute sa vie ne devrait pas se dérouler ainsi. Mais un écueil se dressait toujours sur le chemin qui menait à cette paix si désirée, comme si son destin était de vivre entre le bord et le fond même du gouffre de l'incertitude.

Disposés à ne pas rater une telle occasion, ses amis avaient fait une vraie fête de sa convalescence et à dix heures du matin, ils débarquèrent chez Tamara. Candito et le Conejo s'étaient relayés pour pousser le fauteuil roulant du Flaco sur une distance d'une quinzaine de blocs et quand Yoyi se joignit à eux, il leur reprocha de ne pas l'avoir appelé car il aurait pu tous les emmener dans sa Chevrolet en écoutant en chemin les meilleurs morceaux de Credence Clearwater Revival, cadeau d'anniversaire du Conde.

Réfugiés sous le feuillage du flamboyant encore en fleurs, roi du patio de la maison de Tamara, ne buvant que de la limonade glacée par solidarité militante avec leur ami martyrisé, ils écoutèrent Conde leur exposer les raisons probables de son expulsion si frappante du vieux quartier d'Atarés ; tout en omettant la tentation narcotique et sa rencontre avec le pâle J.D., il leur fit part de sa décision de repartir, le lendemain, à la recherche de cette femme fantôme dont il connaissait maintenant l'adresse.

— Et tu crois qu'ils t'ont collé cette raclée pour t'empêcher de lui parler ? demanda Candito qui, malgré ses plus de dix années de vie chrétienne aseptisée, n'avait pas oublié les leçons de la rue de son époque de guérillero urbain exerçant les métiers les plus divers.

– Non, je ne crois pas, médita le Conde. Ils ne doivent pas savoir que l'Africain m'a laissé une piste. Ils m'ont viré du quartier pour que je ne foute pas la merde dans leurs affaires. Là-bas, ils mijotent de gros coups avec des types de l'extérieur qui brassent plein de fric. Ils ont sûrement pensé que j'étais flic.

– Tu crois qu'ils prendraient ce risque avec la police ?

Carlos en doutait.

– Là, en bas, *man*, intervint Yoyi qui indiqua du doigt les profondeurs du sous-sol, ils ne croient plus en rien ni en personne. Ces types qui ne sont pas du quartier fonctionnent comme la mafia… Non, ils t'ont pas tabassé parce qu'ils ont cru que tu étais flic, ça, c'est toujours dangereux. Ils t'ont cassé la gueule comme à n'importe quel fouille-merde.

– Le problème, c'est qu'il faut que je parle au plus vite à cette femme. Le monde est comme il est, indépendamment de toute idée spécifique qu'on puisse avoir de lui. Suivant ce que me dira cette femme, je saurai si mes recherches vont dans la bonne direction ou pas. J'ai beaucoup médité et je sens que je peux m'illuminer.

– Tu as de la fièvre ? demanda Carlos, alarmé par la façon de parler du Conde.

– Et pourquoi elle te raconterait quelque chose dont elle ne veut peut-être pas parler ?

La logique impitoyable du Conejo fit retomber les espoirs du Conde au niveau de la réalité.

– Parce que si ce que je crois est vrai, dit le Conde, Fleur de Lotus a vécu plus de quarante ans dans la peur. Et c'est beaucoup trop, quelle qu'en soit la cause, non ?

– Oui, c'est vrai. Mais si elle est allée jusqu'à changer de nom… dit le Conejo, toujours en proie au doute.

– Et tu dis que tu vas y aller quand ?

Le Flaco Carlos se cala dans son fauteuil roulant.

– Demain, dit le Conde.

– Mais tu es complètement dingue! protesta Carlos.

– Demain, confirma Conde, et la force de l'affirmation réveilla ses douleurs assoupies.

– J'y vais avec toi, dit Candito, et pas de discussion!

– Moi aussi j'y vais, bordel! lâcha le Conejo.

– Je loue combien de flingues? demanda Yoyi, enthousiasmé. Les prix ont baissé dernièrement…

– Non, il faut y aller sans armes, dit le Conde.

– Mais une paire de matraques, ce serait pas mal, conclut Candito avant d'ajouter: que Jésus mon Seigneur et mon Sauveur me pardonne.

La Chevrolet Bel Air fut confiée au regard tarifé d'un surveillant, en face du parc de la Fraternité, et le Conde, qui boitait encore légèrement, un œil enflammé et la blessure de l'arcade sourcilière couverte d'un sparadrap, conduisit ses troupes vers la Calzada del Monte, en route pour le quartier d'Atarés. Candito et le Palomo, arborant de grandes chemises, cachaient au niveau de la taille des barres d'acier qu'ils utiliseraient pour se défendre en cas de nécessité, pendant que le Conejo, d'une voix parfois tremblante, insistait pour raconter l'histoire de ce quartier éternellement marginal et célèbre pour l'impétuosité de ses habitants, où il avait toujours été dangereux de s'aventurer du mauvais pied. Quand ils arrivèrent devant le portail du *solar* au 58 de la rue Factoría, Conde demanda à ses amis de l'attendre sur le trottoir et d'éviter tout problème. Il regretta de les laisser devant une coulée de lave putride qui descendait la rue en imprégnant l'atmosphère de son odeur fétide. Il fit un effort pour surmonter sa claudication et traversa l'entrée qui permettait d'accéder à une cour intérieure, ouverte comme une petite place, où deux femmes s'affairaient à blanchir le linge dans des lavoirs en ciment. Conde observa les alentours, cherchant des indices de danger, mais il supposa qu'à cette heure matinale, il devait y avoir une sorte de trêve nécessaire après une nuit d'activités intenses. Tentant d'ébaucher un sourire, il avança vers les lavoirs où les femmes, qui avaient interrompu leur tâche à l'approche de l'intrus, se retournèrent, prêtes à l'affronter, même si le Conde estima que son aspect pouvait éveiller la curiosité mais ne risquait pas de paraître dangereux. Il les salua en élargissant son sourire et leur demanda dans quelle pièce vivait une femme très âgée, du nom de Carmen. Les femmes se regardèrent avec une méfiance instinctive.

— Ici, il y a pas de Carmen, répondit la plus âgée, une Noire avec des bras comme des jambons mous.

— Mais si, Carmen vit ici, insista le Conde et il eut une illumination. Mon ami Veneno m'a donné son adresse.

Les femmes se consultèrent de nouveau du regard, mais elles gardèrent le silence et le Conde ajouta :

— Je ne suis pas flic, je veux seulement parler avec elle d'une de mes parentes dont on a perdu la trace, il y a longtemps.

— Là-bas derrière, tout au bout, dit la Noire la plus grosse, montrant ostensiblement à quel point le simple fait de donner un renseignement à un inconnu l'embêtait.

Conde fit un geste de remerciement et se dirigea vers le fond de l'immeuble délabré, en évitant les étais en bois encore capables de soutenir le couloir du deuxième étage, plus par miracle que par efficacité physique, et il arriva devant la porte ouverte de la dernière chambre. C'était une pièce d'environ quatre mètres sur six, totalement remplie d'objets opaques et abîmés, parmi lesquels se détachaient un petit lit étroit, un réfrigérateur des années 50 à la peinture écaillée agité de sursauts asthmatiques, un autel avec plusieurs statuettes en plâtre et un fauteuil en bois dans lequel somnolait une vieille femme maigre à la peau parcheminée et presque chauve.

Avec délicatesse, il frappa à la porte et la vieille dame ouvrit les yeux puis leva son regard tout en restant immobile.

— Carmen ? demanda-t-il en s'inclinant vers elle mais sans franchir le seuil.

— Qui tu es ?

Conde fut surpris par la question car il n'avait pas de réponse convaincante à lui fournir : un vendeur de livres qui avait trouvé une photo et écouté un disque… ?

— C'est un peu long à expliquer. Je peux entrer?

La vieille femme l'examina et accepta finalement d'un signe de tête. Quand il entra, elle lui indiqua du menton un petit tabouret en bois. Conde remarqua que Carmen économisait ses mouvements et en voyant la position compliquée de son bras gauche, ancré sur sa poitrine, il en déduisit qu'elle avait dû être victime d'une sorte de paralysie. Il eut la douleur de constater à quel point la vie et le temps pouvaient allier leurs cruautés pour dévaster un être humain. Cet épouvantail avait-il pu être un jour une femme belle, débordante d'énergie, dépravée et chaude, capable de devenir célèbre parmi les hommes de La Havane pour sa nudité exubérante sur une scène de cabaret? Ou s'agissait-il seulement, pensa-t-il presque en tremblant, d'une fausse piste imaginée par l'Africain et un de ses comparses qui l'avaient lancé sur la piste d'une pauvre vieille s'appelant vraiment Carmen mais sans aucun rapport avec Elsa Contreras, alias Fleur de Lotus?

Conde s'installa sur le tabouret et se pencha vers la vieille femme.

— Excusez-moi, peut-être que je me trompe… la personne que je cherche s'appelait Elsa Contreras… et beaucoup l'ont connue sous le nom de Fleur de Lotus.

— Et pourquoi tu la cherches?

Conde décida de risquer le tout pour le tout.

— Parce qu'on m'a dit qu'elle était la meilleure amie d'une chanteuse, Violeta del Río.

— Et toi, qui tu es? demanda à nouveau la vieille femme, sans le moindre signe de trouble sur son visage, et le Conde comprit que la seule issue était de lui dire la vérité.

Pendant qu'il résumait qui il était et pourquoi il cherchait à retrouver Elsa Contreras, le Conde eut de plus en plus conscience de l'absurdité de cette histoire dont il utilisait les détails pour tenter de construire un édifice impossible, sans fondations ni piliers, sur le point de s'écrouler sous son propre poids mort. Mais même ainsi, en omettant seulement l'assassinat de Dionisio Ferrero, il lâcha toute l'information, y compris l'amour silencieux de son père, sans savoir encore si la vieille femme était celle qu'il cherchait et sans avoir le moindre espoir, même si c'était Elsa Contreras, de réussir à capter son intérêt pour qu'elle lui révèle les éléments clés capables de relier les chapitres sans suite de cet incroyable roman perdu dans le passé. La première lueur d'espoir éclaira le Conde lorsqu'il raconta la raclée dont il avait été l'objet, car il put entrevoir un signe de vie chez la vieille femme : ses lèvres fendillées parvinrent à ébaucher un sourire.

— Tu es vraiment dingue, mon gars, dit la femme quand elle considéra que l'homme avait terminé son récit. Oui, il faut être fou pour s'aventurer dans ce quartier de merde...

— Alors, vous êtes... ?

— Qu'est-ce que c'est que cette histoire avec ton père ?

— Il semblerait qu'une fois il a vu Violeta, il l'a peut-être entendue chanter, et il en est tombé amoureux. Le soir, il écoutait son disque, tout seul, dans l'obscurité. Je crois même qu'une fois il m'a dit son nom...

— Sacrée Violeta, dit-elle, et lentement la vieille femme leva le bras droit en montrant une commode à moitié déglinguée. Dans le premier tiroir. Une boîte en carton.

Conde lui obéit et, sous une montagne de comprimés sous plastique, de flacons, de seringues et de tubes de pommade, il vit la boîte en carton d'environ vingt centimètres sur trente.

— Sors-la et regarde ce qu'il y a dedans, ordonna-t-elle.

Conde sortit la boîte, la posa sur la commode et souleva le couvercle. Une feuille cartonnée occupait tout l'espace. En la sortant, Conde découvrit que c'était du papier photo, plié en deux. Sans regarder la vieille femme, il déplia la grande photo et se retrouva devant une créature de vingt ans, intensément blonde, robuste, souriante, belle, qui protégeait sa nudité totale avec des guirlandes brillantes comme des fleurs de lotus, plaquées sur son pubis et sur les mamelons de ses seins prodigieux.

— Là, tu vois Elsa Contreras quand elle était Fleur de Lotus à La Havane, dit-elle avant d'ajouter : regarde par ici. Maintenant, tu vois une vieille à moitié morte qui s'appelle Carmen Argüelles.

16 février

Mon chéri,

    Depuis ma dernière lettre, c'est à peine si j'ai progressé dans ma recherche de la vérité, si nécessaire pour moi, mais j'ai cependant découvert d'autres vérités inattendues qui maintenant me tourmentent.

    Il y a quelques jours, je suis allée voir ce malheureux journaliste trop curieux auquel tes amis avaient presque arraché une main. Je l'ai trouvé transformé en loque humaine, aviné, habité par une peur permanente dont il ne se libère qu'en se noyant dans l'alcool. L'homme a refusé de me raconter quoi que ce soit mais grâce à lui, j'ai pu retrouver cette chanteuse de boléros qui a eu un jour une altercation avec cette femme; nous avons longuement parlé de ce qui était arrivé et, bien que ce soit une femme légère de ce milieu de chanteuses et d'artistes de cabaret, je pourrais presque affirmer qu'elle m'a semblé sincère. D'après elle, selon ce qu'elle m'a juré dès le début, son différend avec la défunte n'avait eu aucune suite après cette altercation, car elle avait compris que, dans cette guerre, elle avait toutes les chances de perdre lorsqu'elle avait découvert les pouvoirs qui épaulaient son ennemie. Mais elle m'a assuré qu'elle s'était sentie libérée grâce aux quelques mots qu'elle était parvenue à jeter à la figure d'hypocrite de l'autre, dans son rôle de petite jeune fille innocente. Après, elle a pris ses distances avec cette femme et c'est à peine si elle en a eu des nouvelles jusqu'au jour où elle a appris sa mort, avec plusieurs semaines de retard, en rentrant d'une tournée au Mexique. Nous avons parlé un long moment et, quand elle s'est sentie en confiance, elle m'a raconté, presque comme par hasard, une chose que je me refuse à croire et que toi seul pourrais nier ou confirmer: d'après elle, la véritable raison qui l'a conduite à s'éloigner pour toujours de cette femme c'est que, quelques jours après l'incident, tu es allé chez elle, avec ce chauffeur noir que tu venais d'engager, pour la prévenir qu'elle ne devait pas s'approcher de cette femme, ni même lui adresser la

250

parole pour le restant de ses jours si elle voulait continuer à chanter et même à manger. C'est alors qu'un de ses amis (ce sont ses termes) est sorti de la chambre en entendant tes menaces, il a voulu protester mais le chauffeur noir, sans dire un mot, a sorti un pistolet, le lui a posé entre les deux yeux et presque tout de suite, avec ce même pistolet, il lui a donné un coup sur la bouche, lui éclatant les lèvres. Alors, d'après elle, tu as dit que, par chance, vous étiez venus avec des intentions pacifiques, mais qu'elle pouvait imaginer ce qui se passerait la prochaine fois si vous décidiez de lui déclarer la guerre ou s'ils se mettaient à raconter partout que tu leur avais rendu visite… La chanteuse avait à peine terminé de raconter cette histoire terrible qu'elle s'est mise à pleurer et moi, tu sais ce que je lui ai dit? Je lui ai dit que c'était un mensonge et je suis partie.

La vérité pourtant, c'est que cette femme m'a semblé si sincère que j'ose te demander maintenant: une chose pareille est-elle arrivée? Tu dois la démentir, s'il te plaît, et dis-moi aussi si la disparition de ce pauvre chauffeur, dont tu te servais pour cacher notre secret, est due à un acte dont je ne veux même pas imaginer le dénouement. Dis-moi, à lui aussi tu lui as déclaré la guerre quand il a eu la malencontreuse idée de vouloir t'extorquer de l'argent en menaçant de te faire chanter?

Je dois assumer qu'on doit parfois payer très cher pour connaître la vérité. En cherchant une vérité encore fuyante, j'en ai frôlé une autre qu'il aurait mieux valu ignorer et qui m'a révélé à quel point j'ai essayé de lutter contre le courant dans lequel tu as laissé la vie t'emporter, dès que tu as connu cette femme et que tu es devenu fou d'elle, cette femme de tous mes malheurs…

22 février

Mon chéri,

J'étais tellement affligée par l'histoire de la chanteuse que j'ai éprouvé le besoin de parler à ta fille de cet épisode et de toutes ces choses auxquelles je n'ai cessé de penser au cours des derniers *mois. Cela faisait plusieurs semaines qu'elle et moi avions tout juste échangé quelques mots, hormis les commentaires sur les choses de la vie quotidienne, car entre mon obsession, mon état d'âme de plus en plus déprimé et les responsabilités qu'elle a acceptées dans son travail, il y a même des jours où c'est à peine si nous nous voyons pendant qu'elle prend son café le matin et grignote quelque chose le soir.*

A ma grande surprise, ta fille a écouté l'histoire avec une certaine allégresse. Elle m'a dit que cela ne l'étonnait pas puisque on ne pouvait pas s'attendre à une autre attitude de la part d'un homme comme toi, car tu n'étais qu'un égoïste, tu ne pensais qu'à toi et tu avais utilisé à ta convenance ceux qui t'entouraient: tes parents pour leur nom et leur prestige, ton épouse pour son argent et moi pour ma fidélité... En revanche, elle et son frère, tu les avais toujours traités comme des étrangers bien qu'ils soient tes enfants, le sang de ton sang, tout autant que les petits que tu as également utilisés pour obtenir les faveurs de ta belle-famille, leur fortune et leur influence. Et elle a ajouté, comme si elle voulait me rendre folle, complètement hors d'elle, qu'il y avait longtemps qu'elle se demandait, et cette histoire venait mainte- nant le confirmer, si tu n'avais pas toi-même éliminé ou fait éliminer cette femme à cause d'une chose qu'elle avait exigée, quelque chose qui t'a déplu ou simplement parce que sa présence était devenue gênante et même encombrante dans ta nouvelle vie, du fait qu'elle savait sûrement trop de choses que tu avais préféré enterrer avec son corps... Ta fille ne s'est tue que lorsque je l'ai exigé d'une gifle... mais elle avait déjà lâché son venin.

Si auparavant j'avais soupçonné qu'elle pouvait éprouver de la rancœur à ton égard, je suis aujourd'hui convaincue de toute la haine qu'elle te porte parce que tu lui as refusé tout ce qui lui appartenait. Il m'a été très douloureux de découvrir cette terrible vérité, et je me sens coupable de la faiblesse qui m'a fait lui révéler sa véritable origine, mais tu sais bien que je l'ai fait pour qu'elle se sente fière et sûre d'elle, même si, tu vois, je n'ai finalement réussi qu'à faire naître en elle un ressentiment qu'elle considère avec satisfaction comme une preuve supplémentaire d'appartenir à ta descendance, car avec cette preuve, elle a la certitude que c'est toi qui as pu ordonner de réduire cette femme au silence définitif.

Sais-tu ce qui est le plus douloureux, ce qui est vraiment cruel dans cette atroce révélation? C'est d'avoir compris, même si je t'ai toujours aimé et si j'ai osé violer toutes les convenances, y compris en te donnant deux enfants, que moi aussi j'avais peur de toi et c'est peut-être pour cela que je n'ai jamais eu la volonté nécessaire pour me révolter contre le rôle et le destin que tu m'as imposés, tandis que tu te moquais de toutes les promesses que tu m'avais faites pendant des années... Et même maintenant, si j'ose écrire tout cela, c'est parce que je sais que cette lettre n'arrivera jamais jusqu'à tes mains. En réalité, jamais je n'oserais te l'envoyer pour deux raisons que tu connais déjà: par peur et par amour. Je crois que davantage par amour. Un amour qui sera toujours capable de tout pardonner.

Ta petite

Telle que tu me vois, une vraie loque humaine, qui vit dans un *solar* de merde, je continue à penser que la vie a toujours été généreuse envers moi. Très généreuse. Elle m'a donné quelques coups de fouet au passage, comme à tout le monde, parfois bien cinglants, mais elle m'a permis de voir et de profiter de ce que d'autres ne peuvent même pas rêver, même s'ils vivaient deux siècles sans dormir une seule nuit.

Écoute, à treize ans, j'ai découvert ce qui allait être ma planche de salut: j'avais un pouvoir spécial. Alors, je me suis dit: je vais utiliser ce don de la nature pour survivre. Allez, regarde encore cette photo, regarde-la bien... Tu le sens, mon pouvoir? Je l'avais dans mon visage, mes cheveux, mes seins bien durs qui à douze ans ressemblaient déjà à deux pommes et surtout plus bas, entre mes jambes où était enfoui un trésor caché. Je venais d'avoir treize ans lorsque mon père s'est tué, il est tombé d'un immeuble où il était en train de laver les vitres et, comme il n'était pas syndiqué et que nous n'avions pas d'argent pour engager des avocats, on n'a pas eu un sou d'indemnisation. Même pas pour les frais d'enterrement! Ma mère, ma petite sœur et moi, nous vivions dans un *solar* à trois pâtés de maisons d'ici, dans la rue Indio, et nous nous sommes retrouvées sans rien, on mourait presque de faim, mais vraiment de faim, on n'avait rien à manger et cette faim m'a obligée à cesser d'être une petite fille, comme ça, du jour au lendemain. Quand je sortais dans la rue, les hommes me regardaient, certains me disaient des choses, et à ce moment-là j'ai pensé : si Dieu m'a donné ce corps, le plus grand péché c'est de le laisser mourir et de laisser mourir ma mère et ma sœur... J'ai commencé par baiser l'Espagnol, propriétaire de la pièce où nous vivions, pour qu'il ne nous jette pas à la rue et après, ça a été le tour du boucher, de l'épicier et du boulanger, et comme ça marchait bien, j'ai continué avec un autre boutiquier et le marchand de chaussures. Vraiment, je n'ai jamais vu ni vécu tout cela comme une chose sale ou immorale, mais comme une façon très pratique, et en plus agréable, de gagner ma vie, de ne pas mourir de faim, parce que quand je le faisais je me sentais bien, j'aimais faire jouir les hommes et j'adorais que les hommes me fassent jouir moi aussi. Comme ça, sans complications et sans le moindre foutu sentiment de culpabilité, parce qu'un savant l'a bien dit – le type semblait s'y connaître un peu : dans le métier de pute, le mieux, c'est que tu travailles couchée et dans le pire des cas, si tu ne gagnes pas beaucoup, au moins quelque chose de chaud te tombe dans l'estomac...

A quinze ans je savais tout des hommes, ce dont ils ont besoin et ce que tu dois leur donner pour les attendrir, ce qui leur plaît et que parfois ils n'osent pas demander, et le plus important : j'avais appris la façon de leur faire croire qu'ils baisaient mieux que les autres et je savais même m'arranger pour qu'ils se sentent heureux quand ils te donnent de l'argent ou d'autres choses pour tirer un coup... Alors je me suis dit que ça pouvait me rapporter plus que la nourriture et les vêtements, que je pouvais devenir une professionnelle et même gagner un paquet de fric si je me frayais un chemin jusqu'à ceux qui payent sans rechigner pour une bonne nuit au lit. Sans aucune modestie, je peux le dire : ce qui comptait peut-être le moins c'est que j'avais un corps de rêve, mais ce qui faisait vraiment la différence, c'est que j'étais plus intelligente que la plupart des putes. J'avais cette intelligence innée des animaux sauvages et j'avais découvert qu'il y a deux choses très dangereuses dans ce métier : l'une c'est de tomber amoureuse d'un salaud décidé à te maquer en te prenant ce que tu as gagné à la sueur de ton front, et l'autre c'est de ne pas avoir conscience de tes limites, car tu dois savoir que tu auras beau prendre soin de toi, à trente ans tu amorces la descente et ce que tu n'as pas à cet âge-là, tu ne l'obtiendras jamais. C'est pareil pour presque tout, dans la vie. C'est pour ça que j'ai commencé à chercher une façon de ne pas être une simple pute, j'ai eu l'idée d'aller voir les gérants du Shanghai et je leur ai dit que je voulais danser dans leurs spectacles. Le Shanghai avait mauvaise réputation, un théâtre mal famé, un lieu de débauche, comme disaient les gens, mais le plus important c'est que tous les soirs des types pleins aux as, de la bonne société, venaient là, certains pour le pur plaisir de faire la foire, d'autres parce qu'ils aimaient s'exciter en regardant les filles à poil, et moi je savais que là, je pouvais attraper un beau poisson et j'y ai mis le paquet. Quand les types du théâtre m'ont vue danser nue, ils ont tout de suite compris, j'étais une perle rare, et pour quelques pesos ils ont obtenu un acte de naissance au nom d'Elsa Contreras qui indiquait que j'avais vingt et un ans, alors que je n'en avais que dix-sept.

Quinze jours plus tard, j'ai commencé à travailler et les hommes devenaient fous, ils venaient au théâtre pour me voir, et c'est comme ça que j'ai connu Louis Mallet, un Français d'une quarantaine d'années ; il était le représentant à la Nouvelle-Orléans d'une importante compagnie maritime, la Panamá Pacific, et il avait aussi à Cuba une affaire d'importation de bois du Honduras et du Guatemala en association avec un Cubain qui s'appelait Alcides Montes de Oca. Et ma vie a changé comme mon nom avait changé. Louis a commencé à sortir avec moi et un mois plus tard il m'avait déjà loué un petit appartement près de l'université pour avoir un endroit agréable où nous retrouver. Louis était un homme bon, aimable, je dirais même affectueux, et il ne m'a même pas interdit de continuer à danser au Shanghai, il me disait : tu es une artiste, et comme il passait trois ou quatre mois à Cuba et le reste à la Nouvelle-Orléans ou au Guatemala, eh bien, j'en profitais pour faire du travail supplémentaire, mais là, seulement avec des hommes qui pouvaient payer cher, et j'ai commencé comme ça à me faire un petit pécule, à m'habiller avec des vêtements de luxe, à mettre des parfums raffinés et mes clients ont monté de catégorie.

Mais c'est en 1955 que ma vie a changé pour de bon et que j'ai pu quitter le théâtre et tout le reste. A ce moment-là, Louis était à La Havane et il m'a dit de demander une semaine de congé au Shanghai pour aller à Varadero, il voulait se reposer et me présenter à certains de ses amis qui allaient me proposer un travail très lucratif. En arrivant à Varadero, nous nous sommes installés dans un hôtel superbe, face à la mer, une construction en bois qu'on aurait dit sortie tout droit d'un film américain. Dans la journée, on est allés se baigner à la plage, comme deux fiancés, et on s'est promenés dans une voiture décapotable. Le soir, on est allés à un dîner dans une demeure sur le bord du canal, près de l'endroit où plus tard on a construit l'hôtel Kawama. Il y avait Alcides Montes de Oca, l'associé de Louis, que j'avais vu une ou deux fois, et un homme très élégant qui parlait très bas et avait une tête de clown même s'il ne riait presque jamais, qui s'est révélé être Meyer Lansky. Au moment du repas, un autre homme est arrivé, il s'appelait Joe Stasi. Le dîner a été très ennuyeux parce que Louis, Alcides, Stasi et Lansky n'ont pas arrêté de parler de choses à importer et à exporter, et comme Lansky ne buvait que deux petits verres de Pernod et détestait les hommes ivres, on nous avait tout juste servi quelques verres de vin. Ensuite, quand on nous a offert le cognac et le café sur la terrasse face au canal, Alcides Montes de Oca m'a enfin dit pourquoi ils avaient besoin de moi. Ils travaillaient pour attirer à Cuba des millions de touristes américains pour qui il y avait quatre choses indispensables : de bons hôtels avec tout le confort, de nombreux casinos de jeux, de la drogue de qualité, facile à obtenir, et la possibilité d'avoir à leur disposition des femmes jeunes, saines, élégantes et dépravées. Si j'acceptais, mon rôle serait de travailler avec ces femmes : ils projetaient d'organiser des voyages spéciaux à La Havane pour des gens très riches, des types célèbres, politiciens, artistes, journalistes, qu'ils allaient inviter pour qu'ils se sentent au paradis et disent ensuite tout le bien possible de leurs vacances à La Havane. Pour ces gens, je devais créer une espèce d'agence capable de satisfaire n'importe quelle demande avec des filles spéciales. Il était hors de question que ce soit des putes pleines de mauvaises habitudes, grossières et usées. Il fallait que je choisisse ce qu'il y avait de mieux, ce serait un service de qualité, car ces femmes ne devraient pas seulement coucher avec les hommes, mais aussi les accompagner parfois pendant leur séjour à La Havane et il fallait qu'elles sachent comment se tenir dans un restaurant, un cabaret, un casino et même au théâtre. Les femmes recevraient un salaire fixe, un bon salaire, qu'elles aient peu ou beaucoup de travail, pour éviter qu'elles fassent le trottoir. Si j'acceptais, un homme de Stasi se chargerait de créer toute la structure de l'affaire : il serait une sorte d'administrateur-comptable, en plus il établirait les contacts avec les hôtels et les casinos, et moi, je chercherais les femmes et je m'occuperais de les préparer, avec l'aide d'un professeur de maintien qui leur apprendrait à se tenir comme il faut et à s'habiller. Après, je travaillerais directement avec les filles, je serais une sorte de manager, avec une commission de trois pour cent de ce que les richards célèbres perdraient dans les casinos, ce qui pouvait faire beaucoup… Pour commencer, durant les trois ou quatre mois dont j'allais avoir besoin pour démarrer l'agence, j'aurais un salaire de cinq cents pesos. Cinq cents pesos ! Tu sais ce que c'était que cinq cents pesos, à l'époque ? Une fortune !

J'ai fait ni une ni deux, j'ai arrêté de danser au Shanghai et j'ai pris mes fonctions dans mon nouveau travail. Début 1956, "l'agence", comme l'appelait Bruno Arpaia, l'homme de Stasi qui travaillait avec moi, était prête. On avait seize filles presque toutes recrutées en dehors des quartiers à putes. Je cherchais dans les cabarets et les clubs de La Havane et on faisait des incursions à l'intérieur, comme on disait, dans les grandes villes, Cienfuegos, Camagüey, Matanzas, on choisissait des filles qui pouvaient nous servir pour notre affaire et on leur apprenait à manger, à s'habiller, à parler doucement, et moi, je leur expliquais en plus comment il faut faire avec un homme et comment il faut se laisser faire par lui…

A la fin de cette année-là, l'agence fonctionnait tellement bien qu'on a dû chercher d'autres femmes. Au cours d'une des incursions, dans un petit cabaret de Cienfuegos, je suis tombée sur une fille qui chantait là, trois ou quatre nuits par semaine ; non seulement c'était une des plus belles femmes que j'avais vues de ma vie, mais elle avait une voix particulière, je disais que c'était une voix de femme parce que je ne pouvais pas la qualifier autrement. La seule chose horrible chez cette fille, c'était la petite robe de quatre sous qu'elle portait et il y avait surtout son nom, Catalina Basterrechea, même si pour l'arranger un peu les gens l'appelaient Lina, Lina Ojos Bellos, Lina les beaux yeux.

Quand je l'ai un peu mieux connue, j'ai compris que Lina était comme Cendrillon : sa vie, c'était la chanson et elle passait son temps à rêver de celui qui viendrait lui donner sa chance pour chausser la pantoufle de vair, prouver qu'elle avait du talent et devenir célèbre, si tel était son destin. Toujours la même histoire. Avec la différence que pour elle, chanter c'était une question de plaisir, comme une nécessité presque plus importante que de manger. C'est pourquoi, même si Lina n'était pas une pute et n'avait pas la vocation de le devenir, elle pouvait être prête à faire ce qu'il fallait pour atteindre son but. Au début, j'étais emballée par l'idée de l'enrôler dans l'affaire parce que dès que je l'ai vue, j'ai pensé que j'avais trouvé un diamant dans la fange, rien qu'en la polissant un peu elle pouvait devenir la star de l'agence, mais après avoir parlé un moment avec elle, j'ai senti quelque chose de différent chez cette petite, quelque chose qui m'a émue, pourtant la vérité c'est que je n'ai jamais été de celles qui sont émues par des histoires de parents morts, de garce de tante et de cousins qui te violent à dix ans, comme elle me l'a raconté. Non... Alors je lui ai expliqué bien clairement ce que je faisais et je ne sais toujours pas pourquoi je lui ai fait une proposition spéciale : si elle voulait, elle pouvait venir avec moi à La Havane et là, d'une façon ou d'une autre, elle m'aiderait dans mon travail, sans avoir à faire la pute, et avec mes contacts je lui chercherais quelqu'un pour l'aider à trouver un endroit où chanter. Alors, bien sûr, elle a pris une petite valise minable et elle est venue avec moi, sans même dire au revoir à sa garce de tante, celle qui lui avait rendu la vie impossible... J'ai toujours pensé que le destin avait tout fait pour que Lina et moi puissions nous rencontrer, pour que son histoire touche le petit morceau de cœur qui me restait, pour que l'entendre chanter soit toujours un plaisir. Ou alors je ne sais fichtrement pas ce qui s'est passé, mais dès le début, Lina et moi on est devenues amies et si l'idée m'avait traversé l'esprit de lui proposer de travailler dans mon affaire comme les autres filles si elle échouait dans le chant à peine quelques jours après, j'ai complètement oublié cette idée et j'ai décidé de la protéger, de l'aider autant que je pourrais. Est-ce que c'était une espèce de sentiment maternel ? Comme si je me voyais moi-même et que je voulais me donner une deuxième chance ? Va savoir... mais voilà comment c'est arrivé.

Cela faisait un mois-un mois et demi que Lina était à La Havane quand Louis est revenu de la Nouvelle-Orléans et m'a dit que nous devions retourner à Varadero pour y retrouver Lansky, Alcides et deux hommes d'affaires américains propriétaires d'une entreprise qui allait se charger de la construction des hôtels, là-bas à Varadero. Je ne sais pas pourquoi, j'ai persuadé Louis que ce serait bien d'emmener Lina, car j'ai pensé qu'elle pourrait chanter un peu pour ses amis, pour que le dîner soit un peu moins ennuyeux... C'est comme ça qu'Alcides Montes de Oca et Lina Ojos Bellos ont fait connaissance : il avait presque cinquante ans et elle moins de vingt, mais cette nuit-là, quand les hommes ont fini de parler de leurs affaires et que Lina a commencé à chanter, rien qu'en la voyant et en l'écoutant, Alcides est tombé follement amoureux d'elle.

Alcides Montes de Oca était un personnage, avec ses bizarreries, je peux te dire. Il venait d'une famille de la bonne société, il était très riche, encore plus depuis qu'il avait hérité de sa femme qui était morte peu de temps auparavant. Il aimait beaucoup parler de politique, il était très fier d'être le petit-fils d'un général de l'armée de libération et il détestait Batista à mort. A son avis, Batista était la pire chose qui était arrivée à ce pays et à cette époque-là je suis sûre qu'il sympathisait même avec les rebelles, parce que beaucoup parmi eux avaient été au Parti orthodoxe auquel appartenait Alcides quand Batista avait fait son coup d'État et suspendu les élections que les orthodoxes allaient gagner. En plus, c'était un homme très cultivé, il lisait beaucoup, Louis me disait qu'il avait chez lui des montagnes de livres. Mais en même temps, il ne cessait pas une seconde d'être un homme d'affaires, il avait du nez pour cela, et même s'il n'apparaissait presque jamais comme propriétaire, il avait des actions dans toutes les grandes entreprises de Cuba et par ce biais il avait sympathisé avec Lansky, sans que cette relation soit révélée par les journaux, parce que tout le monde savait que le juif avait été un trafiquant là-bas dans le Nord, même s'il n'avait ici que des affaires légales et qu'il se comportait, bon, je te l'ai déjà dit, comme un gentleman.

Voilà comment Alcides et Lina se sont embarqués dans une histoire d'amour qui leur a tourné la tête et, pour faire plaisir à la gamine, il a obtenu qu'on lui fasse une petite place pour chanter dans le deuxième show du Las Vegas et peu après elle est partie de chez moi pour emménager dans un appartement à Miramar, dans un immeuble tout neuf. Le seul problème qui compliquait leur liaison, c'étaient les visées politiques et la situation sociale d'Alcides : il était veuf depuis peu et il ne pouvait pas régulariser sa relation avec une petite paysanne pauvre qui, en plus, avait trente ans de moins que lui... Si c'était maintenant ! Mais à cette époque, un scandale de ce genre pouvait nuire gravement à la position d'Alcides, alors ils ont décidé de cacher leur histoire, même s'il entretenait Lina, il allait au-devant de tous ses désirs, il payait l'appartement et lui avait même fait cadeau d'une voiture, mais pour éviter les commérages, Louis apparaissait comme le propriétaire légal de tout ça.

La personne qui s'occupait des dépenses et des besoins de Lina, c'était la secrétaire personnelle d'Alcides, elle s'appelait Nemesia Moré, une femme incroyable. Elle s'occupait de toute la paperasse commerciale et même politique d'Alcides et en plus, elle était en quelque sorte la gouvernante, mais avec davantage de pouvoir, car quand Alcides a perdu sa femme, Nemesia est pratiquement devenue la maîtresse de maison. Elle avait dans les quarante ans, encore beaucoup d'allure, elle était très sérieuse et elle avait un don : elle était toujours capable de deviner les pensées d'Alcides et de satisfaire ses désirs avant qu'il ne les exprime ; c'est ce qui faisait dire à Alcides, mi-plaisantin, mi-sérieux, que la femme la plus importante de sa vie, c'était Nemesia Moré : il ne pouvait pas vivre sans elle.

Pendant ce temps, Lina avait commencé à chanter et le propriétaire du Las Vegas n'avait posé qu'une seule condition à Alcides pour l'engager : changer son nom. Imagine un peu, un présentateur en train d'annoncer : "Et maintenant, mesdames et messieurs, l'incomparable Catalina Basterrrrechea!" C'est Alcides lui-même qui, après avoir réfléchi un instant, a dit : "Violeta del Río", comme s'il avait déjà ce nom en tête. Ainsi est morte Catalina Basterrechea, Lina Ojos Bellos, et la chanteuse de boléros Violeta del Río est née ; elle est tout de suite devenue célèbre et a commencé à chanter dans les endroits les plus sélects, et finalement dans le show du Parisién à l'époque où, à La Havane, elle était déjà connue comme la Dame de la Nuit et qu'une flopée de types la poursuivaient pour l'écouter chanter et, bien sûr, pour essayer de se l'envoyer, parce que la petite paysanne était devenue une femme spectaculaire, habillée avec des vêtements venus de New York, peignée par les meilleurs coiffeurs de La Havane, parfumée avec des essences françaises… C'est de cette femme que ton père est tombé amoureux? Le pauvre, comme il a dû souffrir…

D'après ce que je sais, Lina ne voyait que par les yeux d'Alcides mais il n'y a qu'une chose qu'elle n'a pas accepté de faire pour lui être agréable, elle a refusé de suivre les leçons d'un professeur de chant qu'Alcides voulait absolument engager : elle voulait chanter ce qui lui venait du fond du cœur et si on lui apprenait, elle disait qu'on allait gâcher ce désir inné qu'elle avait depuis l'enfance et qui l'avait empêché de devenir folle. Moi, je crois qu'elle avait raison. Elle n'avait pas besoin de cours, seulement d'un micro. Sur scène, elle devenait un phénomène comme je n'en avais jamais vu ni entendu – et j'avais vu et entendu beaucoup de choses dans cette vie qui en valait trois –, elle avait une sorte de magie qui envoûtait. Aujourd'hui encore, après tant d'années, je ferme les yeux et je la vois, le micro à la main, rejeter en arrière ses cheveux qui tombaient comme un voile sur ses beaux yeux, humecter ses lèvres avec la pointe de sa langue, et je l'entends chanter ces chansons qui lui sortaient de l'âme… pauvre petite…

Violeta a été heureuse, la femme la plus heureuse au monde tant que ce rêve a duré. Cela fait très feuilleton radiophonique, mais cela s'est passé comme ça. Et elle a continué à être heureuse quand, en 1959, tout a changé d'un seul coup et pour tous : pour Lansky et pour Alcides, pour Louis et pour moi, pour les filles de l'agence. Parce que le pays a changé… les rebelles ont gagné la guerre et Batista a quitté Cuba, ce que tout le monde voulait d'ailleurs. Même si au début on ne parlait que de révolution, quelques-uns prononçaient déjà le mot communisme, Lansky a été le premier à comprendre ce qui s'annonçait et il a tout de suite commencé à faire ses valises. Louis aussi a pensé qu'il valait mieux prendre le large et il a convaincu Alcides de sortir de Cuba tout ce qu'il pouvait et d'oublier la politique, car son heure était passée. Au début, Alcides a refusé, mais quelques mois plus tard, la mort dans l'âme, il s'est rendu compte que Louis et Lansky avaient raison. Même lorsqu'il a décidé de partir, il a pensé qu'il reviendrait au bout de quelques mois, de quelques années tout au plus, qu'il retrouverait bientôt ce qui lui appartenait et c'est pour cela qu'il pensait utiliser seulement l'argent qu'il avait déjà sorti et emmener le plus important pour lui : ses enfants et sa femme, Violeta del Río.

Moi, je n'ai pas été tellement surprise que Violeta accepte la proposition d'Alcides de cesser de chanter et de partir vivre avec lui aux États-Unis. Elle a peut-être été convaincue par la promesse d'Alcides que là-bas, où personne ne les connaissait, ils pourraient se marier et vivre normalement. Ou elle a accepté parce qu'elle savait que, plus tard, elle pourrait essayer de revenir à la chanson. Ou elle s'est décidée en pensant qu'à ce moment-là, dans sa vie, le plus important c'était de préserver sa relation avec un homme qui l'adorait et dont elle était tombée amoureuse. Quoi qu'il en soit, fin 1959, Violeta a annoncé qu'elle abandonnait le spectacle et Alcides a commencé à préparer leur départ de Cuba en essayant de sauver ce qui pouvait encore l'être, bien qu'il ait perdu énormément d'argent au début de l'étatisation des plantations et des raffineries de sucre et de la nationalisation des compagnies américaines dans lesquelles il avait des actions.

Durant ces mois-là, Violeta et moi, nous avons eu le temps de nous voir plus souvent. Lansky était revenu pour la dernière fois à Cuba en mars ou avril 1959 pour liquider ses affaires avant de repartir aux États-Unis. Évidemment, une des affaires qui a coulé, c'est l'agence avec les filles, et d'un seul coup, je me suis retrouvée sans travail, avec beaucoup de temps libre et pas mal d'argent en banque. Louis, de son côté, m'a promis de continuer à venir à Cuba chaque fois qu'il le pourrait, mais c'était évident qu'il ne pouvait pas m'emmener avec lui, là-bas, à la Nouvelle-Orléans où vivaient sa femme et ses enfants, son autre vie, et dans cette autre vie il n'y avait pas de place pour moi. De toute façon, tout cela ne m'a pas beaucoup touchée parce que plusieurs filles étaient disposées à continuer à travailler avec moi et je me disais : ils ont beau faire toute cette révolution, s'il y a une affaire qui va continuer à marcher, c'est bien la prostitution.

Alors, en attendant de voir comment les choses allaient tourner, j'avais tout mon temps pour décider de ce que j'allais faire. Tu parles, il y a des fois... on se comporte vraiment comme une conne, malgré toute l'expérience de la vie qu'on peut avoir!

Violeta, la pauvre, elle, mourait d'envie de partir. Après avoir annoncé qu'elle se retirait de la chanson, elle n'avait plus rien à faire ici, elle voulait plutôt s'éloigner de tout cela, mais Alcides retardait le départ, dans l'attente qu'il se passe quelque chose pour ne pas être obligé de quitter le pays en y perdant tellement. Six ou sept mois ont passé et tout s'est accéléré quand le gouvernement a annoncé qu'il nationalisait les entreprises américaines à Cuba... Le lendemain, Violeta m'a parlé du voyage, un mois plus tard tout au plus, et cette fois c'était pour de bon car le dimanche suivant Alcides voulait franchir le pas définitivement : il allait l'emmener chez lui pour la présenter officiellement à ses enfants qui étaient déjà adolescents et leur annoncer sa décision de l'épouser.

L'idée ne m'a pas traversé l'esprit que cet après-midi-là, je parlais pour la dernière fois à mon amie. Catalina Basterrechea, Lina Ojos Bellos... En dehors des intrigues politiques qu'elle ne comprenait pas trop, elle ne voyait aucun nuage à l'horizon, tout n'était au contraire que lumière et promesses de bonheur. Foutu destin, non? Je me suis mille fois demandé pourquoi ils n'ont pas tout envoyé promener pour partir de Cuba, deux ou trois mois plus tôt, heureux et amoureux, pour vivre le meilleur de leurs vies...

J'ai appris ce qui était arrivé seulement le lundi suivant, quand je suis allée chez Violeta pour savoir comment s'était passé ce qu'on appelait entre nous son entrée triomphale dans le grand monde des Montes de Oca. En arrivant, j'ai été surprise par l'activité étrange qui régnait dans l'appartement et c'est Nemesia Moré, la secrétaire d'Alcides, que j'ai trouvée là. Elle m'a reçue comme si j'étais une étrangère et m'a demandé de sortir immédiatement. Mais merde, pour qui vous vous prenez... Je suis ici chez mon amie, j'ai commencé à lui dire et cette peau de vache m'a lâché la nouvelle comme une bombe, tout à trac : votre amie est morte et vous n'avez plus rien à faire dans cette maison... Sur le coup, je suis restée comme paralysée et j'ai seulement réussi à demander ce qui était arrivé. Elle s'est suicidée, m'a dit la femme, et elle m'a prévenue : n'appelez pas M. Alcides, il est très affecté et il vaut mieux le laisser tranquille.

Comme Alcides Montes de Oca était toujours Alcides Montes de Oca à Cuba et qu'il avait réussi à faire que la vie privée de Lina ne soit pas du domaine public, c'est à peine si un ou deux journaux ont annoncé son suicide et on n'en a plus parlé. Moi, je voulais désespérément savoir, mais les gens qui auraient pu me dire quelque chose avaient avalé leur langue, pourtant grâce à un garçon qui habitait près de chez moi et qui était devenu flic, j'ai pu en apprendre un peu plus : Lina s'était empoisonnée au cyanure. Mais pourquoi ? Pourquoi se tuer au moment où elle était le plus heureuse ? Parce qu'elle avait arrêté de chanter ? Ce n'était pas possible, car même si cela avait dû être difficile, elle l'avait fait volontairement. Parce qu'elle allait quitter Cuba ? Non plus, puisqu'elle voulait s'en aller et qu'elle partait avec son homme et une promesse de mariage... La seule chose possible, c'était qu'il soit arrivé quelque chose de très grave entre elle et Alcides, mais quoi ? Je ne pouvais pas l'imaginer puisqu'il était décidé à la présenter publiquement comme sa nouvelle épouse.

Désespérée, j'ai commencé à surveiller Alcides. Je devais lui parler, apprendre ce qu'il savait, connaître la raison pour laquelle Lina avait osé faire une chose si horrible. Je l'ai appelé plusieurs fois, mais on ne me l'a jamais passé, je lui ai fait parvenir des messages par des amis, mais il ne m'a pas répondu et j'en suis arrivée à l'épier jusqu'au jour où je l'ai vu sortir de chez lui, dans sa Chrysler, avec son chauffeur et je l'ai suivi avec ma voiture jusqu'à la Habana Vieja, je l'ai vu entrer dans les bureaux de la Western Union et j'y suis allée. Quand il m'a vue à côté de lui, c'est à peine s'il a eu l'air étonné mais il est resté très sombre. J'ai pensé un instant : cet homme va se mettre à pleurer. Il a fini de transmettre des messages, il en a reçu d'autres et nous sommes sortis. En arrivant à la voiture, il a ouvert la portière et m'a dit :

– Lina m'a brisé le cœur. J'étais prêt à tout lui donner, pourquoi a-t-elle fait cela ?

Sans me regarder, il est monté dans la voiture qui a disparu au coin de la rue. C'est la dernière fois que j'ai vu Alcides Montes de Oca, et la dernière fois que j'ai essayé de savoir pourquoi cette petite qui nous semblait si heureuse s'était ôté la vie, comme si elle vivait un de ces boléros qu'elle aimait tellement chanter.

Emporté par une impulsion sauvage, le Conde fut sur le point de poser les questions qui l'étouffaient alors qu'il découvrait la tragédie des amours frustrées racontées par la vieille femme. Mais en voyant les larmes emplir les rides profondes du visage de Carmen Argüelles, il s'abstint, avec la retenue que l'on éprouve généralement devant la mort, et décida d'attendre pour satisfaire sa curiosité. Même si les révélations de la femme commençaient à ébaucher une histoire à laquelle il manquait encore certains éléments stabilisateurs, elle tenait enfin debout avec l'élucidation définitive du premier mystère : effectivement, Violeta del Río était morte depuis plus de quarante ans, comme il le savait déjà, mais sous le nom de Catalina Basterrechea, et cette information, ajoutée aux ultimes bribes de pouvoir de don Alcides Montes de Oca, expliquait l'oubli compact dans lequel était tombé son autre moi, la chanteuse Violeta del Río dont la carrière avait pris fin quelques mois auparavant.

Avec la promesse de revenir quelques jours plus tard, Mario Conde prit congé de la vieille dame qui lui semblait maintenant plus petite et plus fragile, comme si le retour sur son passé l'avait épuisée physiquement. Arrivé à la porte, il s'arrêta et revint sur ses pas. Il mit la main dans sa poche et en sortit quelques billets : cent quarante pesos, tout ce qu'il avait sur lui. Délicatement, il les déposa sur les genoux de la vieille femme.

– Ce n'est pas grand-chose, Carmen. Ce sont des pesos de maintenant, pas ceux d'autrefois, mais ils servent encore à quelque chose, dit-il et, sans pouvoir se retenir, il caressa les cheveux fanés et clairsemés de la femme.

Dans la rue Factoría, son équipe de gardes du corps ressemblait à une troupe vaincue par l'ennui et la puanteur. Assis sur une marche d'escalier, ils étaient au centre d'un cimetière où se côtoyaient des cornets de cacahuètes, des boîtes de soda et même deux journaux abandonnés, résidus de leurs stratégies pour tenter de résister à l'assaut de la faim et de l'attente.

– Putain, *man*! Qu'est-ce qu'elle cause, la vieille! protesta Yoyi et le Conde supposa qu'il calculait le temps investi en termes économiques. J'imagine que maintenant tu sais tout, non?

– Alors qu'est-ce qu'elle t'a dit, Conde, qu'est-ce qu'elle t'a dit? insista le Conejo et le Conde promit de tout leur raconter, mais avant il fallait qu'il s'enlève une épine douloureuse.

– Vous êtes prêts à entrer avec moi dans le quartier? demanda-t-il en regardant ses amis.

– Attends, Conde, tu veux faire quoi au juste? interrogea Candito sur le ton de quelqu'un qui connaît les réponses possibles.

– Rien, traverser le quartier pour leur prouver que je ne me rends pas. Yoyi, tu penses comme l'Africain que les types qui font la loi dans ce quartier sont des mafieux? Eh bien, ils vont voir qu'ils auraient mieux fait de me tuer pour me faire sortir d'ici. On y va?

– D'où te vient cette idée de jouer les terreurs, Conde? Le Conejo, nerveux, souriait en exhibant toutes ses dents. Toi qui n'as jamais rien eu d'une terreur!

– Ben, moi ça me plaît cette idée, je te jure. S'il y en a un qui nous cherche, je lui fais avaler son dentier! commenta Yoyi en se touchant le côté où il cachait la barre en acier. Non mais! Avoir osé toucher à ce type qui est la prunelle de mes yeux...

– Arrête de déconner, Yoyi. En fait, je veux y aller parce que j'ai un pressentiment...

– Encore un ? plaisanta le Conejo tout en pressant le pas pour rejoindre le reste du groupe.

Conde, le sourcil gauche couvert d'un pansement, un œil violacé et une légère claudication, ouvrit la marche en direction de la rue Esperanza. Au carrefour suivant, un groupe de jeunes à la mine patibulaire, des Blancs et des Noirs, regardèrent s'avancer l'étrange cortège et leur instinct de conservation aiguisé les avertit de la proximité du danger, ils se dispersèrent alors comme des insectes rapides, pour le plus grand soulagement de leurs envahisseurs.

Devant le *solar* où il pensait avoir été frappé, Conde arrêta ses amis. Il regarda à l'intérieur de l'immeuble, des deux côtés de la rue, puis il chercha une cigarette qu'il alluma comme pour dire : me voilà. Mais dans la rue passèrent seulement deux policiers en uniforme, quelques cyclistes, un vaillant conducteur de tricycle destiné au transport de personnes et, sur le trottoir, deux femmes toutes pomponnées dont l'une fut identifiée par le Conde comme étant la mulâtresse de son aventure putanesque frustrée.

– On va boire une bière, proposa-t-il sans réfléchir en tournant le dos à la femme qui le dépassa, apparemment sans le reconnaître sous son nouvel aspect.

– Conde, n'exagère pas, l'avertit le Conejo.

– Ça marche, *man*, les types de ce quartier, c'est qu'une bande de poules mouillées… dit Yoyi à haute voix et Candito sourit.

– Tu ferais mieux de ne pas croire cette blague, petit, dit le Rojo. Naître et vivre ici, c'est une école où tu n'as jamais mis les pieds. Tu vois comme tout est laid, puant, sale ? Eh bien, le cœur de ces gens devient pareil, alors ils font des choses laides, puantes et sales le plus naturellement du monde. Il n'y a que Dieu qui peut les faire changer…

Conde se repéra et indiqua le bloc suivant, où se trouvait le bar clandestin de Michael Jordan. Tout en marchant, il eut l'impression qu'en deux jours quelque chose avait changé dans le quartier, sans arriver à identifier la cause de cette sensation, plus éthérée que physique. Quand il arriva devant le *solar*, décidé à y entrer, il découvrit que les transformations étaient plus radicales qu'il ne l'avait imaginé : la cour intérieure où trois jours plus tôt des hommes buvaient un coup, étourdis par la musique, était maintenant complètement déserte, comme s'il n'y avait jamais eu là un bar clandestin bourré de monde, dirigé par un sosie de Michael Jordan. Conde douta de son sens de l'orientation, il s'était peut-être trompé, et chercha des yeux l'immeuble de l'Africain pour s'assurer que c'était bien là qu'ils avaient bu des bières.

— Ils ont fait disparaître le bar, dit-il et il proposa immédiatement d'aller au resto de Veneno.

Ils revinrent deux blocs en arrière, prirent sur la gauche à la recherche du resto et en chemin Conde décela enfin une des mutations subies par le quartier : dans la rue il y avait autant de monde que d'habitude, mais la musique provenait seulement de quelques maisons, à la différence des autres fois, quand il avait dû avancer à travers un rideau sonore et compact. Comme lors de sa visite précédente chez Veneno, Conde passa par la brèche du mur qui séparait l'immeuble en ruine de la rue et, suivi de ses amis, il avança le long des précaires toits de toile et de zinc sous lesquels se réfugiaient les parias récemment arrivés. Il continua, à la recherche de la cour où se trouvaient les tables du restaurant improvisé, et derrière la lourde porte il découvrit le même panorama de désolation que dans le *solar* qui avait abrité le bar clandestin.

— Il y a vraiment eu du grabuge, Conde, fut la sentence de Candito el Rojo devant la stupeur de son ami.

— Ils ont pris peur après la dérouillée qu'ils ont flanquée au Conde. Ils ont peut-être cru qu'ils l'avaient tué, suggéra le Palomo.

— Sûr ! Et comme ils ont pensé que c'était un flic... conclut le Conejo.

— Non, ils savaient que je n'étais pas flic et c'est pour ça qu'ils m'ont tabassé. La seule possibilité, c'est qu'ils aient pensé m'avoir vraiment tué, supposa le Conde.

— Ils n'ont rien pensé du tout... s'ils avaient voulu te liquider, ils l'auraient fait, point. (Candito regarda les portes fermées des maisons qui donnaient sur la cour.) Ici il se passe quelque chose de louche. Mieux vaut dégager.

– Oui, Rojo a raison. Allons-nous-en. Regardez le ciel, on dirait qu'il va pleuvoir...

– Je voulais passer chez quelqu'un que je connais, dit le Conde.

– Laisse ça pour un autre jour, exigea Candito. Foutons le camp.

– Et finalement, qu'est-ce qu'elle t'a dit la femme, Conde ?

Le Conejo, soulagé à l'idée de quitter le quartier, avait retrouvé son éternelle curiosité.

– Violeta del Río s'appelait Catalina Basterrechea, elle avait des yeux splendides et ce qu'elle aimait le plus au monde, c'était chanter des chansons d'amour, dit le Conde avant de lâcher toute l'histoire.

– Et quand vous étiez policier, il n'y avait pas d'ordinateurs ?

– Bien sûr que si ! Un très grand, comme ça... on l'appelait Felicia. Écoute, j'ai peut-être l'air vieux mais en fait je suis simplement un peu usé.

– Et vous ne vous en serviez pas ?

– Non, les ordinateurs j'ai jamais pu les encaisser. En fait, je ne sais pas très bien leur parler.

– Mais c'est facile !

– Je n'ai pas dit que c'était facile ou difficile. Je ne peux pas les voir et je ne suis pas doué pour... Combien d'ordinateurs vous avez maintenant dans ce commissariat ?

– Deux... mais il y en a un de foutu.

– Et il est sûrement moins fort que moi. Je te parie qu'on ne va rien trouver !

Le sergent Estévanez sourit en hochant la tête : ce type devait être un marrant. Il ne pouvait pas imaginer un enquêteur incapable – parce qu'il n'était pas doué pour – de chercher une donnée essentielle dans un ordinateur et être convaincu avant de lancer la recherche que ça ne donnerait rien.

– Son nom, c'est comment ?

– Catalina Basterrechea, répéta le Conde, et il fut d'accord avec Fleur de Lotus quant à son appréciation sonore : avec un nom pareil, personne ne pouvait monter sur une scène et chanter un boléro.

La recherche s'avéra plus ardue que ne l'avait supposé le sergent, et le Conde se sentit satisfait quand, après plusieurs tentatives, le prétentieux policier cybernétique se vit obligé d'utiliser le téléphone pour demander à un spécialiste où se trouvaient certaines archives.

Estévanez entra de nouvelles indications dans la machine obstinée à ne pas répondre à ses questions et le Conde sortit dans le couloir où il vit, à travers les vitres, qu'une averse impitoyable avait commencé à tomber. A toute allure, il se dirigea vers les toilettes puis, tout en urinant, il remarqua qu'il avait trop longtemps résisté à son envie et soupira, soulagé, en sentant qu'il se libérait avec la même violence que les nuages d'été. A cet instant une voix le surprit.

– On dit que de grandes amitiés sont nées dans les chiottes. Ou que les vieilles amitiés s'y sont raccommodées…

Conde ne se retourna pas, occupé à secouer avec application son pénis, le manipulant comme s'il était d'un calibre supérieur à celui qui en réalité était le sien.

– Mais je ne vais pas te le présenter, dit-il et il rangea son membre.

Le capitaine Palacios préféra utiliser un des cabinets, au lieu des urinoirs où le Conde s'était soulagé. En sortant, il se retourna et fut stupéfait de voir le visage violacé de son ancien collègue.

– Merde, qu'est-ce qui t'est arrivé ?

– J'ai failli me faire tuer, mais la mauvaise graine ne meurt jamais… et si elle meurt, elle se réincarne, comme m'a dit un pote qui s'y connaît. C'est le risque quand on fouine n'importe où sans être flic.

– Ils n'y sont pas allés de main morte… et tu as trouvé quelque chose ? demanda le capitaine.

– Des choses sur le vrai propriétaire de la bibliothèque et la fille qui chantait des boléros. Il y a des gens qui ont des doutes sur son suicide... Mais ne t'en fais pas, je n'ai rien trouvé en rapport avec la mort de Dionisio. Et toi ?

– Je n'ai presque pas eu le temps. C'est de pire en pire. Mais on n'arrive pas à retrouver le fameux Noir grand et boiteux qui est allé chez les Ferrero la veille de la mort de Dionisio. Les types qui sont dans le commerce des vieux livres ne le connaissent pas...

– Ça, je le savais déjà, dit le Conde. Je soupçonne Dionisio et sa sœur de nous avoir promenés avec cette histoire de grand Noir, et après ce qui est arrivé, Amalia ne sait plus comment s'en sortir avec ce mensonge.

– Tu crois ? (Manolo regarda le Conde, intéressé par cette supposition.) Pourquoi ils auraient fait ça ?

– C'est chez les Ferrero, et plus particulièrement dans la bibliothèque, que se trouve l'explication de ce qui est arrivé. L'autre jour, Dionisio ou sa sœur m'a dit quelque chose sur cette bibliothèque et il me semble que c'est la clé de l'histoire.

– Et tu ne te souviens toujours pas de ce qu'ils t'ont dit ?

– Je ne me rappelle pas lequel c'était, ni ses paroles, mais c'est quelque chose qui me trotte dans la tête... je ne sais pas comment ni pourquoi, mais il y a un rapport avec la chanteuse de boléros.

– Tu vas continuer longtemps avec ça ? Écoute, Conde, à mon avis, c'est beaucoup plus simple : Dionisio a refusé de vendre certains de ses livres, alors la personne qui était avec lui l'a mal pris, ils se sont sûrement disputés et alors l'autre a perdu les pédales et l'a tué. Quand il a vu ce qu'il avait fait, il a emporté six livres, parce que tu peux dire ce que tu voudras, c'est certainement ceux qui avaient le plus de valeur...

– C'est bien joli tout ça, dit le Conde, et la meilleure c'est que Yoyi et moi, on a rien à voir avec cette histoire. On n'avait pas besoin de tuer ni de voler des livres que Dionisio pouvait nous vendre pour presque rien...

– Et si Yoyi a voulu te doubler dans cette affaire ? Il y avait des livres que tu ne voulais pas vendre parce qu'ils étaient très rares... Tu m'as parlé de manuscrits qui pouvaient valoir une fortune... Celui qui est entré dans la maison connaissait Dionisio. Note bien qu'il a même su où trouver le couteau.

Conde remarqua le regard imprécis de Manolo qui l'observait avec la méfiance du joueur qui a en main une carte maîtresse.

— On peut penser ce qu'on veut de Yoyi, mais ce n'est pas un assassin.

— Pourquoi en es-tu si sûr? Yoyi fait du bizness et l'argent, ça le rend fou...

— Yoyi est mon ami, conclut le Conde et Manolo sourit: il savait ce que cette condition signifiait dans l'éthique de l'ancien lieutenant. Oublie-le et cherche une autre piste.

— Je cherche partout, mais c'est comme avec les aimants: tu les mets à l'envers et quand tu les lâches, ils se retournent tout seuls pour se rejoindre... et ils se collent toujours du même côté...

— Si tu m'écoutais comme avant... Dis-moi, vous savez pourquoi Dionisio a quitté la compagnie mixte où il a travaillé en sortant de l'armée?

— Plus ou moins, parce que personne ne dit les choses clairement. Apparemment, Dionisio était trop strict et il a vu des choses qui lui déplaisaient dans cette entreprise. Je te laisse imaginer quoi. Il semble qu'il soit devenu gênant et qu'on lui ait rendu la vie impossible. Il est parti de lui-même.

— C'est bien ce que je pensais. Cet homme était un fondamentaliste et il a failli en mourir de faim.

— Conde! Conde! (L'appel du sergent Estévanez interrompit la digression du Conde.) Ah, capitaine, je ne savais pas...

— Qu'est-ce qui se passe? l'interrompit Manolo.

— J'ai trouvé une chose bizarre: l'affaire concernant cette femme n'est pas ouverte mais elle n'est pas classée non plus.

— Là, ça devient intéressant. Mais il vaut mieux sortir des chiottes, proposa le Conde, je n'ai pas envie qu'on me soupçonne d'être le pédé des flics...

La pluie du soir avait dissipé l'atmosphère grise qui enveloppait la ville depuis le midi, comme pour la libérer d'un poids oppressant, prêt à l'écraser sur ses douloureuses fondations. Le ciel lavé de frais avait retrouvé sa joie estivale et une brise fraîche se faufilait entre les arbres murmurants, colorés par la lumière impressionniste du crépuscule imminent.

L'homme, musclé et solide malgré l'âge, se balançait doucement dans un fauteuil en bois. Le regard perdu, tourné vers le jardin, il portait un cigare à ses lèvres toutes les vingt-cinq ou trente secondes ; son visage se trouvait momentanément caché par un nuage de fumée paresseuse qui, conscient de sa densité parfumée, commençait à s'élever de sa bouche vers le paradis où se perpétue l'esprit des havanes bien faits et encore mieux fumés.

De la fenêtre de la voiture, Conde l'observa et se sentit envahi par une nostalgie bien connue. Il n'avait jamais rêvé qu'il aurait le plaisir de le voir fumer, dans la solitude paisible du perron, détendu et apparemment satisfait. Durant les dix années passées à travailler sous les ordres de cet homme rigoureux qui avait le don du commandement, Mario Conde, alors lieutenant enquêteur, avait senti grandir en lui une affection spéciale, mélange raffiné de différences et d'affinités, pour l'homme au cigare qui l'avait tout naturellement fait profiter de sa considérable expérience policière, des clés de son éthique incorruptible et du bénéfice plus ombrageux de sa confiance et de son amitié zélée. Lorsqu'une équipe du Bureau des enquêtes internes, dotée de pouvoirs policiers et politiques illimités, avait conclu que les capacités de cet homme avaient baissé et avait décidé de le démobiliser en le mettant à la retraite anticipée, le Conde s'était lancé dans le vide, derrière lui, et avait présenté sa démission, risquant par son attitude d'être soupçonné d'un acte de corruption, de complaisance ou de prévarication semblable à ceux qui avaient coûté leurs postes ou valu des peines de prison à plusieurs enquêteurs, et ainsi avait pris fin, du fait de sa simple responsabilité hiérarchique, la carrière de celui qui avait été jusqu'alors l'irréprochable major Antonio Rangel.

– Le chef actuel, il est meilleur que le Vieux? dit enfin le Conde, en se tournant vers Manolo, assis au volant.

– Il n'y en aura jamais un autre comme lui. Surtout pour toi!

– C'est vrai, dit le Conde, et il ouvrit la portière, prêt à une nouvelle rencontre avec son passé.

Rangel se leva en les voyant approcher. A soixante-dix ans, il avait gardé une poitrine large, le ventre plat et les bras musclés qu'il avait toujours entretenus et exhibés avec fierté.

– Je n'arrive pas à y croire, dit-il et il sourit, le cigare entre les dents.

Conde remarqua, lorsqu'il s'approcha d'eux les bras ouverts, que la vieillesse et l'éloignement des fonctions de commandement avaient altéré le port de Rangel. L'homme de fer se serait-il adouci?

– Il sent bon, ce cigare. D'où tu l'as sorti? voulut savoir le Conde.

– Attends que ma femme prépare le café, je vais t'en donner un… J'ai là deux boîtes de León Jimenes tout juste arrivées de Santo Domingo. Tu sais, c'est mon ami Fredy Ginebra. Et il m'a envoyé un rhum Brugal qui est…

– Ça s'appelle avoir de bons amis, admit le Conde, et quelles nouvelles de tes filles?

Un éclair enthousiaste passa dans les yeux de l'ancien chef.

– Elles pensent venir en vacances à la fin de l'année. Celle qui est mariée avec l'Autrichien vit toujours à Vienn, elle enseigne l'espagnol. Celle qui est partie à Barcelone travaille dans une compagnie d'assurances… Elles s'en sortent bien toutes les deux. Mais je me fais toujours du souci pour elles et pour mes petits-enfants…

– Et tu as digéré ta colère? demanda le Conde. Il se souvenait encore de la contrariété du major, lorsqu'il était encore major, en apprenant la décision de ses filles de quitter Cuba et de faire leur vie sous d'autres cieux.

– Je crois que oui. Maintenant, je passe ma vie à compter depuis combien de jours je ne les ai pas vues… Et tu sais la meilleure ? Ma femme et moi, nous vivons de l'argent qu'elles nous envoient régulièrement. Ma retraite ne suffit même pas pour commencer le mois. Tu t'imagines ? Moi, vivant des dollars que mes filles m'envoient ?

— Tes filles ont toujours été gentilles, remarqua le Conde, sans savoir comment sortir de ce terrain miné. Je me serais bien marié avec n'importe laquelle des deux...

Antonio Rangel l'observa avec un regard étrangement pénétrant encore capable de faire trembler le Conde.

— Au fond, cela n'aurait pas été une mauvaise idée. J'aurais dû te supporter comme gendre, je n'aurais pas eu les dollars qui me sauvent la vie, mais tu en aurais amarré une à ce putain de pays... on change de sujet ?

— Bien sûr, accepta le Conde. Tu as vu ce que je t'amène ? Et il fit un signe en direction de Manolo.

— Alors, maintenant te voilà capitaine, dit Rangel en indiquant les galons de Manolo et en essayant de sortir de l'ornière de sa tristesse.

— Mais il n'a pas poussé comme je voulais, il est un peu tordu, intervint le Conde.

— Ne l'écoutez pas, major, celui-là il faut toujours qu'il dise des conneries, protesta Manolo.

— T'en fais pas, je ne l'ai jamais écouté. Mais ne m'appelle pas major... Et toi, qu'est-ce qui t'est arrivé ? dit-il en montrant le visage du Conde. Tu es passé sous un train ?

— Plus ou moins.

— Ça te va bien, cette rustine sur le sourcil. Ça fait combien de jours que tu ne t'es pas rasé ?

— Je ne te répondrai pas. Tu n'es plus mon chef...

— Tu as raison. Et je peux savoir ce que vous foutez dans le coin ?

Pendant qu'ils buvaient le café servi par l'épouse de leur ancien chef et que le Conde allumait un León Jimenes pâle et bien lisse, Manolo raconta à Rangel la version policière de la mort de Dionisio Ferrero et les raisons pour lesquelles Mario Conde était impliqué dans l'enquête, sans mentionner que l'ex-policier figurait encore sur la liste brûlante des suspects.

– Mais Conde est en train de chercher de son côté, conclut le capitaine.

– Et maintenant, je suis de plus en plus convaincu qu'il s'est passé quelque chose de bizarre, il y a quarante-trois ans, laissa tomber le Conde.

– Quarante-trois ans ? dit Rangel avec un enthousiasme tout policier et il tira une bouffée de son cigare.

– Tu te souviens qu'un jour tu m'as parlé d'un lieutenant qui s'appelait Aragón ?

– Oui, bien sûr, il a été mon premier chef. C'était un type très spécial.

– Eh bien, le lieutenant Aragón a laissé une enquête ouverte, il y a quarante-trois ans…

– L'affaire de la femme qui s'était suicidée au cyanure ? demanda Rangel, stupéfait.

– Et comment tu sais qu'il s'agit d'elle ?

La stupeur du Conde dépassa celle de son ancien chef.

– Parce que d'après Aragón, c'est la seule affaire de sa vie qu'il n'a pas pu résoudre. Au bout de plusieurs mois d'enquête, son chef lui a ordonné de la classer. Il y avait plusieurs évidences qui faisaient penser au suicide, mais Aragón insistait sur le fait qu'il s'était passé quelque chose de bizarre et il voulait continuer à travailler…

– C'est qu'il s'est vraiment passé quelque chose de bizarre, confirma le Conde.

– Attends, rappelle-moi l'histoire pour voir si je comprends.

– Aragón s'est plié aux ordres, il a archivé le dossier, mais il a pris la précaution de ne pas classer l'affaire, dit le Conde. C'est pour ça qu'on a eu du mal à retrouver ce dossier, parce qu'on croyait qu'il était classé. Maintenant on cherche les autres documents, le rapport d'autopsie, et dans le résumé qu'on a, il est dit que la femme est morte d'une dose mortelle de cyanure, mais en plus, elle avait des restes d'antibiotiques dans l'estomac… Et Aragón pensait que personne, décidé à se suicider, ne prend la peine une demi-heure avant d'avaler un antibiotique pour soigner son mal de gorge. Lui, il penchait pour la thèse de l'assassinat, mais il n'avait aucun moyen de le prouver et il a manqué de temps pour enquêter... D'après ce que j'ai appris moi aussi, je crois que cette femme a été assassinée, peut-être parce qu'elle savait quelque chose de très grave. Figure-toi que son amant et Meyer Lansky étaient comme cul et chemise... C'est pour ça qu'on est venus te voir. J'ai besoin que tu réfléchisses, il faut que tu te souviennes d'un détail qu'Aragón t'a peut-être raconté sur cette affaire...

L'ex-major de la police posa son cigare sur un cendrier et regarda vers le jardin. Le Conde savait que la mémoire de Rangel emmagasinait une prodigieuse quantité d'informations et que ses neurones devaient maintenant fouiller dans les souvenirs des conversations échangées pendant des années avec ce policier préhistorique, dont il évoquait souvent l'infaillibilité.

– La femme était jeune et très belle. C'était une chanteuse... dit Rangel, regardant à son tour le Conde. Et Aragón n'a trouvé aucun motif pour justifier le suicide ou l'assassinat. Les principaux suspects n'avaient aucun mobile qui permette de les accuser, et dans la maison il y avait les empreintes de plusieurs personnes qui avaient toutes de solides alibis... La défunte avait tout préparé pour quitter le pays, même son passeport et son visa, et elle partait avec l'homme qui était son amant depuis plusieurs années. Le copain de Lansky?

– Tout juste. Tu es sur la bonne voie, l'encouragea le Conde.

– Aragón m'a raconté que deux choses l'avaient beaucoup étonné : cette fille ne semblait pas avoir d'amies et son amant a quitté Cuba trois semaines après le suicide. Cela lui a aussi paru étrange qu'avant de se suicider, elle ait écouté son propre disque... Attends, attends, voilà, je me souviens, le détail le plus bizarre, c'est qu'elle avait dilué du cyanure dans un sirop pour la toux... D'après lui, si elle avait décidé de se tuer, elle aurait tout simplement avalé le poison, pourquoi le diluer dans un médicament?

– On l'a assassinée, ça fait un bon moment que j'en suis sûr, affirma le Conde sur un ton triomphant.

– Aragón était convaincu que si on lui avait laissé davantage de temps, il aurait trouvé d'autres pistes, il s'agit de l'année 1959, non, c'était déjà en 1960, quand les sabotages ont commencé, et il y avait très peu de policiers enquêteurs capables de travailler sur toutes ces affaires. C'est pour ça qu'on lui a donné l'ordre d'oublier la chanteuse et de passer à d'autres enquêtes. En plus, elle n'avait pas de famille, personne pour exiger qu'on trouve définitivement ce qui avait bien pu lui arriver et lui, il n'avait plus de suspects... Mais ce que je ne saisis pas, c'est pourquoi tu veux trouver un rapport entre cette mort et celle de l'homme aux livres.

Conde sourit et tira une bouffée de son cigare.

– Maintenant, parce que je sais qu'on l'a assassinée. Au début, c'était comme un pressentiment...

– C'est pas possible, Conde, tu continues à emmerder le monde avec tes pressentiments ?

– Mais, Vieux, je n'y peux rien : j'ai vraiment un pressentiment. La bibliothèque dont ont hérité les Ferrero appartenait à l'amant de cette femme.

– Et cet homme... ?

– Il est mort en 1961, intervint Manolo pour démontrer l'incohérence du Conde. Un accident de voiture, aux États-Unis.

– Alors ? insista Rangel.

– Alors ? l'imita le Conde. Rien, je vais continuer à chercher, parce que je suis d'accord avec Aragón : Violeta del Río ne s'est pas suicidée et je suis sûr que Dionisio Ferrero a été tué par quelqu'un qui est lié à ce mystère. Qu'est-ce que vous en dites ? Si Dionisio n'avait pas été tué, jamais personne ne se serait plus intéressé à Violeta del Río.

Rangel et Manolo échangèrent un regard. Ils auraient aimé faire une plaisanterie, mais l'expérience leur imposait la prudence : les prémonitions du Conde avaient généralement des rapports surprenants avec la réalité. Tout en observant son cigare, le vieux Rangel finit par sourire.

– Conde, cela fait plus de dix ans que je ne te pose pas cette question et je n'aimerais pas mourir sans que tu me répondes sérieusement. Pourquoi, bordel, un type comme toi est entré dans la police?

Conde tira sur son cigare, avec un léger sourire narquois venu de sa mémoire la plus affective.

– La vérité vraie, c'est que je ne l'ai pas su pendant des années, dit-il, sans plus sourire. Même si parfois j'aimais ce que je faisais, je me sentais rarement bien dans ma peau de flic. Après, j'ai pensé que tout était de la faute des fils de pute qui faisaient des choses pour lesquelles ils ne payaient pas souvent... Mais dernièrement, quand je vois comment va le monde, je crois qu'un jour j'ai rêvé de l'améliorer un tout petit peu pour qu'il ne soit pas aussi merdique et j'ai avalé l'histoire que je pouvais le faire en étant flic. C'était un rêve romantique, non? Maintenant je sais que j'ai nagé à contre-courant, mais je ne regrette pas de l'avoir fait, même si je ne le referais pas. Pour rien au monde, je ne redeviendrais flic. Même pas avec un chef comme toi! Si avant j'étais agnostique, maintenant je suis un mécréant... Vieux, je ne crois même plus aux quatre nobles vérités dont parle un de mes amis... Je crois tout au plus à l'amitié, à la mémoire et à quelques livres. Ça a l'air un peu cynique, mais c'est la vérité. Ce que je vois tous les jours ne me plaît pas et ce serait très dur pour moi de le vivre en tant que policier. En vendant de vieux bouquins, je me sens plus libre, sans aucun pouvoir sur les autres et surtout en accord avec moi-même. Et à quarante-huit ans, j'ai appris que c'est trop important. Quand je peux, eh bien, je profite de mes petits plaisirs, le plus loin possible de tout ce qui sent le pouvoir, de ce qui pourrait me faire croire que j'ai le droit de penser pour les autres et que je dois exécuter des ordres que parfois je ne voudrais pas exécuter. Tu comprends? Maintenant je vois plus clairement pourquoi je ne voudrais plus être flic, plutôt que la raison pour laquelle je l'ai été pendant dix ans.

Il sortit du lit avec la sensation d'avoir à nouveau rencontré son ami J.D., mais cette fois sans se souvenir du sujet de leur conversation : en fait, sûrement la méditation et la réincarnation, ce petit salopard s'est embarqué là-dedans et il ne veut plus écrire, pensa-t-il en usant de toute la délicatesse que lui permettaient ses douleurs résiduelles pour essayer de se lever sans réveiller Tamara. Une fois debout, il se retourna et observa pendant quelques secondes le sommeil de la femme, la bouche entrouverte, la chemise de nuit relevée, découvrant des cuisses encore lisses dans leur ascension vers l'irruption prometteuse des fesses. Conde se pencha sur elle, il respira, à pleins poumons, l'odeur de drap chaud et de salive douce, de cheveux épars et d'effluves féminins émanant de ce corps quasi inerte et il fut surpris par la conviction qu'il avait désormais franchi toutes les frontières de l'auto-protection, car il aimait sans réserve cette femme qu'il considérait comme la sienne, avec laquelle il avait échangé jusqu'aux secrets les plus intimes : le clapotis presque inaudible de la langue de Tamara dans la cavité de sa bouche et le ronronnement un peu plaintif qu'elle émettait généralement au moment où elle passait de la veille au sommeil et, à la seconde précise de la chute définitive dans l'inconscience, la brusque secousse qui surprenait son corps, toujours capable d'alarmer le Conde. De son côté, elle supportait ses ronflements nocturnes de fumeur à la fosse nasale bouchée par les effets d'une lointaine balle de base-ball reçue en pleine figure, et elle connaissait l'anxiété qui le poursuivait même au fond de ses rêves, le conduisant, d'après elle, à adopter des postures insolites comme dormir sur le ventre, appuyé sur les coudes, le front dans l'oreiller, comme s'il se soumettait à une pénitence musulmane. La quantité de secrets partagés au long des années au hasard de leurs retrouvailles impliquait la connaissance des phobies et des craintes, des admirations et des rancœurs, et la possession indispensable des clés pour activer les ressorts de leur sexualité de la façon la plus subtile et la plus efficace. Le Conde se souvint combien elle aimait qu'il lui lèche le clitoris en durcissant la pointe de sa langue, laissant couler la salive vers les ouvertures du vagin et de l'anus, alors que la paume de ses mains frottaient les mamelons enflammés, pour sentir finalement la tension profonde du ventre de la femme, l'altération de sa respiration, annonciatrice du débordement en cascade de l'orgasme silencieux. Sentant la contraction de son scrotum et une goutte lascive qui parcourait son urètre, l'homme pensa avec plaisir aux arts appliqués par Tamara pour le faire jouir avec toute la plénitude possible, qui impliquaient sa langue sur ses seins, la caresse du sphincter anal, la reconnaissance linguistique du pénis et des testicules puis, une fois pénétrée, ses cuisses ouvertes pour que lui, à genoux, puisse apprécier le spectacle rosé de ses chairs humides de salive et de sécrétions propices, et observer son membre d'honneur qui, avec des mouvements perforants, fouillait l'intérieur chaud d'un corps totalement abandonné au plaisir, à l'amour et à la force de l'homme.

En découvrant son sexe durci par cette évocation, Conde se demanda si les années ne les avaient pas déjà transformés en autre chose que deux amants : ils étaient un mélange stable de connaissances et de tolérances dont ils devraient un jour ou l'autre accepter les proportions définitives, mais tous deux essayaient de retarder ce moment, comme les gardiens égoïstes des ultimes restes d'une liberté réduite au plaisir de leurs solitudes périodiques, solitudes trop aimables car ils pouvaient y remédier en allant rapidement d'un quartier à l'autre de La Havane, où les attendait toujours la sensation salvatrice de la sécurité, de la solidarité et du don réciproque qu'ils pouvaient s'offrir l'un à l'autre.

Quand il entra dans la salle de bains, après avoir écarté l'idée de la masturbation qui l'avait effleuré, Conde s'arrêta devant le miroir et se dit qu'il en avait marre de ressembler à une momie mal ficelée, et il arracha d'un seul coup les pansements sur le sourcil et sur la partie postérieure de l'oreille. Il sentit un léger malaise en observant les trois points de suture sur sa peau violacée et détourna le regard, horrifié par ses propres cicatrices.

Après avoir bu son café et fumé sa première cigarette, il réfléchit aux différentes perspectives de la journée et décida qu'il essayerait de parler avec Amalia Ferrero après les funérailles de Dionisio, puis il conclut qu'il lui semblait également indispensable de rendre de nouveau visite à Elsa Contreras, la jadis célèbre Fleur de Lotus, maintenant réfugiée sous le nom et la peau horriblement réelle de Carmen Argüelles, cette femme dévastée.

Tamara le surprit au moment où il allumait sa deuxième cigarette, après avoir bu une autre tasse de café.

— Comment tu te sens? lui demanda-t-elle en soulevant son menton pour mieux observer l'état de la blessure.

— Crevé mais prêt au combat, dit-il. Le café est encore chaud.

Elle alla chercher la cafetière et Conde, que ses réflexions matinales avaient mis en appétit, observa le mouvement des fesses généreuses sous le tissu très fin de la chemise de nuit. Sans pouvoir se contenir, il abandonna sa cigarette et s'approcha de la femme et, après l'avoir embrassée dans le cou, il posa les mains sur ses fesses, en les écartant comme les pages d'un livre précieux.

— Tu as le réveil tendre? dit-elle dans un sourire.

— C'est de te voir qui me rend tendre, répondit-il en la poussant doucement contre la paillasse de la cuisine.

— Tu me laisses boire mon café? demanda-t-elle.

— Si après tu me laisses faire des choses…

— Tu es malade.

— Mais pas contagieux. Cela fait trois jours que je dors avec toi comme si j'étais ton petit frère. Je n'en peux plus! Par ta faute, j'ai failli me faire une branlette à jeun…

— Mario, il faut que je parte travailler…

– Je te paye ta journée.
– Comme si j'étais une pute?
Conde fut foudroyé par l'éclair du souvenir. Il vit la langue lascive de la mulâtresse mercenaire, ses mamelons dressés et entendit même sa voix, supposée érotique. Il sentit nettement que ses parties se relâchaient comme l'animal en fuite qui se réfugie dans sa tanière.
– Oui, va à ton travail, dit-il et il récupéra sa cigarette encore allumée presque consumée.
– Qu'est-ce qui t'arrive? voulut-elle savoir, alarmée par la réaction de l'homme.
– Rien, rien, je suis préoccupé, murmura-t-il et il sortit pour aller chercher le téléphone. Mais il revint à la cuisine et, comme s'il se confessait pour la première fois de sa vie, il demanda à la femme: tu t'es déjà demandée sérieusement si on ne devrait pas se marier? Devant la stupeur que sa question fit apparaître sur le visage de Tamara, il ajouta avant de sortir: c'était pour rire, ne t'en fais pas...
Tamara, encore sous l'effet de la surprise, demeura figée, sans pouvoir croire ce qu'elle venait d'entendre. Le téléphone à la main, le Conde sourit en l'entendant dire:
– C'est sans doute les coups qu'il a reçus sur la tête?

Yoyi el Palomo tambourina énergiquement sur le klaxon de sa Chevrolet et le Conde, pensif, sortit en saluant les statues en béton de la maison de Tamara.
– Qu'est-ce que tu veux lui faire dire à la sœur du mort? demanda le jeune homme après avoir serré la main de Conde et enclenché le levier de vitesses.
– Je voudrais lui faire dire la vérité, mais je me contenterai d'une piste...
– Et à la vieille d'Atarés?
– Je vais m'arranger pour qu'elle complète l'histoire. Il y a des choses qu'elle ne m'a pas dites. Je n'arrive pas à croire que c'est par peur. Trop d'années ont passé...
– Et on va dans ce quartier, toi et moi, tout seuls? Je ne suis pas préparé. Je porte la chaîne en or et les gourmettes...

– Ne t'en fais pas, je ne crois pas qu'ils s'y risquent de nouveau. Il s'est passé là-bas quelque chose que j'aimerais bien savoir. De toute façon, on a les barres d'acier...

Lorsqu'ils se retrouvèrent devant Amalia Ferrero, Conde remarqua qu'elle était redevenue la femme usée et transparente qu'il avait rencontrée quelques jours auparavant. La douleur semblait avoir dissipé les effets du remède alimentaire apporté par les livres, ses yeux tristes disparaissaient maintenant derrière l'irrépressible battement des paupières et ses doigts écarlates étaient sur le point de saigner, sans aucun doute parce qu'ils avaient été soumis à un intense mordillement nerveux.

– La police m'a interdit de vendre d'autres livres jusqu'à ce que l'enquête soit terminée, dit-elle, sans préambule, en les voyant.

– Nous sommes ici pour une autre raison. Pouvons-nous vous parler quelques instants ?

Amalia se remit à cligner des paupières, victime d'une impulsion incontrôlable, et les laissa entrer dans le salon. Conde observa les portes-miroirs de la bibliothèque, fermées, et chercha en vain le cendrier en verre. Nom d'un chien, qu'est-ce que le frère ou la sœur avait bien pu lui dire sur la bibliothèque ? Lequel des deux ? Il fouilla dans sa mémoire, mais l'éventuelle réponse refusa de se manifester.

– Amalia, je suis désolé de vous déranger, mais nous avons besoin de votre aide. On n'a toujours aucune trace de l'homme qui est venu acheter des livres, mais nous avons appris d'autres choses et peut-être...

– Quelles autres choses ?

Les yeux intermittents de la femme retrouvèrent un éclair de vie.

– La chanteuse dont je vous ai parlé, Violeta del Río, elle s'appelait Catalina Basterrechea. C'était la maîtresse d'Alcides Montes de Oca.

– Vous me l'apprenez... je ne le savais pas. Pas la moindre idée... nia-t-elle avec emphase.

– C'est étonnant que vous ne soyez pas au courant. Elle allait quitter Cuba avec Alcides. Et si vous vous étiez décidées avec votre mère, vous seriez tous partis ensemble.

– Mais je ne savais pas… je ne voulais pas m'en aller…

Le Conde décida que le moment était venu de la pousser dans ses derniers retranchements.

– Votre maman le savait pourtant! Elle savait tout… C'est elle qui a fait les démarches pour l'enterrement de cette femme quand elle s'est suicidée.

– Maman faisait ce que M. Alcides lui demandait. Je vous l'ai déjà dit, elle était sa personne de confiance. Mais moi, je ne savais pas…

– Le problème, c'est qu'on s'est toujours demandé si Catalina Basterrechea s'était suicidée ou si elle avait été assassinée!

En prononçant le dernier mot, Conde sut qu'il avait touché une fibre sensible. Une réaction physique presque imperceptible avait ébranlé la femme, la mettant sur ses gardes. Conde hésita, bien que son instinct lui indiquât qu'il fallait enfoncer le bistouri à la recherche des tissus malades.

– Je continue à trouver bizarre que vous, habitant cette maison, si proche de votre maman et d'Alcides, vous ayez ignoré cette tragédie. Vous aviez quel âge en 1960?

– Je ne sais pas, hésita Amalia. Elle cligna des paupières avec insistance, leva la main pour porter un doigt à sa bouche et se retint. Vingt ans. Mais c'était une autre époque, j'étais encore une gamine.

– D'après ce que j'ai compris, vous aviez déjà commencé à travailler, vous avez adhéré à la Fédération des femmes cubaines, vous êtes devenue milicienne et vous avez accepté des responsabilités à la banque, au syndicat…

– Tout ça c'est vrai, mais je ne sais rien de cette Catalina ni de ce que M. Alcides faisait de sa vie. Et ce que ma mère a su n'existe plus, la folie a tout emporté… Satisfait? Vous ne pouvez pas partir et me laisser tranquille? Je me sens très mal, vous savez, la voix suppliait, l'écroulement était prévisible. Dionisio était mon frère, ça vous le comprenez?

C'était pratiquement tout ce qui me restait au monde… mes neveux sont partis. Ma mère est en train de mourir. Aujourd'hui, demain… et cette sacrée bibliothèque de merde!

L'éclair fendit les ténèbres mentales du Conde et illumina son souvenir. Amalia avait dit quelque chose de très personnel sur la bibliothèque qui pouvait ouvrir une brèche conduisant à la vérité.

– Quel est votre problème avec cette bibliothèque, Amalia? Il y a quelques jours vous m'avez dit qu'elle vous rejetait, que vous la rejetiez ou quelque chose de ce genre. Pourquoi?

Amalia regarda les hommes et se remit à cligner des paupières. Sa voix jaillit comme un murmure épuisé.

– Vous ne pouvez pas me laisser tranquille?

Conde accepta la fin de la conversation d'un mouvement de tête, encore plus convaincu maintenant que dans cette maison, en particulier dans l'enviable bibliothèque des Montes de Oca, se cachaient des secrets inavouables qu'Amalia avait peut-être crus dévorés par la mémoire perdue de sa mère et par le passage parfois rédempteur du temps.

Yoyi insista pour assister à la conversation avec Elsa Contreras, ou plutôt avec Carmen Argüelles? Le Conde pensa que c'était son droit: en fin de compte, la police le considérait toujours comme suspect dans une affaire d'assassinat récent que l'ex-enquêteur s'obstinait à élucider à l'aide du passé.

– Toi qui aimes les choses belles et chères, je te préviens tout de suite: tu ne vas rien voir d'agréable, dit le Conde alors qu'ils pénétraient dans le quartier.

– Charrie pas, *man*, comme si c'était extraordinaire de voir une femme vieille et laide… Tu sais quoi? Je suis de plus en plus de ton avis. Celui qui a tué Dionisio l'a pas fait pour voler. Je pense, et c'est pas joli joli, qu'Amalia sait quelque chose, je te jure.

Le Conde sourit quand ils tournèrent au coin de la rue Factoría.

– Tu n'es pas obligé de jurer… Maintenant, je vais te demander un service: laisse-moi parler à la vieille. Quelle que soit l'idée qui te traverse l'esprit, ne viens pas fourrer ton nez dans la conversation, d'accord?

– Tu aimes bien jouer au chef, hein?

– Oui, des fois, *man*, dit le Conde, alors qu'ils arrivaient dans la cour du *solar* et découvraient que l'endroit semblait avoir repris son rythme habituel.

Au fond, les deux femmes de la veille étaient toujours occupées à laver de grands paquets de linge et le Conde supposa que c'était leur gagne-pain. De certaines portes ouvertes s'échappait la musique choisie par chaque habitant, s'opposant, se repoussant, dans une compétition capable de crever les tympans non entraînés. Sur le pas d'une porte, trois hommes semblaient rendre un culte à la bouteille de rhum posée sur le sol crasseux, tandis que sous l'escalier un gamin s'appliquait à laver un cochon avec de l'eau conservée dans un bidon de pétrole. Sur le balcon de l'étage supérieur, derrière un séchoir chargé de draps reprisés et de serviettes de toilette presque transparentes, une femme noire et parchemi-née, vêtue de blanc avec des colliers autour du cou, fumait un gros cigare. Près d'elle, une jeune mulâtresse, les boucles de ses cheveux ouvertes comme la queue d'un paon, frottait ses yeux encore gonflés de sommeil, puis grattait le dessous de ses seins avec une délectation de galeuse. Tous les regards, y compris celui du cochon, suivirent les pas des étrangers qui avancèrent jusqu'au fond du *solar* sans saluer personne.

Carmen Argüelles occupait le même fauteuil, dans la même position que la veille, mais ce matin-là elle avait de la compagnie et le Conde supposa qu'il s'agissait de la nièce qui, selon la vieille dame, vivait avec elle. C'était une grosse femme à la cinquantaine usée, d'aspect résolument vulgaire, avec des nichons comme des ballons, occupée à ranger des petits paquets dans un sac posé sur le lit.

Conde les salua, s'excusa de les interrompre, présenta son compagnon et demanda à Carmen s'ils pouvaient lui parler un moment.

– Je t'ai déjà tout raconté hier.

– Mais il reste des choses…

– Qu'est-ce que vous voulez ? intervint finalement la grosse.

– C'est ma nièce Matilde, confirma Carmen et elle s'adressa à la femme. Ne t'en fais pas, vas-y, tu es en retard… (Puis elle regarda de nouveau les visiteurs.) Elle vend des nougats aux cacahuètes et c'est maintenant le meilleur moment de la journée…

Conde garda le silence, attendant la réaction de Matilde, et regarda Yoyi pour exiger son obéissance.

– Bon, ça va, dit enfin Matilde. Elle plaça les derniers paquets dans le sac qu'elle se mit en bandoulière avant de laisser planer un avertissement : je reviens tout de suite.

Lorsque la femme s'en alla, Conde et Yoyi entrèrent dans la pièce et virent que Carmen souriait.

– Je n'ai rien dit à Matilde de l'argent que tu m'as laissé hier. Si je le lui dis, pfff ! il disparaît. Tu sais bien, on n'arrive jamais à joindre les deux bouts…

– Ces quelques pesos, c'est pour vous, dit le Conde, approuvant la conduite de Carmen et laissant entrevoir la possibilité de lui en donner un peu plus à la fin de la conversation.

– Qu'est-ce que tu veux encore savoir ? demanda la vieille dame et Conde se félicita de l'efficacité de sa réplique. Hier, je t'ai tout raconté…

– Il y a encore deux ou trois choses… Vous connaissiez les enfants de Nemesia, la secrétaire d'Alcides ?

– Elle en avait deux, un garçon et une fille, mais je ne les ai jamais vus. Ils vivaient chez Alcides et bien sûr, moi, on ne m'a jamais invitée.

– Quel genre de relation il y avait entre Alcides et Nemesia ?

– Je te l'ai dit hier… elle s'occupait de tous les papiers et de la maison, surtout depuis qu'il était veuf. C'était une femme cultivée, très intelligente et un peu dure avec tout le monde, sauf avec Alcides bien sûr…

– Et rien de plus ? insista le Conde.

– Qu'est-ce que tu sais de tout ça ? s'étonna Carmen.

– Rien, admit Conde. Je ne sais rien…

La vieille femme sembla hésiter un instant, rien qu'un instant.

– C'est Lina qui me l'a dit. Le fils de Nemesia était d'Alcides. Ils étaient tellement jeunes quand c'est arrivé. La famille a décidé qu'il valait mieux marier Nemesia Moré au chauffeur d'Alcides pour qu'il donne son nom au petit. Puis la fille est née, Alcides jurait qu'elle n'était pas de lui mais Lina ne l'a pas cru. D'après elle, elle était son portrait craché. On donnait à ce chauffeur cent pesos par mois en plus de son salaire pour qu'il se taise. Ce qui est bizarre, c'est qu'un beau jour le chauffeur a disparu comme si la terre l'avait englouti et on n'a plus jamais rien su de lui…

Conde soupesa les paroles de Carmen et regarda Yoyi.

– On a une idée de ce qui lui est arrivé?

– Une idée, je ne sais pas, mais c'est bizarre, non?

– Personne ne disparaît comme ça si facilement, surtout si on a un travail pour lequel on vous paie le double… Lansky? lâcha le Conde, dans un élan d'inspiration.

– Quoi Lansky?

– Depuis quand Lanksy et Alcides étaient amis?

– Depuis que Lansky avait commencé à venir à Cuba, dans les années 30. Mais ils ont commencé à monter des affaires ensemble plus tard, pendant la guerre.

– Quelles affaires?

– Alcides appartenait à une famille influente, il connaissait tout le monde. Lansky avait de l'argent à investir. Ça explique tout. Au moment de la Seconde Guerre mondiale, Alcides a gagné une fortune en important du saindoux des États-Unis. Lansky a utilisé ses connexions là-bas pour qu'Alcides ait le monopole de cette affaire… Luciano les a aidés. A cette époque, il contrôlait le port de New York. Alcides a payé Lansky en le mettant en contact avec ceux qui commandaient ici. Les hommes politiques…

– A quelles activités ils se livraient en 1958, quand ils se réunissaient chez Lina? Parce que si sous Batista Alcides avait perdu de son influence et que Lansky était plutôt mal vu aux États-Unis…

– Sur ce point, je ne sais rien…

– Mais si, vous savez… Cela fait cinquante ans, Carmen. Ils sont tous morts et ils ne peuvent plus rien vous faire. Mais je suis sûr que c'était une histoire très compliquée… Ils ont presque arraché la main d'un homme parce qu'ils ont cru qu'il cherchait à savoir ce qu'ils manigançaient.

– Le journaliste?

– Lui-même. De quel trafic il s'agissait?

– Franchement, je ne sais pas, mais ils mijotaient quelque chose.

– En plus des hôtels et du jeu?

– Bien sûr, en plus de tout ça.

– La drogue?

La vieille femme fit non de la tête avec ostentation.

– Carmen, dit le Conde, et il joua sa dernière carte, c'est peut-être pour cette histoire que votre amie Violeta a été tuée… le suicide, ce n'était qu'une mise en scène, même si personne n'y a cru. Même pas la police… Vous non plus vous n'avez pas gobé cette histoire. Mais Violeta était votre amie et vous n'avez rien dit…

La vieille dame abaissa son regard vers son bras mort. Qu'est-ce qui lui faisait mal, son bras ou sa conscience? se demanda le Conde. Quand elle releva les yeux, quelque chose avait changé dans son expression.

– Non, Alcides ne l'aurait pas permis. Lui, c'était un vrai fils de pute, mais il était amoureux de Violeta. Non, personne ne l'a tuée à cause de ce qu'elle pouvait savoir…

– Vous êtes sûre qu'Alcides n'était pas impliqué dans le trafic de drogue?

– Alcides ne se serait pas lancé dans la drogue, j'en suis sûre, et Lansky, qui était le chef de tout ce que la mafia faisait ici, recevait des commissions, mais il ne participait pas personnellement. La drogue, c'était l'affaire de Santo Trafficante, le fils. Lansky avait tout fait pour devenir un homme d'affaires, il voulait vivre sans avoir la police à ses trousses, comme son ami Luciano qui a fait de la taule, a été expulsé des États-Unis et a dû retourner en Sicile où sa vie ne valait pas tripette. Le juif soignait son image à Cuba comme la chose la plus sacrée et il s'est retiré de tout ce qui pouvait la ternir. Tout au moins, il s'est retiré directement, tu me comprends ? En plus, avec les projets de construction d'hôtels et de casinos qui allaient leur rapporter des millions et des millions, tous bien propres, il ne pouvait pas prendre de risques dans des affaires sales. Mais il laissait faire les autres et sa commission tombait régulièrement...

— Mais alors, qu'est-ce qu'ils pouvaient manigancer ces deux-là, avec autant de mystère ? Si leurs affaires étaient légales...

— Là, je ne peux pas t'aider, mais je ne sais pas pourquoi j'ai l'impression que cela était en rapport avec la politique.

Conde regarda à nouveau Yoyi, comme s'il cherchait un point d'appui. Cette idée échappait à tous les schémas élaborés jusqu'à cet instant, mais elle éclairait le vide existant dans cette histoire.

— Oui, peut-être bien... c'est pour ça qu'ils prenaient tant de précautions. Mais, qu'est-ce que ça pouvait bien être ?

— Ils parlaient beaucoup de Batista, toujours en mal. Ils pensaient qu'il allait tout bousiller. Alcides lui en voulait à mort et Lansky disait que c'était un requin qui n'arrêtait pas d'avaler de l'argent, que le pays était en train de lui échapper et qu'il allait foutre en l'air leur grand projet.

— Sûr, et Batista le leur a bien foutu en l'air, pensa le Conde à voix haute, tout en se perdant dans une foule d'idées et de suppositions.

— Il s'est obstiné à vouloir gagner la guerre et il l'a perdue, commenta Yoyi, incapable de supporter plus longtemps le mutisme imposé. Lansky et Alcides ont été obligés de partir et ils y ont laissé une fortune... Finalement, pour eux, Batista c'était un empêcheur de tourner en rond.

Conde regarda Yoyi, il se souvint que le garçon était un lion de la rue mais, bien qu'il l'oubliât trop fréquemment, il était aussi allé à l'université où il avait dû apprendre quelque chose.

— Et puis Carmen, dit le Conde avec plus de douceur, pourquoi vous avez changé de nom ? Ils ont même perdu votre trace au registre des adresses.

La vieille dame regarda le Conde puis Yoyi. Elle sourit avec malice.

— Il y a des choses qu'il vaut mieux cacher… tu sais que j'ai connu ton père ?

Conde, surpris par la dérobade de Carmen, essaya d'éviter la catastrophe prévisible.

— On n'est pas en train de parler de mon père, essaya-t-il de la dissuader.

— Ne t'en fais pas, ça n'a rien de terrible… Ton père allait tout le temps écouter Violeta et il commençait à boire jusqu'au moment où il en tombait de sa chaise. J'ai vu, deux fois, comment on le traînait pour le sortir du club. Ton père était lâche, il n'a jamais eu le courage de s'approcher de Violeta. Je lui ai parlé deux ou trois fois, il me faisait pitié. Le pauvre malheureux, il était amoureux à en crever… Il a tourné autour de Violeta jusqu'au jour où quelqu'un lui a dit que s'il voulait continuer à marcher sur ses deux jambes, il valait mieux qu'on ne le voit plus là où elle chantait. De ce jour-là, je ne l'ai plus revu…

Conde sentit que chaque parole de la vieille femme lacérait sa peau. Mais il décida que ce n'était pas le moment de se laisser vaincre par des découvertes qui le dépassaient.

— Je le regrette pour mon père… mais vous ne m'avez toujours pas dit pourquoi vous vous êtes cachée et pourquoi vous avez changé de nom ?

La vieille femme regarda de nouveau son bras mort.

— Louis Mallet n'est jamais revenu à Cuba. Je ne me suis pas décidée à partir en 1960, en 1961… Et quand j'ai ouvert les yeux, j'étais enfermée ici. Mon argent n'a pas fait long feu, j'ai dû recommencer à travailler mais j'avais déjà plus de trente-cinq ans, alors j'ai ouvert un bordel à Nuevitas, à l'époque où c'était encore possible. Mais ça a foiré presque tout de suite et on m'a mise dans une espèce d'école pour me rééduquer. On m'a même appris à coudre. Mais ma fiche de putain était collée dans mon dos et quand j'ai eu l'occasion de l'arracher, je l'ai fait. J'ai commencé à utiliser mon véritable nom, j'ai fait de Carmen une couturière, ici à

Atarés, et j'ai laissé Elsa Contreras faire la pute quelques années encore, grâce à Fleur de Lotus qui avait été célèbre au Shanghai à La Havane. Mais faire la pute à quarante ans, c'est sacrément dur ! Tu dois te taper n'importe quoi pour pas grand-chose, parce qu'en plus, la concurrence est montée en flèche : comme les femmes étaient devenues libres et souveraines, égales aux hommes, eh bien, elles s'envoyaient en l'air histoire de voir couler le foutre, les gamines commençaient à baiser comme des dingues dès quatorze ans et tout le monde couchait avec tout le monde pour jouir du sexe, bref, on était tous égaux et on jouissait de la même façon, non ? Au milieu de cette folie, j'ai rencontré un homme, un homme bon... Et j'ai décidé d'enterrer pour toujours Elsa Contreras et de ranger Fleur de Lotus dans ce tiroir... Au fait, le jeune homme n'a pas vu la photo, dit-elle comme si elle se référait à une autre personne, sûrement morte. Écoute, montre-la-lui et laisse-moi un peu d'argent pour aujourd'hui sous la boîte, pour que Matilde ne le voie pas quand elle rentrera... cette foutue grosse, elle mange tout...

Le Conde sourit, alla chercher la photo et la tendit à Yoyi. De sa poche, il sortit quelques billets dans l'intention de les déposer dans le tiroir, mais soudain il sembla se raviser.

– Et puis ?

La vieille femme ne sembla pas comprendre la question. Yoyi, non plus, qui cessa de regarder la photo.

– Comment ça, et puis ? demanda Carmen.

– Il manque une partie de la vérité que vous connaissez. Mais c'est une partie importante. Et je vous l'ai déjà dit, il y a plus de quarante ans de ça. Et c'est beaucoup d'années pour avoir peur...

Carmen vit comment Yoyi replaçait la photo dans sa boîte et la tendait au Conde qui, avant de la prendre, remit dans sa poche les billets de la récompense prévue.

– La dernière fois que j'ai vu Alcides, au moment où il allait monter dans sa voiture devant la Western Union, dit la femme d'une voix éteinte, il m'a dit que Violeta lui avait brisé le cœur.

– Je le sais déjà, se souvint le Conde. Ce que je ne comprends pas, c'est pourquoi il a dit ça. Si Alcides n'avait rien à voir avec sa mort, il savait mieux que personne que Violeta ne s'était pas suicidée. Il devait soupçonner qu'on l'avait assassinée. Pourquoi il est parti sans rien faire ? Non, cet homme vous a dit autre chose…

La vieille femme regarda à nouveau son bras. Sans lever les yeux, elle commença à parler :

– Ce qu'Alcides m'a dit, c'est de ne pas fourrer mon nez où il fallait pas. A ce moment-là, il ne pouvait pas risquer l'avenir de ses enfants et c'est pourquoi il s'en allait, mais il pensait revenir dès qu'il le pourrait, pour régler certaines choses ici. Son chauffeur, le Noir Ortelio, allait s'occuper de certaines de ses affaires et en particulier veiller à ce que personne n'aille fouiner autour de la mort de Lina ou de ses réunions secrètes avec Lansky. Comme Lina, tout devait rester mort et enterré jusqu'à ce qu'il revienne pour le déterrer. Pour mon bien, il m'a dit de tout oublier, y compris de parler de cette conversation à la police… Et il m'a dit ça d'une façon qui m'épouvante encore ! C'est pourquoi je l'ai bouclée et je n'ai plus cherché à savoir. Cet homme-là n'était pas du genre à te demander quelque chose comme ça et à l'oublier ensuite. Non, ce n'était pas son genre…

4 mars

Mon chéri,

Les voix qui me poursuivent m'ont obligée à faire ce qui révoltait ma conscience. Elles m'ont ordonné d'aller de l'avant, à la recherche de la vérité définitive, non plus pour te démontrer mon innocence, à laquelle tu ne croiras peut-être jamais, mais pour confirmer la tienne, mise en doute par ta propre fille, et pour trouver enfin la paix en apprenant que tu n'as pas commis cet acte si atroce sur quelqu'un que tu disais aimer. Mais il est certain que je crains avec de plus en plus de force qu'il ne soit beaucoup plus terrible de trouver la vérité que de vivre cette condamnation à l'oubli et à l'abandon, encore plus douloureuse que l'incertitude actuelle.

Des jours durant, j'ai essayé de trouver l'adresse de la femme de mauvaise vie qui dansait nue et qui fut l'amie de cette femme, dans l'espoir qu'elle pourrait peut-être me donner quelque information capable de me fournir une piste. Cependant mes efforts sont restés vains. Les endroits qu'une personne exerçant son métier pouvait fréquenter ont été fermés par le gouvernement, dans le cadre de la campagne de liquidation du passé. Je n'ai pas réussi à la trouver, ni dans l'appartement que lui louait ton ami, ni à une adresse de la Habana Vieja où vivait sa petite sœur, d'après ce qu'elle m'avait dit un jour.

C'est pourquoi j'ai pris mon courage à deux mains et j'ai cherché le lieutenant qui avait enquêté sur la mort de cette femme et cette fois, c'est moi qui ai posé les questions. L'homme a accepté de me recevoir dans son bureau, durant une demi-heure, car il se dit débordé de travail avec les conspirations et les sabotages qui se succèdent de toutes parts, en réaction prévisible aux décrets révolutionnaires. Même dans ce contexte, il s'est montré aimable et a écouté les raisons de mon désir d'en savoir davantage sur le sort de cette femme. Il m'a confié qu'au début, il n'a pas écarté non plus la possibilité que tu sois à l'origine de cette mort. Ils te connaissent bien et ils sont au courant de tes relations amicales avec certaines personnes qu'il s'est contenté de qualifier de dangereuses. Ils savent aussi que du temps où tu étais étudiant à l'université, tu as fait partie des piquets de grève les plus violents et que depuis cette époque tu as démontré que tu étais un homme capable de tout. Mais justement à cause de ta façon d'être et de ton caractère, les circonstances de sa mort semblaient incongrues et il a très vite été persuadé, en observant tes réactions au moment de cet événement, que tu n'étais pas impliqué directement dans sa mort, c'est pour cela qu'il t'a laissé partir. Qui soupçonniez-vous alors? lui ai-je demandé et il m'a répondu catégoriquement que si vraiment elle ne s'était pas suicidée, comme il l'a toujours cru, sa mort avait dû être préparée et exécutée par une femme, et il m'a expliqué que l'absence de violence et l'occasion offerte par le flacon de sirop pour la toux étaient des détails très féminins qui le menaient à cette piste. *Il a d'abord soupçonné la danseuse, à cause de ses antécédents, mais une ou deux conversations avec elle l'avaient conduit à écarter cette hypothèse. Il a reconnu que plus d'une fois il avait pensé que je pouvais être la coupable (tu vois? comme toi), car j'étais la seule à avoir accès de façon reconnue à l'appartement et parce que, en apprenant notre relation (comment cet homme a-t-il pu la découvrir?), il a vu en moi la personne qui avait le plus de raisons de désirer sa mort. Cependant, en voyant les conséquences que les faits avaient entraînées pour moi, il lui est apparu à l'évidence que je devais les avoir calculées et il a alors décidé de m'écarter comme suspecte, sans m'éliminer totalement. Et alors? lui ai-je demandé. Alors je me suis retrouvé les mains vides, m'a-t-il dit, et non sans regret il a dû accepter l'exigence de ses supérieurs de remettre l'enquête à plus tard et de décréter que le suicide était la cause probable de la mort, bien qu'il soit resté convaincu qu'il s'agissait d'un assassinat dont l'exécuteur ou plutôt l'exécutrice était une personne qui avait une raison terrible, inconnue de lui mais suffisante pour désirer et oser concrétiser son besoin de vengeance.*

Comme tu pourras l'imaginer, cette conversation m'a calmée et troublée tout à la fois. La quasi-certitude que tu es aussi innocent que moi est une source de paix qui a eu l'effet d'un baume sur mon cerveau tourmenté (le pauvre, il n'arrête pas d'entendre des voix, même en plein jour maintenant) et cela me confirme pourquoi tu as pensé avec une telle véhémence (tout comme le policier) à ma possible culpabilité. Mais une fois écartés la danseuse, toi et moi comme coupables: qui reste-t-il? L'idée qui m'obsède maintenant est si horrible que je préfère fermer mes yeux et mes oreilles, taire ma bouche, car donner forme à cette pensée me rendrait définitivement folle... De plus, quelle preuve ai-je? Aucune. Un peu de haine, une dose de frustration, une part de ressentiment ne peuvent être les ingré-dients capables de transformer quelqu'un de doux et de gentil, je dirais même docile, en un assassin décidé à braver le destin et capable de sacrifier une personne avec laquelle il n'a jamais de sa vie ne serait-ce qu'échangé une parole. N'es-tu pas de mon avis? Dis-moi que tu n'y crois pas toi non plus, que ce n'est pas possible, que je suis folle ou que je suis un monstre dénaturé puisque je pense une chose aussi brutale et insupportable, dis-le-moi, s'il te plaît.

Je t'aime toujours, je t'aime toujours davantage, j'ai tellement besoin de toi en ces moments terribles...

Ta petite

Mario Conde décida de façon sommaire et unilatérale que sa convalescence et sa relation avec les antibiotiques étaient terminées et il demanda à Yoyi de s'arrêter devant un marché pour y faire une descente en prévision de l'indispensable célébration de ce fait historique. Les événements des derniers jours, obstinés à bouleverser une routine à laquelle il était presque habitué, avaient altéré ses nerfs et fait fonctionner son cerveau à une vitesse proche du vertige. Pour calmer nerfs et neurones en folie, Conde ne connaissait pas de meilleur remède qu'une séance magistrale de conversation bien arrosée.

Les six bouteilles de rhum posées sur la table en fer et en verre étaient un défi. Le Flaco Carlos, qui n'était plus maigre depuis bien des années, les regardait avec gourmandise comme des joyaux inestimables. Le Conde, en constatant le bonheur palpitant dans les yeux de son ami, se demanda une fois de plus s'il avait choisi la bonne solution en lui procurant les moyens de se suicider à petit feu. Mais en voyant Carlos goûter sa première gorgée avec une délectation physique et mentale, il pensa à nouveau que l'aider à sortir de ce corps dévasté avec lequel il ne voulait pas vivre était non seulement la preuve la plus difficile qu'il devait résister à son sens de l'amitié et même de la vie, mais aussi un acte suprême d'amour dont le dénouement prévisible ferait de lui le principal perdant : quand le Flaco ne serait plus là, où irait le Conde avec ses paroles, sa soif de rhum, de musique et de nostalgie ?

– Il y a un seul problème, Conde. Carlos avança son fauteuil vers l'endroit où son ami, pensif, l'avait regardé boire le premier verre. Quand tu n'auras plus d'argent, nos gosiers vont être mal habitués. Ce rhum est génial !

– C'est vrai, sauvage, mais ce n'est pas si grave, dit le Conde. On s'habitue toujours à ce qui est mauvais. On en connaît un rayon sur le sujet, pas vrai? Mais ne t'en fais pas, Dieu y pourvoira, Candito me l'a dit et lui, il ne m'a jamais laissé tomber.

– Bon, pour l'instant au moins, il pourvoit…

– Et le Conejo et Candito? demanda le Palomo, un verre plein à la main.

– Ils doivent être sur le point d'arriver, informa Carlos qui but un demi-verre d'un seul trait.

Le soir était tombé subitement, comme toujours en cette fin d'été caribéen, mais la chaleur avait à peine baissé. Cependant, dans le patio de Carlos, sous les arbres et les orchidées récemment humidifiées, la température semblait supportable.

– Puisqu'on fait la fête, on peut écouter de la musique, non, Conde? dit le Flaco avec enthousiasme et il indiqua le poste et le tas de cassettes sous la fenêtre.

– Et qu'est-ce qu'on met?

– Les Beatles?

– Chicago?

– Formula V?

– Los Pasos?

– Credence? demanda le Conejo en entrant pour mettre fin au numéro cyclique auquel se livraient Carlos et le Conde, orgueilleux et satisfaits de la constance d'un rituel qui n'appartenait qu'à eux et que personne, pas même le temps, les coups, les frustrations, les refus et les absences, n'avait été capable de leur ravir. Et la mort? Putain de sa mère! se dit le Conde, et du doigt il indiqua à Carlos:

– Va pour Credence… Puis il ajouta immédiatement, comme fâché: mais ne me dites pas que Tom Fogerty chante comme un Noir…

– Ça va, c'est bon, il chante comme un dieu… C'est moi qui vous le dis, ajouta Yoyi en souriant, fatigué de suivre de la tête le va-et-vient de la balle sur lequel les autres se concentraient. Vous êtes incroyables, on dirait que vous n'êtes pas réels, sur la tête de ma mère, je te jure… combien de fois vous avez parlé de la même chose?

– Alors, où en est ton enquête, Conde? interrogea le Conejo déjà armé de son verre de rhum, sans prêter trop d'attention aux préoccupations du jeune homme.

– C'est compliqué, parce que j'ai la sensation que la vérité, je l'ai là, devant mes yeux, et que je n'arrive pas à la voir.

– A quelle sauce ça se mange? demanda Carlos.

– Je suis convaincu que la mort de Dionisio est en partie liée à celle de Violeta del Río, qui ne s'est pas suicidée. Mais les seules personnes qui peuvent m'expliquer la relation entre ces deux morts sont Amalia Ferrero et sa mère… La mère, cela fait quarante ans qu'elle est folle et Amalia jure qu'elle ne sait rien.

– Et tu la crois? intervint Yoyi.

– Non… c'est bien mon problème. Depuis le début, elle cache quelque chose, elle l'a peut-être fait pour protéger Dionisio… ou sa mère? Ou la mémoire d'Alcides Montes de Oca? En fin de compte, il paraît qu'Alcides était son père… Mais comment faire pour qu'elle me raconte son histoire?

Carlos, Yoyi et le Conejo se regardèrent et arrivèrent à la même conclusion. Yoyi assuma le rôle de porte-parole:

– Balance-la à la police, merde! Qu'ils l'interrogent comme ils nous ont interrogés nous, qu'ils la fichent et qu'ils la maltraitent un peu comme ils savent le faire: asseyez-vous ici! Taisez-vous maintenant! Baissez les mains! C'est nous qui posons les questions! Vous avez intérêt à coopérer! Regardez-moi quand je vous parle!… Ils sont si subtils! Tu étais comme ça toi aussi, Conde?

L'autre préféra ne pas lui répondre.

– Manolo a déjà parlé avec elle et il n'a rien pu tirer au clair. Mais il dit que j'exagère quand je soutiens que l'histoire de Violeta a un rapport avec celle de Dionisio. J'ai tout de même réussi à le faire réfléchir.

– Et pour Lansky et Alcides Montes de Oca? Qu'est-ce que t'en penses, *man*?

300

Yoyi mit de la glace dans son verre et se servit une nouvelle dose de rhum.

– C'est un autre chapitre. Si ça se trouve, on ne saura jamais ce qu'ils manigançaient ensemble, mais j'ai mon idée...

– Quelle idée? Dis voir, demanda le Conejo enthousiaste.

– Ils voulaient se débarrasser de Batista. Non seulement les affaires étaient en chute libre mais Alcides Montes de Oca ne pouvait pas l'encadrer... il pensait que Batista était un désastre pour le pays. Ils projetaient peut-être de le tuer...

– Ça se tient, admit le Conejo. S'ils liquidaient le mulâtre, ils avaient une marge de manœuvre pour ne pas perdre ce qu'ils étaient en train de monter ici.

– Mais il s'est passé quelque chose qui les a empêchés de le faire, si c'est à ça qu'ils pensaient, hasarda le Conde.

– Ils n'ont pas eu le temps, dit le Conejo. La guerre s'est terminée trop vite et il n'y avait plus rien à faire.

– C'est possible, admit le Conde.

– Et le mystérieux Noir? (Cette fois, ce fut Yoyi qui intervint.) Pourquoi on ne trouve toujours pas quelqu'un qui colle avec ce personnage?

Conde se resservit. Il contempla le fond de son verre comme si là, dans les profondeurs du rhum, se trouvait l'oracle des réponses et son esprit reçut une décharge éclairante.

– Mais comment je n'y ai pas pensé plus tôt? Putain...

– A quoi? chercha à savoir Carlos.

– Ce Noir n'existe pas. Il n'a jamais existé. Ce n'était que du bluff pour nous soutirer davantage d'argent. Bordel de...

– Mais, et les empreintes?

La logique du Conejo refaisait surface.

– Elles appartiennent à n'importe qui. A un homme qui vend des oignons dans la rue, à celui qui relève les compteurs d'électricité... quelqu'un qui pour une raison quelconque est entré dans la bibliothèque...

– Attends, attends, Conde (Carlos tenta de ramener la conversation sur le terrain du bon sens). Ces empreintes étaient là pour tromper la police ou par hasard?

– Par hasard, bien sûr. Quelqu'un est entré là sous un prétexte quelconque, mais pas pour acheter des livres. Personne dans le métier n'a pu être au courant que cette bibliothèque était celle où Yoyi et moi étions en train de travailler, parce qu'on ne l'a dit à personne.

– Et les livres qui manquent, *man*? continua Yoyi.

– Il ne manque aucun livre. Ils ont été retirés de leur place et remis ailleurs.

– Mais qui les a sortis sans les emporter? Cela ne peut être que Dionisio ou Amalia.

– Merde alors! Qui l'a tué, ce Dionisio?

Le Conejo ne semblait pas convaincu par les suppositions du Conde.

– La personne qui l'a tué n'avait aucun rapport avec le commerce des livres. Dionisio a été tué pour une autre raison, pour une chose qui, en tout cas, se trouvait dans la bibliothèque.

– Et tu prétends que ce n'était pas un livre? intervint Carlos.

– C'est ce que je crois, dit le Conde et il leva la paume de ses mains à hauteur de ses yeux. Oui, tout est là mais je ne parviens pas à le voir.

– Ce sont des choses qui arrivent, dit Candito et il salua ses amis de la main.

– Salut, Rojo! Aujourd'hui tu vas boire un coup?

– Non, aujourd'hui non plus.

– Le chrétien est de garde?

Conde sourit mais il comprit immédiatement qu'il venait de faire une plaisanterie déplacée.

– Oui, parce que je viens d'une veillée funèbre.

Candito s'appuya au dossier du fauteuil en fer, il semblait fatigué.

– Qui est mort? voulut savoir Carlos.

– Le frère d'un membre de mon église. Tu le connaissais, Conde… Son nom était Juan Serrano, on l'appelait l'Africain.

Le Conde posa son verre par terre et regarda son ami.

– Qu'est-ce que tu racontes, Candito?

302

– On l'a trouvé hier. Il était mort depuis deux jours. Il était dans une citerne abandonnée dans la cour de l'usine thermoélectrique de Tallapiedra.

La douleur était un poids mort ancré derrière ses yeux, une tache obscure dont il ne parvenait pas à se défaire malgré l'impression que s'il arrivait à glisser la main dans son crâne il pourrait l'attraper, l'extirper et obtenir un soulagement immédiat. Il avait eu beau s'administrer une double dose de duralgines et utiliser tout le contenu d'un petit pot de pommade chinoise, Conde se doutait que sa migraine ne l'abandonnerait pas et il décida de l'assumer comme un homme.

Lorsqu'il s'engagea dans la rue Esperanza en direction du cœur malade du vieux quartier d'Atarés, il était encore incapable de s'expliquer pourquoi il le faisait ou ce qu'il cherchait. En marchant le long des trottoirs défoncés et en évitant les gravats et les ordures pétrifiées, il pensa que le fait de naître, vivre et mourir dans cet endroit était une des pires loteries qui pouvait échoir à un être humain. Tout comme le hasard qui te fait naître au Burundi, à Bombay, dans une favela brésilienne au lieu de voir le jour au Luxembourg ou à Bruxelles où il ne se passe jamais rien et où tout n'est que propreté, ordre et ponctualité. Ou dans n'importe quel endroit agréable, mais loin de ce quartier où on tétait la violence et la frustration historique au sein maternel, où on grandissait dans la laideur la plus insultante et la dégradation morale quotidienne, dans le chaos et les féroces accords des trompettes de l'Apocalypse, décidées toutes ensemble à atrophier pour toujours les capacités de discernement éthique d'un être humain pour en faire un être primaire, tout juste apte à se battre et même à tuer pour survivre.

Les odeurs offensantes, le paysage d'édifices dévastés, les rivières urbaines de détritus humains, les grilles de plus en plus solides derrière lesquelles se retranchaient les habitants, la réponse agressive comme expression des besoins accumulés pendant des siècles et des générations transformaient en condamnés, sans cause ni procès, ces maudits du destin entassés dans ce lieu, obligés de purger leur fatalité sous le poids d'une vie d'angoisses et d'années de séjour en prison, une vie de merde qui pouvait prendre fin avec la douleur froide des poignards décidés à fendre le cœur d'un homme qui, pour couronner tant de malheurs, recevait comme sépulture le fond putride d'une citerne abandonnée.

Conde s'enfonça dans le quartier en caressant avec véhémence la barre d'acier enveloppée dans un sac en nylon, dominé par le désir irrationnel de trouver quelqu'un sur qui décharger sa haine, et il put vérifier que la commotion initiale avait définitivement disparu ce silence contre-nature qui régnait dans les rues deux jours auparavant et dont il avait été incapable de trouver les raisons. Car de nouveau la vie – si on pouvait l'appeler ainsi – avait récupéré sa misérable normalité dans ce cercle de l'enfer. Finalement, il ne s'agissait que d'un mort de plus. La musique s'était de nouveau emparée de l'atmosphère, rivalisant avec les cris des vendeurs ; les gens se réunissaient aux coins des rues, indolents, avec leurs éternels regards troubles ; les femmes s'obstinaient à exhiber les divers volumes de leurs chairs ; les conducteurs de cyclopousses, arrivés de l'Oriente pour tenter leur chance, suaient leur frustration misérable, pédalant malgré leurs estomacs sous-alimentés et leurs dos martyrisés. L'accablement et le désespoir retrouvaient un trône momentanément cédé à la douleur et à la peur.

Quels codes avait violés l'Africain pour que l'on décrète sa mort ? Une dette de seulement mille, deux mille, trois mille pesos suffisait-elle pour décider du sort d'un homme ? Étaient-ce là les lois de la mafia émergeante, décidée à imposer le respect avec des châtiments exemplaires aux transgresseurs et des avertissements douloureux aux fouineurs ? Conde se souvint que, presque quarante ans auparavant, une autre mafia avait traîtreusement châtié la curiosité d'un journaliste qui n'aurait pas dû se trouver là, alors il pouvait lui aussi considérer qu'il avait eu la chance d'en réchapper quatre jours auparavant avec seulement une raclée et deux cicatrices. Mais le pauvre Africain...

Quand il arriva rue Alambique, surpris de sa forme physique, Mario Conde monta jusqu'au troisième étage de l'édifice en ruine et traversa, pour la première fois sans la moindre crainte, les planches installées au-dessus du vide. Il passa devant la porte de ce qui avait été le logement de l'Africain où la police avait mis les scellés et chercha l'accès au toit en terrasse.

A dix heures du matin, la lumière éblouissante du soleil se réverbérait sur le dallage décoloré et fissuré, le Conde s'agenouilla près de l'aérateur où il plongea le bras au-delà du coude. De ses doigts, il pinça l'enveloppe en nylon qu'il avait lui-même remise dans sa cachette avec sept cents pesos. Il la déposa sur le sol puis il plongea de nouveau le bras, l'enfonçant jusqu'à éprouver une douleur qui provenait de son aisselle, et il sentit sous la pulpe de ses doigts la surface synthétique qui refusait de se laisser attraper. Presque couché sur le sol, il enfonça encore un peu plus son bras, attirant avec ses doigts la surface glissante pour la faire rouler jusque dans la paume de sa main qui put enfin se refermer sur une rondeur dure et familière.

Sans trop se préoccuper du frottement douloureux qu'il sentit sur la peau de son coude et de ses jointures, il sortit le bras et la main qui tenait la balle de base-ball enveloppée dans plusieurs feuilles de cellophane. Assis sur les dalles, il retira les emballages et observa la sphère capricieuse qui sur un terrain de jeu pouvait régenter les désirs et les besoins de tant de gens. La balle de l'Africain était banale, très usée à en juger par la porosité de la peau, l'usure des coutures, les taches de terre qui laissaient cependant voir sur l'enveloppe en cuir les traits noirs d'une signature appliquée. D'un doigt mouillé de salive, Conde nettoya délicatement l'endroit où il put lire la petite écriture maladroite : Ricardo Lazo. Il se souvint de ce catcher de l'équipe des *Industriales* mort dans un accident depuis bien des années, mais qui, en ses jours de gloire, s'était fait remarquer par son élégance pour recevoir les lancés et surtout pour attraper les *foul-flys*. En dépit du temps et de la mort, il pensa en caressant la balle que Ricardo Lazo était encore important dans la mémoire de quelqu'un et il essaya d'imaginer ce qu'avait pu signifier cette balle dans la vie de l'homme maintenant défunt pour qu'il ait décidé de la cacher comme le plus précieux de ses trésors. Comment l'avait-il obtenue ? Quelles prouesses évoquait pour lui cette rondeur capable de s'adapter parfaitement aux doigts d'un homme, ce volume fait à la mesure de ses rêves ? Ses questions resteraient sans réponse, du moins tant que le Conde serait sur terre et l'Africain en enfer. Mais un jour ils se rencontreraient par là, dans le temps de l'éternité, et le Conde, après lui avoir demandé pardon et lui avoir dit combien il regrettait de ne pas lui avoir donné les trois ou quatre mille pesos[*], prix auquel sa vie avait été évaluée, lui demanderait tout ce qui était lié à cette pauvre balle usée qui avait un jour connu le bonheur incommensurable d'une rencontre retentissante et solide avec une batte de bois.

Sa vue se voila et Mario Conde comprit qu'il pleurait. Un sentiment de frustration, de rage, d'impuissance lui arrachait les larmes que même les coups et la douleur physique n'avaient pu lui faire verser. Il pleurait sur le sort de l'Africain, il pleurait sur lui-même, sur ses erreurs et ses fautes, sur la vieille balle de base-ball, sur les inconnus qui avaient un jour joué avec elle, partageant sûrement avec l'ex-taulard défunt la douleur de traverser chaque jour une existence minable entre les quatre murs du quartier, cette autre prison plus vaste à laquelle ils prétendaient maintenant échapper par les chemins de la violence. Il pleurait la mort de tant de rêves, d'espoirs et de responsabilités historiques. Du revers de la main, violemment, il essuya ses yeux, récupéra les morceaux de cellophane et s'allongea de nouveau sur la terrasse pour remettre la balle à sa place. Il pensa qu'elle devait rester là jusqu'à l'écroulement imminent de l'immeuble ou peut-être celui de toute la

---

[*] Environ 160 euros.

ville, lézardée et pourrie. Il voulut imaginer que ce jour infernal il y aurait quelqu'un, peut-être un des enfants de l'Africain, pour la retrouver, enterrée sous la montagne de gravats que deviendrait tout cet immeuble sur lequel se trouvait, maintenant debout, un homme coupable, par omission et par participation, par indolence et entêtement, appelé Mario Conde.

Étourdi par le mal de tête, il mit l'enveloppe avec l'argent dans sa poche et marcha jusqu'au bord de la terrasse. Il observa le panorama du quartier, avec les cordes où séchait du linge usé, les cahutes délabrées pour l'élevage des pigeons et des porcs, les antennes de télévision déglinguées, les toits en zinc improvisés sous lesquels dormaient les conducteurs de cyclopousses venus de l'Oriente et, dans la rue, le trafic des gens absorbés par la recherche d'un moyen d'améliorer un destin déterminé par cette géographie détériorée.

Le cri échappé de ses entrailles jaillit comme un vomissement irrépressible et parcourut les terrasses blessées à mort, les murs lézardés, les escaliers précaires, les portes orphelines de peinture mais couvertes de loquets et de serrures, les rues puantes, rebondissant, sautant, se propageant dans l'atmosphère, sans que personne ne puisse l'attraper, pour arriver jusqu'aux confins du quartier et de la peur, et sortir libre, plus loin, encore plus loin, peut-être sur la mer, pour naviguer obstinément jusqu'à l'endroit où se perdent les douleurs et les souvenirs.

— Fils de pute, cria-t-il d'une voix brisée, à en perdre la respiration et il insista : fils de pute, je suis là!, presque hors d'haleine, avec l'horizon de nouveau brouillé par les larmes et la tête sur le point d'éclater en mille morceaux sous les coups de pied de la douleur.

Il ouvrit les yeux lentement, presque avec précaution, et il s'aperçut que la douleur l'avait abandonné. Qui pouvait-il remercier de ce miracle? Dieu qui semblait de moins en moins exister, Bouddha l'Illuminé ou l'inventeur terrestre des duralgines? L'obscurité qui avait déjà gagné sa chambre lui confirma l'arrivée de la nuit et il calcula que la dose d'analgésiques avalée l'avait terrassé pendant deux ou trois heures.

Il entendit alors les coups sur la porte et comprit que le premier appel avait été la cause de son réveil. Du lit, il cria : "J'arrive !" avant de se lever.

Pour la première fois depuis plusieurs jours, la présence de Manolo fut bien accueillie par la sensibilité mal en point du Conde et il sourit presque en voyant le visage fatigué du policier.

— On m'a dit que tu voulais me voir, dit le capitaine Manuel Palacios et le Conde acquiesça.

— Viens, on va se faire un café.

— Tu étais en train de dormir, à cette heure-ci ? demanda-t-il avec une pointe d'envie.

— J'avais la tête sur le point d'éclater, expliqua le Conde après avoir mis le café en poudre dans le filtre et fermé la cafetière. J'ai eu une journée bizarre. On est quel jour aujourd'hui ?

— Jeudi. Pourquoi ? interrogea Manolo, installé sur une des chaises de la cuisine, les bras sur la table, et le Conde haussa les épaules pour minimiser l'importance du jour de la semaine. Tu ne m'en veux plus ?

— J'en veux à la terre entière. Je suis de plus en plus convaincu que c'est un putain d'endroit... mais comme aujourd'hui c'est jeudi, je crois que toi, je vais te pardonner.

— Heureusement ! Manolo hocha la tête sans exprimer plus d'émotion et ajouta : putain, je suis sur les rotules... Alors, qu'est-ce que tu me voulais ?

— Dis-moi ce que vous savez sur la mort de Dionisio.

— Rien de neuf. On piétine. Et toi ?

— J'ai une idée, mais il faut qu'on la travaille tous les deux.

— Vas-y, dit Manolo, sans grand intérêt.

— Attends le café.

Mario Conde ajouta la dose minime de sucre qu'il mélangeait toujours au café et servit deux tasses. Il but la sienne debout, en soufflant avec insistance, puis il alluma une cigarette.

— Il est bon, hein ?

– Conde, tu es là comme ça, je ne sais pas, tu as l'air éteint… qu'est-ce qui t'arrive ?

– Tout… enfin, revenons à nos moutons. Je suis sûr que la sœur de Dionisio sait quelque chose qu'elle ne veut pas dire. Dans cette bibliothèque, il y a eu ou il y a quelque chose qui explique tout ce qui s'y est passé.

– Tu continues avec ça… bon, qu'est-ce que tu veux faire ?

– Fouiller la bibliothèque de fond en comble, obliger Amalia à nous laisser parler à sa mère, pour voir si elle est aussi folle qu'elle le prétend. Et je veux que tu l'interroges de nouveau, mais en la cuisinant un peu, dans la mesure du possible.

– Conde, c'est une femme, elle a plus de soixante ans. Ce n'est pas une délinquante. Tu sais qu'elle est militante du Parti ?

– Tu commences en douceur et après tu vois s'il faut serrer les vis. Tu sais le faire. Tu aimes le faire.

Manolo déplaça sa tasse vide sur la surface de la table, se demandant apparemment s'il devait accéder au désir de son ancien chef. A l'époque où ils formaient une équipe, Manolo obéissait presque aveuglément aux ordres du Conde et les résultats étaient généralement satisfaisants.

– Vraiment, je ne sais pas…

– Écoute, il y a une chose dont je suis presque sûr : le grand Noir est un fantôme, il n'existe pas, dit-il et il expliqua sa théorie à Manolo.

– Mais s'ils ont décidé ça entre eux pour obtenir plus d'argent, médita Manolo, je ne vois pas le rapport avec la mort de Dionisio.

– Si les empreintes sans propriétaire sont, je ne sais pas moi, celles de l'électricien, si les autres sont les miennes, celles de Yoyi et d'Amalia et si ni moi ni Yoyi n'avons tué Dionisio, il nous reste qui ?

– Charrie pas, Conde !

Manolo sursauta.

– Bien sûr, c'est peut-être quelqu'un qui s'est trouvé là et qui n'a touché à rien.

– Tu me donnes des idées diaboliques! Manolo s'agita nerveusement, récupéra sa tasse vide dont il fixa le fond.

– Ça me travaille depuis un bon bout de temps. Amalia est la pièce maîtresse de toute cette histoire. Amalia et la bibliothèque, dit le Conde en allant chercher la cafetière pour servir deux autres tasses de café.

– Si ça se trouve tu as raison, admit Manolo.

– Qu'est-ce qu'on a sur un certain Juan Serrano Ballester qui a été retrouvé mort à Tallapiedra?

Manolo, surpris par le soudain changement de conversation, se figea, la tasse en l'air.

– Tu le connaissais?

– Il a été mon indic, il y a des années.

– Tu m'en diras tant... eh ben, rien, on n'a encore rien trouvé. Il a été tué de huit coups de couteau.

– Qu'est-ce qui se passe dans ce quartier, Manolo? Tu sais que la drogue et la prostitution y prospèrent?

– Tout le monde le sait. Tous les deux ou trois mois, on se pointe en douce et on attrape dix putes, cinq macs, trois vendeurs de crack et de marihuana, et je ne sais pas combien de trafiquants de ce que tu peux et même de ce que tu ne peux pas imaginer.

– Et alors?

– Deux mois après, on se retrouve à la case départ. Certains vont en prison, d'autres en sortent; certains abandonnent le trafic, d'autres l'ouvrent. C'est sans fin.

– Et comment tu expliques ça?

Manolo termina enfin son café et prit une cigarette dans le paquet du Conde. Il souffla la fumée vers le plafond.

– Ils ne savent pas ou ne peuvent pas vivre autrement. C'est comme une maladie incurable: il y a des rémissions, mais elle est toujours là, elle ne disparaît pas.

– Tu sais qu'ils sont organisés? Qu'ils fonctionnent comme une mafia avec de vrais capos qui ne sont pas du quartier? Ce sont des gens qui brassent beaucoup de fric et ils ont le pouvoir d'ordonner de mettre quelqu'un hors jeu.

— Oui, je sais que c'est très dangereux. C'est peut-être le début de quelque chose de terrible.

— On est mal barrés, mon vieux.

— Et pourtant, il y a davantage de flics maintenant… mais même comme ça!

— Cette maladie, comme tu dis, ça ne se guérit pas avec des flics… Pauvre Juan.

Manolo regarda le Conde et sourit légèrement.

— Il y a quelque chose que tu ne veux pas me dire.

— Et je ne vais pas te le dire, affirma l'autre en revenant s'asseoir.

— Tu es sûr que t'as rien à voir avec ce qui est arrivé à ce type? Maintenant que j'y pense, il a été tué tout près de l'endroit où on t'a retrouvé évanoui…

— Tu vas m'accuser de l'avoir tué lui aussi?

— Non, parce qu'il a été tué le jour où tu es sorti de l'hôpital. Mais, maintenant, je suis certain que tu as quelque chose à voir avec tout ça…

— Bon, dis-moi, qu'est-ce qu'on fait avec Amalia?

Manolo se leva et posa une main sur l'épaule du Conde.

— Tu es vraiment chiant, Conde. Tu me demandes de te faire confiance mais tu ne me fais pas confiance! Je vais quand même tenir compte de ce que tu m'as dit. On va fouiller la bibliothèque et interroger la femme… mais demain. Aujourd'hui, je n'arrive même plus à penser. Je suis sur trois affaires à la fois et il faut que je me repose. Toi aussi. Tu as une tête de déterré, on jurerait que c'est aujourd'hui qu'on t'a foutu une raclée.

13 mars

Mon chéri,

J'ai beaucoup pensé à ton père, ces jours-ci. Je le vois assis dans cette bibliothèque où je t'écris maintenant, avec son bureau couvert de papiers, mais toujours disposé à bavarder quelques minutes avec moi pendant qu'il buvait le café tout frais que je me chargeais personnellement de préparer et de lui apporter. Ma mémoire conserve l'image de l'homme le meilleur et le plus aimable que j'aie jamais connu. A deux ou trois reprises, je ne sais plus, il m'a dit à quel point il aimait éveiller la curiosité de ses étudiants à l'université, il leur faisait lire Œdipe roi *car il pensait que Sophocle, cinq siècles avant notre ère, avait réalisé le miracle d'écrire une œuvre sur ce qu'il estimait être une enquête criminelle parfaite : celle qui finit par accuser l'enquêteur lui-même d'un assassinat qu'il n'a jamais cru avoir commis.*

Bien que sur ses instances j'aie lu plusieurs fois cette tragédie, j'ai oublié pendant de nombreuses années ces conversations et en même temps j'ai été sourde, des mois durant, aux voix du démon (oui, je le sais maintenant, c'est un démon) qui vit dans mon cerveau, lorsqu'il me tentait tout en m'avertissant du danger de découvrir une vérité qui pouvait se retourner contre moi. Mon erreur a peut-être été de croire, malgré tous mes vœux, que les voix se référaient à toi et j'ai même recommencé à penser que, d'une certaine façon impossible à dévoiler par mes recherches, tu avais été coupable de ce qui était arrivé et que c'était la terrible vérité que je pouvais découvrir si je continuais à fouiller le passé. Mais ce que j'ai appris aujourd'hui, par le plus grand des hasards, justifierait non seulement que je me crève les yeux mais aussi que je déchire mon ventre d'où est sortie la graine de toute cette tragédie réelle qui m'a enfin été révélée dans toute son horrible dimension, sans que subsiste le moindre doute. J'ai maintenant appris, et de quelle façon, que le sort d'Œdipe est celui de tous les êtres humains qui ont des péchés sur la conscience.

Le commentaire dénué de toute mauvaise intention de notre vétérinaire (il est venu examiner la vieille Linda, ton fox-terrier préféré, malade comme moi de mélancolie depuis ton départ) sur la disparition de deux capsules de cyanure du paquet qu'il avait apporté il y a des mois pour combattre les rats qui avaient envahi le patio et le jardin de la maison n'aurait jamais signifié pour quiconque qu'une perte fortuite, peut-être même due à un mauvais décompte de sa part, et serait passé pour un commentaire consciencieux, sans aucune relation avec la mort d'une personne qui, pour presque tout le monde – y compris notre *vétérinaire – n'avait pas le moindre rapport avec toi. Mais le destin, acharné et cruel, s'est chargé de déposer, justement entre mes mains, cette nouvelle capable de donner un sens à tous mes soupçons et il m'a violemment confrontée à la vérité que je me suis tellement obstinée à chercher, sans imaginer qu'elle allait me tuer, car j'ai compris d'un seul coup que j'étais la seule coupable de ce qui est arrivé parce que j'ai fourni, je le sais bien, les arguments nécessaires à l'accomplissement de ce crime.*

J'ai cherché dans ma tête quelque encouragement pour me justifier et je crois l'avoir trouvé dans la raison qui a poussé cette tragédie jusqu'à son dénouement fatal: l'amour seul est coupable. Notre pauvre enfant t'a toujours aimé en silence, elle a toujours attendu la récompense d'avoir un père et cet amour a causé sa révolte, elle a refusé de perdre ce que cette femme allait nous voler, à elle, à moi et même à toi... Mais même cette conviction ne peut m'épargner la condamnation éternelle parce que j'ai engendré une personne capable de recourir au crime le plus prémédité pour sauver ses droits et son besoin d'amour, sans imaginer que par cette action elle tuait définitivement cet amour et ces droits...

Mon chéri: si grande est la douleur accumulée en moi que je reste sans force pour continuer à t'écrire ces lettres dépourvues de sens. Tu ne les recevras jamais, d'abord parce que tu ne le désires pas et ensuite parce que je serais incapable de te les envoyer, plus encore en sachant ce que je sais maintenant, car je préfère que tu continues à m'accuser et que tu ne découvres jamais cette terrible vérité. De toute façon, pour mon éternel châtiment, je vais les garder comme témoignage de mes péchés, de mes douleurs et aussi de mon amour. Un amour dès lors impossible, mais qui t'appartiendra toujours.

Adieu, mon chéri. Cette fois, pour toujours.

Ta petite

La bande des scellés de la police tomba par terre comme un serpent décapité. Quand il poussa les portes-miroirs et respira le doux parfum du vieux papier, Mario Conde se souvint du choc éprouvé dix jours auparavant, juste à l'instant de faire le premier pas dans cette bibliothèque de rêve. Dix jours seulement ? Depuis lors, tant de choses étaient arrivées dans sa vie et dans la vie – même dans la mort – des personnes liées à ce lieu qu'il se demanda si sa présence n'avait pas eu des effets comparables à celui de ces princes dotés du pouvoir de conjurer le sort paralysant jeté pour l'éternité. A tout le moins, cette bibliothèque, fossile éblouissant des efforts de trois générations de bibliophiles assez fortunés pour collectionner leurs caprices, avait été profanée par ses intentions mercantiles et, agonisante, comme dans un ultime sursaut vengeur, elle avait emporté la vie faussée d'un homme qui n'avait peut-être jamais su qui il était vraiment.

Peut-être que le plus impardonnable péché de légèreté commis par Mario Conde avait été de penser que, grâce à ces livres accumulés tout au long d'un siècle et conservés ensuite pendant encore quarante ans avec un zèle maladif, il pourrait redresser sa situation financière toujours précaire et, du moins tant que les livres le lui permettraient, répartir joies et richesses parmi ses proches, qui avaient autant besoin que lui de ces deux bienfaits dans une période de rationnement draconien. Il lui apparaissait maintenant que tout ce qui était arrivé était comme l'œuvre d'une prédestination qui dépassait ses péchés, son karma et ses erreurs : c'était la réponse d'un sort tapi parmi les livres silencieux qui était revenu à la vie pour réclamer une justice trop longtemps oubliée. La découverte, évidemment prédestinée, de la coupure de journal qui annonçait les surprenants adieux de Violeta del Río n'était finalement que la pointe de l'iceberg ancré là. Les fragments de vérité que le Conde était parvenu à renflouer à partir de cette nouvelle oubliée avaient peu à peu dessiné et donné toute sa saveur à une tragédie perdue dans les brumes du passé, un drame dont la cause la plus cachée avait entraîné au moins deux morts.

Conde observa la pièce autour de lui pour essayer de retrouver la prémonition obsédante qui l'avait surpris à son arrivée dans la bibliothèque des Montes de Oca. Mais la prémonition refusa de se manifester. Il étudia le chaos provoqué par sa présence dans tout le secteur central et le côté droit de la salle, en contraste avec les volumes encore bien rangés qui dormaient sur les étagères de gauche. Avec délicatesse, il passa ses doigts sur le dos des exemplaires les plus précieux, sentit le frémissement de remerciement de ces livres qu'il n'avait pas voulu transformer en chair monnayable, malgré les sommes troublantes que promettaient leur beauté, leur ancienneté et leur rareté, et le contact de ces livres acheva de le convaincre que dans cette pièce se trouvait encore le chiffre magique capable de compléter l'équation de la vérité.

Il regarda les étagères ordonnées et sut à cet instant que tout n'aurait été qu'une question de temps. Les six livres absents de ce secteur n'avaient pas été enlevés pour leur qualité ou leur valeur, mais simplement à cause de leur place. Dans ces livres, entre eux, au-dessus ou au-dessous s'était cachée la vérité et, avec cette conviction, il éprouva une vague de frustration : celui qui avait sorti ces livres avait emporté la vérité, sûrement toute la vérité. Mais il devait s'en assurer.

Utilisant le tabouret en bois que Dionisio Ferrero lui avait prêté quelques jours auparavant, il se mit à inspecter les étagères supérieures. Pour commencer, il descendit un paquet de livres – Enrique Serpa, Carlos Montenegro, Alejo Capentier, Labrador Ruiz – et il étudia leurs tranches, cherchant une éventuelle altération de leur épaisseur. Puis il regarda entre chacun des volumes et, persuadé qu'il n'y avait rien entre eux, il remonta sur le tabouret pour examiner un à un les exemplaires restants, en les déplaçant ensuite vers l'espace occupé précédemment par les livres qu'il venait de retirer.

Alors qu'il était sur le point d'en finir avec l'étagère supérieure, réservée aux auteurs cubains, Conde entendit la voix de Manolo qui réclamait sa présence.

– Viens, elle dit qu'elle est prête.

En arrivant chez les Ferrero, Manolo avait exigé qu'Amalia les laisse fouiller de nouveau la bibliothèque et qu'elle leur permette de parler avec sa mère. Curieusement, cette fois Amalia n'avait ni protesté ni répété comme un avertissement que sa mère était folle; après avoir cligné des paupières avec insistance, elle leur avait demandé quelques minutes pour la préparer.

Alors, suivant les pas d'Amalia, Manolo et Conde traversèrent le portique aux colonnes toscanes en marbre et arrivèrent dans une pièce désolée, aux grandes baies vitrées, que le Conde supposa avoir été la vaste salle à manger de la demeure, car ils entrèrent immédiatement dans la grande cuisine détériorée avec ses murs couverts de remarquables mosaïques portugaises. La maison était ensuite partagée par un couloir flanqué de portes qui donnaient accès aux chambres et aux salles de bains, aux proportions tout aussi démesurées. Amalia s'arrêta devant la troisième porte à droite et, avec la résignation d'une femme désormais sans force, incapable de résister plus longtemps à cette violation, elle poussa la porte en bois et en verre gravé d'arabesques modernistes.

Décidé à résoudre cette énigme oubliée, Conde fit un pas à l'intérieur de la pièce et fut sur le point de pousser un hurlement. Sur le lit impérial en bois foncé, avec un solide baldaquin sculpté d'où pendait une gaze déchirée, se trouvait le cadavre vivant, complètement nu, de ce qui avait autrefois été un être humain. Surmontant son envie de partir en courant, Conde rassembla ses forces et observa le squelette gisant sur le matelas sans draps. Seul l'infime mouvement de l'air dans le diaphragme creusé indiquait qu'il restait un souffle de vie, mais le crâne, définitivement cadavérique enfoncé dans l'oreiller, semblait détaché du reste du corps d'où paraissait s'être envolée toute fibre musculaire, comme dévorée par un charognard vorace. Les bras et les jambes inertes ressemblaient à des branches sèches, cassantes, et Conde vit avec horreur l'ouverture violette et tuméfiée du sexe macérée par les acides de l'urine, et la peau pendante, repliée sur elle-même, qui jadis avait couvert le mont de Vénus. La mort frappait à toutes les portes d'accès de ce déchet humain et les relents amers de sa présence emplissaient l'air.

— Vous n'allez rien lui demander?

Conde perçut plus que de l'indignation dans la voix d'Amalia : il y avait de la haine, une haine viscérale, une fureur aiguë, capable de réactions imprévisibles, mais il lui fut reconnaissant de les prendre à parti, car c'était la façon la plus digne de détourner son regard de ce spectacle atroce.

— Pourquoi avez-vous fait cela? parvint-il à demander en fuyant vers le couloir.

— C'est vous qui me l'avez demandé. La voici… ce n'est pas ce que vous vouliez? Ce que je disais ne vous suffisait pas? Vous ne vouliez pas de cette exhibition? Allez, demandez-lui, allez-y…

Conde sentit que Manolo lui touchait l'épaule pour qu'il le laisse sortir de la chambre dont l'air était vicié par la mort.

— Amalia, maintenant je crois qu'il faut vraiment qu'on parle, dit le capitaine de police tandis que le Conde essayait de reprendre haleine.

— De quoi va-t-on encore parler?

La femme semblait vouloir conserver son agressivité et le Conde pensa que c'était préférable, car la haine la rendait plus vulnérable.

— De beaucoup de choses. Retournons au salon.

La caravane fit le chemin inverse, cette fois guidée par le Conde. Il voulait s'éloigner le plus vite possible de ce tableau goyesque qu'il avait lui-même imposé et en arrivant au salon il dit à Manolo qu'il retournait s'occuper des livres.

– Mais qu'est-ce que vous voulez trouver? (La voix d'Amalia conservait un ton grave et tranchant, au point que le Conde eut l'impression qu'elle appartenait à une autre femme.) Quand est-ce que vous allez me laisser tranquille? Quand allez-vous nous laisser mourir tranquilles?

– Quand nous saurons qui a tué votre frère, répondit Manolo. Ou vous n'avez pas envie que nous le sachions?

– En cherchant je ne sais quoi dans cette bibliothèque de merde et en regardant ma mère mourir, je ne sais pas comment vous allez le savoir! Je ne sais pas, vraiment...

– Eh bien moi oui, dit le Conde. De plus en plus convaincu de la justesse de ses soupçons, il rejoignit le capitaine Manuel Palacios.

– Laisse cette conversation, tu la reprendras plus tard. Appelle une ambulance et quelqu'un pour surveiller Amalia. Après, viens m'aider dans la bibliothèque.

Bien qu'à contrecœur, Manolo préféra obéir au Conde. Son habileté à mener les interrogatoires était en éveil et, pour l'instant, il désirait seulement faire parler Amalia. C'est pourquoi, après avoir demandé une aide médicale et des renforts de police, il revint dans la bibliothèque où il reprocha sa décision au Conde.

– Ne t'en fais pas, si on trouve quelque chose ici, cela va être si décisif que tu n'auras plus grand-chose à faire avec elle... occupe-toi de l'étagère du bas. Vérifie entre les livres, regarde-les un par un, nous cherchons n'importe quoi...

Conde reprit de la hauteur avec le tabouret en bois et recommença son travail interrompu. Il bougea les volumes, en observant leurs tranches et parfois en les secouant par leurs couvertures. Une fois l'étagère supérieure terminée, il se consacra à la suivante d'où il transporta quelques exemplaires jusqu'à l'espace gagné sur la première. Incapable de remarquer la qualité des livres qui défilaient devant ses yeux, il avança le long du second niveau et sentit ses mains se couvrir d'une sueur malsaine, mais il essaya de contrôler son anxiété et s'imposa d'être plus minutieux dans sa recherche tout en avertissant Manolo:

–. Cherche bien. On est tout près!

Il se remit à la tâche, convaincu que sa prémonition égarée se manifestait à nouveau pour lui confirmer que son origine était toujours là, encore latente...

– Près de quoi, Conde?

– De ce qu'on cherche. Quelque chose qui rebutait Amalia. .

– Et tu n'as pas idée de ce que ça peut être?

– Non, vraiment pas.

– Une lettre manuscrite?

– C'est possible, répondit le Conde, concentré sur sa quête.

– Et elle doit être signée?

– Ah, Manolo, qu'est-ce que j'en sais... une lettre... aïe mon pressentiment! Merde! murmura-t-il, atteint par la douleur intense sous le sein gauche.

19 mars

Mon très cher et unique amour,

Il y a six jours, transie de douleur, je t'annonçais que je ne t'écrirais plus et je te faisais mes adieux pour toujours, sans savoir ce que je disais. Mon Dieu! Dans ces moments-là, le châtiment qui punissait l'orgueil qui m'avait conduite, il y a plusieurs années, à révéler à ta fille sa véritable origine, m'avait confirmé que, s'il y avait en réalité une coupable de la mort de cette femme que tu as tant aimée, cette coupable c'était moi. Et je l'étais car en croyant ouvrir la porte à l'amour, par ma faute j'avais ouvert la voie à la haine et à l'ambition d'une personne qui n'était pas responsable d'être qui elle était et de ne pas posséder, malgré son origine, ce qu'elle supposait, encouragée par moi, devoir lui revenir de par les lois naturelles. Car c'est moi, et moi seule, qui ai mis entre ses mains le mobile du crime, comme elle me l'a crié il y a quelques jours quand je lui ai fait part de ma découverte.

Mais hier, quand j'ai reçu la plus terrible des nouvelles, sur mon âme s'est abattue, telle une montagne, la certitude dévastatrice que ta mort pèsera éternellement sur ma conscience. Te connaissant comme je te connais, je sais que tu as provoqué ce dénouement et que les raisons qui t'y ont poussé sont l'amour que tu éprouvais encore pour cette pauvre femme et la frustration de ne pas pouvoir revenir pour infliger les châtiments qui auraient soulagé cette douleur.

J'ai découvert, trop tard, que tu étais un homme beaucoup plus faible que je ne l'avais imaginé ou que j'avais voulu l'imaginer. Cette capacité à éprouver un tel amour et à souffrir pour une femme m'a surprise par sa profondeur et m'a révélé que même un être comme toi peut se retrouver démuni (comme je l'ai toujours été) lorsqu'il est envoûté par une passion véritable. Et c'est peut-être cette violence dont ta fille a hérité qui l'a poussée à choisir la solution extrême du crime pour obtenir ce dont elle se sentait dépouillée.

Maintenant je ne sais ce qu'il adviendra de ma vie. L'espoir, affaibli mais jamais perdu, de pouvoir te reconquérir un jour s'est envolé, et avec lui la possibilité de te faire savoir que tes soupçons sur ma culpabilité directe ont toujours été infondés. Mais, à la souffrance infinie de savoir que tu es mort sans cesser de penser que c'était moi qui avais tué cette femme, je dois ajouter maintenant la douleur de savoir qu'en réalité je suis la coupable de tout ce qui est arrivé et c'est là un châtiment trop grand pour moi. Comme si ces tourments ne suffisaient pas encore à me punir de mes errements, il faut ajouter la peine qui m'accable chaque fois que je vois ta fille, notre fille, en sachant qu'elle est la responsable directe de ces malheurs… C'en est trop, mon cœur ne peut le supporter, car je sais qu'elle est la personne que j'ai le plus aimée au monde après toi, et je ne pourrai jamais lui pardonner, je la verrai désormais comme la meurtrière de cette femme et, pardonne-lui, Seigneur!, de son propre père!

Mon amour: ces découvertes terribles m'ont révélé la fragilité des mondes qui semblaient les plus solides, presque indestructibles. Ta vie, la mienne, la famille que tu as créée sont détruites, dévorées de l'intérieur par un fléau insatiable, tout comme la santé de cette maison qui commence à se détériorer, avec ses peintures délavées par la pluie et ses jardins envahis par la mauvaise herbe.

Les voix infernales qui résonnent dans ma tête sont de plus en plus agressives et je sais bien qu'elles finiront par emporter ma raison. Le démon qui me parle, qui me poursuit tout le jour, a fini par dévoiler ses véritables intentions, car c'est lui qui m'a poussée à avancer vers l'abîme où je sombre... Alors, avant de toucher le fond d'où je ne reviendrai plus jamais, j'ai voulu t'écrire, certaine que tu recevras cette lettre, où que tu sois, cette dernière lettre dans laquelle je n'ose même pas te demander pardon (je ne le veux pas, je me tordrai sous le poids de ma faute pour devancer les feux de l'enfer) mais dans laquelle je dois te répéter que mon grand péché fut de trop t'aimer et d'avoir attendu quelque chose en retour, et aussi pour te demander, s'il te plaît, de pardonner à ta fille : ne l'accuse pas de ce qui est mon péché.

Je suis certaine que Dieu t'accueillera en Son sein. Un homme capable de tant aimer mérite le pardon de ses péchés. Adieu, mon amour. Je t'aime encore plus, maintenant et à jamais...

Ta petite

Après des années passées à remâcher l'humiliation comme si c'était l'aliment naturel de nos vies, quand il semblait enfin que le destin ou la justice divine se mettait de notre côté pour que nous puissions jouir de ce qui nous appartenait en raison du droit naturel et de notre fidélité, cette femme est apparue. Elle est sortie de je ne sais où, prête à s'emparer de tout, et quand je me suis rendue compte de ce qui allait se produire, c'était déjà arrivé, irrémédiablement. Mais je ne pouvais pas me résigner, alors j'ai fait ce que je devais faire, car je n'allais pas lui permettre, à elle ni à personne, de nous prendre ce qui nous appartenait, ce que j'avais attendu chaque jour de ma vie, armée d'une tonne de patience, dans un coin de cette maison maudite où je suis née du sang des Montes de Oca sans jamais avoir pu être une Montes de Oca... C'est pourquoi, aujourd'hui encore, malgré tout ce qui est arrivé, je n'ai pas une once de remords et je le dis en toute conscience parce que je ne suis pas folle du tout. Si aujourd'hui je me retrouvais dans la même situation, je referais la même chose.

Dès que j'ai atteint l'âge de raison, ma mère m'a révélé la grande vérité de ma vie : je n'étais pas la fille d'un chauffeur presque analphabète, mon nom n'était pas Ferrero, et ma vie devait être différente et le serait un jour, parce que j'étais la fille de M. Alcides Montes de Oca, petite-fille du docteur Tomás Montes de Oca et arrière-petite-fille du général Sera-fín Montes de Oca, un héros de ce pays qui avait abandonné sa maison et sa fortune pour se battre dans les deux guerres d'Indépendance et en était revenu borgne, avec un bras paralysé et dix-huit cicatrices de balles et de sabre sur le corps. Être issue de cette lignée me donnait droit à des privilèges dont un jour, maman me le jurait, je pourrais profiter. Mais en attendant, je devais garder le silence, le silence serait ma devise et mon orgueil grandirait dans l'ombre. C'était le secret que nous partagerions toutes les deux, car même mon frère Dionisio ne devait pas le découvrir, lui qui était aussi le fils de M. Alcides, mais il n'avait pas ma patience, il avait un caractère rebelle comme le général, notre bisaïeul, et une façon d'être qui rendait préférable de ne pas lui révéler ce secret.

Grâce à cette origine, même si je ne pouvais pas vivre avec tout le luxe et la considération qui me revenaient, j'ai eu certains avantages dans ma vie. J'ai étudié dans une bonne école privée, j'ai été nourrie et habillée comme une petite fille riche et en 1957 je me suis inscrite à l'université en sciences économiques. Mais en réalité, tout cela n'était que des miettes et depuis mon enfance j'ai dû me présenter comme orpheline de père, comme bénéficiaire d'une action charitable de ma propre famille.

Par chance pour nous, ce chauffeur, Virgilio Ferrero, avait disparu de nos vies quand j'avais environ sept ans et maman pensait que c'était ce qui avait pu nous arriver de mieux. Dionisio a beaucoup souffert de cette absence, lui il l'aimait comme si c'était son père, car il n'en avait jamais connu d'autre, mais avec le temps il l'a considéré comme une

323

canaille parce qu'il nous avait abandonnés, sûrement pour suivre une autre femme. Je n'ai jamais su ce qui était arrivé à cet homme, mais en y repensant par la suite, j'ai eu la certitude que cela n'avait pas été bien joli, car une fois maman a parlé de lui comme d'un ingrat, il avait mordu la main qui lui donnait à manger... et M. Alcides n'était pas homme à supporter les morsures de ses chiens.

Quand la femme de M. Alcides est morte, en 1956, maman et moi nous nous sommes jetées dans les bras l'une de l'autre tant notre joie était grande : c'est difficile d'imaginer à quel point la mort d'une personne peut être la bienvenue, mais pour nous l'unique obstacle qui nous empêchait d'obtenir ce qui nous revenait disparaissait ainsi. A partir de ce jour, maman a attendu qu'arrive ce qui devait arriver : après vingt ans de relations secrètes, M. Alcides épouserait "sa petite", comme il l'appelait toujours. Pendant tout ce temps, elle avait non seulement été sa maîtresse mais aussi celle qui veillait sur chaque détail de la vie commerciale et politique de M. Alcides et elle était plus que son bras droit : elle était ses deux bras et bien souvent ses yeux, ses oreilles. En plus, il avait toujours nourri l'espoir de maman, car même après son mariage, il n'avait jamais cessé de lui rendre visite dans sa chambre. Jusqu'au jour où cette femme a fait son apparition.

Au début, maman a été furieuse, mais ensuite elle a essayé de se convaincre que ce serait la passion éphémère d'un homme de presque cinquante ans pour une gamine de mon âge, car elle pouvait largement être sa fille. Les femmes de cette époque-là avaient, je ne sais pas, une autre patience, et maman disait que si elle avait attendu dans l'ombre tant d'années, elle n'allait pas devenir folle pour une histoire sans lendemain qui finirait sûrement aussi vite qu'elle avait commencé. En réalité, maman souffrait beaucoup, c'était une insulte, pire encore, une vexation, même si elle ne pouvait qu'attendre, car en vérité elle ne pouvait rien exiger de M. Alcides, légalement Dionisio et moi nous étions les enfants de Virgilio Ferrero et elle n'était qu'une employée, la personne de confiance de la maison mais une employée tout de même. Et derrière ça, derrière tout ça, il y avait la peur : elle savait que cet homme si bien élevé pouvait faire n'importe quoi pour obtenir ce qu'il voulait et qu'il valait mieux ne pas se mettre en travers de son chemin... comme l'avait fait Virgilio Ferrero.

C'est à cette époque que maman a commencé à avoir les nerfs malades. Elle dormait mal, elle prenait des cachets, elle avait des problèmes d'estomac, elle, jusqu'alors si forte et pleine de santé ! Elle a surtout commencé à perdre sa gaieté. Si avant c'était une femme qui attendait, sûre de ses possibilités, elle n'était plus désormais qu'une femme désespérée, jalouse, envieuse, qui souffrait de voir lui échapper l'homme qu'elle avait toujours aimé, le rêve de sa vie.

Et cette femme-là, la chanteuse, je l'imaginais vivant tout heureuse d'avoir gagné le gros lot... C'est en 1958 que je l'ai vue pour la première fois. J'ai raconté à maman qu'une de mes amies allait fêter son anniversaire dans un cabaret et que j'avais besoin d'argent pour lui faire un cadeau. Je me suis mise d'accord avec cette amie et je l'ai invitée avec son fiancé, pour aller tous les trois au Parisién. Ça a été la première et la dernière fois que je suis entrée dans un endroit pareil. Je m'en souviens encore comme si c'était hier, le luxe, les lumières de couleur, les femmes et les hommes élégants, le casino avec les roulettes, les tables pour les jeux de dés et de cartes, les serveurs en costume noir avec des vestes aux revers brillants, très bien peignés, on aurait dit des artistes de cinéma... Nous avons assisté au premier spectacle, avec l'orchestre de Roberto Faz et des danseuses, puis ce fut le tour de l'orchestre du cabaret et à la fin, vers une heure du matin ou plus tard, cette femme est enfin entrée en scène pour chanter quand on a annoncé : la Dame de la Nuit...

J'ai immédiatement compris pourquoi M. Alcides était tombé amoureux d'elle. N'importe quel homme pouvait tomber amoureux d'elle au premier regard, avec ce visage d'ange, cette robe brillante moulant un corps qui ressemblait à une statue grecque et surtout cette voix, comme ça, forte, directe, qui n'avait presque pas besoin de la musique pour se glisser dans votre oreille, vous obliger à l'écouter encore et encore. C'est pour ça que je l'ai encore plus détestée : parce que je n'aurais jamais sa beauté et parce que les gens l'adoraient. Cette nuit-là, j'ai su que s'il n'arrivait rien d'extraordinaire, maman et moi n'aurions jamais la moindre chance car cette femme était invincible…

M. Alcides, pour sauver les apparences et surtout pour ne pas se brouiller avec ses beaux-parents qui avaient tout l'argent du monde, a gardé le secret sur ses amours, mais il a obligé maman à se mettre au service de cette femme, comme si la chanteuse était déjà Mme Montes de Oca. Elle vivait dans un appartement à Miramar acheté par M. Alcides et au moins une fois par semaine maman devait y aller pour s'assurer qu'elle ne manquait de rien et même lui signer quelques chèques pour ses dépenses, ses vêtements, ses parfums, tout ce qu'elle pouvait désirer. Plus qu'une vexation, ce rôle était un châtiment, mais M. Alcides était tellement amoureux qu'il a été incapable de comprendre la douleur qu'il infligeait à la personne qui l'avait le plus aimé de sa vie.

Maman attendait, elle priait pour qu'il se passe quelque chose, et cette chose est arrivée pour tout compliquer davantage : les rebelles ont gagné la guerre, Batista a pris la fuite et la révolution a triomphé. Au début, nous avons accueilli ce triomphe comme une bénédiction, car durant plusieurs années nous avions vécu en craignant en permanence pour la vie de Dionisio qui, encore adolescent, inscrit à l'université, avait rejoint l'opposition à la dictature et ensuite la lutte clandestine, ici à La Havane, qui était encore plus dangereuse et sanglante que la guerre dans les montagnes. Je me souviens que maman et moi, nous avons passé tous les jours de ces années dans l'angoisse d'apprendre que le corps de Dionisio, torturé à mort, avait été retrouvé à un coin de rue. Au moment de l'attaque du palais présidentiel, en 1957, nous étions sur le point de devenir folles parce que Dionisio est resté trois jours sans revenir à la maison et nous avons pensé qu'il devait faire partie des morts dont on parlait dans la rue et dont les journaux ne disaient rien. Mais désormais Dionisio était en sécurité et cela nous rendait heureuses, heureuses aussi de savoir que l'horreur de ces années-là avait pris fin. Même M. Alcides a fêté la victoire des rebelles, mais surtout la chute du tyran qui avait tout fait pour le ruiner, lui refusant toute participation aux bonnes affaires que le gouvernement distribuait à ses acolytes, même si, en réalité, M. Alcides avait un pouvoir qui échappait aux visées de Batista, car les affaires et une grande amitié le liaient à un groupe d'hommes qui dans les cas importants avaient autant ou plus de pouvoir que Batista, car ils lui apportaient leur soutien économique, parfois plus que les Américains eux-mêmes.

A deux reprises, je me rappelle avoir vu Meyer Lansky dans cette maison. C'était un homme laid qui ne riait jamais. Maman m'a raconté que Lansky et M. Alcides travaillaient sur une grosse affaire d'hôtels et de casinos, un projet qui en quelques années ferait d'eux des multimillionnaires... Le grand problème de Lansky et de M. Alcides, c'est qu'ils avaient besoin de Batista au pouvoir pour être les principaux maîtres de cette affaire, mais Batista avec sa maladresse politique était sur le point de tout faire capoter, car il était de plus en plus évident qu'il était condamné à perdre la guerre puisque presque personne ne voulait se battre pour lui. C'est alors qu'ils ont commencé à envisager de le faire disparaître de la circulation, pour éviter que les rebelles ne le fassent. Le problème, c'est qu'il n'y avait qu'une seule façon de s'y prendre : tuer le tyran. J'ignore les détails, maman ne les connaissait pas non plus, ou elle n'a pas voulu me les révéler, mais dans ce complot il y avait d'autres hommes importants en plus de Lansky et de M. Alcides. L'idée était d'engager un professionnel, un homme qui viendrait de l'étranger pour exécuter cette mission. Ce serait un spécialiste qui ne devrait pas poser de questions et n'aurait de relation avec aucune des familles de la mafia, parce que la réaction immédiate des partisans de Batista serait imprévisible, c'étaient de vrais chacals, et M. Alcides, Lansky et les autres associés ne pouvaient pas apparaître comme responsables de cette action, du moins dans un premier temps.

Une erreur de calcul a fait échouer ce plan : les Américains n'ont pas donné à Batista tout l'appui qu'il demandait, les Anglais ont cessé de lui vendre des avions, l'armée, peu tentée de se battre pour un dictateur, s'est effondrée et la guerre s'est terminée plus tôt que prévu. M. Alcides s'est beaucoup réjoui, car il a pensé que rien n'était pire que de vivre avec Batista au pouvoir, mais cette fois le plus habile des Montes de Oca s'est trompé, parce que les premières choses que le gouvernement révolutionnaire a attaquées, ç'a été le jeu et la prostitution, et le projet de Lansky et de M. Alcides s'est dégonflé en quelques mois, non, en quelques semaines.

Lansky a tout de suite compris que son heure était passée et, un beau jour, il est parti pour ne plus jamais revenir. M. Alcides, non : il ne supportait pas l'idée de s'en aller, c'était le pays des Montes de Oca et il essayait de croire que les choses pouvaient encore être sauvées par les voies légales, tout le monde savait que le tourisme était l'unique alternative possible de ce pays, que sans les compagnies américaines l'île pouvait être paralysée et il espérait que la tourmente passée, tout se remettrait à fonctionner comme avant. Finalement, n'importe quel gouvernement a besoin d'argent et les investissements qu'ils avaient prévus étaient la meilleure source de financement. C'est pour cela qu'il a attendu toute l'année 1959 sans se décider à quitter Cuba, bien que, prévoyant déjà ce qui pouvait arriver, il a récupéré de l'argent et l'a placé peu à peu dans des banques américaines avec celui qu'il avait déjà sorti du pays.

En plus de la tranquillité de savoir que Dionisio, qui s'était jeté à corps perdu dans la révolution, était enfin en sécurité, ces changements étaient une lueur d'espoir : maman pensait que M. Alcides devait réorienter sa vie vers un nouvel horizon où un personnage tel que cette femme devenait gênant. Mais, de nouveau, maman a mal évalué la nature de cette relation... Les mois ont passé, à la maison on vivait dans une tension permanente, comme si la guerre n'était pas finie, et quand M. Alcides a compris que tout était beaucoup plus sérieux qu'il ne l'avait imaginé et qu'on parlait de nationaliser des compagnies américaines, il a décidé de ne plus attendre, il a commencé à liquider ses affaires subsistantes et a préparé son départ avant qu'il ne soit trop tard. Il a pris la décision qui tuait toutes nos espérances et rendait inutiles tant d'années de silence et d'attente : il épouserait cette femme, il l'emmènerait avec lui, toutefois, si nous le voulions, il l'a dit comme ça devant moi, assis dans ce même salon, maman et moi – car Dionisio ne comptait déjà plus – nous pouvions le suivre. Et, bien qu'il ne l'ait pas dit, il était clair qu'en partant ainsi, maman continuerait à être sa secrétaire et moi la pauvre fille du chauffeur Virgilio Ferrero, recueillie par charité et par habitude, vivant dans l'ombre des Montes de Oca, même loin du pays des Montes de Oca.

C'était la plus grande humiliation de ma vie, pire que de ne pas porter mon nom. Et pour maman, c'était la fin de tous ses espoirs. C'est pour cela qu'elle a demandé à M. Alcides de lui laisser un peu de temps, prétextant qu'elle ne se faisait pas à l'idée de laisser Dionisio, mais incapable de lui crier la vérité en face… Quant à cette femme, ravie d'avoir ferré enfin le vieux richard, disposé même à l'épouser, elle a cessé de chanter et s'est mise, elle aussi, à préparer son départ de Cuba.

Tout cela se passait début 1960. Moi, j'avais décidé que dans ces conditions je ne partais nulle part et j'étais disposée à profiter des occasions que la vie m'offrait enfin, que je sois ou non une Montes de Oca n'avait plus d'importance. C'est ainsi que j'ai commencé à travailler à la banque et que j'ai tout vécu comme une fête, les nationalisations, la réforme agraire et la réforme urbaine, surtout le changement de monnaie qui ruinait tant de riches et en obligeait tant d'autres à quitter Cuba. Ma haine, ma frustration, ma marginalisation se sont transformées en ferveur et j'ai alors senti comme j'étais forte en devenant le bourreau de tous les Montes de Oca et de ceux qui avaient été comme eux, des hommes capables de décider de la vie des gens et même de changer leurs noms.

Mais ma pauvre maman languissait à vue d'œil et la voir dans cet état était la chose la plus douloureuse qui pouvait

329

m'arriver, plus douloureux même que la perte de mes éternels rêves. Pourtant, j'avais encore confiance : elle allait sûrement faire quelque chose, c'était son droit, sa vie, ses années de loyauté et de sacrifice, c'était son amour... Mais elle, si forte et si décidée pour presque tout, elle était devenue incapable d'imposer une solution, alors j'ai pris la décision de l'aider.

Un jour, alors que les Montes de Oca et cette femme avaient tout préparé pour leur départ, j'ai décidé de frapper là où ça leur ferait le plus mal. Comme maman avait une clé de l'appartement de Miramar, j'en ai fait faire un double. A partir de ce jour, je me suis mise à guetter l'occasion, et un après-midi où M. Alcides devait passer la chercher pour je ne sais quelle démarche, je suis allée à Miramar et je suis entrée dans son appartement. J'ai d'abord été surprise de découvrir à quel point elle vivait bien : comparé à cette maison, c'était un appartement modeste, mais tout y était luxueux. J'ai reçu comme un coup de poing dans l'estomac en entrant dans la chambre et en découvrant le lit double, de style, plus grand que les lits normaux, où M. Alcides et elle se vautraient sûrement en se regardant forniquer comme des bêtes dans un miroir qu'ils avaient fait suspendre au plafond. Dans plusieurs petits coffres, elle avait des bijoux raffinés qui devaient valoir une fortune. Et les vêtements ! Des penderies pleines de vêtements chers, des chaussures des plus grandes marques, même des manteaux de fourrure qu'elle n'aurait jamais pu porter à Cuba... Tout cela avait été acheté avec l'argent qui nous appartenait, à maman, à Dionisio et à moi qui n'avais jamais porté de pareils vêtements et n'avais d'autres bijoux qu'une petite chaîne en or et une bague, cadeaux de M. Alcides pour mes quinze ans.

J'avais choisi de me débarrasser de cette femme par le poison. Deux mois avant, il y avait eu une invasion de rats dans le patio et le jardin. Comme à la maison c'était à moi que revenaient les tâches les plus désagréables, j'avais dû appeler le vétérinaire et l'aider à préparer l'extermination des rats, en lui donnant ce dont il avait besoin. En parlant avec lui, j'ai appris qu'il allait faire des petites boules de nourriture qu'il mélangerait à des capsules de cyanure. Le vétérinaire manipulait le poison avec des gants en caoutchouc et le nez couvert d'un mouchoir. Sans que je le lui demande, il a commencé à me parler des caractéristiques du cyanure et m'a expliqué comment fonctionnait l'organisme des animaux ; il m'a même dit que pour un être humain la dose mortelle était de deux capsules de 150 milligrammes chacune... Et comme s'il y avait déjà quelque chose dans mon subconscient, lorsque je lui ai apporté la farine qu'il me demandait pour la mélanger aux capsules écrasées, j'ai réussi à en voler deux que j'ai cachées.

Ce jour-là, tout me souriait et je n'ai pas eu à me casser la tête pour trouver comment lui faire avaler le cyanure. A ce moment-là, cette femme prenait des médicaments, car sur la paillasse de la cuisine il y avait un flacon d'antibiotiques et un autre de sirop pour la toux. Comme ça, j'étais sûre de ne pas courir le risque de mettre le poison dans un liquide que M. Alcides aurait pu boire.

Ensuite, je suis allée dans le salon de l'appartement et j'ai sorti de sa pochette le disque que j'avais vu en entrant. C'était celui dont M. Alcides avait payé l'enregistrement. Je l'ai posé sur le tourne-disque que j'ai allumé. Quand j'ai entendu sa voix, j'ai senti mes jambes trembler. Elle chantait une chanson dont le titre était *Quitte-moi*, et soudain j'ai eu l'impression qu'elle s'adressait à moi. Alors, sans plus attendre, j'ai pris les précautions que j'avais apprises du vétérinaire, j'ai écrasé les capsules pour les diluer dans le sirop. Puis j'ai tout nettoyé et je suis sortie de la maison.

Le lendemain, la bonne chargée du ménage a appelé maman pour la prévenir : elle l'avait trouvée morte par terre dans la salle de bains. L'idée qu'il s'agissait d'un suicide était la plus logique, car il n'y avait eu ni violence ni vol. Mais le policier chargé de l'enquête, même s'il n'a pas trouvé de pistes fiables, avait des doutes et il était prêt à parier que c'était un assassinat bien que l'absence de preuves et de suspects lui ait barré les pistes qui conduisaient à la vérité qu'il pressentait. Les empreintes trouvées dans l'appartement étaient celles des personnes qui s'y rendaient habituellement et il n'a pas pu conclure que l'une d'elles avait à voir avec la mort de cette femme.

Quelques jours après l'enterrement, M. Alcides a accéléré les démarches pour quitter Cuba, bien que son attitude envers maman n'ait pas vraiment changé. Elle a plutôt empiré. Il était convaincu que cette femme ne s'était pas suicidée et il soupçonnait peut-être maman d'être coupable de sa mort, mais cela lui a certainement semblé être une action si peu plausible de la part de quelqu'un comme elle qu'il n'a pas osé y faire allusion, mais il n'a plus demandé à maman si nous voulions partir avec lui, justement au moment où il avait le plus besoin d'elle… La date de son départ est arrivée et j'ai eu la certitude de ma terrible erreur : M. Alcides était toujours amoureux de la morte et il ne reprendrait jamais sa relation avec maman. De toute façon, il lui a demandé de rester à la maison, il reviendrait dans quelques mois, un an tout au plus, car les tensions qui commençaient à se manifester avec les États-Unis allaient bien finir par déboucher sur une solution et presque tout le monde croyait savoir laquelle. C'est alors qu'il a chargé maman de prendre soin de sa maison, surtout de ses vases de Sèvres et de sa bibliothèque. Maman lui a fait le serment qu'à son retour les porcelaines et les livres seraient à leur place. Et elle aussi.

Cette attitude de ma mère, soumise comme un chien, m'a complètement mise hors de moi. J'avais fait place nette et elle ne se décidait pas à se battre, ni pour elle ni pour moi. Elle acceptait tout, sans rien exiger, pauvre malheureuse ! Alors, j'ai décidé de jouer ma dernière carte : si maman n'avait plus aucune chance, peut-être que moi j'en avais une. J'ai écrit une lettre à M. Alcides dans laquelle je lui disais tout ce que maman m'avait révélé de leur relation, de mon origine et de celle de Dionisio, des soupçons sur la disparition de Virgilio Ferrero, et j'ai ajouté que maman m'avait avoué qu'elle avait préparé le sirop avec deux capsules de cyanure pour se débarrasser de cette femme. A la fin, je l'assurais que j'avais essayé de l'en empêcher, car pour moi son bonheur comptait autant que le mien, en fin de compte il était mon père et je l'avais toujours aimé en tant que tel. Ensuite, j'ai glissé la lettre dans les vêtements que M. Alcides avait mis dans sa valise, prête à attendre ma récompense.

M. Alcides est parti et nous n'avons reçu aucune nouvelle : ni une lettre, ni un coup de téléphone. L'état nerveux de maman, désespérée par ce silence, a empiré. Ce n'était plus la même femme, elle avait des crises de dépression, elle s'enfermait des jours entiers sans me parler, parfois elle refusait de manger, elle entendait des voix la nuit et elle a même commencé à écrire des lettres à M. Alcides. C'étaient de longues lettres qu'elle écrivait parfois plusieurs jours de suite puis elle les mettait dans une enveloppe par avion, pour en commencer une autre, sans imaginer qu'avec tant d'explications, elle ne faisait que s'enfoncer dans le marécage où je l'avais poussée. Elle ne sortait pratiquement plus de la maison, mais comme je passais presque toutes mes journées dehors, à la banque, j'ai pensé qu'elle avait trouvé le moyen que quelqu'un mette ses lettres à la poste, peut-être bien le facteur lui-même, car elle l'attendait tous les matins, dans l'espoir de recevoir de la correspondance de M. Alcides.

Cela a duré plusieurs mois. Et j'ai attendu patiemment, pensant que ma lettre avait fait l'effet escompté car maman ne recevait aucune réponse. Je la sentais de plus en plus tendue, de plus en plus obsédée par la mort de cette femme et par le pardon de M. Alcides... jusqu'au moment où tout s'est écroulé définitivement. La nouvelle de la mort de M. Alcides dans un accident de voiture, qui conduisait ivre sur la route des Cayes du sud de la Floride, a été le coup de grâce. Le premier indice qu'il s'était passé quelque chose de très bizarre c'était, bien sûr, que M. Alcides était ivre, car il ne buvait jamais plus de deux verres de vin pendant les repas ou une bière dans les fêtes. L'autre indice, c'était qu'il conduisait alors que nous savions tous qu'il n'aimait pas le faire, c'est pour cela qu'il avait toujours eu un chauffeur. Qu'est-ce qu'il faisait, seul, ivre, en train de conduire sur la route des Cayes ? Cela avait tout l'air d'une mort désirée, d'un suicide, et maman l'a su dès le premier instant, c'est pour cela que deux ou trois jours après avoir reçu la nouvelle, elle m'a dit qu'elle savait tout sur la mort de cette femme et m'a accusée d'être coupable de tous les malheurs qui étaient arrivés...

Un soir, une semaine plus tard, Dionisio m'a appelée à la banque. Il était venu voir maman tout à fait par hasard et il l'avait trouvée agonisant dans sa chambre. Elle s'était ouvert les veines. La coagulation l'avait empêchée de mourir mais elle avait perdu beaucoup de sang et sa vie était en danger. Quand je suis arrivée à l'hôpital, les médecins m'ont assuré qu'elle s'en sortirait, mais elle était dans un profond état de choc. A ce moment-là, j'ai souhaité qu'elle meure pour qu'elle cesse de souffrir une fois pour toutes et surtout pour qu'elle ne puisse plus me regarder à nouveau avec ce regard accusateur, mais elle s'est rétablie, toutefois elle est restée comme dans un état de léthargie... De ce jour, elle n'a plus jamais parlé. C'est incroyable, elle a gardé le silence pendant trois ou quatre ans, puis elle a totalement perdu la raison et elle a commencé à vivre de nouveau sa vie passée; elle s'est mise à dire des choses insensées sur la correspondance de M. Alcides, l'école des enfants, la maladie de la défunte épouse, les livres qu'il fallait épousseter pour qu'il ne se fâche pas quand il irait travailler dans la bibliothèque...

Voilà toute l'histoire. C'est mon histoire... ces lettres que maman avait écrites n'auraient jamais dû avoir de destinataire, comme elle l'avait elle-même décidé. Mais le pauvre Dionisio a tout gâché. Emballé par l'argent que nous allions gagner avec la vente des livres, il a fait venir ici un de ses camarades de l'armée, démobilisé lui aussi, car d'après lui, son ami était en rapport avec des étrangers et il s'y entendait vraiment en livres. Dionisio voulait lui montrer ceux dont M. Conde disait qu'ils avaient beaucoup de valeur, pour demander à cet ami s'il connaissait des gens que ça pouvait intéresser. Après, il a eu l'idée d'inventer l'histoire du grand Noir qui cherchait des livres pour vous obliger à monter les prix et pour avoir un prétexte au cas où son ami lui trouverait un acheteur. Ce qui est venu tout compliquer définitivement, c'est qu'il s'est mis à fouiller la bibliothèque pour chercher des volumes que vous n'aviez pas encore touchés susceptibles d'avoir davantage de valeur, et qu'il a trouvé quatre de ces maudites lettres. Il les a lues, surtout celle qui aurait dû être la dernière et quand il a eu fini, il est venu me chercher dans ma chambre, m'a traitée de meurtrière, m'a accusée d'avoir causé la folie de maman avec mon ambition et mon délire de grandeur en me croyant une Montes de Oca. Je lui ai dit que c'était faux, d'où il sortait tout ça? Alors, il m'a montré les lettres. Lis-les, merde! Vas-y, lis-les! Et il me les a jetées à la figure. En les lisant, j'ai senti que le monde que j'avais essayé d'échafauder sur l'oubli et le sacrifice, en m'occupant de maman pendant quarante ans, sans me marier ni avoir d'enfants, sans vivre ma propre vie, s'écroulait avec ces lettres écrites par une femme au bord de la folie qui s'accusait de tout ce qui était arrivé parce qu'elle avait partagé avec moi cette histoire de frustration, sans imaginer, la pauvre, que c'était moi qui avais mis un point final à sa condamnation et avais poussé M. Alcides dans le précipice.

Je n'ai eu aucun mal à tuer mon frère. Je ne pouvais pas passer le restant de mes jours à sentir peser sur moi le regard accusateur de Dionisio et sa menace de tout raconter à la police. La mort de maman est une question de jours ou même d'heures, mais celle de Dionisio pouvait tarder, sa menace de me dénoncer à la police était peut-être une impulsion momentanée mais elle pouvait aussi devenir une réalité, il était capable de le faire, et le pire, c'est que je n'avais pas la force de résister à sa haine ni à la peur de me voir accuser et condamner pour avoir fait mon devoir, d'abord pour sauver ma mère, ensuite pour me sauver moi et obtenir ce qui m'appartenait… Je n'ai fait ni une ni deux : je l'ai tué avec son propre couteau et ensuite j'ai cherché dans la bibliothèque et j'ai trouvé cinq autres lettres que j'ai détruites. J'ai enterré le couteau dans le patio, j'ai appelé la police et je me suis assise pour attendre la mort de maman et préparer la mienne.

Ce que je n'aurais jamais pu imaginer, c'est que maman avait pu écrire une lettre à M. Alcides alors qu'il était déjà mort... C'est pour ça que lorsque j'ai cherché, j'ai sorti entre les livres cinq autres lettres, toutes écrites entre la date du départ de M. Alcides et celle que maman a écrite et cachetée deux jours avant sa mort. Qui aurait pu imaginer qu'elle écrirait une lettre à un défunt et qu'en plus elle la placerait dans une autre rangée de livres ? Pauvre malheureuse, quelle folie...

Bon, maintenant vous pouvez faire ce que vous voulez de moi, n'importe quoi, pour ce que ça va changer... parce qu'on va me fusiller, n'est-ce pas ?

Qu'est-ce qui va t'arriver maintenant ? Où diable vas-tu atterrir ? Mario Conde caressa le livre et observa avec angoisse les restes toujours aussi désirables de la bibliothèque et, comme peu de fois dans sa vie, il sentit peser sur son âme le poids compact de la pauvreté. Enfant, avec ses premiers copains du quartier – presque tous dispersés par la vie, l'exil et même dernièrement par la mort –, Conde s'asseyait souvent sous les tamaris près de l'enclos des coqs de combat de son grand-père Rufino, pour jouer à être riche et à se payer le luxe d'acheter les biens les plus convoités : une carabine à plomb, un gant de base-ball, une bicyclette Niagara pour les plus rêveurs. Mais l'absence de réalités parmi lesquelles choisir, même s'ils y étaient habitués, et l'impossibilité d'arriver à posséder la plupart des richesses imaginées avaient fini par leur inculquer une évaluation frugale des besoins et des plaisirs, que certains d'entre eux étaient parvenus avec le temps à transformer en une sorte d'ascétisme vital, tandis que d'autres avaient tenté de trouver une solution en prenant le large, à la recherche du monde de leurs rêves d'abondance. Conde ne devait jamais oublier quand, à quatorze ans, il avait fait ses adieux à son cher copain Miguelito el Ñato. Le soir précédant son départ pour Miami, après avoir reçu les deux vieilles balles de base-ball qui lui revenaient selon la répartition de ses biens décidée par son ami, ils s'étaient rappelé l'après-midi fabuleux où Miguelito avait trouvé la solution parfaite pour investir sa fortune rêvée :

si j'avais de l'argent, beaucoup d'argent, avait dit le garçon, j'achèterais une baguette magique. Maintenant, debout au milieu de la bibliothèque qu'il aurait désiré emporter avec lui, Mario Conde se demanda si la meilleure solution pour satisfaire son avarice livresque ne serait pas la baguette magique de Miguelito el Ñato, un simple petit bout de bois provenant de certaines forêts d'Écosse, mais doté du pouvoir de transporter chez lui, d'une simple torsion du poignet, tous et chacun de ces livres, avec leur poids de sagesse et de beauté, abrégé et somme de deux cents ans de littérature et de pensée du pays de la démesure où il avait eu la chance de naître et l'obstination de rester contre vents et marées.

Tout en gardant sur la langue le goût de cette frustration, Conde essaya de se rappeler l'ordre précis, aspirant à la perpétuité, qui avait régné dans cet endroit durant quarante-trois ans, mais l'évocation refusa de prendre forme dans son esprit. Les étagères bouleversées, les montagnes de livres classés selon leur valeur commerciale, les absences déjà apparentes des exemplaires emportés sur le marché et la désorganisation récente provoquée par sa prémonition persistante avaient altéré une structure qui avait semblé parfaite alors qu'en réalité elle cachait dans ses entrailles de douloureux secrets, susceptibles de provoquer des modifications plus grandes que celles que l'on pouvait constater à première vue. Conde se demanda s'il restait quelque chose d'extraordinaire à découvrir dans ce lieu. Pour en être sûr, il consulta le thermomètre de sa prémonition dont la réponse fut négative : il ne restait là que des livres extraordinaires, irremplaçables, inquiétants, des livres d'une grande beauté qui valaient une fortune et des livres à la lecture enrichissante, beaucoup de livres qu'il désirait emporter avec lui... mais seulement des livres, sans mystère ni révélation.

Il se dirigea vers les étagères et prit dans ses mains plusieurs volumes qu'il aurait désiré posséder, mais il abandonna vite un inventaire qui menaçait de devenir interminable. Une petite baguette magique. Voilà la solution. Pour tous... Pauvre Amalia, pauvre Nemesia Moré, pauvre Catalina

Basterrechea, pauvre Dionisio Ferrero, pauvre Alcides Montes de Oca, pauvre Juan l'Africain, pauvre Silvano Quintero : morts, fous, mutilés. Avec la même petite baguette magique, peut-être que le Conde pourrait redresser le cours du destin tragique qui les avait emportés et il les sortirait d'un seul coup de cette histoire pour leur offrir une autre vie. Mais ses disponibilités de vendeur et d'acheteur de vieux livres n'étaient pas suffisantes pour acquérir cet objet salvateur et il dut accepter l'idée que, malgré les théories de Rafael Giró, il est certain que la vie peut parfois trop ressembler à un boléro et que la seule solution élégante est de la confier, avec ses peines et ses joies, à une voix capable de la soulager de sa fatalité essentielle : une voix douce comme celle de Violeta del Río.

– Qui va récolter tout ça maintenant ? Bordel de merde ! Qui va s'en mettre plein les poches avec ces bouquins, *man* ? Dis-moi un peu…

Conde souffla encore deux fois sur son café avant de le goûter. Il aimait le boire ainsi, tout juste filtré, prêt à livrer la plénitude de son amertume, mais en le refroidissant jusqu'à atteindre la bonne température pour son palais.

– Quel dommage, non ? Amalia n'a pas d'héritier. Les enfants de Dionisio ont quitté Cuba il y a dix ans, à l'époque des *balseros**. Les livres vont sûrement être confisqués et emportés à la Bibliothèque nationale.

– Tous ? Vraiment tous ?

L'incrédulité de Yoyi el Palomo ressemblait à un cerf-volant en pleine ascension sur le point de rompre ses amarres.

– Tous, confirma le Conde et il sourit presque, une cigarette déjà allumée aux lèvres, puis il nuança son affirmation. Du moins je l'espère…

Le Flaco Carlos le regarda de son fauteuil roulant.

– Si je ne me trompe pas, sauvage, au fond tu es content ? Ces livres allaient te rendre fou, non ?

---

* Nom donné aux Cubains qui quittèrent l'île sur des radeaux improvisés.

– Pas seulement les livres. J'ai découvert tout d'un coup que j'aime avoir de l'argent; une nuit j'ai eu dans la peau le fantôme de Violeta del Río; quand j'ai pris une raclée, j'ai parlé avec Salinger. Après, en cherchant d'autres choses, j'ai découvert que mon père était capable de se soûler et de pleurer quand il était amoureux, mais surtout qu'il était lâche... Et dernièrement j'ai voulu être magicien et emporter ces livres. Il vaut mieux qu'on les emmène n'importe où et le plus vite sera le mieux...

– Vous êtes fous, mais vraiment fous à lier, protesta Yoyi. Quelle bande d'anormaux, je te jure, anormaux et incurables en plus!

– Et qu'est-ce qui va lui arriver à la femme? (Candito sécha la sueur de son front.) Que Dieu lui pardonne...

– Je ne sais pas au juste... La mère a été transportée à l'hôpital. Elle était complètement déshydratée, il semble que ce soit la fin. Il y avait cinq jours qu'Amalia l'avait attachée et qu'elle ne lui donnait ni eau ni nourriture...

– Putain, quelle vieille carne, cette Amalia! dit Carlos. Moi, si je reste un jour sans manger je passe l'arme à gauche!

– Mais cette femme, elle est vraiment folle, non? demanda le Conejo en se penchant vers le Conde.

– Je crois que oui, et c'est le problème, dit le Conde. Elle doit être folle mais elle n'en a pas l'air. Elle ne parle pas comme une folle et elle est consciente des conséquences de ses actes. Elle a tué son frère sans trop se poser de questions et elle voulait tuer sa mère pour ensuite se suicider. Non, ce n'est pas possible qu'elle ait toute sa tête.

– Une vraie garce, oui, c'est tout ce qu'elle est! affirma Yoyi. Et ces malheureux livres...

Conde nia de la tête, admettant que l'incurable, c'était bien son associé, et il essaya d'emplir ses poumons du calme du soir. Les aveux d'Amalia Ferrero, ou Montes de Oca, comme elle aurait toujours voulu s'appeler, l'avaient entraîné comme un torrent jusqu'aux portes de la dépression et c'est pourquoi il avait préféré ne pas en rajouter avec l'alcool. Malgré tous ses efforts, il n'arrivait pas à se libérer du sentiment de culpabilité qui le tourmentait depuis le matin, lorsqu'il avait dû assumer qu'il était responsable, par sa présence, de la découverte de toute cette lamentable histoire. Rongé par sa douleur et celle des autres, il avait compris que tout ce qu'il avait vécu ces derniers jours était un avertissement macabre de son incapacité à raccommoder la vie des autres et surtout la sienne.

— Qu'est-ce qu'il a dit, Manolo, quand il a vu que ton pressentiment était vraiment le bon et que tu lui as mis dans les mains la solution de l'enquête?

Carlos avait l'air satisfait de poser la question et dans sa formulation même il exaltait l'intelligence de son ami.

— Il m'a demandé pardon, une fois de plus. Il n'avait pas le choix. Mais tu sais, cette fois-ci, j'aurais préféré me tromper!

— Tu aurais préféré quoi? (Yoyi sourit.) Écoute, Conde, si Amalia n'était pas l'assassin, ce mort aurait continué à nous poursuivre, toi et moi...

— Ce n'est pas ce que je veux dire. Mais j'aurais préféré qu'Amalia n'ait rien fait de tout ça. Toute sa vie elle n'a été qu'une malheureuse.

— Oui, c'est le côté emmerdant de cette histoire, s'inquiéta le Conejo. Qui est le méchant? Le fameux Alcides parce qu'il est tombé amoureux? La Violeta parce que, sans le savoir, elle s'est mise en travers du chemin d'Amalia et de sa mère? La mère des Ferrero pour avoir dit à sa fille qui était son père? Amalia pour avoir cru qu'elle avait le droit d'être une Montes de Oca, pour sauver l'amour de sa mère ou parce qu'elle voulait avoir ce qui lui appartenait? Dionisio par son intransigeance envers tout ce qui lui semblait incorrect et pour avoir fouillé dans les livres?

— C'est vrai, admit Carlos. Une histoire sans méchant, c'est plus compliqué.

— Le méchant c'est moi, dit alors Yoyi. Le méchant, non, le con, oui! Parce qu'après la première visite qu'on a faite ensemble, Dionisio m'a appelé chez moi...

— Il t'a appelé?

Le Conde sentit sa curiosité piquée au vif.

– Oui, continua le Palomo, après que je lui ai donné mon numéro de téléphone, il m'a appelé pour proposer de me vendre les livres que tu voulais pas acheter... C'est pour ça qu'il avait le petit papier dans sa poche avec mon numéro.

– Et qu'est-ce qui s'est passé?

– Je lui ai dit qu'on allait attendre, que dans cette bibliothèque je ne pouvais rien faire derrière ton dos... que j'allais essayer de te convaincre, mais que tu étais le roi des cons et que quand tu disais non, c'était non.

– Tu as fait ça?

Conde le regardait sans cacher sa stupeur.

– Je te jure. Je veux dire, je te le jure pour de vrai.

– Toi aussi, tu es un peu bizarre, Yoyi, tu crois pas?

– Les voies du Seigneur sont impénétrables, rappela Candito.

– Le Seigneur! Tu parles, Candito... c'est vous qui êtes contagieux. Ma parole, je suis devenu un anormal moi aussi! Tu sais combien de milliers de dollars on aurait pu se faire sur ce coup-là? Et maintenant ces livres vont être emportés et tu vas voir: la moitié ne va même pas arriver à la Bibliothèque!

– Tu crois?

Le Conejo s'agita, gêné. Son amour des livres, spécialement des livres d'histoire, pouvait atteindre le degré le plus absolu de l'irrationalité.

– Il en disparaît toujours quelques-uns en chemin, admit le Conde. C'est déjà arrivé avec d'autres bibliothèques...

– Ce n'est vraiment pas bien, non monsieur, opina Candito. Écoutez, si je n'étais pas chrétien et si ça m'était égal de commettre un péché et, bien sûr, si j'étais vous (il désigna Conde et Yoyi) peut-être bien que je me glisserais dans la maison en question et que j'emporterais au moins un sac de livres. Puisque de toute façon vous alliez les acheter.

Le regard de Yoyi se vrilla dans les yeux du Conde. L'esprit du jeune homme devait tourner à des vitesses supersoniques, faisant des calculs, évaluant les résultats.

– N'essaie pas de me baratiner, Yoyi! l'avertit le Conde.

— Écoute, Conde, je crois que le Rojo a raison, intervint Carlos. Il a beau être apprenti saint, ce petit salopard pense encore d'une façon…

— Et Manolo te doit un service, fit remarquer le Conejo. Et un service, ça se paye par un autre service… Moi, si j'étais toi, je le ferais et, au passage, j'inviterais quelques amis à venir chercher quelques livres… des amis comme nous…

— Je vous ai dit de garder votre baratin, merde! Vous n'allez pas réussir à me convaincre, assura le Conde et il se leva, tournant le dos à ses amis. Il fit quelques pas vers le fond du patio, alluma une autre cigarette et donna un coup de pied dans le cadavre d'une bouteille de rhum.

Yoyi se prépara à lui parler, prêt à lui offrir d'autres arguments, mais Carlos d'un geste de la main lui demanda de laisser le Conde, il s'en occupait, et il sourit.

— Messieurs, laissez ce sauvage, dit-il à haute voix. En fin de compte, pour quelques livres de merde…

— Comment ça, des livres de merde, Flaco! protesta le Conde en se retournant. C'est la plus belle bibliothèque que j'ai vue et que je vais voir de toute ma putain de vie!

— Bah, Conde, faut pas exagérer, continua Carlos tout en adressant un sourire aux autres. Ses mécanismes de persuasion étaient en marche, bien huilés par l'usage fréquent qu'il en faisait pour convaincre le Conde.

Il ouvrit le livre avec délectation, comme on écarte les cuisses d'une femme conquise par amour, pour s'extasier et s'approprier ses parfums secrets et ses couleurs les plus profondes. Il ferma les yeux et respira : du papier, légèrement foncé par les nombreuses années, suintait une vapeur de vieillesse orgueilleuse. Enivré par cet arôme, il commença à feuilleter les planches qui conservaient encore leurs teintes originales et se laissa charmer par les images de puissantes raffineries de sucre en pleine activité et de champs de canne apparemment paradisiaques qui, comme toute réalité dûment projetée et manipulée, cachaient l'enfer quotidien d'êtres considérés comme des sous-hommes, amenés de si loin pour laisser leur sueur, leur sang et leur vie parmi ces maudites cannes à sucre qui avaient contribué à développer la richesse et la démesure nationale dont parlait le Conejo. Cent cinquante ans auparavant peut-être, un homme du nom de Serafín Montes de Oca pouvait avoir eu une pensée semblable en prenant dans ses mains ce volume et, après avoir admiré les gravures et caressé la couverture en cuir, il avait refermé le livre, prêt à se lancer dans une guerre qui prétendait changer la réalité imprimée dans ces pages.

Avec délicatesse, Conde posa sur une des étagères de sa bibliothèque l'exemplaire si convoité qui rendait fou les chercheurs de trésors bibliographiques, le plaçant entre la première de couverture abîmée des nouvelles de son ami J.D. Salinger et la quatrième de couverture rustique des deux tomes de poèmes de Heredia, déposés là quelques minutes plus tôt, et il se sentit de nouveau rongé par la jalousie. Pourrait-il un jour faire ce geste avec un livre qu'il aurait écrit lui-même pour raconter une de ces histoires commencées et abandonnées, enterrées et exhumées, prétendument émouvantes et fragiles qu'il se proposait d'écrire depuis des années ? Comment avait-il été capable d'exiger de J.D. qu'il continue à écrire si lui-même n'osait pas se lancer dans l'aventure toujours remise à plus tard ? Que deviendrait son passé et sa mémoire s'il ne les mettait pas noir sur blanc, à l'abri du temps et de l'oubli ?

Il s'éloigna de sa bibliothèque comme s'il fuyait une accusation et entra dans la cuisine pour préparer la cafetière. Il ouvrit à la nuit la porte du patio et se trouva devant la joyeuse silhouette de Poubelle, tout frétillant, les yeux étincelants.

— Comment va, sacré bâtard ? (Après ce salut, il laissa l'animal se dresser et poser ses pattes sur lui pour exiger des caresses.) Comment va l'appétit ? Il reste encore quelque chose par là. Mais laisse-moi te prévenir une bonne fois (le Conde ouvrit le réfrigérateur et sortit la dernière portion de restes destinés au chien), surtout ne t'habitue pas : on va très vite redevenir pauvres, alors garde de l'énergie pour la suite, on ne sait pas combien de temps ça va durer…

Conde avança au milieu des bonds et des aboiements de Poubelle, posa le plateau métallique par terre et le regarda manger.

Il revint à la cuisine, attiré par l'odeur du café, prépara le pot avec le sucre nécessaire pour se servir ensuite la tasse exagérément pleine que son corps lui réclamait. Il s'installa à la table et observa à travers la fenêtre le ciel limpide et étoilé de l'épilogue estival. Ce vide obscur, étendu à l'infini, voulait peut-être lui révéler quelque chose sur sa propre vie, mais le Conde refusa de l'écouter. Le quota de douleurs qui avait affecté son corps et son âme avait été dépassé avec les expériences hallucinantes vécues au cours des derniers jours et il avait besoin de l'oubli comme d'un baume réparateur. Mais son regard le trahit de façon flagrante car ses yeux, comme aimantés, revinrent au vide impassible du ciel, décidé à l'envelopper. Il tira alors deux bouffées de sa cigarette avant d'écraser le mégot.

— Je suis vraiment obligé de penser? De remuer la merde que j'ai dans la tête? demanda-t-il à l'obscurité avant de se lever. Eh bien, on va le faire dans les règles : à la dure et sans prendre de gants...

Il se dirigea vers le salon et ouvrit le vieux tourne-disque de Carlos. Sur le plateau se trouvait le *single* de Violeta del Río qu'il avait refusé d'écouter durant plusieurs jours. Il réveilla l'appareil. Le disque se mit à tourner lentement quand le Conde souleva le bras puis le posa. Il éteignit toutes les lumières et se laissa tomber sur le canapé, comme l'avait fait son père plus de quarante ans avant lui.

L'introduction du piano l'atteignit de plein fouet mais il s'appliqua à résister, prêt au choc : il reçut en pleine poitrine la voix vivante de Violeta del Río et en éprouva un tremblement.

Toi, qui emplis tout de joie et de jeunesse
Toi qui vois des fantômes à contre-jour dans la nuit
Toi qui entends le chant parfumé de l'azur.
Quitte-moi...

Mario Conde comprit que cet ordre péremptoire lui avait peut-être toujours été destiné et l'avait attendu. Qui sait si son père n'avait pas pressenti qu'une chose semblable arriverait un jour – la tendance aux pressentiments était-elle héréditaire? – et affrontant toutes les angoisses que lui causait cette voix, il avait conservé pour son fils une copie du disque, en sachant que le moment arriverait où il devrait l'écouter et éprouver, lui aussi, l'émotion d'affronter cette voix de femme. Il semblait incontestable, cependant, que Catalina Basterrechea, la jeune Lina Ojos Bellos, avait demandé au Conde, avec insistance, de s'éloigner et de laisser reposer en paix les morts, les égarés et les vaincus emmurés derrière les brumes du passé. Mais il s'était obstiné à chercher et finalement il n'était arrivé qu'à remuer une fange nauséabonde, sous laquelle il y avait toujours plus de pourriture et de venin. Cette voix avait été en partie responsable – il essaya de se défendre: cette voix l'avait poussé sans pitié, comme si, tout en lui enjoignant de s'éloigner, elle avait réclamé tout au moins de ne pas se perdre totalement et irrémédiablement dans l'oubli. Parce que sa voix était le testament le plus frappant de Violeta del Río, cette jeune fille qui avait été sur le point d'échapper d'un bond au destin qu'elle portait inscrit sur son front. Mais Violeta avait commis le plus terrible péché d'infidélité quand elle avait osé sacrifier ce qu'elle avait toujours voulu être et faire dans la vie, pour atteindre un éventuel bonheur qui ne lui avait peut-être jamais été destiné. Cette trahison d'elle-même l'avait peut-être conduite à la mort: si elle avait refusé de sacrifier son plus grand plaisir et avait décidé de continuer à chanter, encore et toujours, ces chansons d'amours malheureuses, aurait-elle déjoué la mort? Plus personne ne le saurait, personne n'avait jamais pu le savoir, mais la possibilité de vaincre le destin arrivait toujours à alarmer le Conde: il était maintenant convaincu que seule la fidélité envers elle-même aurait pu protéger Violeta del Río, chanter toujours et encore aurait pu la sauver d'une haine qui avait dévasté la vie de tant de personnes.

A la fin de la chanson, il retourna le disque, se préparant à toucher le fond, et il n'eut plus le moindre doute : ces deux chansons avaient été enregistrées pour lui.

Tu te souviendras de moi
Quand le soir meurt le soleil...

Les coups frappés à la porte le tirèrent de ce dialogue avec la mort et le destin. Il pressentit que la vie l'appelait : il ouvrit et se retrouva devant le sourire de Tamara.

– Jusqu'à quand tu vas écouter cette femme ? dit-elle, et la façon de se référer à Violeta del Río le fit frémir : quarante ans après sa mort, "cette femme" était encore capable de susciter de l'animosité.

– Jusqu'à maintenant, j'ai fini, dit-il et il la laissa entrer tandis qu'il se dirigeait vers le tourne-disque pour l'éteindre. Le plateau tourna, épuisant ses dernières impulsions, et s'arrêta. Le Conde, obéissant enfin à l'ordre qu'il n'avait pas su écouter à temps, brisa le petit disque en deux, en quatre, en huit morceaux et les lança sur le tourne-disque, puis baissa le couvercle et bloqua les fermoirs.

– Pourquoi tu as fait ça ? dit Tamara, stupéfaite.

– J'aurais dû le faire plus tôt. Mais tu sais bien que je suis lent pour presque tout.

– Mais ce n'est pas toujours un défaut !

– Tu as raison. Viens, j'ai fait du café.

Il servit Tamara et se réserva une tasse. Ils s'assirent et se regardèrent par-dessus la table.

– Qu'est-ce que tu fais dans le coin ?

– Carlos m'a appelée. Il m'a dit que tu étais un peu déprimé et que tu faisais des choses dont même lui ne t'imaginait pas capable. Et c'est vrai : je viens d'en voir un exemple.

– Je n'ai rien fait de si terrible. J'ai cassé un vieux disque et j'ai enterré quelques morts... et avant, je n'ai volé que sept livres : un pour chacun des intéressés.

– Tu es fou, Mario, et si tu es découvert...

346

– Je ne sais pas si Martí l'a dit mais il aurait dû le dire : voler un livre, ce n'est pas voler. Et il paraît qu'il était comme toi, il avait toujours raison. Plus qu'un vol, je me suis auto-offert un cadeau.

– Voyons un peu, tu as auto-offert, comme tu dis, des livres à Yoyi, Candito, le Conejo, Carlos et tu t'en es auto-offert un... il en reste deux.

– Il y en a un pour Andrés : comme il est loin, on lui a choisi *Album pittoresque de l'île de Cuba*, avec les illustrations de Bernardo May. Il y a un an, dans une vente aux enchères, il s'en est vendu un à mille dollars. Il pourra le vendre s'il le désire, mais je sais que cela ne lui traversera même pas l'esprit... et l'autre, c'est pour toi.

Conde posa sa cigarette fumante sur le cendrier et alla jusqu'à la bibliothèque d'où il sortit les deux tomes sombres de l'édition des poèmes de Heredia, des exemplaires qui peut-être, en un jour déjà lointain, s'étaient trouvés dans les mains du pauvre poète banni.

– Voilà le tien, dit-il à Tamara.

– Quel honneur ! Qu'est-ce que c'est ?

– Écoute et dis-moi ce que tu en penses. Il ouvrit un des deux volumes au hasard, en supposant que n'importe quel passage serait convaincant, et lut, heureux de la chance d'avoir posé les yeux justement sur cette strophe :

"Mas, ¿qué en ti busca mi anhelante vista / Con inútil afán? ¿Por qué no miro / alrededor de tu caverna inmensa / Las palmas ¡ay! las palmas deliciosas, / que en la llanuras de mi ardiente patria / Nacen del sol a la sonrisa, y crecen / Y al soplo de las brisas del Océano, / bajo un cielo purísimo se mecen?"	"Mais, que cherche en toi mon regard passionné de désir / Avec une ardeur inutile ? Pourquoi ne puis-je regarder / Autour de ton immense caverne / Les palmiers, ah ! les merveilleux palmiers, / Qui dans les plaines de mon ardente patrie / Naissent et croissent au sourire du soleil / Et se balancent au souffle des brises océanes / Sous un ciel si pur ?"

– Heredia, "Niágara", dit-elle, la voix brisée par l'émotion.

– Édition de Toluca, 1832. Celle qui a le plus de valeur, celle dont Heredia a composé la typographie avec l'aide de son épouse, la meilleure édition... pour toi.

– C'est une folie... (Elle tenta de protester, mais en regardant les yeux de l'homme, elle comprit qu'elle commettait un crime si elle résistait à cet acte d'amour.) Merci, dit-elle en prenant les livres et elle se leva pour l'embrasser sur la bouche.

– Je n'en attendais pas tant en échange, dit-il, et il lui caressa les cheveux en la regardant dans les yeux. Ne me quitte jamais, je t'en prie.

Et Mario Conde sentit qu'il lâchait les amarres et que la force qui le faisait tenir debout l'abandonnait. Il pensa : putain, je vais me mettre à pleurer! Il sut qu'il pleurait déjà quand Tamara caressa son visage et qu'il sentit l'humidité glissante effleurée par les doigts de la femme, sa femme.

– Je suis là, dit-elle. Je serai toujours là. C'est ma récompense et mon châtiment...

Il la regarda, reconnaissant de sa présence et de son existence et lorsqu'il leva les yeux vers la fenêtre, il vit une lune ronde, capable de briser les ténèbres et d'illuminer le ciel maintenant resplendissant où Violeta del Río chantait peut-être pour Dieu, pour les siècles des siècles, un boléro impossible au dénouement heureux.

Mantilla, été 2003-automne 2004

Note et remerciements

L'histoire du roman *Les Brumes du passé* a surgi devant moi, exigeant à grands cris que je l'écrive. Une reprise si rapide du personnage de Mario Conde n'entrait pas dans mes plans, mais durant plusieurs mois, la difficile tâche d'en faire le protagoniste de quatre films éventuels – qui finiront par être tournés si Dieu et l'argent en décident ainsi – m'a ordonné de le ressusciter et d'écrire ce roman dont l'idée centrale – la recherche d'une chanteuse de boléros oubliée des années 50 – me trottait dans la tête depuis un certain temps. Et, comme je ne connais personne plus obstiné et plus capable d'entreprendre cette quête, j'ai donc décidé de confier l'histoire au Conde, si épris des fantômes du passé.

Pour la conception de ce livre, comme toujours, j'ai dû avoir recours à la connaissance et à l'expérience de plusieurs personnes. Je désire remercier tout particulièrement pour son indispensable collaboration, le libraire Daniel Flores qui non seulement m'a initié aux mystères et aux artifices de son commerce, mais m'a instruit sur les prix des livres les plus rares et les plus précieux de la bibliographie cubaine, allant jusqu'à me préparer une bibliothèque "idéale" avec les livres qui, selon son jugement aguerri, ne pouvaient manquer d'y figurer. J'ai aussi été aidé, au cours de mes recherches, par l'aimable Naty Revueltas qui m'a même prêté quelques trésors de sa bibliothèque. Mon indispensable amie Marta Armenteros de la Bibliothèque nationale. L'efficace et stricte Olga Vega, responsable du Fond de livres rares et précieux de la Bibliothèque nationale José Martí qui, après bien des prières, m'a permis de voir et de caresser les joyaux les plus estimés du trésor confié à sa vigilance. Le docteur Carlos Suárez, qui m'a fait connaître le monde des narcotiques et des poisons, leurs usages et leurs effets.

Comme toujours ont été décisifs pour moi les conseils de mes lecteurs les plus fidèles et dévoués qui ont bataillé avec les différentes versions du manuscrit, avant tout, mon indispensable Vivian Lechuga et les aimables Alex Fleites, Elena Zayas, Dalia Acosta, Helena Núñez, José María Rodríguez Coso et Lourdes

Gómez. Ma gratitude toute spéciale, comme toujours, pour sa confiance et sa lecture salvatrice à Beatriz de Moura. Et mes excuses, pour lui avoir fait supporter lectures, dépressions et doutes, à mon épouse (bien que je préfère dire : *à ma femme*), Lucía López Coll, ma première lectrice, pour qui j'écris toujours, avec amour et fragilité.

La bibliothèque des Montes de Oca
– Bibliographie en espagnol
(ordre d'apparition dans le roman)

Miró Argenter José, *Crónicas de la guerra de Cuba*, 1911.

Roloff Carlos, *Indice alfabético y de defunciones del ejército libertador de Cuba*, 1901.

Bachiller y Morales Antonio, *Apuntes para la historia de las letras y de la instrucción pública de la Isla de Cuba*, 1859-1861.

Malpica de la Barca Domingo, *El cafetal*, 1890.

Saco José Antonio, *Historia de la esclavitud*, 1936.

Villaverde Cirilo, *La joven de la flecha de oro*, 1842.

Novás Calvo Lino, *El negrero*, 1933.

Madrinas de las Salas *¿Gusta usted?*, 1956.

De Las Casas Bartolomé, *Brevísima relación de la destrucción de las Indias*, 1552.

Saco José Antonio, *Colección de papeles científicos, históricos, políticos y de otros ramos sobre la isla de Cuba*, 1858.

Garcilaso de la Vega, el Inca, *La Florida del Inca: Historia del adelantado Hernando de Soto, Gobernador y Capitán General del Reyno de la Florida y de otros eroicos caballeros españoles e indios*, 1605.

Cowley Rafael Angel (Ed.) *Los tres primeros historiadores de la Isla de Cuba: Arrate-Valdés-Urrutia*, 1876-1877.

Erenchun Félix, *Anales de la Isla de Cuba*, 1858.

Herrera Desiderio, *Anales de la Isla de Cuba*, 1835.

Valdés Antonio José, *Historia de la Isla de Cuba y en especial de La Habana*, 1813.

De la Sagra Ramón, *Historia Física, Política y Natural de la Isla de Cuba*, 1842-1861.

Bachiller y Morales Antonio, *Paseo pintoresco por la Isla de Cuba*, 1841-1842.

Habré Carlos, *Tarifa general de precios de medicinas*, 1723.

Anónimo, *Espejo de paciencia*, 1608?

Fernández de Oviedo Gonzalo, *Historia general y natural de las Indias*, 1851.

De Andueza José María, *Isla de Cuba pintoresca*, 1841.

De Humboldt Alexandre, *Ensayo político sobre la Isla de Cuba*, 1826.

Bachiller y Morales Antonio, *Tipos y costumbres de la isla de Cuba*, 1891.

Calderón de la Barca Pedro, *Comedias,* 1839.

De Santa Cruz y Mallén Francisco Javier, *La historia de las familias cubanas,* 1940-1943.

Poey Felipe, *Memorias sobre la historia natural de la isla de Cuba,* 1851 1856.

Mañach Jorge, *La crisis de la cultura cubana,* 1925.

Borges Jorge Luis, *Historia universal de la infamia,* 1935.

Parra Antonio, *Descripción de diferentes piezas de historia natural las más del ramo marítimo representadas en 75 láminas,* 1787.

Cantero Justo Germán, *El libro de los ingenios,* 1857.

De la Cruz, Sor Juana Inés, *Poesías,* 1716.

Lembelle Juan, *Aves de la Isla de Cuba,* 1850.

Martí José, *Versos sencillos,* 1891.

Heredia José María, *Poesías del ciudadano José María Heredia,* 1832.

Table

Histoires d'amour d'Amérique latine
Présentées par Claude Couffon

Federico ANDAHAZI
La Villa des mystères

José María ARGUEDAS
Yawar fiesta

Jaime AVILÉS
La Nymphe et le sous-commandant

J. BLANC, J. HOCQENGHEM, Y. LE BOT ET R. SOLIS
La Fragile Armada
(La marche des zapatistes)

Alfredo BRYCE-ECHENIQUE
Le Petit Verre de ces dames
Ne m'attendez pas en Avril
Noctambulisme aggravé
L'Amygdalite de Tarzan
Guide triste de Paris
Le Berger de mon aimée

Jesús DÍAZ
Les Paroles perdues
La Peau et le masque
Parle-moi un peu de Cuba
Les Initiales de la terre

Ramón DÍAZ-ETEROVIC
Les Sept Fils de Simenon
La Mort se lève tôt

Mario DELGADO APARAÍN
La Ballade de Johnny Sosa
Une histoire de l'humanité
Les Pires Contes des frères Grim (avec L. Sepúlveda)

Mauricio ELECTORAT
Sartre et la Citroneta